www.b-books.co.kr

www.b-books.co.kr

결혼, 해 줄래요?

결혼, 해 줄래요?

1판 1쇄 찍음 2021년 3월 23일
1판 1쇄 펴냄 2021년 3월 31일

지은이 | 하지연
펴낸이 | 정 필
펴낸곳 | (주)빨미디어

기획·편집 | 이영은, 심은지, 배지은
표지·디자인 | 우 물

출판등록 | 2002년 9월 11일 (제1081-1-132호)
주소 | 경기도 부천시 소향로17, 303(두성프라자)
전화 | 032)651-6513 팩스 | 032)651-6094
E-mail | dahyangs@naver.com
블로그 | http://blog.naver.com/dahyangs
비북스 | http://b-books.co.kr

값 9,000원

ISBN 979-11-6565-513-6 03810

※파본은 구입하신 서점에서 교환하여 드립니다.

※이 책은 (주)빨미디어를 통해 독점 계약되었습니다.
저작권법에 의해 보호를 받는 저작물이므로 무단 전재와 무단 복제를 엄금합니다.

결혼, 해 줄래요?

하지연 장편 소설

Will
you
marry me?

DAHYANG ROMANCE STORY

목차

텔레비전 프로그램에서 들은 말이 분명했다. 최근 만희가 본 것이라고는 아침 출근 시간에 보는 인터넷 기사와 퇴근 후 습관적으로 틀어 놓는 텔레비전뿐. 그 이외의 것에서 교양과 상식을 쌓을 시간이라고는 없었으니까.

50대가 넘었을까? 중년의 향기가 짙게 느껴지는 한 직장인이 나와 자신의 경험을 허심탄회하게 이야기했다.

— 직장 생활을 오랫동안 잘할 수 있는 비결이 뭔지 아십니까? 그건 바로 당신이 하는 일에 계속해서 새로운 의미를 부여하는 것입니다. 지치지 마십시오. 당신의 일을 소중히 여기세요! 늘 새로운 의미를 부여하십시오!

캬아!

만희는 그 말에 절실히 공감했다. 울며 보채는 아이, 친구의 것을 빼앗는 아이, 옆의 아이가 때렸다고 화내는 아이, 선 긋기 하나를 제대로 못하는 아이들의 손에 연필을 쥐어 주고 밥을 떠먹이고 낮잠을 재우고 그사이 연락 수첩을 작성하고. 그리고 나서도 아이 봐 준 공은 없다고 이것저것 바라는 학부모들의 자질구레하고도 그들 나름대로는 중요한 이야기에 맞장구쳐 주고 나면 만희는 늘 생각하는 것이다.

'내일은 오지 말았으면 좋겠어!'

하지만 어김없이 아침이 찾아오고 출근하고 월급을 타고 그리고 매일 내일은 다시 해가 뜨지 않기를 간절히 바라면서도 아이들을 돌보고 가르치고 그러다 자신의 애물단지이자 최고의 고객인 그 아이들이 졸업하는 날에는 서운함과 대견함이 뒤섞인 감격에 저도 모르게 엉엉 울어 버리고 마는, 만희는 그런 사람이었다.

올해 나이 서른둘, 경력 8년 차 베테랑이 다 되어 가는 유치원 교사 방만희.

만희의 직장은 그녀가 살고 있는 오피스텔에서 버스로 20여 분 거리에 있는 제법 규모가 큰 유치원으로 5세부터 7세까지 총 여섯 개의 반으로 운영되고 있는 한솔유치원이었다.

그중, 그녀는 올해 5세 해바라기 반을 맡고 있었다. 그녀의 밑으로 보조 교사 한 명. 흔히들 5세 반이라고 하면 낮잠 시간이 있을 뿐 아니라 영어와 체육은 외부 강사가 와서 수업을 하기 때문에 조금 여유가 있는 편이라 생각할지 모르겠지만 그건 어림없는 소리!

5세 반은 그 어느 반보다 중요했다. 아이들이 어린이집에서 유치원으로 옮긴 첫해, 돌봄에서 교육으로 이어지는 시기, 유아에서 어린아이가 되어 가는 과정. 게다가 난생처음 책상에 앉아 국어와 수학 수업을 시작하는 나이이기도 하기 때문이다.

"그럼 도준이랑 은지는 보충 수업 들을 거라는 말이지?"

3시 30분 정규 수업이 끝난 뒤 마련되는 보충 수업에는 발레, 태권도,

과학 실험, 잉글리시 쿠킹 같은 여러 가지 재미있는 수업이 많이 있지만 수학과 국어 수업을 보충하는 프로그램도 그중 하나였다. 한솔동에는 맞벌이 부부가 적지 않아 아이들의 숙제를 봐주고 보충 수업을 원하는 학부모의 비율도 그만큼 높았다.

"네. 어제 등록했어요."

해바라기 반의 보조 교사인 소정이 명단을 다시 확인하며 말했다.

"으음, 그럼 총 여섯 명. 이 정도면 나쁘지 않은데……."

만희가 도준이와 은지의 이름을 수업 일지에 기록하며 혼잣말을 했다.

"그런데요."

아이들이 쓸 교구를 만드느라 여념이 없던 소정이 자못 심각한 표정으로 만희를 쳐다보았다.

"구현이는 어떻게 된 거예요?"

"구현이?"

이름표에 열심히 풀질을 하던 만희가 그게 무슨 소리냐는 듯 되물었다.

"구현이요. 구현이야말로 보충 수업이 정말 필요하거든요."

"그런가?"

되물은 만희가 가만히 구현이의 상태를 떠올리며 고개를 끄덕이다 다시 갸웃하다 했다.

"구현이가 그 정도인가? 아니야. 구현이 똑똑하잖아."

"그러니까요. 그게 이상하다니까요. 자기 또래 애들은 못하는 더하기 빼기는 잘하는데 크기대로 숫자를 늘어놔 보세요. 하면 모르는 척 딴짓을 하지 않나. 연필도 이상하게 쥐고, 벌써 몇 번을 말했는데 잘 안 고쳐지더라고요. 그리고 수학은 잘하는데 국어는 영 별로예요. 낱말 읽는 것도 잘 안돼서 글자도 더듬더듬 읽고요."

"하긴 그렇지. 그런데 말이야."

순간 만희는 말을 아끼고 잠시 생각했다.

'그런데 그 구현이 내 생각에는 혹시 영재 아닐까 싶거든?'

그 말이 입속으로 쏘옥 들어갔다. 그러니까 만희 생각에 구현이는 보통이 아니었다. 유치원 교사 생활 8년 동안 그런 아이는 본 적이 없었다. 상황에 대한 몰입도와 빠른 이해가 분명 다른 아이들과는 조금 달랐다. 특히 수학 시간에 보이는 탁월한 능력은 눈이 번쩍 뜨이는 데가 있었다.

하지만 이런 판단일수록 신중한 것이 좋았다. 아이의 능력은 무한대인데 영재라는 말 역시 아이를 너무 일찍부터 그 틀 안에 집어넣는 것일 수 있기 때문이었다. 게다가 만희는 그 분야의 전문가도 아니었다.

"구현이는 조금만 더 가르쳐 주면 잘 따라올 거 같은데?"

"그래도 지금 당장 아이들과 국어 실력이 많이 차이가 나면 구현이가 나중에 힘들어질 수 있잖아요."

"그런가?"

"게다가 아이들이 구현이를 놀리기도 하고요. 이구아나라는 말은 어디서 배워 왔는지. 이구아나 구질구질 이구아나 그러는데. 구현이가 불쌍해요."

소정이 속상한 표정으로 말했다. 만희도 생각이 많은 얼굴로 고개를 끄덕였다.

"그런데. 구현이 아버지 전화 안 받던데. 소정 샘도 통화된 적 없잖아."

"그러니까요. 몇 번 전화했는데 잠깐 있다 다시 전화 주겠다고 하시고 몇 시간째 감감무소식인 게 벌써 두 번이었어요. 그다음부터는 왠지 전화하기 힘들어서 좀 그러네요."

"하긴 등록할 때 딱 한 번 빼놓고는 원장님도 그분 뵌 적이 없다고 하시니까. 지난번 행사 때도 일하는 이모님이 대신 오셨지 아마? 구현이

아버지 무슨 일 하시지? 무슨 연구원이라고 그러셨나?'

학부모가 무슨 일을 하는지 어떤 사람인지 궁금해하는 것이 그리 좋을 리 없는 일이지만 이럴 때는 그 말이 안 나올 수가 없었다.

"그렇다는 거 같던데요. 그것도 구현이가 한 말이에요. 입학 카드에는 그냥 회사원이라고 적혀 있었으니까."

"어쨌거나 그럼 구현이 신경 쓰기는 더 힘드시겠네."

만희의 표정이 어두워졌다. 구현이는 어머니가 안 계시는 편부 가정의 아이였다. 평소 구현이를 돌봐 주는 건 일하는 이모님이었다. 성격이 좋고 호탕한 분이셨지만 아무래도 제 아이를 돌보는 어머니들과 같을 순 없었다.

이것저것 손에 잡히는 것으로만 입혀서 그런지 옷도 여느 아이들처럼 깔끔하지 않았고 머리는 매일 덥수룩해서 지저분해 보이고 손톱도 잘 깎지 않았다.

그래서 지난번 반 친구와 포크 댄스를 추는 시간, 은지의 손등이 구현이 손톱에 긁혀 난리가 난 적도 있었다. 커다란 상처는 아니었지만 만희가 은지 어머니에게 자초지종을 설명하고 양해를 구해야 했다.

'뭐 살짝 긁힌 거야 상관없지만 그래도 아이한테 손톱을 잘 깎고 오라고 이야기해 주셔야 할 거 같아요. 위생 문제도 있고.'

은지 어머니의 말씀에 틀린 게 없었다. 하지만 구현이 아버지와의 통화는 쉽지 않았다. 문자 메시지도 남기고 수첩에도 적었지만 구현이는 다음 날도 그다음 날도 손톱을 깎고 오지 않았다.

결국 쉬는 시간에 몰래 구현이를 불러와 손톱을 깎아 준 건 만희였다. 제 앞에서 그 작은 손바닥을 내밀고 있는 아이에게 군이 아버지가 많이 바쁘신가 봐 같은 이야기는 하고 싶지 않았다. 하지만 손톱을 다 깎고 난 구현이가 꾸벅 인사를 하며 말했다.

'이모가 손톱 못 깎아 주시겠대요. 눈이 침침하다고.'

'그랬구나? 그럼 다음부터는 선생님이 깎아 줄게. 걱정하지 마. 선생님은 아직 눈이 엄청 밝거든!'

작은 아이의 손을 꼭 잡고 그 손톱을 깎는데 오만 가지 감정이 다 들었다. 내가 뭐 하는 짓인가 싶기도 하고 나라도 이렇게 돌볼 수 있어서 다행이다 싶기도 하고.

하여간 구현이는 매일 6시 이모님이 아이를 데리러 올 때까지 유치원에 있었다. 유치원은 저녁 6시 30분까지 문을 열었고 그 이후에는 아이의 부모님이나 조부모님들 아니면 아이를 돌봐 주시는 이모님들이 데리고 가는 게 보통이었다.

그 아이들이 하원할 때까지 함께 있어 주는 당번이 오늘은 만희였다. 5시 반이 되어 퇴근한 보조 교사 소정 대신 오늘은 만희가 6시 반까지 남아 아이를 돌봤다.

평소에는 대부분 교구를 만드느라 다른 교사들도 끝까지 남아 있는 것이 보통이었다. 잔업이 많을 때는 10시까지 행사 준비를 한 적도 많았다. 하지만 오늘은 얼마 전 있었던 행사로 다들 지쳐 일찍 퇴근한 상황. 아이들의 보호자는 만희 혼자였다.

4월이라 해가 조금 길어졌다고 생각했는데 6시 반 민수 할머니가 민수를 데려가시고 나자 유치원 주변이 무척 어둑어둑해졌다. 혼자 남은 사람은 구현이뿐이었다. 시간이 흘러 6시 50분. 이미 약속한 30분이 지나가고 그 후로도 시간은 속절없이 흘러가고 있는데 구현이의 아버지는 오지 않으셨다.

'대체 언제 오시려는 거지?'

시계를 확인하는 만희의 마음이 초조해졌다. 다행히 구현이는 친구들이 모두 돌아간 걸 아는 건지 모르는 건지 책에 몰두해 있었다.

'10분만 더 있다가 전화해 봐야겠다.'

그렇게 생각한 만희가 열심히 책을 읽고 있는 구현이에게 다가가 쪼그리고 앉았다.

"구현아 뭘 그렇게 재미있게 읽어?"

"……."

못 들었나 싶어 만희가 다시 물어봤다.

"구현아 뭘 그렇게 재미있게 읽는 거야?"

'아니, 바로 눈앞에서 이야기하는데 왜 못 듣지?'

고개를 삐뚜름하게 든 만희가 아이의 고개를 치켜올리듯 구현이를 들여다보았다. 동그란 눈이 제가 들고 있는 것에 집중하다 그제야 눈앞에 있는 만희를 알아차리고는 왜 그러는 거지? 하는 식으로 만희를 바라보았다.

"아니. 책 재미있나 해서. 재미있어?"

눈이 마주치고 만희가 싱긋 웃어 보였다.

"응. 재미있어요."

모든 내용을 다 이해한다는 듯 구현이가 단호하게 말했다.

'그런데 구현이는 글자를 아직 다 못 읽지 않았나?'

의아한 만희가 빙긋 웃으며 다시 물었다.

"이거 무슨 내용인데?"

"응. 이거는 우리가 올바른 생각을 가지려면 뭘 해야 하나 그런 거예요."

"으응?"

"어떤 거짓말은 좋아요. 어떤 거짓말은 하면 안 돼요."

"아! 맞다. 그런 내용이네."

만희가 짐짓 몰랐던 척 고개를 끄덕였다. 그러는 한편 속으로는 놀랐다. 글자 수가 제법 많은 책이었다. 일곱 살 친구들 중에서도 글자를 술술 잘 읽는 아이나 이해가 가능한 책이었다. 무엇보다 직접적으로 드러나는 주제가 아닌 긴 이야기 속에 숨어 있는 주제를 찾아야 하는 내용이었다. 그런데 이걸 어떻게 알았지?

말이 끝난 줄 알았는데 아직 가지 않고 제 앞에 앉아 있는 선생님이 의아했는지 고개를 까딱해 보인 구현이 눈을 깜빡거렸다. 덥수룩한 머리카락. 위, 아래 어울림과는 거리가 먼 티셔츠와 바지. 그리고 구멍 난 양말.

만희가 그것을 못 본 척 빙그레 웃자 구현이 따라 미소를 지으려다 말고 다시 말했다.

"근데 나는요. 거짓말은 안 좋아요."

"그래?"

"네. 거짓말은 나중에 다 알아요. 그럼 싸워요."

"아. 그렇구나."

"싫어도 거짓말 말고 진짜를 말해야 해요. 그게 좋아요."

만희는 아이의 머리카락을 쓰다듬었다.

"구현이 말이 진짜 딱 맞는 거 같아."

"응. 나는 맞는 말 잘해요."

천진한 표정으로 진지한 내용을 이야기하는 구현이 덕분에 만희는 자꾸 웃음이 났다.

"응. 정말 구현이는 그런 거 같아."

격려하듯 고개를 크게 끄덕인 만희가 굽혔던 무릎을 펴고 일어났다. 그래 놓고도 여전한 의문에 힐끔 구현이를 쳐다보았다. 대체 이 많은 글을 어떻게 읽었는지. 소정 선생님은 모르는 이 아이만의 읽기 능력이 있는 건지. 그런 것들이 모두 궁금했지만 만희는 제 생각을 겉으로 드러내지 않기로 했다. 말 한마디 한마디가 커다란 영향을 미칠 수 있는 나이의 아이였다. 어디서 주워들었거나 누가 읽어 준 내용을 읊은 것일 수도 있는데 계속 캐물었다가 혹시나 구현이가 상처를 받을까 염려되었다.

구현이는 어쩐지 마음이 가는 아이였다. 그 누구 하나만 차별하는 그런 교사가 되고 싶지는 않았지만 만희도 사람인 만큼 조금 더 눈길이 가는 아이가 있기 마련이었다. 그런 구현이가 누구보다 밝은 아이로 자라길 바라는 마음.

그러니까 직장 생활을 오래할 수 있는 꿀팁 말이다. 만희는 늘 생각했었다. 자신이 교사로 있는 동안 제 말과 행동이 아이들에게 조금이나마 영향력을 미친다면. 이 방만희가 아이들에게 주고 싶은 것은 따뜻함. 이해. 관심. 그것뿐이라고.

"전화해 봐요."

제 앞에서 서성이는 만희에게 구현이 말했다.

"응?"

만희가 되물었다.

"아빠 아직 안 와서 선생님만 집에 못 갔잖아요."

속이 빠한 아이의 말에 만희가 민망했다.

"아니야. 구현아 그런 거 아니야. 조금 더 기다려 보자. 이모님 금방 오시겠지."

"이모는 시간 약속 잘 지켜요."

"그래? 그럼 전화해 볼까?"

갑자기 불안한 마음이 든 만희가 책상으로 가 전화기를 들려는 순간이었다. 쿵쿵쿵. 유치원 문을 두드리는 소리가 들렸다.

"아빠다!"

어떻게 알았는지 자리에 앉아 있던 구현이가 벌떡 일어났다.

"아빠가 오셨다고? 이모님이 아니고?"

호기심이 들었다. 드디어 그분을 만나는구나. 구현이가 유치원에 첫 등록한 날 원장님 외에는 아무도 본 적이 없다는 그 연구원인지 뭔지 하는 사람. 때마침 오셨으니 그동안 구현이가 어떻게 지냈는지 그리고 방금 얼마나 똑똑한 모습을 보였는지 글 읽기가 서투른데 그에 따른 보충 수업 계획은 없으신지 하는 것들을 이야기하려고 마음먹은 만희가 문간에 서 있는 남자를 향해 인사를 건넸다.

　"구현이 아버님이시죠?"

　덥수룩한 머리카락. 헐레벌떡 달려온 모양인지 헉헉거리는 숨소리. 유치원 문간의 벽을 기대고 선 남자가 만희를 향해 어색하게 웃었다.

　"아. 죄송합니다. 이모님이 갑자기 아프셔서 못 오신다고 하는 바람에 제가 막 달려오긴 했는데."

　벌겋게 달아오른 얼굴이 어딘가 안쓰러워 보이는 남자가 가쁜 숨을 몰아쉬었다.

　"천천히 말씀하셔도 돼요."

　남자 혼자 아이를 키우느라 얼마나 힘들었을까. 그래도 그동안은 좋은 이모님을 만나서 괜찮았던 것 같은데. 주변에 이 남자를 도와줄 사람이 이렇게나 없었던 걸까.

　만희가 그를 바라보며 안타까운 표정을 지었다.

　"이모님은 괜찮으신가요?"

　"아드님이 오셔서 모시고 갔다고 이야기는 들었는데 그 후로는 연락이 없습니다. 다시 연락해 봐야죠. 크게 아프신 게 아니면 좋겠는데 걱정이 되네요."

　여전히 숨을 고르는 남자가 그 와중에 구현이를 제 쪽으로 끌어당겼다. 유치원에서는 홀로 의젓하던 구현이가 아기 고양이처럼 아빠의 품에 안기는 것을 보고 만희가 희미하게 미소 지었다. 말은 안 했어도 제 아빠를 엄청 기다린 모양이었다.

'그래도 아빠랑 만나서 좋은 모양이네?'

구현이를 바라보던 시선을 돌려 만희가 고개를 들었을 때였다. 막 아들의 머리를 쓰다듬은 남자도 마지막 숨을 고르며 만희와 눈을 맞추었다. 남자는 한눈에 봐도 구현이와 비슷해 보였다. 절대 제 아들이 아니라고 부인할 수 없을 정도였다. 쌍꺼풀 없는 눈동자, 고집스러운 눈빛. 인중에서부터 입술까지 내려오는 단단한 인상. 어떻게 이렇게 똑 닮을 수가 있지?

"그럼 당분간은 힘드시겠어요. 저희 유치원은 늦은 시간까지 선생님들께서 계시긴 하지만 원칙적으로 아이들은 6시 반에 돌아가야 해서요."

"하하. 뭐 어떻게든 방법이 생기겠죠."

남자가 곤란한 듯 구현이의 머리카락을 자꾸 쓰다듬었다. 그러니까 지금 이 순간 구현이의 국어 실력이라든가 수학에 관련된 의견, 손톱이나 옷, 그 모든 것들에 대해 말하기에는 어쩐지 적당해 보이지 않았다. 무엇보다 지금 만희의 머릿속에 떠오른 무언가가 있었는데 그걸 물어볼까 말까 하는 생각이 구현이에 대한 이야기보다 더 구미가 당기는 주제라 망설이는 중이었기 때문이다.

"그동안 아이 맡겨 놓고 찾아뵙지도 못하고. 죄송합니다."

"아니요. 별말씀을."

"제가 워낙 바쁘다 보니까. 그래도 우리 구현이가 유치원을 아주 좋아해요. 선생님 감사합니다."

남자는 구현이에게 교실로 들어가 가방을 가지고 나오라는 듯 고갯짓을 했다. 구현이 안으로 뛰어 들어가자 그런 아이를 흐뭇하게 바라보던 구현의 아빠가 무심히 시선을 돌려 다시 만희를 바라본 순간이었다. 그 남자의 눈빛에 그제야 무언가 이상한 기미가 들어섰다.

"어?"

남자가 고개를 갸웃했다. 만희가 괴로운 것도 아니고 그렇다고 기쁜

것도 아닌 어색한 미소를 지었다. 그 미소에 상황을 눈치챈 남자가 열심히 눈을 굴리며 망설이더니 드디어 입을 떼었다.

"아. 혹시 그 대국여고 방만희?"

만희가 천천히 고개를 끄덕였다. 아주 곤란하다는 듯이. 그리고 어쩐지 미안한 기분으로.

"이제 알아보셨구나. 대국고등학교 이지혁 맞죠?"

난처한 나머지 불안해진 그의 눈동자가 갈 길을 잃었다.

"아. 어떻게 여기서 다 만나네요. 사람이 이렇게도 만나나? 진짜 세상이 참 좁네."

"그러니까요."

그 사이 가방을 들고 온 구현이 폴짝거리며 뛰어와 어쩐지 이상한 분위기의 두 사람을 번갈아 보더니 물었다.

"아빠! 선생님이랑 서로 아는 사이야?"

"응?"

구현이의 질문에 당황한 만희의 입이 그냥 벌어졌다.

"아니."

지혁이 당장에 고개를 흔들었다. 그러자 만희가 그를 향해 어이없다는 표정을 지었다. 지혁이 난처하다는 눈빛을 보내더니 구현을 향해 다시 고개를 끄덕이며 말했다.

"응. 응. 알지, 알아."

"정말? 정말 아는 사이야?"

아빠의 미적지근한 대답에 구현이 재차 물었다. 안 되겠다 싶은 만희가 직접 나서 직업 정신을 발휘했다.

"아니. 구현아 그런 건 아니고. 예전에 구현이가 처음 유치원에 왔을 때 그때 뵙고 오늘이 두 번째야. 그러니까 아는 사이이기도 하고, 잘 아는 사이는 아니기도 하고 그런 거지."

이런 게 바로 방금 전 구현이가 말한 거짓말을 할 수밖에 없는 상황이라는 거겠지? 구현이는 그 어떤 상황에도 사실을 말해야 한다고 했었는데. 그럴 수 없는 지금에 어쩐지 양심에 조금 찔리는 기분을 느낀 만희가 싱긋 웃어 보인 순간이었다. 구현이 알겠다는 듯 크게 고개를 끄덕였다.

"으음. 아직 친하지는 않아. 맞지?"

지혁이 구현이와 눈을 맞추고 고개를 끄덕였다.

"그래. 맞아."

조금은 긴장이 풀렸는지 그가 구현이를 향해 다시 한번 고개를 끄덕였다. 싱긋 올라가는 입꼬리. 세월이 느껴졌지만 그 시절 만희가 좋아하던 그 미소가 어쩜, 그대로였다.

살다가 가끔, 어떻게 지내고 있을까? 기억 속 모습 그대로 좋은 사람일까? 궁금했던 남자였다. 추억을 더듬어 떠올리면 눈앞에 보일 듯 말 듯 환한 미소. 그 미소를 아직도 계속 간직하고 있을지 알고 싶었다. 어른이 되어 감에 사는 게 힘들어 지친 모습일지 아니면 그것을 현명하게 이겨 내고 있는지. 사소하게는 어떤 일을 하고 있을지. 누구와 살고 있을지. 혼자 생각해 보고 오래전, 그 앞에 철없던 제 모습이 생각나 비밀처럼 웃게 만드는 사람이었다.

대국남고의 인기남 이지혁. 공부도 잘하고 운동도 잘하고 얼굴도 잘생기고 그래서 그 시절 많은 여학생들의 마음을 설레게 했던 그 사람. 그 가운데 방만희도 있었다.

그런 첫사랑을 다시 만났다. 사춘기 소녀였던 그녀가 무척 좋아했던 아이. 그 아이가 제 아들을 데리고 만희의 삶으로 다시 뛰어들었다.

2

15년 전.

토요일은 분명 토요일의 해가 뜬다. 7교시 8교시. 그것도 모자라 보충 수업에 자율 학습에, 아침 7시부터 밤 10시까지 꽉꽉 채워진 평일과는 다르게 4교시 수업 후 하교하는 토요일. 토요일에는 분명 토요일만의 해가 따로 있다. 토요일의 햇살은 교실과 학원에만 숨어 있어 하얗게 떠 버린 아이들의 얼굴을 반질반질하게 비추고 별것 없는 쇼윈도를 화려하게 반짝인다.

한껏 들뜬 만희가 친구 민주와 함께 토요일의 하굣길을 걸었다. 버스를 타고도 20분 이상 걸리는 길이었지만 친구와 수다를 떨며 한 시간 가까이 걷는 토요일의 하굣길은 포기할 수 없는 그 무언가가 있었다.

그날 오후 있을 음악 방송 이야기, 옆 반의 누구누구가 뭐, 뭐 어쨌다는 이야기. 평소에는 구경하기 어려운 이웃 학교의 남학생들을 힐끔거리는 일까지. 그중에서도 이웃 학교, 그러니까 만희가 다니는 여고의 바로 앞에 있는 남고에 대한 수다는 결코 빼놓을 수 없는 것이었다.

운동장을 가운데 두고 마주 보고 있는 두 학교, 대국남고와 대국여고. 같은 재단이지만 엄연히 다른 두 학교의 학생들은 늘 같은 버스를 타고 뒤섞여 오다가 학교 정문 앞 500미터 거리에서 바닷물이 갈라지듯 기적적으로 성별이 쫘악 나뉘어 갈라졌다. 여자아이들은 왼쪽으로, 남자아이들은 오른쪽으로.

　'야! 쟤들은 남자가 아니다! 너희한테는 기껏해야 도련님 정도야. 너희 남편감들은 전부 군대에 가 있다. 그러니까 지금은 열심히 공부를 해야겠지? 저기 맨날 어슬렁거리면서 걸어 다니는 쟤들은 그냥 소도둑놈 같은 놈들이야. 아니! 그냥 철딱서니 없는 망아지 같은 놈들이지!'

　그렇게 우리 대국고등학교의 학생들은 평소 그런 선생님들의 걱정을 저버리지 않으려 서로를 형수님이나 도련님쯤, 아니면 여우나 망아지쯤으로 생각하고 힐끔거리지 않았다. 마치 공부에만 매진하는 착실한 학생들처럼 양쪽으로 갈라져 교문을 걸어 들어갈 뿐이었다.
　하지만 태양마저 다른 토요일 하굣길이 되면 조금은 풀어진 기분으로 서로의 존재를 의식했다.
　"지난번에 너희 반에서 그런 거지?"
　멀리 지나가는 한 남학생을 눈여겨 바라보던 민주가 불쑥 물었다. 옆반의 민주는 만희와 초등학교 때부터 동창이었다. 오래된 친구, 평일에는 따로 가지만 토요일 하굣길 두 사람은 늘 함께였다.
　"그거? 그럼 당연하지!"
　만희가 뻐기듯 말했다.
　"설마 주동자가 너?"
　"아니. 정확히 나는 아니지만 또 내가 아니라고 말하긴 그렇지."
　민주가 그럼 그렇지 하는 표정으로 신이 나서 떠들었다.

"하여간 웃겨서 죽는 줄 알았다니까. 건너편에서 막 번쩍거리는데 옆 반도 난리지. 우리도 신나서 딱 스위치에 손대자마자 하필 반장이 뭐라고 지랄 지랄하는 바람에 결국 못 했잖아."

"너희 반은 반장한테 너무 맥을 못 추는 게 문제라니까."

물론, 아무리 주의를 주고 있다고는 해도 또래의 남녀를 갈라놓는 것에는 한계가 있기 마련이었다. 아이들은 어떻게 해서든 서로 연락을 하고 호기심을 드러내고 관심을 가졌다.

공용으로 사용하는 운동장. 보이지 않는 실금으로 그어진 그 땅 너머로 일부러 뻥 공을 차 넘겨 놓고 공을 주워 주는 과정에서 쪽지를 건네받거나 하굣길 버스 정류장, 학원, 학교 앞 문방구 등에서도 은밀한 눈길을 주고받기도 했다.

하지만 그런 시시한 사건들을 다 제쳐 버릴 만큼 대단한 일이 얼마 전 만희네 교실에서 일어났다.

자율 학습이 한창이던 밤 9시 30분. 1학년 3반 만희네 교실, 한 학생이 마주 보던 남교의 어떤 교실에서 불을 켰다 껐다 하는 광경을 목격했다. 창문에는 커다란 종이에 굵은 글씨로 1학년 3반이라 쓰인 도화지가 붙어 있었다. 처음 그 종이를 발견한 학생이 기겁하고 소리를 질렀다.

'야! 얘들아 저거! 저것 좀 봐!'

아이들은 친구가 손가락으로 가리킨 운동장 저 너머 유리창에 붙어 있는 1과 3이란 글자를 보고 처음에는 다들 제 눈을 의심했다.

'저거 좌우 반전 아니야?'
'1학년 3반이 아니라 3학년 1반 아닌가?'
'야! 쟤네가 설마 그걸 몰랐겠냐? 그리고 3층이면 1학년이잖아. 1학년이 아무

리 간땡이가 부어도 3학년한테 고백을 할 리는 없지!'

'맞네, 맞네!'

그때부터 그야말로 축제였다. 커튼을 뒤흔들어 대고 교실의 불을 켰다 껐다 하면서 너희가 보내는 그 신호를 알아들었다고 난리 법석을 떠는데 그 순간 교실의 열기와 흥분은 그 후에 몇 번을 떠올려 봐도 선명했다. 그렇게 재미있을 수가 없었다.

이 순간을 위해서 학교 재단은 우리를 군이 남고와 여고로 갈라놓았구나! 그러고는 운동장을 공유하는 것을 허락하사 마주 보고 멀리 떨어져 오히려 서로를 그리워하라, 이 아름다운 전설을 만드신 것이 분명했다.

그러니까 그 전설이란 바야흐로 몇 년 전. 남고와 여고가 함께하는 유일한 행사인 각 학교 50여 명으로 구성된 학력고사에서 한 여학생을 보고 첫눈에 반한 남학생이 시름시름 앓다 생각해 낸 방법이었으니, 이름도 몰라 성도 몰라 그저 학년과 반만 알고 있던 그 남학생이 자신의 반 유리창에 도화지를 붙여 놓고 교실 불을 껐다가 켰다가 하며 제 마음을 전달했다는, 누가 말했는지 알 수 없고 실제로 있었는지조차 의문시되지만 그저 그 로맨틱한 상황 설정에 모두들 진실이라 믿고 있는 그 사건에서 비롯됐다.

그게 그저 전설인 줄로만 알았는데. 아니, 지금 실제 우리 앞에서 일어나고 있는 거 맞아?

'누구야 누구?'

아이들은 열심히 책을 흔들고 손을 흔들고 덩실덩실 춤을 추고 불을 깜빡이다 서로가 서로를 바라보고 물었다. 방금 전 그 도화지가 나붙을 때만 해도 모두 그것은 제가 아닐까라며 로맨틱한 상상을 했지만 그건 헛된 바람이요 자신에게 그런 일이 일어날 리가 없다는 자각에서 나온 말이었다.

하지만 당연히 누구인지 알 수 없었다. 반 학생은 40여 명. 그중 가장 확률이 높은 건 세정이?

"세정이었겠지 뭐."

만희가 어묵 꼬치를 덥석 입에 물며 말했다.

"하긴 세정이 아니면 누구겠어?"

민주도 그 말이 맞는다는 듯 고개를 끄덕였다. 우리 반 세정이는 예쁘장하게 생긴 데다가 몸매도 날씬하니 다니는 학원에서도 이미 여러 남자 아이들에게 고백을 받은 상태였다.

"내가 남자래도 세정이가 좋겠다. 솔직히 예쁘잖아."

민주가 어묵 하나를 더 우걱우걱 입안으로 밀어 넣으며 말했다.

"하긴 내가 그렇게 되려면 죽었다 다시 태어나는 거밖에 방법이 없어."

만희가 세정이의 아름다운 모습을 떠올리며 과격하게 한마디 했다.

"왜? 너도 살 좀 빼면 지금보다 훨씬 더 예쁠 거 같은데?"

정말? 민주의 서비스 멘트에 만희의 눈시울이 붉어졌다.

"아! 역시 친구!"

만희가 다 먹은 꼬챙이로 민주의 꼬챙이를 왼쪽으로 한 번 다시 한 바퀴 돌려 오른쪽으로 한 번 건드리며 우정을 표시했다.

"그래도 지금은 어려워. 우선 먹고 봐야지. 안 먹으면 공부가 되냐? 그리고 선생님들이 그러잖아. 대학 가면 살 다 빠진다고."

"에이 말도 안 돼! 너 그거 완전 거짓말인 거 모르지? 우리 사촌 언니는 이미 대학 간 지 1년도 넘었는데 살은 하나도 안 빠지고 몸무게도 그대로야!"

"정말? 대박!"

만희가 믿고 싶지 않은 표정으로 되물었다. 그렇다면 난감한걸? 하지만 지금 제가 살을 뺀다고 갑자기 미스코리아가 될 것도 아니고, 뭐 얼굴 뜯어 먹고 살 것도 아니고. 게다가 이미 그런 쪽으로는 바라는 것도 없이 현실 파악 했으니 만희는 실망하지 않았다.

"뭐 상관없어. 어차피 난 만화방 주인이 될 거니까 만화만 열심히 보면 되지. 살 빼서 뭐 해?"

"그래도. 다이어트에 성공하면 살 빠진 만화방 주인이잖아. 그게 더 낫지."

"아니지. 사람이 너무 마르면 인정 없어 보여서 좋을 것도 없어."

민주가 만희의 말에 긴가민가한 표정으로 고개를 갸웃거리다 말았다. 만희는 제 말이 맞는다는 듯 민주를 향해 세차게 고개를 흔들었다.

"그래도 너는 좋겠다. 공부랑 상관없이 이미 찬란한 미래가 기다리고 있잖아!"

"그거 놀리는 거냐?"

"아니. 진심이지."

"그래 뭐 사실 나도 딱히 학문에 뜻이 있는 건 아니니까."

만희 엄마는 동네에서 만화 대여점을 하고 있었다. 만희가 유치원생이던 시절 교통사고로 아버지가 일찍 돌아가시고 난 뒤 절망적이던 세 모녀에게 다행히도 아버지 앞으로 들어 놓은 보험에서 커다란 보험금이 나왔다. 동네 사람들 역시 십시일반 만희네를 도와주었다.

그렇게 보험금을 타고 맨 처음 엄마는 아버지의 목숨값이라며 그 돈을 쓸 수 없다 버텼다. 그날의 기억은 어린 만희에게 너무나 슬프고 절망적이며 가슴 찢어지는 고통이었다. 그러나 얼마 지나지 않아 결국 현실을 직시한 엄마는 그 돈으로 조그마한 가게를 하나 얻어 만화방을 차리셨다. 간판을 올리는 날 이제 막 초등학교에 입학한 만희가 더듬, 더듬 그 간판을 읽었다.

'만희…… 만희네 만화바앙?'

놀라. 경악한 만희가 엄마를 향해 소리쳤다.

'친구들이 놀린단 말이야!'
'왜? 나희네 만화방보다 낫잖아! 만희네 만화방. 이제 동네에서 네 이름 모르는 사람은 한 명도 없을걸! 너 유명해지는 거다!'

엄마는 언니 이름을 들먹이며 말했지만 커 가면서 만희는 그게 아니란 걸 깨달았다. 어감이니 뭐니 하는 건 다 핑계일 뿐이었다. 엄마에게 나희는 자신의 자랑이요 만희는 제 만만한 살림 밑천이었던 것이다. 그러니까 제 대단한 큰딸의 이름을 감히 만화방에다 가져다 붙일 수 없었겠지.

'언니는 공부를 잘하니까 대학 등록금 내주고 너는 이 가게를 물려줄게.'

엄마는 그렇게 말했다. 그러고는 만희가 중학생이 되던 해 엄마는 투잡을 뛰기 위해 아르바이트생을 구하는 대신 만희에게 이 가게를 맡기셨다. 그 후로 4년 차, 이제 고등학교 1학년인 만희는 여전히 이 가게에서 일하고 있었다. 물론 알바비 같은 건 없었다.

'뭐! 밥 먹여 주고 재워 주면 됐지 뭘 더 바라? 우리 형편에 이거 빼고 저거 빼고 하면 남는 게 없다.'

하긴 대여점이라는 것이 떼돈을 버는 장사가 아니었다. 그저 세 모녀

입에 풀칠할 정도일 뿐. 만희도 그것에 큰 불만은 없었다. 어차피 공부하고는 그리 친구 할 생각도 없고 만화방 주인도 나쁘지 않았다.

신작을 제일 먼저 볼 수 있다는 장점도 있고 무엇보다 하루 종일 같은 장소에 앉아 사람들이 오고 가는 것을 지켜보는 것도 소소한 재미 중 하나. 그들에게 하루치의 즐거움을 선사하는 건 나름 보람된 일이었다.

게다가 그에 따른 또 하나의 보너스. 아니 본봉보다 더 큰 보너스가 하나 있으니. 그건 바로 만희의 첫사랑 이지혁과 대화가 가능하다는 사실이었다.

대국남고 인기남 이지혁은 만희네 만화방 단골이었다. 매주 수요일과 토요일 학원이 끝나고 나면 지혁이는 매번 빼먹지 않고 만화방을 들렀다. 지혁이는 다양한 만화를 봤다. 소년만화 명랑만화 액션만화 탐정만화 가리는 것이 없었다. 그 규칙을 알고 있는 만희는 늘 신작, 인기작을 엄마 몰래 미리 빼났다가 지혁이에게 건넸다.

물론 길 가다 주운 것처럼 츤츤거리는 것은 기본이었다. 대놓고 네가 좋아서 너한테만 먼저 보여 주려고 미리 빼놓았다는 것을 티 내는 것은 안 될 말씀이었다.

댕그랑. 가게 문이 열리며 종이 울리고 마치 핀 조명이 떨어지듯 불이 환하게 밝혀지는 순간 샤랄라 꽃가루를 뿌리며 들어올 지혁이를 기다리는 시간, 만희는 행복했다. 마치 여우가 어린 왕자를 기다리는 것처럼.

지혁아 네가 5시에 온다면 나는 4시부터 행복해지기 시작할 거야!

그런데 왜일까? 오늘은 지혁이가 오지 않는다. 5시 5분, 5시 10분. 시간이 무심히 흘러가 버리자 심장이 터질 것 같았다. 머리가 잘 돌아가지 않는 기분이었다. 대체 왜 안 오는 건지 조바심이 나서 초조한 기분에 시야가 좁아지고 귀가 멍해졌다. 그때 만화방 안을 시끄럽게 울리는 전화벨 소리가 들렸다.

"여보세요. 만희네 만화방입니다."

만희가 기운 빠진 목소리로 전화를 받았다.

— 아. 나 동철인데.

전화기 안에서 툭 튀어나온, 영락없는 소도둑놈 같은 목소리에 만희가 뚱해졌다. 동철이? 그런 놈은 알았던 적이 없다. 왜 갑자기 친한 척이야?

"누구시죠?"

— 야 너랑 초등학교 동창 김동철이. 몰라?

"몇 학년 때인데?"

— 5학년. 왜 그 남자 선생님이 담탱이일 때 있잖아.

"응. 몰라."

쳇. 아무리 이성에 대한 호기심이 가득할 때라지만 만희에게도 취향이라는 게 있었다. 올라가지 못할 나무라 해도 만희는 이지혁만 바라보고 있었다. 심드렁한 목소리에 저쪽에서 한풀 꺾인 목소리로 말했다.

— 하여간 너 오늘 7시에 학교 앞 놀이터로 좀 나와라.

"왜?"

— 거기서 누가 너한테 뭐 할 말이 있대.

"누가? 누가 나한테 할 말이 있는데?"

감히라는 말을 덧붙이려다가 타이밍을 놓친 만희가 대신 뾰족한 목소리로 물었다. 대체 무슨 꿍꿍이인 거야?

— 나도 잘 모올라.

"정말 몰라?"

— 그래. 모른다고 몰라. 그런데 한 가지는 알고 있지.

"뭔데? 응? 뭔데?"

흠? 흐응? 흥분하여 킁킁거리는 만희의 콧김 소리가 수화기를 통해 선명하게 들린 모양이었다. 약간은 빼기는 목소리로 변한 동철이 말했다.

— 아 그게. 오늘 나갈 녀석이 우리 초등학교 동창인데 걔가 너한테

고백이라는 걸 하려고 한다더라고.

"뭐! 누가 나한테 고백을 한다고?"

고백? 고백을 한다고?

전화기를 잡은 손이 부르르 떨렸다. 믿을 수 없는 일이었다. 그동안 방만희가 남의 주목을 받았던 건 신간 만화를 손에 들고 있을 때뿐이었다. 누가 만희에게 고백을 했던 일이라곤 만화책 분실이라든가 만화책을 찢어 먹은 사건 같은 것뿐이었다.

"그게 정말이야?"

— 그럼 정말이지. 너 속고만 살아왔나?

하지만 두 시간 뒤 만희는 제가 속고만 살아왔다는 사실을 절실히 깨달았다. 그동안 만희는 남한테 속았던 경험이 너무너무 많았다. 엄마에게도 속고 언니에게도 속고 공부에도 속고. 그래서 정말 나오지 않으려고 했었지만 그놈의 호기심이 문제였다.

"대체 누구지?"

이렇게 쌀쌀할 줄 알았다면 뭐라도 하나 걸치고 나오는 건데. 차가운 양팔을 서로 엇갈려 문지르며 만희가 후회했다. 4월이라 7시인데도 벌써 해가 지고 어둑어둑하기도 했다. 휘이이 바람이 불 때마다 나뭇잎이 우수수 소리를 내며 흔들렸다.

방금 전 엄마가 가게로 들어오자마자 빨리 나가 봐야 할 일이 있다며 소리 질러 말하고 뛰어나올 때만 해도 두근거리던 심장이 이제는 완전히 멈춘 것처럼 딱딱하게 얼어 버렸다.

이성을 찾고 나니 한국말은 끝까지 들어 봐야 했다는 깨달음이 왔다. 그 고백이라는 게 사랑 고백이 아니라 만화책 분실에 대한 고백이라든가 아니면 세정이한테 대신 전할 고백이라든가 그것도 아니면 그저 그 멍청한 초등학교 동창 동철이 놈이 심심하던 차, 초등학교 졸업 앨범을 꺼내 맨 뒤에 적힌 전화번호를 쫙 훑어 내리며 제 거짓말에 걸려들 만한 순진한 어린양을 선택하여 전화를 건 걸지도 몰랐다. 이럴 줄 알았으면 절대 나오지 않는 건데.

"그럼 그렇지!"

만희가 앞에 있는 돌멩이를 발로 툭 걷어찼다. 떼구루루 돌멩이가 신나게 굴러갔다. 그게 마치 제 모습처럼 보여 만희는 애처로운 기분이 들었다.

수학 시간 선생님한테 혼나 구르는 제 모습. 엄마한테 구박받아 구르는 제 모습. 언니한테 자존심이 상해 구르는 제 모습. 그렇게 한참을 구르던 돌멩이가 어느 순간 갑자기 뚝 멈췄다. 누군가의 발바닥 사이로 그 돌멩이가 걸려 버렸다. 뭐지? 하며 고개를 드는데 오늘 만화방에서 봤어야 했던 그 남자가 거기 서 있었다.

'이지혁?'

만희가 떼구루루 구르던 돌멩이처럼 대굴대굴 눈을 아래로 떨어트렸다.

'안녕? 오늘은 만화방에 안 왔네? 바빴구나? 네가 열심히 보던 그 만화책 3권, 내가 오늘 빼놨는데 왜 안 왔니? 왜 너는 안 오고 이상한 전화만 오게 만들었니!'

따위의 말을 할 수 있었지만 만희는 하지 않았다. 그러니까 만화방 안에서는 나름대로 이것저것 편안하게 이야기를 했었음에도 불구하고 만화방 밖으로 나오자 마치 마법에서 풀려 버린 바보 공주처럼 한마디를 못 하겠는 상황이었다.

그즈음 지혁이 역시 만희가 대국여고 학생이라는 것도 알았고 제법 이런저런 대화를 나누기도 했었지만 말이다. 하지만 그건 역시 만화방에 국한된 일이었다.

만화방 주인 방만희라는 신분을 내려놓고 그저 대국여고 학생 방만희로 신분이 바뀌자 생긴 현상이었다. 게다가 그쪽에서도 분명 방만희를 봤을 텐데, 하는 거라고는 그저 힐끔 쳐다본 게 다였으니. 왕자님이 말을 걸어 주지 않으시면 한마디도 할 수 없는 공주님처럼, 아니 신하처럼 만희는 그저 부끄러운 표정으로 고개를 숙이고 서 있었다.

'대체 쟤는 왜 여기 있는 거지? 그러는 나는 대체 왜 여기 있는 거지?'

그때였다.

"방만희!"

지혁이 자신을 불렀다.

"응?"

만희가 걸음을 딱 멈춰서 지혁을 바라보았다. 반듯하고 산뜻한 얼굴에 입이 헤벌어지지 않도록 만희가 입가에 힘을 주었다. 그러니 나오는 말이 그것이었다.

"왜?"

왜? 왜라는 말이 거기서 왜 나오냐고! 방만희! 어쨌거나 왜는 왜였다.

"아."

무척 곤란한 얼굴. 미안해하는 것 같은 눈빛. 손님이 만화방 주인을 그렇게 바라보는 이유는 단 하나였다. 만희는 얼른 지혁이에게 쏘아붙였다.

"오늘 반납 못 한 책은 연체료가 하루에 백 원씩인데 내일까지 가지고 오면 조금 깎아 줄게."

"아? 그으래. 그래 고마워."

그렇게 끄덕끄덕. 어색한 몇 초가 지났다. 껌뻑껌뻑 눈을 떴다 감았다 했다. 발밑의 모래알이 괜히 신경 쓰였다.

"방만희!"

지혁이 또다시 제 이름을 불렀다.

"왜?"

상냥하게 대답하고 싶었는데 맘과는 다르게 이번에도 불퉁한 소리만 튀어나왔다.

"너 지금 뭐 기다리는 거 있어?"

"아니."

"그럼 여기 왜 서 있는 거야?"

"그냥. 좀 볼일이 있어서."

입에서 나오는 대로 어물어물 지껄이던 만희의 뇌는 이미 정지 상태였다. 그러니까 이지혁. 지혁이랑 제가 만화방 밖에서도 이렇게 알은척을 할 수 있다니. 그 사실만으로도 놀라워 만희는 지금 제가 어떤 상황에 처해 있는지 생각나지 않았다. 단숨에 신분이 상승한 것 같은 기분. 이 모습을 누군가 봐 줬으면 좋겠는데. 그래야 이것이 제 혼자만의 상상이 아니라 현실이라는 것을 누군가는 증명해 줄 것 아닌가!

"그 볼일이 뭔데?"

게다가 지금 이지혁 님께서는 황송하게도 방만희가 무슨 일로 이렇게 찬 바람을 맞고 있는지 친히 궁금해해 주셨다. 그래서 무언가 괜찮은 대답을 해야겠다고 생각했다. 그의 뇌리에 강렬하게 남을 만한 무언가.

조금 욕심이 났다. 그러니까 내가 지금 여기 나와 있는 이유는 무려 고백이라는 것을 받기 위해서라고 알려 주고 싶었다. 내 나름 조금 인기가 있다는 것을 뽐내고 싶었다. 하지만 너무 티 나서는 안 되고 그렇다고 의미를 못 알아들을 정도로 지나치게 은유적이어서도 안 되니까.

"남자애가 좀 불러내서."

그렇게 까딱 만희가 고개를 비틀었다. 가볍게 고개를 튕겨 머리카락이 날리게 해 주는 것도 잊지 않았다.

"남자애?"

그의 되물음에 그럼 그거 아니고 뭐겠냐는 듯 재차 미소 지은 만희가 고개를 끄덕였다.

"아. 남자애."

확인하듯 지혁이 혼잣말을 했다.

"응."

만희가 그의 의심에 단단히 못을 박았다. 그러자 슬쩍 지혁의 미간이 찌푸려졌다.

"남자애랑 만난다는 거지?"

그 애가 또다시 알 수 없는 표정으로 혼잣말을 했다.

"응. 그냥 아는 남자애야."

훗. 마음속으로는 세계 최고 도도한 여자의 고갯짓을 상상하며 만희가 길게 눈꼬리를 흘렸다. 그에 맞춰 어색한 표정의 지혁이 천천히 고갯짓을 했다.

때마침 어둠 속에서 누군가 이쪽으로 어슬렁거리며 걸어오는 것이 보였다. 커다란 어깨에 앞으로 한 발 옆으로 한 발 마치 유명 제약 회사의 모델인 갈색곰을 연상시키는 걸음걸이로 걸어오는 아이. 그 아이가 놀이터 앞에 세워진 가로등 아래 모습을 드러낸 순간 만희의 얼굴이 경악했다.

초등학교 동창. 만희에게 고백하려는 상대. 멍청하고 한심스러운 녀석. 엄마끼리 친구라서 얼굴만 알고 있을 뿐. 전혀 알고 싶지 않은 남자. 김준호.

'설마 저 녀석이 내 고백 상대야?'

그렇다면 이해가 가능했다. 초등학교를 다닐 때부터 늘 엄마를 따라 우리 집에 들락거렸으며 꽤나 자주 만희를 흘끔거리며 쳐다봤으니까!

'이거 큰일 났네!'

만희의 마음이 바빠졌다. 이건 정말 대망신의 상황이었다. 한심한 남학생에게 고백을 받는, 단골 만화방 여자아이 역할이라니.

'절대 안 돼!'

이런 모습을 지혁에게 보이고 싶지 않았다. 만희의 걸음걸이가 빨라졌다.

만희가 제 옆에 있던 지혁은 싹 다 잊어버리고 씩씩거리면서 놀이터를 벗어나 가게로 향했다.

"방만희! 어디 가는 거야?"

뒤에서 지혁이 외치는 소리가 들렸지만 터어벅 터어벅 다다다! 거의 날아가듯 내달리는 만희의 마음은 급했다.

티가 나게 굴기는 했었다. 지혁이 역시 아무리 그래도 그렇지 만화방에 올 때마다 매번 가장 인기 있는 만화를 놓치지 않고 빌릴 수 있다는 사실이 의아하긴 했을 것이다.

그 애가 만화방에 들어오기 전 꼼꼼히 바르는 립글로스와 수백 번을 빗은 머리카락. 뜬금없이 펼쳐 놓은 수학책이랑 따뜻한 차 한 잔. 그 앙큼한 세팅을 여느 곰탱이 같은 남자가 아닌 이상 지혁이도 이상하다 생각했을 것이다. 여자아이들의 사랑을 받는 것이 당연하던 지혁이 아니던가! 아마 눈치도 엄청 빠를 것이다.

그렇기 때문에 뽐내듯 말한 그 남자아이가 김준호라는 사실을 지혁이에게 절대 들켜서는 안 되는 일이었다. 초등학교 때 봤던 그 만화 점 초성 'ㅈ'과 'ㅎ'의 저주에 딱 들어맞는 김준호의 고백! 그 고백을 어떻게든 피해야 했다. 그 간절한 마음이 만희를 부리나케 내달리게 했다.

3

15년 뒤. 다시 만난 이지혁과 방만희 그리고 그의 아들 이구현.

유치원 앞에는 커다란 담장이 없다. 사방이 뚫려 있는데 모두 작은 골목으로 둘러싸여 있다. 앞으로는 주택가, 뒤로는 아파트. 조금만 더 걸어가면 시선이 닿는 곳에는 조그마한 공원과 음식점들이 즐비하다.

이미 시간이 늦어서 주택가는 한산했다. 나무 그늘 밑으로 가로등이 켜진 지 오래. 큼큼 이지혁이 헛기침을 해 대는 동안 하하, 만희가 헛웃음을 지으며 그를 바라보았다.

'참 신기하네. 어떻게 이런 일이 있을 수 있지?'

나이가 들기는 든 모양인지 첫사랑과 재회하는 일이 생겼다. 한참을 돌고 돌아 대국동에서 한솔동까지. 차로 한 시간 넘게 걸리는 이 동네에서 이토록 생활 밀착적인 재회를 하다니.

어쩐지 서운하기도 하고 한편으로는 무척 신기하고 반갑기도 한 이 상황에 만희는 아련한 기분에 빠졌다.

물론 가끔 이지혁을 생각했었다. 술을 마시고 제 과거 남성 편력을 떠올릴 때면 만희의 머릿속에 가장 먼저 생각나는 건 이지혁이었다.

제대로 말해 본 적도 없고 만화방 주인과 손님 이상의 관계로는 전혀 발전하지 않았는데 그 이후 사귀고 키스하고 등등 그 밖의 더한 것들을 하고 울고불고 싸우고 헤어진 그 여느 남자들을 제쳐 두고 만희가 제일 앞에 소중하게 내려놓는 이름은 늘 이지혁이었다.

기억은 체로 거른 모래알 같은 것이라 고운 흙만 남은 아름다운 추억 속 지혁의 얼굴은 또렷한 눈썹과 깔끔한 이마, 호랑이에 물려 가도 죽지 않을 것 같은 반짝이는 눈빛 같은 것을 가지고 있었다.

그리고 지금, 덥수룩한 머리카락과 세월의 흔적으로 조금씩 수직 낙하 하는 피부에 가려 있기는 했지만 상상 속 기대만큼이나 그의 눈빛만은 형형했다. 나쁘지 않은 재회.

그나저나 제 모습은 어떻게 보이고 있는 거지? 질끈 묶은 머리. 화장기 없는 얼굴. 귀여운 캐릭터가 그려진 앞치마. 만희가 한창 당황하고 있던 찰나 잠시를 못 참고 구현이 유치원 놀이터에서 미끄럼틀을 타고 있는 것을 지켜보던 지혁이 말했다.

"하여간 신기하네."

괜히 제 머리카락을 쓸어 다시 귀 뒤로 넘긴 만희가 대답했다.

"으음, 그러니까."

"어쨌거나. 반가웠어."

지혁이 고개를 돌려 만희를 바라보며 잔잔하게 미소 지었다.

"으응 나도."

"여기서 만날 줄은 생각도 못 했는데 그래도 우리 구현이 선생님이 만희 너라니까 어쩐지 안심이 된다."

슬그머니 시선을 든 만희가 밋밋한 표정으로 미소를 지었다. 이 어색한 기분, 알 수 없는 야릇함. 어서 이 순간을 벗어나 빨리 혼자서 오두방정을 떨면서 난리 블루스를 추어야 할 것 같은 느낌.

이미 머릿속으로는 이 상황이 끝나자마자 전화할 명단도 다 골라 놨다. 우선 1순위는 고등학교 동창 서민주. 민주가 이 이야기를 들으면 얼마나 놀랄까! 그때 그 시절 우리의 왕자님이 지금 우리 유치원 학부형이라는 이 놀라운 사실을!

"그럼."

꾸벅 인사를 하며 구현이에게 손을 내민 지혁이 돌아섰다. 제 아빠의 손을 잡고 제 선생님을 돌아보는 구현을 향해 만희가 손을 흔들었다. 두 부자가 다정하고도 어쩐지 쓸쓸한 분위기로 길을 걸어가는 것을 가만히 지켜보던 만희가 순간 이성을 되찾고 유치원 선생님으로 돌아왔다.

"저기, 그으게. 그럼 내일은 누가 데리러 오시는 건가요?"

우뚝 멈춰 선 지혁이 만희를 향해 돌아섰다.

"아! 내일! 내일은!"

어찌해야 할지 방법이 없었던 모양인지 또르르 눈알을 굴리는 지혁이 가만히 궁리를 하다 말했다.

"내일은 내일, 전화드리겠습니다."

'아. 내일 전화한다고?'

답이 없구나 하는 암담한 생각에 우선 알겠다는 듯 고개를 끄덕인 만희가 여느 학부형에게 하듯 손을 모아 공손히 인사했다.

"아! 그럼 그러세요. 아버님."

그 모양에 맞절로 공손히 인사를 한 지혁이 순간 고개를 갸웃하고 혼잣말하듯 말하며 이리저리 주변을 둘러보았다.

"아. 네. 그런데 아버님이요? 아버님이 누굽니까?"

그 모습이 딱 제 주변에 또 누가 있나 싶은 꼴이었다. 올해 나이 서른 둘. 다섯 살 아이를 두었다 해서 이상할 리 없지만 그의 주변 사람들을 보자면 서른둘에 결혼 안 한 남자를 찾는 것이 훨씬 쉬울 것이다.

"아니요. 저기 그쪽이. 이지혁 씨가 구현이 아버님이시잖아요."

만희가 부러 구현이와 시선을 마주치며 웃어 보였다. 구현이 선생님 말이 틀리지 않았다는 듯 방실거렸다.

"맞네요. 구현이 아버지. 제가 구현이 아빠가 맞긴 하죠. 그런데 아버님, 그런 호칭은 어르신들에게나 하는 거라고 생각해서요. 어색하네요."

"저희 유치원에서는 다 아버님 어머님 그렇게 부르고 있어요."

"아. 그렇겠네요. 고객이니까."

이번에는 지혁이 당연하다는 듯 대답했다.

"고객이요?"

고객? 고객이 맞긴 맞지. 하지만 아이 앞에서 그런 말이라니.

"네. 우리 구현이가 선생님 고객인 건 맞잖아요."

하! 이번에 어색한 것은 만희 태연한 것은 지혁이었다. 그가 회사 생활을 한다면 대부분 만나는 이는 동료와 고객이겠지. 고객은 그의 사회에서는 자연스러운 말이다.

"아. 그렇죠. 고객이죠. 하지만 고객이기 전에 선생님과 학생. 귀여운 제 아이들이죠."

만희가 어설피 웃으며 이제 그만하자는 듯 단호하게 고개를 끄덕였다. 머뭇머뭇 지혁이 제 아이의 손을 잡고 어디서 어떻게 끊어야 할지 모르는 통화라도 하는 것처럼 망설이다 마지막 인사를 했다.

"그럼 언제 식사라도 한번."

"네. 언제."

만희가 가볍게 고개를 끄덕였다. 예의 자연스레 어른 사회에서 흔히 하는 그 말이었다. 절대 언제 먹을지 어디서 먹을지 기약은 없는 그냥 말 그대로의 인사. 그 한마디로 지혁이 이 상황을 갈무리하는 중이었다.

"그럼 연락드리겠습니다."

"네."

그렇게 알았다는 듯 만희가 가볍게 고개를 숙이던 순간이었다.

"그럼 오늘 먹으면 안 돼?"

불쑥 지혁의 손을 잡고 있던 키가 작아 한참 아랫동네인 구현이 끼어들었다.

"오늘?"

지혁이 난처한 표정으로 제 아들을 바라보았다. 만희의 얼굴이 구겨졌다. 반가움보단 어색함이 가득한 이 상황을 빨리 벗어나고 싶은 만희에게는 이보다 불편한 제안이 없었다.

"응. 오늘 먹자. 오늘 선생님 나 때문에 늦게 있었어."

하지만 구현이는 기특하게도 대접하고 싶은 순수한 제 마음을 열심히 표하는 중이었다. 여느 아이들이 그런 것처럼 그것이 선생님을 더 난감하게 한다는 것은 생각도 하지 못하고 말이다.

"아. 구현아 오늘은 선생님이 일이 있......"

그 마음만 받겠다는 식의 말을 하기 위해 구현의 앞으로 가까이 다가간 만희가 무릎을 굽힌 순간이었다. 어쩐지 불편한 기운이 배 속으로 몰려왔다. 우리 모두 그 상황이 언제 일어날지 몰라 늘 발생하는 그 순간 당황하는 그 생리 현상 말이다.

이건 피해야 해! 라고 느꼈지만 이미 늦어 버렸다. 꾸우욱 꼬르륵 위장을 속까지 들들 긁어 대는 요란한 소리에 만희의 미간이 불쑥 솟아올랐다.

이게 대체 천둥소리냐, 번개 소리냐? 태어나 처음 듣는 생리 현상의 천연덕스러운 소리에 놀란 구현이 상황 파악을 하려 열심히 머리를 굴리고 있던 때였다.

"그 일 급하신 거 아니면 간단하게라도 요기하시는 거 어떨까요?"

지혁이 태연한 표정으로 만희에게 권했다.

"웅! 나 여기 떡볶이 먹으러 갈래. 아니, 아니 떡볶이 사 와서 유치원에서 먹을 거야. 전에 선생님도 떡볶이 사 와서 먹었어."

구현이 상황이 제 의견대로 돌아가는 것이 신이 나 외쳤다. 지혁이 그건 안 되겠냐는 듯 만희를 향해 눈을 동그랗게 뜨다 부시게 웃었다.

"그럼 그렇게 하세요. 저는 아직 정리할 것도 있고."

만희가 이왕 이렇게 된 거 어쩌겠냐는 듯 비실비실 웃으며 축 처진 어깨로 유치원 안으로 들어갔다.

몇 분 지나지 않아 두 부자는 어묵 떡볶이 순대 튀김 등을 잔뜩 싸 가지고 유치원으로 들어왔다. 만희는 급하게 유치원에 있는 접시와 포크 젓가락 등을 챙겼다. 세 사람이 해바라기 반 유치원 의자에 앉았다.

자연스럽게 자신의 자리로 가 앉는 구현이 옆으로 몸집이 큰 지혁이 작은 아이용 의자에 앉았다.

"불편하지 않으세요?"

"아. 뭐 저는 괜찮습니다."

만희가 그 옆으로 가 그릇 안에 떡볶이를 부어 넣고 순대 비닐을 벗겨 역시 그릇에 담았다. 구현이 벌떡 일어나 정수기에서 물을 떠 왔다.

"선생님하고 아빠는 어른 컵에 줄게요."

"응 그렇게 해."

만희가 익숙하게 대답했다.

"어른 컵이 뭐예요?"

흘깃 구현을 보던 지혁이 물었다.

"아이들이 그렇게 이름 붙인 거예요. 무지개색 플라스틱 컵은 아이들 거 스텐 물컵은 어른 컵. 이게 더 오래된 거긴 한데 그래도 아이들은 색깔 있는 컵을 더 좋아하더라고요."

만희가 설명하며 세 사람의 앞에 앞접시를 내려놓았다. 구현이 포크를 제 앞으로 챙겨 놓고 손을 모아 노래를 부르기 시작했다. 텅 빈 교실에 구현이의 우렁찬 목소리가 울려 퍼졌다.

"맛있게 먹자. 맛있게 먹자. 꼭꼭 씹어 맛있게 먹자. 한솔 어린이는 착한 어린이. 선생님 먼저 드세요. 친구들아 맛있게 먹자. 감사히 잘 먹겠습니다."

구현의 노래가 끝나자 만희가 구현의 머리를 쓰다듬으며 말했다.

"지금은 그 노래 안 해도 돼."

이번에는 구현이 대신 지혁이 끼어들었다.

"아니에요. 구현이는 유치원 아니더라도 꼭 이 노래 하고 밥 먹거든요."

"아, 그래요? 그건 몰랐네요."

만희의 말에 지혁이 흐뭇하게 미소 지으며 구현을 내려다보았다.

"원칙에 충실한 스타일이죠. 구현이가."

"그런가 봐요."

지혁이 못지않은 미소가 만희의 얼굴에도 떠올랐다. 원칙에 충실한 구현이라니. 이제 와 보니 제 아빠와 똑 닮은 성격에 만희는 그것이 재미있어 몇 번을 혼자 벙긋거렸다.

그사이 빈 포크를 들고 무엇을 먹을까 고민하는 구현이를 눈치챈 만희가 어묵을 잘라 아이의 접시 위에 올렸다. 선생님의 챙기는 손길이란 늘 있던 일인지라 자연스레 포크로 꼭 찍어 입에 넣는 구현이를 바라보던 만희의 얼굴에 지혁의 시선이 놓였다. 씨익 웃는 그의 얼굴이 새삼스러워 만희는 곧바로 고개를 돌렸다.

"유치원 선생님이라니 정말 잘 어울리네요."

제게서 달아나는 시선을 잡아 두려는 듯 그가 말했다.

"그런가요?"

반문하는 만희는 어딘가 어색한 기분이었다.

"네. 상상했던 모습보다 더 좋아 보여요."

"상상이요? 뭘 상상했는데요?"

"아니 그냥 뭐. 이런저런 생각 하잖아요. 어렸을 때 같은 동네 살던 방만희라는 여학생은 어떤 사람이 되어 있을까. 잘 살고 있을까. 그런 생각. 그런데 그 기대를 저버리지 않을 만큼 참 좋아 보이네요. 만희 선생님 같은 분이 선생님이라니 정말 다행이라는 생각이 듭니다."

순간 만희의 얼굴에 화악 열이 올랐다. 생각도 못 한 이야기를 들었다. 그 말을 하며 박자를 맞추듯 고개를 주억거리는 모습. 건네 오는 시선. 그 모든 것에 진심이 묻어나 만희는 뭉클했다.

어렸을 적 상상하던 것보다 그리 아름답지 않은 현실. 기대보다 대단치 않은 일상에 지쳐 가던 와중이었는데 제 과거로부터 꾹 칭찬 스티커라도 받은 것 같았다. 그것이 좋아 만희는 입을 꼬옥 오므리고 눈으로만 살짝 웃었다.

"좋아 보인다니 기분 좋은 칭찬인데요? 동창한테 그런 이야기를 들으니 말이에요."

그렇게 답한 만희가 괜히 부끄러워져 얼른 젓가락으로 아까부터 노리고 있었던 떡볶이를 집어 들었다. 호호 불어 입에 넣자 마음이 진정되는 흐뭇한 기운이 입안 가득 퍼졌다.

그사이 물그릇에 미리 담가 놓은 떡볶이 떡을 구현의 그릇에 올려 주고 컵에 뜨거운 어묵 국물을 적당히 셋으로 나눠 따른 만희가 그중 하나를 들고 호호 불어 마셨다.

"선생님 맛있죠?"

만희가 잘 먹는 것을 흐뭇하게 바라보던 구현이 물었다.

"응. 맛있네."

만희가 진심으로 말했다. 한동안 말없이 입안으로 음식을 집어넣는 일만 계속되었다. 젓가락이 오고 가고 음식을 씹고 집는 소리가 들리고, 어느새 어색함이나 낯섦이 사라지고 제법 괜찮은 저녁 식사가 이뤄지고 있었다.

그렇게 만희가 식사를 다 마치고도 아직 열심히 먹고 있는 구현이의 식사를 돌봐 주던 때였다. 국물이 튄 입술 주변을 닦아 주고 아이의 입에 한 번에 들어가기 어려운 어묵을 잘라 주고 팔이 닿지 않는 물컵을 밀어 주고 그것을 가만히 보고 있던 지혁이 불쑥 말했다.

"예전의 그 만화방이 이제 없어졌더라고요."

구현을 바라보던 만희의 고개가 지혁을 향했다.

"어? 혹시 가 보셨어요?"

"네. 그 근처에 볼일이 있어서 혹시나 싶은 마음에 가 봤는데 그 자리에 편의점이 들어서서 갑자기 확 섭섭한 기분이 들었지 뭡니까?"

"아. 그러셨구나."

만희가 말끝을 흐렸다.

"어머니는 잘 계시죠?"

순간 표정이 바뀐 만희가 잠시 망설이다 지혁을 향해 다정한 미소를 보였다.

"엄마는. 돌아가신 지 3년 됐어요."

그 말을 마치기도 전에 당황한 지혁이 시선을 둘 곳 없어 하는 것이 느껴졌다. 이런 말을 하면 누구나 이런 표정을 짓기 마련이었다. 애초에 답을 알지 못하는 것이 당연한. 그래서 질문을 한 사람이 미안할 필요 없는 이야기.

"아니요. 저는 이제 괜찮아요. 많이 좋아졌어요."

만희가 잔잔하게 웃었다. 그래도 오랜만에 만난 사이에 그가 엄마의 안부를 물어 준다는 사실이 기분 좋았다. 그 시절의 만화방을 기억하고 있는 사람이 아직도 있다는 것이 좋았다. 엄마와 언니와 함께 살던 시절. 따스함이 있었던 그 시간을.

"음. 괜찮아요. 선생님 힘내세요. 나도 엄마랑 안 만나는데요, 뭐."

우적우적 어묵을 씹던 구현이 불쑥 말해 왔다.

"어?"

아이의 입에서 그런 말이 나올지 몰라 너무 당황한 만희가 되묻듯 질문하는 꼴이 되고 말았다. 그 탓에 더욱 당황한 만희에게 연이어 지혁이 태연하게 이야기를 꺼냈다.

"이혼했거든요. 구현이 엄마랑 저랑."

이혼? 했다고? 어찌 대답할지 몰라 망설이는 만희의 표정에 지혁이 신경 쓸 것 없다는 듯 연거푸 말했다.

"아니요. 나도 이제 괜찮습니다. 많이 좋아졌어요."

제 했던 말 그대로 따라 하는 지혁의 대답에 만희가 조금 긴장을 풀었다. 그사이 다 먹었는지 포크를 내려놓은 구현이 두 사람을 한 번씩 돌아보았다. 그러고는 마치 이 모든 상황을 마무리하듯 말했다.

"우리 아빠랑 엄마는 사이가 안 좋대요. 그래서 같이 있는 거보다 따로 있을 때 사이가 더 좋대요."

아이는 그 말을 하고는 너무나 태연한 표정을 짓고 있었다.

○ ◎ ●

전화를 해 동네방네 지혁을 소문내려던 계획을 취소하고 만희는 그냥 조용히 침대에 누워 있었다. 가만히 지금 이 상황을 직시할 필요가 있다고 생각했다.

'나는 어떻게 살아왔던 걸까? 또 그는 어떻게 살아온 걸까?'

그 시절 만화방을 물려준다고 했던 엄마는 3년 전 유방암으로 돌아가셨다. 가게는 진즉 정리를 한 상태였다. 휴대 전화가 발달하고 웹툰이 성행하고 인터넷으로 영화를 구매해 보는 시대, 동네의 만화방은 이미 오래전부터 하나둘 사라지고 없었다.

아니, 그 변화는 그보다 더 오래전부터 일어나고 있었다. 고등학교 1학년이던 만희가 만화방을 지키고 있었을 때부터. 엄마는 오전에는 만화방 일을 하고 오후에는 이런저런 아르바이트를 했었다. 무슨 일을 했냐고 묻지 않았다. 들었던 것 같기도 한데 기억나질 않는다.

엄마는 늘 바빴고 만희는 괜찮은 척하느라 바빴고 언니는 대학에 입학해서 또 바빴다. 고3이었던 만희는 만화방을 물려받겠다는 생각이 없었다. 손님이 줄어들고 폐업 수순이라는 게 눈에 빤히 보였다. 엄마는 보증금이라도 건지고 싶다고 했었다. 고민하던 만희는 아이들을 좋아하고 손재주가 많다는 장점을 살려 유아교육과에 진학했다.

그리고 만희 대학 3학년 때, 엄마는 여기저기 아픈 곳이 많다며 병원에 자주 들락날락했었다. 만희는 공부하고 연애하고 하느라 엄마가 지금 앓고 있는 것이 무슨 병인지는 묻지 않았다. 그냥 그런 거라고 생각했다. 오랫동안 고생하셨으니까 나이가 드셨으니까 그런 거라고 넘겨짚고 말았다. 아니, 엄마는 도대체 왜 그렇게 아픈 곳이 많은 거냐고 신경질을 낸 적도 있었다.

'아빠랑 엄마는 사이가 안 좋대요. 그래서 같이 있는 거보다 따로 있을 때 사이가 더 좋대요.'

우리는 어른들에게 어떤 일이 일어나는지 모르고 있다. 그래서 구현이의 어른스러운 말이 대견하기보다는 슬프게 들렸다.

'그럼 다음에 또.'

식사를 마친 지혁이 예의 그 말을 하며 인사를 했었다.

'다음에 또 언제요? 다음에는 같이 놀이동산 가요!'

신발을 신던 구현이 갑자기 신이 난 얼굴로 그 말을 했었다.

'그럼 안녕히 들어가세요. 내일은 연락 주세요.'

제가 그렇게 말했던가? 그 말에 지혁은 이렇게 대답했던가?

'네. 내일 연락드리겠습니다.'

지혁이 사라지고 만희는 무언가 기분이 이상했다. 이만큼이나 나이를 먹은 건가 싶은 야릇한 생각. 평소에는 느끼지 못했던 세월이 갑자기 눈앞에 보이고 손에 잡힌다.

만희는 엄마가 돌아가시고 언니와 둘만 남았다. 그리고 같은 일에 8년이란 경력을 쌓았다. 지혁은 결혼을 하고 아이를 낳고 이혼하고 그리고 아이를 혼자 키운다.

"참 많은 일들이 있었네."

만희가 문득 허전함을 느끼고 벌떡 침대에서 일어나 앉았다. 머릿속에는 방금 전의 그 소박한 저녁 식사가 떠올랐다. 다리를 접고 앉기에도 불편한 유치원 상에는 온기가 있었다. 아이와 아빠. 그리고 유치원 선생님. 아이가 먹는 것을 지켜봐 주고 그런 아이를 돌보는 만희를 지켜보던 지혁의 눈길.

나쁘지 않았다.

뭐? 나쁘지 않았다고!

"야! 너 무슨 생각 하는 거야!"

만희가 빵 이불을 걷어차고 벌떡 침대에서 일어났다. 외로운 것뿐이었다. 외로운 거였다. 엄마는 돌아가시고 언니는 시집가고 그리고 이 좁은 오피스텔에 자신은 혼자니까. 사람이 그리운 것뿐이었다. 하지만 당장 내일 아침이 되면 아이들이 잔뜩 밀려들어 오지 않는가? 외로울 시간이란 없기 마련이었다.

○ ◎ ●

"그러니까 너보고 집에 가 있으라고 했다고?"

믿을 수 없어 만희는 몇 번이나 구현이에게 물어보았다. 하원 차량 안에서였다. 구현이가 유치원에서 아주머니를 기다리지 않고 6시 마지막 하원 차량을 탄다고 했을 때만 해도 이런 이야기인 줄은 생각을 못 했다.

오늘 하원 차량 담당이었던 만희는 마지막으로 구현이네 아파트 앞에 멈춰 한동안 구현이를 데리러 올 아주머니의 출현을 기다리다 아이의 믿을 수 없는 말을 들어 버렸다.

"네. 할 수 있어요. 나 집 비밀번호도 다 알고 있고 남한테도 절대 안 이야기해 줘요. 지난번에도 이모 늦게 왔는데 혼자 있었어요."

구현이는 당당하게 이야기했지만 만희는 속상했다.

'아무리 그래도 그렇지. 아무리 급해도 그렇지 어떻게 이럴 수가 있지?'

첫사랑 이지혁이 이렇게 한심한 스타일의 아빠일 줄은 몰랐다. 아직 다섯 살인 아이더러 혼자 집에 있으라고 했다니. 하지만 정말 도와줄 사람이 없었구나 하는 생각도 들었다. 조부모의 도움도 못 받고 아는 사람도 달리 없는 모양이었다. 어떻게 하다 이렇게 되었을까? 만희는 안타까운 생각이 들었다.

만희가 휴대 전화를 들었다. 오후 6시 이 시간대의 차량은 유치원에 직접 아이를 데리러 오지 않는 학부형들이 이용하는 마지막 차량이었다. 원칙은 아이의 보호자라 알려진 사람이 아이를 데리러 나와야 한다는 것이었다. 아이가 보호자에게 안전하게 인계되고 그것을 확인해야 선생님은 안심하고 돌아갈 수 있다.

그런데 뭐? 하원 차량에서 내려 구현이 혼자 집에 들어가라고 했다고?

여러 번 신호음이 울려도 받지 않는 전화에 심각한 표정을 지은 만희를 향해 구현이 소리쳤다.

"나 할 수 있어요."

"응. 그래 구현이 할 수 있는 거 선생님도 알아. 하지만 지금은……. 잠깐만 기다려 봐 구현아."

할머니, 할아버지 그 외에 다른 분들은 없으신 걸까. 어쩌다 상황이 이렇게까지 되었을까. 만희는 염려스러운 표정으로 하원 차량의 문을 닫고 우선 구현의 손을 잡았다.

"아빠는 된다고 하셨을지 몰라도 선생님이 안 돼. 선생님이 불안해서 할 수가 없어."

"아니요. 나 혼자 할 수 있어요. 나는 남자니까. 괜찮다고 했어요. 아빠가 빨리 올 거래요. 한 시간 동안 텔레비전 보고 있으면 그럼 아빠가 온다고 했어요."

"선생님하고 같이 유치원에 가자."

"그럼 미안한 건데. 아빠가 그건 미안한 거라고 했는데."

"그런 거 없어. 구현아 너는 선생님 반 학생이고 아직 어리니까 선생님한테 그런 거 없어."

만희는 다시 휴대 전화의 통화 버튼을 눌렀다. 한참이 지나도 받지 않는 전화. 슬슬 짜증이 치밀어 올랐다. 과거 그 이지혁이 얼마나 괜찮은 사람이었는지 얼마나 모범생이고 얼마나 착실한 아이였는지 몰랐다면 지금 이 순간 그는 욕이 한 바가지는 나올 만한 타입의 학부형임이 분명했다. 마지막이다 하는 생각으로 만희가 전화기의 통화 버튼을 눌렀다.

디리리리링 디리리리.

— 네, 여보세요.

수화기 너머 들려오는 소리에 만희가 소리치듯 불렀다.

"구현이 아버님!"

— 아, 선생님.

멀쩡한 목소리에 만희는 어쩐지 화가 났다.

"구현이 지금 제가 데리고 있는데, 아직 안 오셔서요. 제가 유치원에 데리고 있을게요."

— 그게, 구현이 혼자 있어도 괜찮을 텐데요.

너무도 태평한 목소리에 만희는 어이가 없었다.

'뭐? 이런 아빠가 다 있어?'

"아니요! 절대 괜찮지 않아요."

— 그럼 집에 데려다만 주셔도 되는데.

"아이 혼자 있으라고요?"

— 가능합니다. 구현이 그동안 혼자 있었던 적도 많거든요. 아, 저 지금 잠깐 죄송합니다!

그 애매모호한 말을 끝으로 상대 쪽에서 전화를 끊었다. 만희는 저절로 한숨이 나왔다. 전화를 마치고 심각한 얼굴을 하고 있는 만희를 살피던 구현이 괜찮다는 듯 싱긋 웃었다.

"집에 갈래요. 만화 볼래요. 어제 아빠가 새로 받아 준 거 있어요. 선생님도 봐요."

잠시 난처한 표정으로 고민하던 만희가 결국 구현이를 따라 올라가기로 마음을 먹었다.

"아이랑 잠시 같이 있어 줄게요. 퇴근하세요."

유치원 차량 기사님이 별일도 다 있다는 듯 수고하라는 식으로 고개를 끄덕였다.

엘리베이터를 타고 도착한 집 앞, 구현이 익숙한 손놀림으로 비밀번호를 눌렀다. 디리릭 문이 열리는 소리와 함께 구현이가 먼저 집 안으로 들어갔다.

"실례하겠습니다."

만희가 뒤따라가며 말했다.

"선생님 누구한테 인사하는 거예요? 우리 아빠 없는데."

신을 벗으며 구현이 물었다.

"그거야 구현이지. 구현이도 이 집 주인이니까."

만희의 말에 구현이 싱긋 웃었다. 구현이 먼저 한 걸음 그 뒤로 만희도 살짝 한 걸음 안으로 옮겼다. 무엇을 상상했는지는 무엇을 기대했는지는 모르지만, 하여간 집 안으로 들어서자마자 만희는 깜짝 놀랐다.

"어. 어떻게?"

놀라 멍해진 만희에게 구현이 자랑하듯 말했다.

"우리 집 크죠."

복도로 들어온 구현이가 가방을 톡 내려놓고 화장실로 쪼르르 달려갔다. 구현이 말대로 집이 넓기는 넓은데, 그게 꼭 집의 평수 때문만은 아닌 것 같았다. 그러니까 집이 넓어 보이는 이유는 집 안에 아무것도 없었기 때문이었다.

"손 씻어야 해요. 밖에 나갔다 들어오면 손 먼저 씻어야 해요."

"응 맞아."

함께 화장실로 들어간 만희가 손을 씻고 있는 구현이를 도우며 주위를 둘러보았다.

'어떻게 이렇게 아무것도 없을 수가 있지?'

화장실은 한 번도 누군가 사용한 흔적이 없는 것처럼 깨끗했다. 거실에 있는 물건이라고는 바닥에 놓인 텔레비전. 그것도 맨 처음부터 있던 것이 아니라 필요 때문에 어쩔 수 없이 산 것같이 놓인 텔레비전뿐이었다. 어른이 사용하는 방에는 침대 하나. 그리고 구현이 방으로 보이는 곳에 있는 건 앉은뱅이책상. 그것이 집 안에 있는 커다란 물건의 전부였다.

'어떻게 이럴 수가 있지.'

삭막하다. 기분이 이상하다. 그런데 구현이는 그 안에서 자유로워 보였다. 그렇다면 이상한 건 구현이가 아니라 만희 저였다. 백지상태의 인테리어가 아이의 정서에 어떤 영향을 미치는가? 그런 연구 결과는 아직까지 본 적이 없었다. 하지만 구현이의 일상을 들여다보자면 아이의 정서 상태는 괜찮은 편이다. 그렇다면 제 편견인 걸까?

"선생님 이거 봐요. 이거 진짜 재미있어요."

구현이 능숙하게 텔레비전을 켜고 그것에 연결되어 있는 컴퓨터로 영화를 틀었다. 애니메이션. 제목이 뭐더라. 그 제목이 기억나지 않는 애니메이션에 구현이는 금세 집중했다. 만희는 눈에 익지 않은 낯선 공간을 휘둘러보다 역시 아무것도 없다는 것을 깨닫고 텔레비전 화면에 집중했다.

대체 내가 좋아하던 그 남자애는 어쩌다 이렇게 된 걸까. 그 생각을 하면서 만희는 어느새 제 무릎에 기대어 있는 구현이의 머리를 쓰다듬었다. 그러고는 저도 모르게 비어 있는 공간에 필요한 물건들을 하나둘 상상 속으로 정리하기 시작했다.

시간이 얼마나 지났을까? 무릎에 기대 있다고 생각했던 구현이가 벌떡 일어났다. 뒤이어 현관문이 열리는 소리가 들렸다. 아이는 제 아빠가 왔다는 걸 어떻게 저렇게 잘 알았을까? 만희가 자리에서 일어나고 얼마 지나지 않아 거실로 지혁이 나타났다. 깔끔한 슬랙스에 셔츠. 출근 복장이기는 한데 헝클어진 머리카락 때문에 대체 어디를 다녀왔는지 종잡기 어려운 모습이었다.

"미안합니다. 빨리 온다고 온 건데."

말은 미안하다고 하면서 표정은 태연한 그의 어디다 장단을 맞춰야 할지 모르겠는 얼굴로 만희가 지혁을 바라보았다.

　"아니요. 그건 괜찮은데."

　그러고는 구현이 여전히 끝나지 않은 애니메이션에 집중하는 것을 힐끔 확인한 만희가 그의 옷자락을 잡아당겼다. 거실로 들어오기 전 길게 난 복도에 두 사람이 마주 보고 섰다.

　"이모님은 구하셨어요?"

　"그게. 원래 일해 주시던 이모님께서 다음 주에는 나오실 수 있다고 해서요."

　"그럼 그때까지는요?"

　"오늘이 화요일이고 이제 수, 목, 금, 3일만 버티면 되니까 괜찮지 않을까 싶은데."

　손가락으로 하나둘 숫자를 헤아리는 그를 본 만희가 혀를 내두르며 화를 냈다.

　"아니! 그럼 그때까지는 어떻게 하려고 그러시는 건데요? 휴가 내실 거예요? 반차는요? 월차는요?"

　"아. 그거야. 구현이가 이렇게 집에 잘 있으면 별문제 없을 겁니다."

　"잘 있다고요? 다섯 살 아이가 혼자서요?"

　"네. 구현이도 이제 다섯 살이니 이 정도는 충분히 해낼 수 있을 거라고 생각합니다. 집 여기저기 카메라도 달아 놨고 제가 수시로 전화도 하니까요."

　태연하게 말하는 지혁을 보고 만희는 기가 찼다. 하긴 고등학교 시절 전교 1등의 성적. 전국 0.1% 내외의 모의고사 성적을 받던 그때부터 이 인간은 우리와 같은 종이 아닌 모양이구나, 생각을 하긴 했었다. 하지만 그건 공부고 이건 아들의 일이다. 이런 상황에 어떻게 이렇게 아무렇지 않을 수 있지?

"다섯 살 아이를 혼자 집에 두시겠다고요? 아이들 가정에서 안전사고가 얼마나 많은지 아세요?"

"그러니까요. 그러니까 이렇게 집에 아무것도 없지 않습니까?"

만희는 허허벌판이나 다름없는 그의 집이 진심으로 온전히 그런 이유 때문인지 미심쩍은 표정으로 그를 바라보았다. 이런 답답한 사람 같으니라고! 지금 이런 해결 방법이 가당키나 하단 말인가!

"제가 이런 말 하기는 좀 그렇지만 혹시 도와줄 사람 없으세요? 어머니나 아버지나 이모 삼촌 고모."

"없습니다."

딱 잘라 말하는 지혁의 소리에 만희는 입을 꾹 다물었다.

"오래전부터 우리 둘이서 잘해 왔습니다. 구현이도 익숙해져 있고요. 어차피 다른 사람이 해결해 줄 수 없는 일 아닙니까? 우리만의 방식으로 잘 해결할 겁니다. 선생님은, 걱정 안 하셔도 됩니다."

상상 속의 그 눈빛보다 실제 이지혁의 눈빛은 훨씬 더 형형했다. 호랑이가 나타나도 잡아먹히지 않을 것 같은 표정으로 자기 일은 자기가 알아서 처리할 테니 상관하지 말라는 식이었다.

"그래도……."

만희가 말끝을 흐렸다.

"그래도는 없습니다. 저도 많이 고민한 일입니다. 저희 나름의 방식으로 지금껏 잘해 왔습니다. 고맙지만 이 이상은 걱정하지 않으셔도 됩니다."

결국 만희는 입을 꾹 다물었다.

하긴 이 이상은 참견하지 말아야 했다. 아이들을 키우는 방식은 수만 가지. 그 어떤 부모도 같은 경우는 없었다. 옆에서 남이 이것이 옳다 저것이 그르다 할 수 없었다.

그동안 많은 아이들을 만나며 안타까운 경우, 참견하고 싶거나 충고

하고 싶은 경우는 얼마든지 있었지만 만희 자신이 할 수 있는 건 유치원에서의 생활로 한정되어 있을 뿐이다.

"네. 그럼."

여전히 애니메이션의 내용에 쏙 빠져 집중하고 있는 구현이를 보며 만희는 미적지근한 기분으로 입맛을 다셨다. 그러고는 바닥에 내려놓은 제 가방을 들고 나섰다.

"그럼 이만 가 보겠습니다."

꾸벅 인사를 했다.

"잠깐만요."

벗으려던 윗옷을 다시 입은 지혁이 만희를 불러 세워 놓고 구현이를 향해 말했다.

"구현아 옷 입어."

구현이 여전히 텔레비전에서 눈을 떼지 못하면서도 바닥에 떨어져 있던 제 점퍼를 주워 입었다.

'어디 가려고 하나?'

만희가 신발을 신고 현관으로 나서자 두 사람도 함께 따라 나왔다. 혹시 자신을 데려다주려고 하는가 싶었지만 다섯 살 아이도 집에 혼자 두는 아빠가 한밤중도 아닌데 서른두 살 처자를 집에 데려다줄 리 만무했다.

그런데 엘리베이터에 탄 지혁이 만희에게 말했다.

"정문에서 구현이랑 잠시 기다리세요. 제가 차 가지고 나오겠습니다."

"네?"

구현이 만희의 손을 잡으려 손을 뻗었다. 만희가 알 수 없는 표정을 지으며 구현의 손을 잡고 말을 흘렸다.

"무슨."

"집에 데려다드려야죠. 밖이 깜깜합니다."

그가 1층에서 멈춘 엘리베이터에서 어서 내리지 않고 뭐 하냐는 듯 만희를 향해 눈짓했다.

뭐야? 대체? 다섯 살 아이는 혼자 집에 두면서 나는 왜 데려다주는 건데? 만희가 뚱한 표정을 지으면서도 반박할 말을 찾지 못하고 엉거주춤한 자세로 엘리베이터에서 내렸다.

잠시 후 올라탄 그의 차는 예상과는 다르게 지저분하지도 낡지도 않았다. 안에는 쓸데없는 물건들로 가득 들어차지도 않았고 쓰레기 더미 같은 것도 없이 그저 깔끔했다.

구현이와 뒷좌석에 앉아 그에게 자신의 오피스텔 주소를 읊어 주고 만희는 구현이를 가만히 바라보고 있었다. 구현이는 짝이 맞지 않는 옷을 입고 가끔 손톱을 안 깎고 오고 머리는 제 아빠처럼 덥수룩하지만 착하고 맑고 좋은 아이였다.

그는 정말 그의 방식대로 잘해 나가고 있는 걸까? 그러면 이 친절은 뭐고 이 아이는 내일부터 어떻게 혼자 있어야 한단 말인가? 이 모든 것을 어떻게 받아들여야 하는 건가?

만희는 뭔가 아리송했다. 그럴 때가 있다. 무엇이 옳은 일인지 머릿속에서는 판단이 서 있지만 입 밖으로 쉽게 나오지 않는 순간. 이 생각을 상대는 어떻게 받아들일까. 나는 그렇게 해도 되는가? 손해는 없는가. 오해는 없는가.

"감사합니다. 오늘."

몇 분 지나지 않아 도착한 오피스텔 앞에서 뒤따라 내린 지혁에게 만희가 인사했다.

"데려다주셔서 감사합니다."

꾸벅 인사를 한 만희가 지혁을 잠시 마주 보았다. 무해한 얼굴이 만희의 앞에 있었다. 어릴 적 이목구비는 그대로, 그 위에 세월의 흔적이 보기 좋게 자리한 모습. 입안에 맴도는 이 말을 할까 말까 자꾸만 망설여져서 쉽게 걸음이 떼어지지 않았다.

이지혁. 아주 오래전부터 이 친구를 알고 있었다. 추억 속에서만 존재할 거라 생각했던 사람이 이 세상에 여전히 존재하고 있었고 이해할 수 없는 방식이지만 자기 나름의 행보를 한 발씩 내딛고 있다. 자기 나름대로의 행보라.

"오늘 왜 데려다주신 거예요?"

만희가 물었다.

"감사해서요. 그리고 늦은 시간이라 위험할 거 같아서 그랬습니다."

"위험이요?"

"네. 제 아이의 선생님이니까요."

천천히 만희가 고개를 끄덕이는 동안 지혁과 눈이 마주쳤다. 알 수 없는 표정이 순간 지나갔나 싶더니 그가 입을 열었다.

"그리고 고등학교 때 동창이니까."

하.

그 말을 듣는 순간 만희가 답답했던 기분을 떨쳐 버리며 싱긋 웃었다.

"딱 3일이잖아요. 맞죠?"

"네?"

"오늘이 화요일, 이제 수, 목, 금 남았다면서요. 그 시간 동안 내가 구현이 돌볼게요. 유치원에 늦게까지 데리고 있으면 형평성의 문제도 있는 데다가 이건 내가 고등학교 동창으로서 도와주는 거니까 구현이네 집에서 데리고 있을게요."

오해는 없는가, 손해는 없는가. 이 사람이 나를 어떻게 생각할까. 그런 건 부차적인 문제이다. 내 마음이 그것이 옳다고 하면 그대로 행해야 옳다. 그래야 나중에 후회가 남지 않을 테니까.

잠시 놀라는 것 같은 표정을 지은 지혁이 곧 미소를 지었다.

"……감사합니다."

만희는 고개를 끄덕이며 어쩐지 얼떨떨해 보이는 그를 향해 종지부를 찍듯 말했다.

"그럼 내일 뵙겠습니다."

○ ◎ ●

우아우아! 계단을 오르며 만희는 내적 탄성을 질렀다. 대체 어떻게 일이 이렇게 될까? 우연한 만남. 기억 속 파란 바람을 불러일으키던 첫사랑의 아이를 돌보게 되었다.

그러고 보면 구현이 어쩐지 눈에 밟히고 자꾸 시선이 가던 건 그저 우연만은 아니었던 것 같다. 이렇게 유치원 선생으로서의 선을 넘어서 고등학교 동창으로서 아이를 도와주고 돌봐 주고 싶은 그런 마음이 드러난 걸 보면.

현관문을 열고 좁은 현관에 신발을 벗어 던지고 가방까지 던져 버린 만희가 침대 위로 몸을 날리려다 화장실로 먼저 들어갔다.

'밖에 나갔다 들어오면 손 먼저 씻어야 해요.'

구현이의 충고가 떠올랐다. 옳은 말만 하는 아이들의 말은 때론 인생의 커다란 교훈이 된다.

앞뒤로 빡빡 손을 씻으면서 만희는 생각했다. 잘한 거라고. 구현이를 자기가 돌보겠다고 한 건 역시 잘한 일이다. 유치원 선생님으로서도 고등학교 동창으로서도 그리고 첫사랑 남자에 대한 좋은 기억으로도.

손의 물기를 팍팍 털어 낸 만희가 뿌듯한 마음으로 허기를 느끼며 부억 불을 켰다. 켰다. 켰는데 왜?

"뭐야? 왜 불이 안 들어와?"

아무래도 얼마 전부터 깜빡거리던 형광등이 나간 모양이었다. 귀찮아 형광등을 사다 놓기만 하고 갈지 않았더니 결국은 이런 모양새가 되었다.

창고에 세워 둔 새 형광등을 꺼낸 만희가 드르륵 드르륵 의자를 끌어 가지고 와 그 위로 올라섰다. 살짝 까치발을 하고 서서 수명을 다한 형광등을 꺼내 내리고 의자에서도 내려와 그것을 발치에 두었다. 그리고 다시 위로 까치발을 하고 올라간 순간이었다.

쿵쿵쿵쿵 딩동딩동딩동.

갑자기 현관에서 난리가 났다.

'무슨 일이지?'

"누구세요?"

택배를 시킨 것이 있었나? 언니가 형부랑 싸웠나? 별별 오만 가지 생각과 함께 다시 한번 까치발을 살짝 든 만희가 형광등의 한쪽 끝을 끼워 넣으며 현관 쪽을 향해 다시 소리쳤다.

"누구세요?"

"나, 저 구현이 아빠입니다."

"응?"

스위치를 누르고 형광등 불빛이 밝아진 것을 확인한 만희가 다급하게 현관문을 열었다. 당황한 얼굴로 서 있는 지혁이 만희의 집을 한 번 휘 둘러보더니 만희를 향해 물었다.

"괜찮습니까?"

그의 이마에는 땀이 송골송골 맺혀 있었다. 불안한 눈빛이 사방 갈 곳을 잃은 것 같았다. 대체 무슨 일이지?

"네?"

"아니. 집에 들어간 지 한참 된 거 같은데 불이 켜지지 않아서 무슨 일인가 했습니다."

가쁜 숨을 내쉬며 그가 말했다. 그제야 상황을 알아차린 만희의 머릿속에 커다란 파도가 밀려드는 것 같았다.

아. 이런.

"그게 형광등이 오래돼서 갈아야 해서요."

"그렇습니까? 그럼 제가 갈아 드릴까요?"

현관 안으로 들어온 지혁이 대체 어디 형광등이 고장 났는지 살펴보려는 건지 다시 여기저기 휘휘 휘돌아보았다. 만희는 할 말을 잃고 잠시 어안이 벙벙한 채로 그를 바라보았다. 서로 눈만 껌뻑거렸다.

대체 이게 무슨 상황이지? 곧바로 돌아간 게 아니라 이 집 불이 언제 켜지나 밖에서 지켜보고 있었다고? 아니, 그것도 모자라 혹시나 하는 불안한 마음에 내내 지켜보고 있다 뛰어 올라왔다고?

다섯 살 아이도 혼자 두는 아빠가 왜?

"사실은 그게. 이미 갈아서요. 저기, 저기요."

만희가 알 수 없는 기분으로 어깨를 으쓱해 보이며 손가락으로 이제 막 갈아 끼운 등을 가리키며 멋쩍게 웃었다.

4

"아! 아! 미쳤어, 미쳤어!"

민주가 고래고래 소리 지르는 것을 본 준호가 고개를 설레설레 흔들며 맥주를 삼켰다. 민주를 진정시키느라 만희가 두어 번 그녀의 어깨를 두드렸지만 민주는 여전히 흥분을 가라앉히지 못하고 있었다.

형광등도 멀쩡히 갈고 지혁도 라면 따위는 먹지 않고 아들과 얌전히 잘 돌아간 이후였다. 그러고 보니 오늘은 친구들과의 정기 계 모임이 있던 날이었다. 고등학교 단짝인 민주와 엄마의 일로 엮이게 된 준호.

고등학교 졸업 뒤에도 여전히 친하게 지내고 있던 민주는 오래된 사이이고 엄마들끼리의 친목으로 존재만 인식하고 있던 준호가 만희 엄마의 장례식장에 찾아오면서 초등학교 졸업 이후 다시 뭉치게 된 세 사람은 3년 전 그날 이후로 계 모임을 빙자한 '만희 돌보기 모임'을 하고 있었다. 오늘 술값을 내야 하는 건 민주였기에 다들 민주네 집 근처의 수제 맥주 가게로 모인 상황.

"그래서 그다음은?"

민주가 안타까이 물었다. 민주는 지금 만희와 지혁의 만남을 여느 로맨틱 코미디의 한 장면처럼 흥미진진하게 듣고 있었다. 게다가 형광등 불이 나가다니. 그건 그 흔한 클리셰 아니겠는가?

형광등을 못 갈아 끼우는 여주 대신 의자 위로 올라간 남주의 살짝 드러난 복근. 그것을 보고 '이 짜식도 남자구나!' 가슴이 두근거리는 장면이라든가. 제대로 할 줄도 모르는 여자 주인공이 박박 우기며 저 혼자 까치발을 들고 형광등을 갈다가 샤랄라 넘어져 남자 주인공의 품에 안기면서 디리리 하든가. 둘 중 하나를 하면 남녀 주인공은 온몸에 전기가 오르고 둘 사이에 묘한 기류가 흐르며 역사를 쌓아 가는 게 수순이었다.

하지만 이건 현실이다. 결코 드라마가 아니었다.

"그다음은 뭐! 뭐가 더 있겠어? 그냥 그럼 안녕히 가세요, 했지."

만희가 당연한 것 아니냐는 듯 말했다. 민주가 얼굴을 붉히며 떠들었다.

"아. 아쉽다. 그때 네가 아, 제가 형광등을 가는 게 익숙하지 않아서요. 해야지."

"어떻게 그래? 선반도 혼자 뚝딱. 이사도 혼자 뚝딱. 그깟 형광등쯤이야 일도 아닌데."

만희가 되도 않는 말은 하지도 말라는 듯 말했다. 그사이 옆에 앉아 있던 준호가 끼어들었다.

"그런데 그걸 왜 안타까워하는 거냐?"

준호와 만희 사이는. 그러니까 아주 오래전 그날, 고등학교 때 그 고백의 디데이 이후로 서로를 소 닭 보듯 하고 있는 사이였다. 네가 백 번을 고백해 봐라, 내가 너를 받아 주나! 하는 만희와 내가 너한테 고백하려고 했었다고? 웃기고 있네? 하는 사이.

하지만 나이 서른이 넘어가고 엄마 장례식장에서 도와줬던 준호를 생각하면 만희가 그에게 느끼는 감정은 이제 뭐랄까. 친오빠와 친동생을 넘나든다고 해야 할까?

그러나 지금 이 순간 민주에게 준호는 말길을 영 못 알아듣는 구 공대 남학생 현 엔지니어였다.

"그거야 당연하지. 그래야 그다음 이야기가 생기니까. 이런 건 내가 해 줄게, 하면서 뚝딱 해결한 남자는 여자를 도와주었다는 뿌듯한 기분을 느끼고 그리고 여자는 그것에 대해 고마움을 표시하고. 그러면 남자는 또 다른 상황을 만들고. 주거니 받거니 얽히고설키고 그러다 보면 역사가 창조되는 거잖아."

"너무 고전 아니야 그건?"

민주의 말에 준호가 웬일로 의외의 반박을 했다.

"얼. 준호 너 연애 좀 해 본 사람 같다 그러니까?"

만희의 추임새와 함께 민주도 한풀 꺾였다.

"그런가? 그럼 어떻게 이야기를 이어 나가야 하는 거지?"

혼자 골똘히 생각에 빠진 민주에게 준호가 가볍게 잔을 부딪치며 말했다.

"너는 정말 만희가 이지혁하고 잘되기를 바라는 거야?"

"응?"

"뭐 하는 녀석인지도 몰라. 다섯 살 아이가 있어. 그런 녀석이랑 진짜 만희가 이어지길 바라는 거야? 이혼남이잖아."

꿀꺽 준호가 저 혼자 맥주를 들이켰다. 갑자기 두 여자의 입이 꾹 다물어졌다. 하긴 이지혁의 지금 상태는 서른두 살의 이혼남이었다. 우리의 왕자님이 이제는 평민이 되어 혼자 제 어린 왕자를 키우고 있다. 그제야 꿈에서 깨어나 현실을 파악한 민주가 표정을 절제하며 말했다.

"하긴 그렇지. 만희야 미안하다. 난 전혀 그런 뜻이 아니라 그냥 너무 놀라서. 다른 사람도 아니고 이지혁이잖아."

"아니야. 나도 네가 그런 뜻이 아닌 건 알아들었어."

만희도 순간 제 이성을 잃고 그럼 그다음 이야기를 어떻게 이어 가야하나 상상했던 것에 민망한 기분이 들었다. 솔직히 방금 전까지만 해도 형광등 불이 켜지지 않았다는 이유로 놀라 뛰어온 지혁의 얼굴에 설레지 않은 것은 아니었기 때문이다.

집에 들어간 지 오래 지났는데도 불이 켜지지 않아 놀라서 들어와 봤다니. 그런 보살핌을 받은 지 그런 관심을 받은 지 너무 오래였다. 그런데 그런 관심을 준 것이 이지혁이었다. 자신의 첫사랑. 지금 그가 어떤 상황에 있든 설레는 건 어쩔 수 없는 일이었다. 하지만 그는 학부형이다. 구현이의 아버지.

"그래. 나도 방만희가 이혼남과 잘되길 바라는 건 절대 아니야. 그건 쉬운 문제가 아니니까."

"나도 그럴 생각은 없어. 지혁이는 학부형이라니까. 너희 학부형하고 연애하는 유치원 교사 본 적 있어?"

"아니!"

"아니지. 그리고 그건 절대 안 돼. 안 되고말고!"

준호의 거센 도리질과 함께 오늘의 모임은 끝이 났다. 가게와 가장 가까이에 있는 민주의 집으로 세 사람이 함께 걸어가 민주를 들여보낸 뒤 이제 남은 준호와 만희가 다시 만희네 집으로 걸어갔다.

"너 그거 알고 있냐?"

준호가 물었다. 코끝에 느껴지는 봄 향기가 점점 무르익어 가는 계절. 수많은 감정이 가슴속에서 휘몰아치다 잠잠하게 가라앉고 이제는 작은 맴조차 돌지 않는 상태였다. 만희는 제 팔을 서로 엇갈려 꼬고 있다가 준호의 질문에 툭 시선을 던졌다.

"뭐?"

"나도 매일 너 집에 데려다주는 거."

"네가 무슨 나를 매일 집에 데려다줘."

만희가 시큰둥하게 대답했다.

"너랑 모임 할 때마다 꼭 데려다주잖아."

"아. 그거? 지난번에는 만취한 너를 나랑 민주가 끌고 갔던 건 기억 못 하나 보지?"

만희가 큭큭대며 말했다. 인상을 쓰던 준호가 곧바로 반박했다.

"그리고 그 형광등. 그거 내가 사다 준 건데 잊어버렸냐?"

"무슨 형광등?"

"네가 형광등 나갔다고 해서 내가 우리 회사에 남은 거 하나 가져다 준 거잖아."

"아 그랬나? 짜식 생색은!"

"그게 무슨 생색이야? 팩트지!"

준호가 발끈했다.

"그리고. 신작 영화 나오면 극장 데려가 주는 것도 나고."

"그거야 너희 회사에서 공짜 표가 잘 나오니까 그런 거잖아. 그것도 매번 조조라서 내가 너 따라댕겨 줄려고 시간 맞춰 아침 일찍 일어나는 거 그거 쉬운 일이야?"

만희가 핀잔을 놓듯 말했다.

"하여간. 그리고 지금도 너 걱정돼서 밤마다 내가 전화하잖아."

"네가 밤마다 무슨 전화를 해? 어디서 거짓말을 술술 하네, 얘가!"

"그거야 네가 자다가 깰까 봐 그러지. 그래도 시간 나면 꼭꼭 전화한다고 내가!"

"알아. 알았어. 고맙다. 됐지?"

시답지 않은 이야기를 주고받다 보니 어느새 집 앞에 도착. 만희가 제 오피스텔 앞에 섰다.

"그럼 들어간다."

바이, 바이 손을 흔들고 무심한 눈빛으로 만희가 준호를 힐끔 쳐다보

있다. 고등학교 동창. 아니, 엄밀히 말하면 초등학교 동창인 김준호. 내내 다른 반이었는데 준호 엄마와 만희 엄마가 서로 알고 있는 사이여서 그 인연이 끊이지 않았다. 왜냐하면 만희네 만화방 옆으로 그 상가에서 준호네가 과일 가게를 하고 있었기 때문이었다.

그런 준호는 만희의 좋은 친구였다. 딱 한 번 친구들과 장난으로 점을 봤을 때 있었던 사건으로 만희가 준호에게 으름장을 놓은 적이 있기는 했지만 말이다.

'너! 혹시라도 나한테 조금이나마 이성적인 감정을 느낀다면 그런 생각은 싹 집어치워라! 나는 너랑 결혼할 생각이 조금도 없으니까!'

물론 그 이야기는 초등학교 6학년 때의 사건이다. 그런데도 저한테 고백을 하려고 했었다니! 넉살도 좋은 녀석!

하지만 이제 와 그건 모두 과거의 지난 일이다. 준호는 수많은 여자들과 연애와 이별을 했고 그 이야기를 모두 들어 준 건 방만희였으며 두 사람은 이제 완벽한 친구. 인생의 친구니까.

"얼른 가! 오늘은 형광등도 달았고 이제 고장 날 물건은 아무것도 없으니까."

농담을 던져 놓고 만희가 뒤돌아섰다. 그 순간 피식 웃은 준호가 갑자기 손을 뻗어 만희를 붙잡았다.

"왜?"

무심한 만희의 눈빛과 다르게 준호의 눈빛이 깊어졌다.

"너 그 자식하고 진짜 뭐 어떻게 하려는 건 아니지?"

"응?"

대체 무슨 소리를 하냐는 듯 만희가 그를 의심쩍은 눈으로 바라보았다.

"이지혁 말이야. 그 자식. 걔랑은 절대 안 된다."

대충 무슨 이야기인지는 알아들었지만 여전히 무슨 소리냐는 듯 알수 없는 표정으로 만희가 준호를 바라보았다. 그 눈빛을 본 준호가 꼭 잡고 있던 만희의 손목을 놓으며 고개를 설레설레 흔들었다.

"아니다. 됐다. 어서 들어가 봐. 나도 네 창문에 불이 켜지는지 꺼지는지 그건 보고 갈 테니까."

쿡, 곧바로 소리 내어 웃은 만희가 장난을 걸었다.

"그럼 밤새 안 켜고 곧바로 들어가서 자야지! 너 꼭 밤새도록 거기 서 있어야 한다! 내가 가끔 창문 열고 확인한다!"

준호가 알았다는 듯 크게 손을 저었다. 만희도 비실비실 웃으며 등 뒤로 바이, 바이 하며 계단을 올랐다.

○ ◎ ●

"나는 책 읽을 거예요. 선생님은 여기 있어요. 아무것도 하지 마요."

수업이 끝나고 아이들을 모두 데려다주고 마지막으로 만희가 구현이를 데리고 구현이네 집으로 들어왔다. 신을 벗고 안으로 들어오자마자 손을 씻은 구현이 이 텅 빈 집 안 어디서 가지고 온 건지 방석 하나를 만희에게 앉으라는 듯 바닥에 깔아 주며 그렇게 이야기했다.

미색의 벽지. 미색의 바닥. 마치 텅 빈 하늘 같은 이곳에 빨간 꽃무늬가 그려진 방석이 놓이자 그게 마치 바닥에 똑 떨어진 꽃잎 같았다고나할까? 만희가 손을 저었다.

"아니야. 이 방석은 구현이가 앉아."

하지만 구현이는 절대 그럴 생각이 없어 보였다.

"아닌데. 아빠가 선생님 주라고 했어요. 그래서 그거 사 온 거예요. 어제. 요 앞에서."

"어제?"

구현이 그럼 그게 아니고 무엇이겠냐는 듯 고개를 크게 끄덕였다.

어제? 그 늦은 밤에? 하긴 요즘은 마트가 늦은 시간까지 하지만. 두 부자가 아무것도 없는 이 집, 나름 자신들의 원칙상으로는 아무것도 없는 것이 낫다고 생각한 이 집에 들어온 손님을 위해 그 늦은 밤 마련한 방석이라니. 어쩐지 웃음이 터져 나올 것 같기도 하고 뭉클하기도 한 기분을 느끼며 만희는 고개를 끄덕였다. 오랜만에 받아 보는 순수한 배려.

"선생님을 생각해 줘서 정말 고마워 구현아. 구현이 덕분에 선생님이 따뜻하게 있을 수 있겠다."

만희가 방긋 웃었다.

"그렇죠?"

뿌듯해하는 아이의 모습을 보며 만희가 방석을 제 앞으로 끌어당겼다.

"그런데 우선 책 읽기 전에 이거부터 먹자."

만희가 구현이의 방에 놓여 있던 앉은뱅이책상을 가지고 나왔다. 그리고 방금 전 들어오면서 사 가지고 온 빵을 내었다. 찬장을 열어 보는 건 실례인 것 같았지만 뭐 별수 없지 않은가. 예상대로 그의 집 찬장에는 깨질 만한 그릇 같은 건 없었다. 전부 플라스틱으로 된 그릇 아니면 놋그릇 같은 것들이었다.

'뭐? 놋그릇이라고?'

만희가 찬장에 딱 네 개, 밥그릇 두 개, 국그릇 두 개 얌전히 자리하고 있는 놋그릇을 난감한 표정으로 쳐다보았다.

'아유, 이거 광내려면 얼마나 힘든데!'

"그거 내 밥그릇이에요! 거기다 먹을래요."

구현이 반가운 목소리로 말했다. 만희가 나란히 놓인 그릇을 살폈다. 겨우 네 개일 뿐이었지만 그것들은 모두 굉장히 반질반질하게 광이 나 있었다. 떨어져도 깨지지 않는 물건. 다루기는 힘들지만 어차피 그건 아빠가 할 일이니 구현이에게는 상관없다. 두 부자가 매일 아껴 쓰는 물건이 틀림없었다.

'어차피 다른 사람이 해결해 줄 수 없는 일 아닙니까? 우리만의 방식으로 잘 해결할 겁니다.'

그 말이 가히 틀린 말은 아닌 것 같았다.

"밥그릇까지 꺼낼 필요는 없어. 여기 구름쟁반에다가 꺼내 먹으면 되겠다."

만희가 플라스틱 쟁반 하나를 내려 방금 전 사 온 빵과 우유를 놓아 주었다.

"그럼 이것만 먹고 곧바로 책 읽을래요."

구현이 빵 한 조각을 얼른 집으며 말했다.

"그래, 그럼 그렇게 해."

만희가 고개를 끄덕였다.

"선생님은 편하게 쉬어야 해요."

"응. 그럴게."

만희가 구현이의 머리를 쓰다듬어 주었다. 오늘은 수요일, 아침에 등원하자마자 구현이는 작은 도서관에서 책을 빌렸다. 오늘 저녁에 읽을 거라고 열심히 가방에 챙겨 넣길래 무언가 했더니 아마도 만희가 있는 동안 만희에게 놀아 달라고 하지 않고 이 책을 읽기로 제 아빠와 약속했던 모양이었다.

이제 겨우 다섯 살, 보채고 어리광 부릴 나이에 어떻게 그런 생각을 할 수 있을까? 아무리 제 아버지가 이해를 시켰다고 해도 뒤돌아서면 잊어버리는 나이에 그것을 기억하고 실천한다는 것이 쉽지 않다는 건 누구보다 만희가 잘 알고 있다.

"천천히 먹어."

허겁지겁 빵을 먹는 구현이를 보며 만희는 어쩐지 콧날이 시큰해졌다. 다른 아이들보다 빨리, 너무 많이 커 버린 것 같아 안쓰러운 마음이 들었다. 하지만 어제 지혁이 말하지 않았던가? '그래도' 라는 건 없다고. 두 사람의 상황에 맞게 아이는 잘 크고 있다.

빵을 먹고 그릇과 우유갑을 깨끗하게 씻어 어디에다 두어야 할까 고민하던 만희의 눈길이 책을 읽고 있는 구현이에게 닿았다.

"구현아 뭐 읽어?"

"동물 친구들 이야기예요."

동물 친구들 이야기? 표지를 보아 하니 오늘 구현이가 빌려 온 책 역시 다섯 살 친구들이 읽기에는 글밥이 많은 동화책이었다.

"선생님이 읽어 줄까?"

문득 구현이의 글 읽는 실력에 대해 의구심이 든 만희가 물었다. 소정 선생님도 그렇게 이야기했고 만희 역시 구현이가 다른 아이들에 비해 글 읽는 속도가 느리다고 느꼈기 때문이었다. 게다가 아직 잘 모르고 있다면 정확하게 읽어 주는 것도 도움이 될 것 같았다.

하지만 구현이는 단호하게 고개를 저었다.

"아니요. 저도 잘 읽을 수 있어요."

"그래?"

"네! 혼자서도 잘 읽어요."

구현이 제 말을 못 믿겠냐는 듯 고개를 갸우뚱했다. 아무래도 표정에서 다 드러난 것 같았다. 제가 구현이의 한글 실력을 의심하고 있다는 것이.

"제가 읽어 볼게요."

아이들은 눈치가 빠르다. 어른들의 표정을 보고 상황을 파악한다.

"우리. 집에. 오오늘 새로운 소온님이 왔왔습니다."

그리고 구현이는 느리지만 분명 잘 읽어 나가고 있었다. 글자를 모르는 게 아니었다. 게다가 생각보다 훨씬 더 잘 읽고 있었다. 그냥 읽는 것만이 아니었다. 지난번에도 봤듯이 구현이는 내용 파악을 아주 잘하고 있었다. 더듬더듬 글자를 읽어 나가는 구현이를 보며 만희는 문득 미안한 기분이 들었다.

"실은 있잖아. 선생님이 구현이가 이렇게 책을 잘 읽는 걸 보지 못해서 그동안 구현이가 어떻게 이야기를 잘 알고 있나 궁금했었어."

만희는 제가 생각했던 것을 구현이에게 사실대로 말하기로 했다. 괜히 아이의 마음에 무언가 의구심을 남겨 자신감을 떨어트리는 일은 만들고 싶지 않았다.

"으음?"

"그런데 지금 보니까 구현이가 글을 아주 잘 읽네!"

만희가 활짝 웃으며 엄지를 치켜들어 보였다.

"연습했어요. 집에서 책 많이 읽기로 아빠랑 약속했거든요."

"그랬구나."

해맑게 웃고 있는 구현이를 보며 어쩐지 복잡한 기분을 느낀 그때였다. 휴대 전화가 시끄럽게 울렸다. 발신자를 확인해 보니 소정 선생님이었다.

"소정 쌤이 왜지?"

께름칙한 기분과 함께 만희가 전화를 받았다. 구현이는 걱정 말라는 듯 다시 책으로 시선을 돌렸다. 만희는 혹시나 통화 내용이 들릴까 텅 빈 구현이의 방 안으로 들어갔다.

"네. 무슨 일이에요?"

수화기 안에서 다급한 목소리가 흘러나왔다.

— 저기 만희 쌤! 지금 은지네 어머님께 전화 좀 드려 보시겠어요?

"응? 무슨 일인데요?"

— 은지 어머님이 전화하셨어요. 오늘 은지를 샤워시키면서 보니까 무릎에 멍이 들어 있더래요. 혹시 오늘 유치원에서 무슨 일이 있었는지 좀 알려 달라고 하셔서요.

아! 만희의 얼굴이 구겨졌다. 대체 무슨 일이 있었지? 머릿속이 복잡해졌다.

"멍이 어디 들었는데요?"

— 무릎이라나 봐요. 어제까지는 없었는데 샤워시키면서 발견하셨다고요. 혹시 무슨 일 있었냐고 물으시는데 저는 아무리 생각해도 아무것도 기억나지 않아서요.

"알았어요. 내가 전화해 볼게."

전화를 끊으며 만희는 머릿속으로 오늘 하루 있었던 일을 되살려 보았다. 무릎에 멍이라면 오늘 체육 시간에 생긴 걸까? 아니다. 오늘 체육 시간에는 소프트볼 던지기를 했기 때문에 그럴 리는 없었다. 그게 아니라면 친구들과 부딪혔을까? 멍이 들 정도라면 분명 누가 와서 이야기했을 텐데.

복잡한 심정으로 만희가 전화를 들었다. 두어 번 신호가 가기도 전에 상대가 전화를 받았다.

— 네. 선생님.

잔뜩 화가 난 감정을 억누르는 은지 엄마의 목소리가 들렸다.

"네. 은지 어머니. 은지가 무릎에 멍이 많이 들었다고 해서요."

— 그러니까요. 어제까지 없었던 멍이 유치원 다녀오고 생겨서 제가 얼마나 속상한지 모르겠어요.

"정말 죄송합니다. 그런데 오늘 체육 시간에는 소프트볼 던지기를 했거든요. 그리고 그 이후에도 특별한 활동은 없었습니다. 혹시 점심시간에 밥 먹고 무슨 활동을 했나, 떠올려 봤는데요."

— 네, 그런데요.

대답하는 은지 엄마의 목소리에 잔뜩 날이 서 있었다. 뭔가 일이 잘못되고 있었다. 멍의 크기가 어느 정도인지 그런 일이 있었는지조차 자신이 미리 파악하지 못한 것이 가장 큰 실책이긴 했지만 그렇다 해도 상황파악도 제대로 안 된 지금 은지 엄마의 화를 어떻게 받아들여야 할지 만희는 판단이 서지 않았다.

최근에 이런 일이 또 있었던가? 하긴 얼마 전에 구현이의 손톱에 은지의 손등이 긁힌 일이 있었다. 그 일이 있은 지 얼마 지나지 않아 발생한 일이니 엄마의 속상한 마음은 이해가 간다.

"그때 은지가 무엇을 했는지 정확히 다는 기억나지 않지만 은지랑 여자아이들 몇몇이 앉아서 색종이 접기를 했던 기억은 있어서요."

만희는 최대한 기억을 떠올리려 노력했다. 하지만 한 반에 스무 명. 모든 순간을 다 기억해 내기는 어렵다. 늘 최선을 다하고 있다고 생각하지만 이런 일은 늘 발생했다.

게다가 이런 식으로 발생하는 실수가 모두 제 잘못은 아니라 생각하고 싶어도 지금 그런 마음을 표할 수는 없는 일이었다.

— 그러니까요. 그게 문제잖아요. 나는 선생님 믿고 보내는데. 이 멍이 문제가 아니죠. 지금 아이들 관리가 제대로 안 되고 있는 거 아닌가요?

"죄송합니다."

— 아니. 지난번에 손등이 긁혀 왔을 때도 속상했거든요. 그래도 참았어요. 무슨 일이 있었는지 선생님이 파악하고 계셨고 먼저 전화 주셨으니까요. 그런데 이렇게 커다란 멍이 아이 무릎에 들었는데 그걸 모르고 계셨다는 게 너무 속상하네요. 이해도 안 되고요.

"죄송합니다."

— 죄송하다는 말 좀 안 하시면 안 될까요? 선생님은 아이가 없으니

까 모르시죠? 그냥 죄송하다고 하면 그만이잖아요. 하지만 여자아이 엄마는 이게 마음이 안 좋아요. 여자아이 무릎에 이렇게 커다란 멍이 생기면 그게 다 엄마 잘못 같고 그렇단 말이죠. 그런데 선생님은 그렇지 않잖아요. 선생님은 남의 아이니까 그냥 죄송하다고 하면 그만인 거잖아요.

그 순간 발끈하는 마음이 들었다. 선생님이 아무런 감정이 없다고? 아무런 책임감도 없다고? 아이에게 문제가 생기면 마음이 아픈 건 교사들도 마찬가지였다. 제 책임인 것 같아 자책하고 괴로워했다. 그런 마음 없이 어떻게 하루 종일 아이들과 함께할 수 있을까? 하지만 지금은 말을 아낄 필요가 있었다.

"죄송합니다. 제가 앞으로는 더 잘 살피겠습니다."

달리 그것 말고는 할 말이 없었다. 상황이 어쨌거나 유치원 내에서 일어난 일을 책임져야 하는 사람은 선생이다. 하지만 안타까운 건 선생 한 사람이 그 모든 일을 할 수도, 모두 알 수도 없다는 사실이었다.

— 하 정말! 계속 이런 식이면 저도 이 유치원 다시 생각해 봐야겠어요!

그리고 학부형이 이런 말을 할 때면 만희는 뼈저리게 느낀다. 자신과 아이들의 관계는 한순간 얼마든지 느슨해지고 사라질 수도 있는 남남일 뿐이라는 것을.

"죄송합니다. 어머니. 다시는 이런 일이 생기지 않게 조심하겠습니다."

툭.

말이 끝나기도 전에 전화가 끊겼다. 만희가 깊은 한숨을 내쉬었다. 아무것도 없는 방. 그제야 제 목소리가 밖으로 울렸을까 걱정되었다. 그저 구현이가 책에 혹은 텔레비전에 집중하고 있었기를 바랄 뿐이었다.

만희는 멍하니 생각을 지우려고 한참을 가만히 있었다. 그러고는 곧 입술 끝을 바짝 올리고 문을 열어 방 밖으로 나갔다. 그런데 방문을 열고 나가자 뜻밖에도 구현이는 제 아빠와 텔레비전을 보고 있었다.

지혁이 언제 들어온 거지? 설마 문이 열리는 소리조차 못 느끼고 전화를 받았던 걸까? 아니, 지혁이 제 통화 내용을 들었을까? 아무 말 없이 그저 죄송하다고 하던 제 통화를.

"수고하셨어요. 도와주셔서 감사합니다."

아직 윗옷을 벗지 않고 기다리고 있던 지혁이 만희를 보자마자 그 말을 했다. 구현이도 어느새 점퍼를 입고 있었다. 마치 모든 것을 다 알지만, 일부러 모르는 척하려는 것처럼 지혁이와 구현이는 태연하게 굴었다. 만희의 얼굴이 붉어졌다.

"아니요."

만희가 시선을 피하며 대답했다.

"아니, 저 때문에 괜히 번거롭게 해서 미안합니다."

가까이 다가온 그가 겸연쩍은 얼굴을 하고 그 말을 했다. 이지혁. 제 첫사랑. 덥수룩한 머리를 하고 있지만 누구에게도 지지 않을 것 같은 날카로운 눈빛을 하고 있는 남자. 그 순간 그게 그런 의미는 아니란 걸 알면서, 그걸 알고 있었으면서도 만희는 화가 났다.

"구현이 아버님 때문에 한 일 아니에요. 구현이 때문에 하는 일이니까 신경 쓰실 필요 없어요."

불쑥 그 말이 튀어나왔다.

"네 알고 있습니다."

조금 당황한 것 같았지만 곧 그 표정을 지운 지혁이 차분하게 말했다. 하지만 만희는 흥분된 제 마음을 억누를 수 없었다.

"구현이가 내 학생이니까. 구현이를 구현이 아버님만큼은 아니지만 그래도 걱정하니까. 내가 데리고 있는 아이들에 대해 나도 책임이 있고 그리고 애정이 있으니까 하는 일이에요. 그러니까 그렇게 말씀하실 필요 없어요."

말소리가 조금 딱딱해졌다. 제가 생각해도 그것이 빤히 느껴졌다. 화를 낼 대상은 물론 지혁이 아니었다. 하지만 화가 나 미칠 것 같았다. 하루에도 몇 번씩 다섯 살 아이 스무 명을 혼자 돌보다 보면 숨이 턱 막힐 때가 있었다. 체력적으로 버겁고 힘든 건 둘째 치고 아무리 열심히 해도 늘 부족하다고 느껴지는 것이 가장 힘들었다. 퇴근하고 나면 그게 꼭 마음에 남았다.

한 명 한 명을 제대로 돌봐 주지 못했다는 기분. 저 스스로 느끼는 부족함. 그리고 오늘 하루 제가 돌본 아이들에게 미쳤을 자신의 말과 행동이 주는 영향력. 그 모든 것이 무거워 어딘가로 도망치고 싶은 적이 한두 번이 아니었다.

그래도 내 아이들이니까 내가 책임지고 있는 아이들이니까 어떻게든 즐겁게 일하려 했다. 내 아이라 생각하고 최대한 사랑하고, 보살펴 주려고 했다.

사실은 아까 은지 어머님께 해 주고 싶은 말이 있었다.

'그건 아니에요. 어머님 저희 교사들도 아이가 다치면 얼마나 마음이 안 좋은지 모르실 거예요. 저희도 어머님만큼 아이들을 아끼고 사랑하고 있어요.'

하지만 말을 아껴야 한다고 생각했기 때문에 안 했을 뿐이었다. 속상해졌다. 자신이 하는 일이 폄하당하고 있다는 생각에. 그리고 그것을 지혁에게 들켰다는 것이 부끄러웠다. 만희가 그의 시선을 피하고 있는 사이 지혁은 태연해졌다.

"나갈까요?"

지혁이 말했다. 그는 방금 전, 그 어떤 잘못도 없이 만희의 감정을 받아 내야 했지만 아무 일 없었다는 듯 담담했다.

"……네."

대체 이지혁은 뭘 하는 사람일까? 그의 앞에서 제 생활의 민낯을 전부 보인 것 같아 만희는 민망했다. 그는 무슨 일을 하는지 모를 만큼 자신의 모습을 잘 컨트롤하고 있는데. 그런 사람 앞에서 아마추어 같은 행동을 들키고 말았다. 전교 1등의 인기남 이지혁과 평범한 방만희는 서로 달라진 것이 하나도 없었다.

돌아가는 차 안, 구현의 옆에 앉은 만희가 창밖으로 시선을 던진 채제 복잡한 마음속을 들여다보고 있는 중이었다. 괜한 이야기를 했다. 지혁에게. 제가 하는 일이라곤 고작 3일 구현이를 돌봐 주는 것뿐인데.

그러고 보면 구현이를 돌봐 주겠다는 마음 한편에는 자신이 그를 도와줄 수 있다는, 그 시절 모두의 첫사랑이던 그 대단하던 이지혁을 자신이 돕는다는 그런 알 수 없는 감정이 섞여 있었던 것 같았다.

"오늘도 고마웠어요."

주차를 해 놓고 차에서 내린 그가 인사를 했다.

"아니요. 별말씀을."

만희가 오늘따라 더욱 깍듯하게 인사했다.

"그럼 내일도 잘 부탁드립니다."

그의 말에 다시 한번 가볍게 인사하고 돌아선 만희가 오피스텔 문 쪽으로 뒤돌아섰다. 그런데 어쩐 소란일까? 오피스텔 앞으로 사람들이 잔뜩 나와 있었다. 좋은 일이 아닌 것 같았다. 분위기가 예사롭지 않았다. 저도 모르게 미간이 솟았다. 그 가운데는 경찰도 있었다. 그중 한 분이 오피스텔 안으로 들어가려는 만희를 가로막았다.

"혹시 여기 주민 되십니까?"

"네. 그런데요."

경찰의 표정에 만희가 경계했다. 뭔가 심상치 않은 일이 벌어진 것이 분명했다.

"무슨 일인가요?"

"사건이 있었습니다. 몇 호 거주자시죠?"

경찰이 신분증을 꺼내 보였다. 만희의 얼굴이 경직되었다.

"무슨 일인데요?"

"302호 거주자가 피해를 당했습니다."

순간 눈앞이 캄캄하고 아득했다.

바로 윗집에서 무슨 일이 있었다고?

등줄기로 한기가 솟아올랐지만 제 뒤에서 아직 돌아가지 못하고 저를 바라보고 있는 두 사람이 의식되었다.

"우선 집에 들어갔다가 다시 내려오겠습니다."

"네. 협조 부탁드립니다."

말이 끝나기 무섭게 만희가 걸음을 옮겼다.

"무슨 일입니까? 큰일이 생긴 것 같은데요."

어느새인가 심각한 표정의 지혁이 만희 옆으로 다가와 있었다.

"아니요. 별일 아니에요. 저하고는 상관없는 일이라서요."

만희가 꾸벅 인사를 하며 어서 가라는 듯 눈짓을 보냈다. 하지만 그는 쉽게 물러날 기세가 아니었다.

"같이 있겠습니다. 적어도 무슨 일인지 상황을 파악하고 나면 그때 돌아가겠습니다."

"아니요. 괜찮아요. 제가 처리할 수 있어요. 구현이 놀라겠어요. 어서 가세요."

지혁이 만희의 말을 무시하고 뒤따라왔다. 만희가 재차 만류했다. 그의 얼굴에 무언가 돕고 싶어 하는 기색이 역력했다. 그러나 만희는 단호히 고개를 저으며 오피스텔 안으로 들어갔다.

'그래도는 없습니다. 저도 많이 고민한 일입니다. 저희 나름의 방식으로 지금

껏 잘해 왔습니다.'

아이와 둘이 사는 남자 못지않게 혼자 사는 여자가 겪어야 할 일도 많았다. 그것을 남에게 일일이 다 설명할 필요는 없었다. 곤란한 점, 혼자서 해내기 힘든 점이 있지만 상황이 변하지 않는 한 그 모든 것은 만희 혼자 처리해야 할 일이었다.

마음을 단단히 먹은 만희가 계단을 올라 202호 현관문을 열었다. 때마침 옆집 여자가 문을 열고 나오는 것이 보였다. 얼굴만 알고 지내던 여자가 갑자기 친밀하게 말을 걸어왔다.

"오늘 여기서 있을 거예요? 나는 어쩐지 좀 그래서 친구네 집에 가려고 하는데."

여자는 제법 커다란 가방을 등에 메고 있었다. 뭐 하는 사람이었더라? 이름은 뭐였지? 기억에 없는 걸 보니 통성명도 하지 않았던 모양이다. 그건 오늘 사건이 있던 302호 여자에게도 해당되는 사항이었다. 201호 여자가 만희에게 가까이 다가와 속삭이듯 말했다.

"면식범인지 아닌지 잘 모르지만 강도라는데 어쨌거나 기분이 쎄하잖아요. 알고 보니까 오늘 낮에 있었던 일도 아니고 어젯밤에 있었던 일이래요. 어젯밤에 무슨 소리 못 들었어요?"

"강도라고요?"

순간 만희가 몸을 떨었다. 어젯밤? 어젯밤이라면 친구들과 술을 마시고 준호에게 장난을 치며 집에 들어왔던 게 전부였다. 아무 소리도 어떤 낌새도 느끼지 못했다. 술김에 깊이 잠이 든 모양인데. 그사이 누군가에겐 큰 변고가 일어났다. 갑자기 소름이 돋았다.

"친구? 친구네 집이라."

현관 안으로 들어온 만희는 한 발짝도 움직일 수 없었다. 친구? 이 시간에 갑자기 찾아가도 괜찮을 만한 친구가 있을까? 혼자 살고 있는 김준호가 먼저 생각났다. 하지만 준호는 친구건 하지만 엄연히 성별이 남자이니 이런 상황에서는 그리 적절하지 않았다.

그렇다면 민주 하나뿐인데 민주는 부모님과 함께 살고 있었다. 괜한 신세를 지고 싶지 않았다. 게다가 이런 일을 아예 겪어 보지 않은 건 아니었다. 1년 전, 다른 오피스텔이긴 하지만 바로 옆집에 도둑이 들었던 적도 있었다. 그때도 잘 넘어가지 않았던가? 물론 밤새 텔레비전이며 형광등을 잔뜩 켜 놓기는 했지만.

하지만 이건 단순한 좀도둑이 아니었다. 강도 사건이었다. 갑자기 무서워졌다. 5년 전 언니가 결혼을 하고 3년 전 엄마가 돌아가시고 혼자 남았던 그때처럼. 만희는 이제껏 잘해 왔던 모든 것에 갑자기 자신 없어지고 불안해졌다. 잘해 왔지만 잘해 나갈 방법밖에는 없고 잘해 나가지 않고서는 어쩔 수 없는 일이지만.

그래도. 그래도.

'그래도는 없습니다. 저도 많이 고민한 일입니다. 저희 나름의 방식으로 지금껏 잘해 왔습니다. 고맙지만 이 이상은 걱정하지 않으셔도 됩니다.'

무섭지만 그래도 혼자 해 나가야 했다. 그의 말대로 그래도란 없었다. 어차피 방만희는 이 세상에 혼자 남아 있으니까.

○ ◎ ●

"어디 경찰서에서 나오신 겁니까?"

단호히 고개를 저으며 오피스텔 안으로 들어가는 만희의 뒷모습을 응시하던 지혁이 상황을 수습하고 있던 경찰을 향해 다가갔다.

"한솔경찰서에서 나왔습니다. 누구시죠?"

"저는 202호 거주자의 보호자 되는 사람입니다."

혹시라도 무슨 상황이 생길지 몰라 지혁은 우선 그렇게 답변해 두었다. 날카로운 경찰의 눈빛이 지혁의 위, 아래를 훑었지만 다행히도 더 이상의 추가 질문은 없었다.

"대체 무슨 일입니까? 경범죄에 속하는 일입니까?"

"강도 사건입니다."

지혁의 미간이 저절로 찌푸려졌다. 대부분 1인 거주자들이 많은 주택가에 중범죄라니 심각한 상황이었다.

"범인은 잡혔습니까?"

"아직 수사 중에 있습니다."

"용의자로 지목된 사람은 있습니까?"

"그 역시 아직 수사 중이라 현재 추가로 말씀드릴 수 있는 건 없습니다. 주변 CCTV를 통해 조사 중에 있으니 곧 수습되겠죠."

객관적인 사실이라기보다는 희망 사항에 가까운 상대의 말투에 지혁은 낙담했다.

"그렇다면 지금 그리 좋지 않은 상황이군요."

"주변 순찰을 대폭 강화했으니 걱정 마십시오. 물론 당분간 친구분은 보살펴 주시는 게 좋을 겁니다."

묵직한 지혁의 묵례에 경찰은 빠르게 걸음을 돌렸다. 주변에서 그들의 대화를 듣고 있던 사람들 역시 추가로 알아낼 것이 없다는 것을 확인하고는 불안한 눈빛을 감추지 않았다. 곧 삼삼오오 자기들끼리 모여 대화를 시작했다.

마음이 무거운 지혁의 눈빛이 짙어졌다. 용의자조차 지목되지 않은 것을 보니 수사가 그리 빠르게 진척되지 않는 것 같았다. 그렇다면 그 긴 시간을 만희 혼자 견뎌야 할 텐데.

마음 같아선 당장이라도 제 집에 같이 가자고 하고 싶었다. 방이 세 개 있으니 그중 한 곳에 머물면 될 일이었다. 하지만 만희가 순순히 그렇게 하겠다고 할 리 없었다. 그렇다고 만희를 혼자 두고 갈 수도 없었다.

남자 혼자 아이를 돌보는 것이 세상 최고로 힘든 일이라 생각했는데 여자가 혼자 사는 것, 아니 사람이 혼자 사는 것은 그보다 더 쉽지 않아 보였다. 지혁에게는 어쨌거나 구현이가 있었다. 그래서 아이에 대한 책임감 때문에 두려움도 외로움도 이겨 낼 수 있었다.

하지만 만희에겐 지금 아무도 없었다. 어머니조차 곁을 떠나셨다고 하니 이 집에는 진정 만희 혼자였다. 그 생각이 든 순간 지혁의 마음속으로 찬 기운이 훅 끼쳤다. 그녀가 느낄 마음고생이 지혁에게도 전해져 왔다.

우왕좌왕하는 주민들의 얼굴에는 불안한 기운이 역력했다. 하지만 방금 전 계단을 올라가던 만희의 표정에는 구현이를 불편하게 만들고 싶지 않은 지혁에게 폐를 끼치고 싶지 않은 모습만 보였을 뿐이었다.

그냥 돌아가지도, 그렇다고 오피스텔로 올라가 보지도 못하고 지혁이 그 자리에 가만히 서 있었다. 남자 녀석이었다면 당장이라도 제 집에 데리고 갔을 것을. 아무래도 여자인 데다가 구현이 선생님이다 보니 훨씬 더 조심스러웠다.

어떻게 하면 좋을까. 수많은 고민이 앞섰다. 여기서 이렇게 밤새 지키고 있을 수 있다면 차라리 그것이 나을까? 만약 구현이만 아니었다면 수백 번도 그렇게 했을 거라는 생각이 들었다. 그렇게라도 하고 싶었다. 이 기분은 어디서 비롯된 것일까.

'오늘 왜 데려다주신 거예요?'

어젯밤 가벼운 목소리 밝은 표정으로 제게 묻던 만희의 얼굴이 떠올랐다.

'늦은 시간이라 위험할 거 같아서 그랬습니다. 네, 제 아이의 선생님이니까요.
그리고 고등학교 때 동창이니까.'

제가 그녀에게 했던 대답은 그것이었다. 단순히 고마워서 그런 것이
아니었다. 마음이 쓰이고 신경이 쓰였다. 그녀는 제 고등학교 동창이었
고 그리고 저에게 특별한 기억과 추억을 선물한 사람이었다. 그 대답에
그녀가 방긋 웃었던가?

'이건 내가 고등학교 동창으로서 도와주는 거니까 구현이네 집에서 데리고
있을게요.'

제 어려움에 만희는 선뜻 손을 내밀어 주었다. 저 역시 그러지 않을
이유가 없었다. 싫다 해도 강제로 끌고 갈 명분이란 얼마든 있었다. 선
생님이 책임져 주셔야 할 스무 명의 아이들이 있지 않느냐고. 그 아이들
속에는 제 아들 구현이도 있었다.

어떻게든 그녀가 눈앞에 있어야 안심이 될 것 같았다. 혼자 두려움과
외로움에 떨 만희를 그저 지켜만 볼 수는 없었다. 함께 있어야겠다. 이
렇게 돌아갈 수는 없다. 결심한 순간 더는 고민하지 않고 지혁은 바로
계단을 뛰어 올라갔다.

○ ◎ ●

이제 방만희는 혼자였다. 세상에는 아무도 없었다. 언니에게는 또 다
른 가정이 있고 방만희의 보호자는? 방만희 본인이다. 평소라면 보호자

의 존재에 대해 생각해 볼 일은 별로 없을 것이다. 누구나 그렇다.

한번 엄마가 병원에 입원해 수술을 받으셨을 때 보호자란에 서명을 해야 할 일이 있었다. 의료진으로부터 거북한 내용을 설명 듣고 맨 마지막에 서명을 하라며 펜을 건네받았을 때 만희는 두려웠다. 보호자가 가지고 있는 책임, 고독함. 그 엄숙함을 만희는 기억하고 있었다.

시야가 좁아지고 소리가 아득히 멀어졌다. 내가 딛고 있는 땅에 대한 감각이 사라지고 내 몸이 마치 공중에 매달린 것처럼 불안해졌다. 사방 벽이 나를 짓누르고 있는 것처럼 호흡이 달렸다. 무섭다. 두렵다. 무언가에 삼켜져 모두 없어져 버릴 것 같다. 이런 어리석은 생각을 아무리 떨쳐 버리려 해도 쉽게 사라지지가 않았다.

'바보! 이 바보야! 이렇게 무너지면 어떻게 해?'

현관 앞에서 꼼짝도 않고 서 있던 만희가 방 안으로 들어가 작은 배낭 안에 옷가지를 챙겨 넣었다. 찜질방에 갈 생각이었다. 여자 혼자 찜질방에 가는 것이 그다지 내키는 일은 아니었지만 지금 이 순간 만희는 사람이 그리웠다. 소리가 나고 체취를 풍기고 온기가 느껴지는 사람.

달칵.

"어?"

그런데 현관 앞에 이 사람은 왜 서 있는 거지? 현관문을 열자마자 막 초인종을 누르려다 마는 것처럼 손을 떨어트린 이지혁이 보였다.

"어디 가는 겁니까?"

"저. 그게. 찜질방에 가려고요. 제가 찜질방을 좀 좋아해서요."

당황하여 제멋대로 둘러대고 시선도 맞추지 못했다. 휴대 전화를 꺼내 시간을 확인한 지혁이 되물었다.

"이 시간에요?"

"네? 뭐…….."

제발 나를 그냥 내버려 뒀으면 좋겠다고 생각했다. 이해가 가지 않을 수 있겠지만 때론 그 이해가 가지 않는 일이 상대에게는 무척 중요한 일이 될 수도 있으니까. 하지만 잠시 후 방긋 미소 지은 지혁이 말했다.

"마침 나도 찜질방에 가고 싶었는데 말이죠. 같이 가죠."

"지혁…… 씨가요?"

"나도 찜질방 마니아입니다."

○ ◎ ●

차에 앉아 있는 구현이가 신이 났다. 시계를 보니 밤 8시. 구현이는 이제 자야 할 시간이 아닐까. 아이랑 이런 곳에 갔다가 내일 유치원에 소문이 쫙 나면 어쩌지? 지혁이는 정말 찜질방 마니아가 맞을까? 그런 모든 고민을 뒤로하고 만희는 지금 이 순간 이미 찜질방 불가마에라도 들어가 있는 것처럼 마음이 훈훈해졌다.

방금 전까지 온몸을 잠식해 왔던 두려움이 사그라들어 썰물처럼 조금씩 멀어져 가는 것이 눈에 보이는 것 같았다.

"성인 두 분은 만 팔천 원 아이는 만 원. 열두 시간 기본이고 그 이후로는 30분당 천 원씩 추가됩니다."

점원의 안내에 만희가 지갑에 있는 카드를 꺼내 내밀려는 순간 지혁의 손이 먼저 뻗어졌다.

"아. 제가 내……."

제가 내려 했다고. 같이 와 준 것만으로도 고맙다고 말하려 했지만 카드를 받은 점원이 계산을 하는 쪽으로 돌아선 지혁의 등 뒤에서 만희는 아무 말도 하지 못했다.

이 시간에 여자 혼자 온 것도 흔치 않은 일이긴 하겠지만 학부모와 함께 찜질방에 온 선생님이라니. 아마 전 세계를 다 뒤져 봐도 전례 없을 일이 분명했다. 찜질방 옷과 수건, 열쇠까지 받은 만희를 향해 구현이 아빠의 손을 잡고 신이 난 얼굴로 바이 바이를 했다.

"이따 봐요. 선생님."

흘깃 점원이 쳐다보는 것 같았지만 만희는 뻔뻔해지려고 했다. 아니, 뻔뻔해질 수밖에 없었다. 지금 이 순간 저를 바라보고 웃어 주는 구현이가 그야말로 자신의 구원자였으니까.

"그래. 이따 봐."

고개를 끄덕인 만희가 살짝 한숨을 들이쉬고 여탕으로 들어갔다. 비누칠을 하고 가볍게 샤워를 하고 나와 물기를 턴 만희가 짙은 베이지색에 유치한 분홍색으로 팔을 덧댄 티셔츠와 반바지를 입었다. 그리고 거울 앞에 서서는 이번에는 그야말로 크게 한숨을 쉬었다.

'이 꼴을 하고 어떻게 나가지?'

샤워를 하니 그나마 연하게 했던 화장마저 지워지고 머리카락은 물기가 마르지 않아 비에 젖은 생쥐 꼴이요. 체형이 전혀 커버되지 않는 단순 무식한 라인의 옷으로 방만희는 그야말로 쌩얼이 다 드러나 버렸다.

두려움이 사라지자 시작된 현실적인 고민. 첫사랑에게 이런 제 꼴을 다 드러내 보여야 하다니. 화장대 앞으로 간 만희가 백 원짜리 동전 하나를 넣고 드라이어로 머리카락을 말려 보았다. 가지고 온 끈으로 머리카락을 징징 동여매 보았다. 로션을 떡칠하고 싱긋 웃어 보였다.

거울을 들여다보며 온갖 표정을 다 지어 보인 후에 결국 아무리 보아도 더 이상 나아질 구석이라고는 없는 모양새를 인정할 수밖에 달리 도리가 없는 만희가 묶었던 머리를 풀고 머리카락으로 어떻게든 추레한 얼굴을 가리고 수건으로 몸 주변을 꼼꼼하게 두른 채 공용 공간으로 내려갔다.

두리번, 두리번. 넓은 홀이 나타나고 모르는 사람들의 무리 속 익숙한 얼굴들이 만희를 향해 손을 흔드는 것이 보였다.

"아! 여기요. 여기."

"선생님!"

베이지색 가슴 판은 공통이요 파란 소매가 차이점인 남자 옷을 입은 두 사람이 만희를 향해 열심히 손을 흔들고 있었다. 덥수룩한 머리카락이 방금 전 샤워로 차분히 가라앉아 있는 게 똑같았다. 말갛게 씻고 만희를 향해 손을 흔드는 두 사람은 너무도 닮아 있었다. 쌍꺼풀 없는 눈. 단단한 인상의 인중. 마음속으로 알 수 없는 감정이 자그마한 먼지를 일으키며 소용돌이를 만들었다.

텔레비전 앞에 자리를 깔고 누워 있는 사람. 삼삼, 오오 모여 삶은 계란을 까먹는 사람. 맥주를 마시는 아저씨. 식혜를 마시는 학생들. 그 와중에 문제집을 푸는 학생. 뭐가 재미있는지 시시덕거리며 이야기를 하는 사람들. 그 모든 사람들 가운데 유일하게 다정한 얼굴들. 그쪽으로 만희가 빠르게 걸어갔다.

"저녁 뭐 먹을래요?"

지혁이 물었다.

"나는 돈가스 시켰어요."

구현이 흥분된 얼굴로 말했다.

아. 그러고 보니 아직까지 아무도 저녁을 먹지 못했다.

"저는 그럼."

메뉴판을 보고 잠시 고민하던 만희를 지켜보던 지혁이 권했다.

"북엇국 먹어요. 그게 맛있어요."

그러고는 자리에서 벌떡 일어난 그가 아주머니에게 주문을 하러 갔다.

"제가 낼게요."

만희가 이번에는 빠르게 뒤따라가서 먼저 열쇠를 내밀었다.

"아니요. 내가 냅니다."

"아니요. 이건 정말 제가 낼게요."

계산대 앞에서 실랑이를 벌이고 있던 두 사람을 향해 바쁜 손으로 물기를 털어 내던 아주머니가 만희의 열쇠를 받아 들며 말했다.

"뭐 부부 사이에 내가 내고 네가 내고가 어디 있어? 그냥 아무나 내면 되지."

순간 당황한 만희가 변명을 하려고 했지만 아주머니는 이미 돌아선 뒤였다. 등 뒤에서 지혁이 만희의 어깨를 가볍게 두드리며 큰 소리로 너스레를 떨었다.

"그러니까요. 어차피 그 돈이 그 돈인데요 뭐."

주방으로 사라진 아주머니에게 생각도 못 한 농담을 하는 지혁을 향해 만희가 미간을 찌푸리며 고개를 갸웃했다.

'허? 뭐라고? 아니, 이 사람이 언제 저렇게 넉살이 좋았지?'

방금 전 제가 들었던 말을 다시 떠올리기조차 부끄러워 멍해져 버린 만희가 물컵과 덜어 먹는 반찬을 챙겨 자리로 돌아갔다.

"이거 정말 맛있어요. 완전 꿀맛이에요."

잠시 후 돈가스를 받아 든 구현이가 신이 나 외쳤다. 한 손에는 돈가스 한 점 또 한 손에는 수프 한 수저를 떠 넣으며 신나 하는 구현이에게 만희는 미안한 마음이 들었다.

"미안. 저녁이 너무 많이 늦었지?"

"아니에요. 원래도 아빠 오고 밥 먹으려면 한참 기다려야 해요."

구현의 말을 이해할 수 없어 동그랗게 눈을 뜬 만희에게 지혁이 설명을 덧붙였다.

"7시 넘어서 들어와서 씻고 밥하면 늦거든요."

만희가 부드러운 미소를 지어 보였다.

"사 먹지 않고 만들어 먹이시나 봐요."

"그냥 밥이나 하고 간단히 먹을 수 있는 반찬 한두 가지만 해서 먹는 거예요. 그래도 매번 사 먹는 것보다 더 낫다고 생각하니까."

만희는 문득 찬장에 있는 놋그릇이 생각났다. 그러니까 그저 빈말이 아닌 것이다. 두 사람은 정말 잘해 내고 있었다. 자신들만의 방법으로 번잡스럽지 않고 꾸준하게.

"어때요. 북엇국은 먹기 괜찮은가요?"

순두부찌개를 한 수저 뜨며 지혁이 물었다.

"네. 시원하고 부드럽네요."

"그러니까 내가 잘 골랐네. 아무래도 그런 음식이 필요할 거 같더라니."

씨익 웃으며 다시 크게 한 술 찌개를 떠 밥에 비비는 그의 모습을 바라보던 만희가 오늘 자신이 겪었던 일을 떠올렸다. 구현이와 함께 집에 오고 은지 엄마와 통화하고. 그리고 집으로 돌아오자마자 알게 된 오피스텔의 강도 사건.

그 모든 것들이 오늘 하루 만에 그것도 몇 시간 만에 일어난 일이라는 게 믿기지 않았다. 어쩌면 이 투박해 보이기만 하는 남자는 그 모든 것을 감안하여 일부러 이런 음식을 권한 것일지 몰랐다. 부드럽고 따뜻한 그런 음식.

"고마워요. 이거."

만희가 뜨끈한 국그릇을 가리키며 말했다.

"뭐가요?"

대체 무슨 소리냐는 듯 양 눈썹을 살짝 치켜올린 그가 되물었다. 아. 그런 의미가 아닌가?

"아니요. 이거 말고도 그 밖의 모든 것 다요."

고개를 세차게 흔든 만희가 그렇게 말하고 곧바로 쑥스러운 듯 국그릇에 얼굴을 박은 채 열심히 수저질을 했다. 따뜻한 국물의 기운에, 옆에서 함께 밥을 먹는 두 사람의 기운이 더해져 어쩐지 배 속이, 가슴속이 훈훈하게 데워지는 것 같은 기분이 들었다.

밥을 먹고 나자마자 지혁은 여기저기서 하나씩 깔개를 들고 와 자리를 폈다.

"이제 저 혼자 있어도 되는데요."

만희가 나란히 펼쳐진 깔개를 보고 약간은 난감한 표정으로 말했다.

"무슨 소리입니까! 열두 시간짜리 돈을 지불했는데요. 여기에 자리 펴 놓고 번갈아 찜질방에 들어갔다 올까 봐요."

지혁이 무슨 말도 안 되는 소리냐는 듯 그렇게 말했다. 옆에서 같이 신이 난 구현이 아빠를 졸랐다.

"나도! 나도 갈래요."

"너한테는 너무 뜨거울 거야. 그러지 말고 여기서 텔레비전 보면서 자는 건 어떨까? 여기도 충분히 뜨뜻하거든."

"그래 구현아. 구현이는 선생님하고 여기 누워서 같이 이야기하자."

만희가 구현이를 달랬다. 구현이 금세 만희의 손을 잡고 옆에 섰다.

"그럼 구현이 좀 부탁합니다. 덕분에 나는 오랜만에 몸 좀 녹이고 옵니다."

수건을 둘러메고 지혁이 사라졌다. 평범한 너무도 평범한 옷을 입고 사라지는 그 사람이 멀리서도 우뚝 솟아 보였다. 그 뒷모습에 문득 뿌듯한 마음이 들었다. 옆에서 제 품으로 자꾸만 달라붙는 구현이에게 이불을 덮어 주며 만희가 방긋 미소 지었다.

그동안 지혁 역시 구현이를 위해 제대로 된 휴식 한번 가졌던 일이 없었을 것이다. 지혁이 정말 찜질방을 좋아하든 아니든 그와는 별개로 그도 조용히 혼자 있을 시간이 필요했을지 모른다. 그리고 다섯 살, 어린 이용이라고는 하지만 아직은 제 몸보다 커다란 옷을 입은 구현이도 지금 이 순간이 그리 나쁘지만은 않은 것 같았다.

"찜질방 정말 좋아요. 나 여기 처음 와 봤어요. 지민이랑 석현이랑도 다 와 봤다는데 난 여기 처음이에요."

싱글벙글한 얼굴로 두 팔다리를 쫙 펼치고 배영을 하듯 휘적거리는 구현이를 만희가 웃으며 바라보았다.

그러기를 한참. 조그마한 얼굴이 휙 만희를 향해 돌아누웠다.

"여기 선생님하고 있으니까 정말 좋아요."

동그란 얼굴 동그란 코. 눈과 다른 곳은 제 아빠를 닮았지만 구현이는 아직 아기. 아기의 얼굴을 하고 있다.

"나도 좋아. 구현이랑 있으니까."

아이의 얼굴에 환한 미소가 번졌다.

"정말요?"

"응."

만희의 대답에 구현이 행복한 얼굴을 하며 말했다.

"선생님 내가 이야기를 하나 할게요."

"그래. 오늘은 구현이가 얘기를 해 줘."

만희가 기분 좋게 대답했다.

"옛날 옛날 옛적에."

구현이 이야기의 운을 뗐다. 그렇게 시작한 이야기는 사방팔방 길을 잃은 것처럼 이 이야기 저 이야기로 마구 뛰어갔다. 용이 나오고 마녀가 나오고 그러다 군인이 나오고 아빠도 나왔다. 그리고 보너스로 끼워 준다며 선생님, 방만희도 나왔다. 무슨 이야기인지 알 수 없고 맞장구를 어디서 쳐야 할지도 알 수 없는 이야기였지만, 하지만 어차피 처음부터 상관없는 일이었다.

만희는 아이의 도롱도롱한 목소리를 느꼈고 아이의 몸에서 뿜어져 나오는 온기를 느꼈으며 저에게 자꾸만 달라붙는 아이의 체온을 느꼈다. 엄마가 돌아가시고 세상 막막할 때 만희는 제 일터인 유치원에서 아이들을 통해 삶의 힘을 얻었다. 그 웃음에 때 묻지 않은 천진난만함에 때로는 버겁지만 그래도 늘 변치 않는 하루에 만희는 감사했다.

그리고 오늘 서른두 살의 방만희가 다섯 살 구현이에게 기대고 있었다. 한참 두서없는 이야기를 하던 구현이의 눈까풀이 조금씩 내려앉았다. 담요를 끌어당겨 구현이에게 덮어 준 만희가 평온한 아이의 얼굴을 바라보며 자기도 모르게 흐뭇한 미소를 지을 때였다. 제 옆으로 다른 담요 하나가 놓였다.

"찜질 안 해요?"

담요를 내려놓은 그가 자신의 자리에 무언가 잔뜩 쌓아 놓는 것이 보였다.

어? 이거.

만희가 자리에서 벌떡 일어나 앉으며 그중 하나를 골라 집었다.

"이거 슬램덩크 아니에요?"

"맞아요. 아까 보니까 대여를 하길래 재미있을 것 같아서 좀 빌려 왔죠."

그가 1권을 들어 만희에게 흔들어 보였다.

"그거 예전에 이미 수십 번도 더 보지 않았어요? 얼마나 자주 빌려 가던지 마지막에는 그냥 공짜로 빌려줬잖아요. 내가."

그때의 기억이 갑작스레 떠오른 만희가 신이 나 대꾸했다. 왜 아니겠냐는 듯 지혁이 맞장구를 쳐 왔다.

"그때 완전히 미쳐 있었거든요. 수많은 명장면과 명대사. 볼 때마다 가슴이 얼마나 두근거리던지. 완전 내가 강백호였죠."

응? 뭐? 강백호? 순간 만희가 그의 말을 갈랐다.

"강백호요? 지혁 씨가?"

만희의 물음에 의미를 알 수 없다는 표정으로 지혁이 되물었다.

"왜, 아닙니까?"

고개를 갸웃한 만희가 대답했다.

"나는 서태웅이라고 생각했는데."

그의 얼굴이 지진 난 듯 구겨졌다.

"서태웅이요? 내가?"

"네. 천재요. 운동 천재. 공부 천재."

그게 너무도 당연한 것 아니겠냐는 듯 만희가 자신 있게 말했다. 그 순간 지혁이 기겁하듯 고개를 설레설레 흔들었다.

"나는 강백호입니다. 난 천재가 아니에요. 진짜 노력형이죠. 그리고 마음속에는 허세가 가득한."

생각도 못 한 대답에 이번에는 만희의 눈이 찌푸려졌다.

"허세요? 전혀 믿지 못하겠는데?"

"남자는 다 그럽니다. 겉으로는 태연한 척 속으로는 이런 대사를 읊죠. 너는 내가 쓰러트린다! 왼손은 거들 뿐! 어때! 이젠 이길 수밖에 없게 되었지?"

"정말요?"

만희가 큭큭거리며 웃었다.

"당연하죠. 왜 아니라고 생각하는 거지?"

"사람들은 늘 이지혁을 그렇게 생각했으니까. 전교 1등, 과묵한 천재, 여자아이들의 인기를 한 몸에 받으면서도 늘 시크한 스타일."

"난 아닌데? 애들 그렇게 생각하는 거 딱 질색이었다니까. 너무 부담스러웠어. 아니, 내가 어딜 봐서?"

"그럼 성적이라도 설렁설렁 받든지."

"어떻게 그래? 지려고 하는 게임도 있나?"

"아휴. 그러니까 사람들이 그렇게 생각하지!"

"남들보다 쉬운 걸 어떻게 해?"

"뭐가? 설마 공부가?"

"응. 그냥 한 번 읽으면 이해가 되는 걸 어떻게 어려운 척하냐고."

만희가 입을 쩍 벌렸다.

"아. 아. 이런 스타일이었어?"

"어떤 스타일인데 이런 게?"

"허세 있는 스타일."

"허세가 아니라 팩트인데?"

"아후!"

만희가 깔깔거리며 웃었다. 지혁이 같이 큭큭거렸다. 생각지도 못한 이지혁의 모습이라니. 더불어 쿵짝이 이렇게 잘 맞는 농담 릴레이. 참 오랜만이었다.

"어쨌거나 이 만화 정말 오랜만이다."

"응. 추억이 새록새록!"

그 말을 하며 눈을 반짝이던 만희가 순간 들고 있던 만화를 촤르르 펼치다 말고 헤벌어진 입을 의식적으로 꾹 다물었다. 언제부터 우리가 말을 놓은 거지? 당황하여 입을 쩝 다시자 지혁이 가만히 만희의 얼굴을 들여다보았다.

"훨씬 낫네."

쌍꺼풀 없는 눈동자. 그 눈동자의 주변은 옅은 갈색이다. 그 빛은 그의 인상과는 다르게 냉랭하지 않고 오히려 다정하다.

"응? 뭐가?"

차마 시선을 마주칠 수 없어 만희가 살짝 고개를 틀었다. 다정한 그의 목소리가 만희의 귓가를 건드리듯 들려왔다.

"아까는 창백했거든. 이제 좋아 보여. 다행이야."

목소리가 사람의 피부를 간질일 수 있는 건가? 그 생경한 느낌이 너무 당황스러워 만희가 불쑥 큰 소리로 말했다.

"고마워."

"고맙긴. 내가 고맙지. 우리 구현이 잘 봐 줘서."

"그거야 일이고."

"일이라고 하니 섭섭하네."

"그래. 일은 아니지. 엄연히 말하면, 그렇지만. 고등학교 동창이니까."

조금은 냉정하게. 그의 다정한 말에 당황한 걸 들키지 않으려 만희는 딱딱한 목소리로 말했다.

"그래. 고등학교 동창. 그래서 말인데 말 놓자. 그동안 힘들었다."

하지만 그는 물러서는 기색 없이 만희의 시선을 잡아끌었다.

"언제부터 말을 놨다고?"

만희가 시선을 피하며 은근슬쩍 제 혀로 입술을 축였다.

"내가 너희 가게 회원일 때부터. 기억 안 나?"

그가 친근하게 다가왔다. 하지만 만희는 그것이 쉽지 않았다. 안 그래도 설레고 떨려서 미칠 것 같은데 이 순간 자신이 그를 짝사랑하던 과거를 끄집어내면 어쩌란 말인가? 만희가 무언가 생각하려는 듯 곰곰이 머릿속을 굴리는 척 시간을 벌었다.

"기억나. 그때는 당연히 반말이었지. 동갑이니까."

"그래! 지금도 동갑이잖아."

"하지만 사회에 나오면서부터는 동갑이라도 존대부터 하는 게 당연하잖아."

"그래도 동갑인 건 변하지 않았잖아."

그의 눈이 여전히 만희를 향하고 있었다. 어깨를 으쓱한 만희가 시선을 피했다.

"맞아."

맞아. 우리는 동갑이고 고등학교 동창이고 그리고 너는 내 첫사랑이고. 만희는 가슴속이 커다랗게 부풀어 오를 것 같아 고개를 숙였다. 천천히 시간이 흐르고 있었다. 도저히 감당할 수 없을 것 같은 기분이 팽배한 시간이……

잠시 후 지혁이 만희에게 물었다.

"너는 찜질 안 해?"

그 목소리가 더없이 다정하게 들렸다. 그 멋없는 말이.

"무, 물론 할 거야."

수건을 집어 들고 만희가 다급한 걸음으로 불가마 안에 들어갔다. 뜨거운 바닥에 누워 천장을 바라보았다. 수많은 생각들이 머릿속을 휩쓸고 지나갔다. 무엇 하나 또렷하게 잡히는 건 없었다. 가슴이 생각을 방해하고 있었다. 이런 징조가 무엇인지는 예전에도 이미 경험한 바 있었다. 중요한 건 지금은 저와 어울리지 않는 감정이라는 것이었다.

"들어가라. 들어가라. 없어져 버려! 없어져 버리라고!"

휘적휘적 팔을 저은 만희가 땀과 함께 이 감정이 사라져 버리기를, 땀으로 모두 흘러 내려가 버리기를 바라며 눈을 감았다.

○ ◎ ●

휘적거리며 찜질방으로 들어가는 만희의 뒷모습을 바라보던 지혁이 피식 미소 지었다. 분홍색 찜질복을 입은 여자. 그녀가 제 일행이라는 사실이 마음 어딘가를 간질거리는 기분이 들게 만들었다. 앞으로 다시는 보지 못할 거라 생각했던 인연. 그녀와의 재회가 몇 번을 되새겨 봐도 신기했다.

만희가 문안으로 사라지는 것을 확인한 지혁이 고개를 받치고 모로 누웠다. 잠든 구현이의 얼굴이 그의 시선 바로 아래 놓였다. 어두운 방에서와는 달리 어스름한 불빛 아래 아이의 편안한 얼굴이 훤히 보였다. 그것을 확인한 지혁이 즐거운 기억에 빠져들었다.

고등학생 시절 그의 유일한 탈출구는 바로 그곳. 만희네 만화방이었다. 정해 놓은 요일 똑같은 시간. 학원을 마치고 그날 일일 테스트의 결과가 100점이 나오면 제게 주는 상이라 생각하며 들렀던 만화방. 그곳에는 좁은 책상에서는 경험할 수 없는 온갖 모험과 즐거움이 가득한 세계가 있었다. 그리고 매번 같은 표정으로 저를 맞아 주는 한 소녀가 있었다.

'이거 주세요.'

그날 지혁은 일부러 그 소녀와 시선을 맞추지 않고 만화 서너 권을 테이블에 내려놓았다. 달콤한 향기가 흐르고 보송한 솜털이 돋아난 얼굴. 그 얼굴을 힐끔거리는 건 그리 좋지 못한 태도라고 생각했다. 왠지 그럼 안 될 것 같았다.

언제였던가. 스치듯 마주쳤던 시선에서 보았던 해사한 미소. 만화방을 나선 뒤에도 간혹, 아니 꽤나 자주 그 미소가 생각나던 그때부터 지혁은 그 아이와 일부러 눈을 마주치지 않았다. 그런데 그날은 평소와 달랐다.

'어!'

지혁의 눈이 번쩍 뜨였다.

'왜요? 무슨 일 있어요?'

뾰로통해진 입으로 눈을 휘둥그렇게 뜬 소녀가 금세 되물었다. 단정한 교복 블라우스 깃을 살짝 덮는 머리카락.

'대국여고 다녔어요?'

지혁이 놀라 뒤집어질 것 같은 표정으로 손을 들어 상대를 가리켰다. 그 애가 교복을 입은 모습은 처음이었다. 매번 티셔츠에 청바지. 그와 비슷한 옷차림이어서 지혁은 이 아이가 저와 같은 학교에 다니는 줄전혀 알지 못했었다. 매일 아침 등굣길에 보는 체크무늬 치마에 감색 상의. 게다가 노란색 명찰. 지혁이 고개를 갸웃했다.

'방. 만. 희? 어? 같은 학년이네!'

버럭 반말이 튀어나왔다. 여기를 벌써 몇 달째 제집처럼 들락날락했음에도 아직까지 그것을 눈치채지 못하고 있었다니. 반갑고도 놀라운 마음에 지혁은 헛웃음을 지었다. 멋쩍어 제 얼굴을 맨손으로 몇 번이나 쓸었다. 근래 경험한 일 중 이렇게 재미있는 건 없었다.

그 표정에 여태껏 꼬박꼬박 존대하던 그 애도 갑자기 눈을 부라렸다. 콧등으로 잘게 지는 주름이 경쾌했다.

'아니, 아직까지 그것도 몰랐단 말이야?'
'그야 나는 네가 교복 입은 모습은 처음이니까.'
'교복? 아하. 교복을 입어야 겨우 알아보신다?'
'그럼 어떻게 알아보게?'
'이 동네에서 나 제법 유명하거든! 대국여고 방만희. 만희네 만화방. 신간 한번 빨리 받아 보겠다고 다들 나한테 줄 대느라 바쁜데. 그래서 남자애들한테는 특히 유명한데! 너는 이제껏 내가 무슨 고등학교를 다니는지도 몰랐다고?'

뒤늦게야 제가 다니는 고등학교를 알아냈다는 게 제법 분한 일이라는 듯 만희의 얼굴이 붉으락푸르락했다. 하지만 지혁의 얼굴은 저절로 싱글벙글했다. 마음속에서 무언가 톡 터지는 기분이 들었다. 댕글거리며 굴러다니는 그것이 즐겁다며 지혁의 몸속을 휘저었다. 만희는 이제 저 혼자 무엇에 취한 듯 입을 열었다.

　'하긴 대국고등학교 최고의 인기남이 알매 만화방 여학생을 아실 턱이 있나?'
　'그런 건 아니고.'
　'신간이 알아서 제 손에 턱턱 떨어지는데 넌 참 운도 좋다?'
　'그게 운이랑 관계가 있나?'
　'아이코. 올 때마다 보고 싶은 만화책이 네 손에 주어지는데, 그걸 또 몰랐네.'

　지혁이 테이블 위에 올려놓은, 이제 막 비닐을 뜯은 것 같은 신간을 물끄러미 바라보았다. 그래서 뭐? 이게 그렇게 특별한 일이었나? 멍한 그의 표정에 모욕이라도 당한 듯 뺨이 붉어진 만희가 따박따박 떨어지는 목소리로 말했다.

　'하여간 알았어. 오늘 총 천오백 원.'

　탁탁 만희가 테이블을 두드렸다. 어서 대여료나 내고 나가라는 식의 표정에 지혁은 서운했다.
　'아니, 벌써 끝이야?'
　재미나게 탁구라도 치듯 주고받던 말이 이렇게 맥없이 끝나다니. 어디 더 가져다 붙일 말이 없는지 지혁의 눈이 바빠졌다. 때마침 만희가 카운터에 펴 놓은 책에 시선이 갔다. 한국지리 교과서. 깨끗해 보이는 페이지는 이미 지난 중간고사 시험 범위에 들어간 곳이었다. 그 중간고사가 끝난 게 벌써 몇 준데? 히죽 미소 지은 지혁이 눈짓으로 책을 가리켰다.

'한국지리를 무척 좋아하나 봐?'
'응?'

이번에는 만희 쪽에서 대체 무슨 소리냐는 듯 고개를 갸웃했다. 토끼 같은 눈이 지혁의 시선을 따라 제가 펴 놓은 것을 살폈다. 꿈틀 움직이는 눈썹이 무언가 잘못됐다는 것을 깨달았는지 난감해하는 것이 그대로 드러났다.

'지난번 시험 범위를 다시 살피는 걸 보니까 한국지리 좋아하는 게 분명한데?'
'아, 그거야!'

만희가 탁 소리 나게 책을 덮었다.

'여기!'

자꾸만 벌어지려는 입을 다물며 지혁이 지갑의 돈을 헤아려 천오백 원을 카운터에 내려놓았다. 눈을 부릅뜨며 지혁을 살피던 만희가 돈을 챙겨 넣었다. 그러고는 잠시 주머니에서 무언가 주섬주섬 꺼내 만화책 위에 얹었다. 납작한 초코바 하나가 까꿍하듯 놓였다.

'너무 공부, 공부 그러지 말고 살아. 사람이 마음의 여유를 가져야지. 너처럼 너무 그러면 되던 일도 안 된다.'

방금 전에 있었던 일에 대한 제 나름의 항변이었는지 만희의 목소리가 당찼다.

'안 될 건 또 뭐고?'

재미가 난 지혁이 약간은 삐기듯 했다.

'공부가 목적이 아니잖아. 너는 뭐가 하고 싶어서 그렇게 공부하는데?'

새 책처럼 깨끗한 제 교과서를 들키고도 또렷한 눈빛을 한 만희가 지혁을 바라보았다. 그 애의 눈빛이 선명했다. 머뭇거림이라고는 조금도 없었다.

'그거야.'

지혁이 말을 잃었다. 멋들어지게 할 만한 말이 생각나지 않았다. 공부의 목적이라. 그런 건 애초에 지혁에게 없었다.

대한민국 최고의 의대를 졸업하신 부모님. 그분들 사이에서 태어난 아들. 그런 부모님이 주신 여러 가지 혜택에 질투하는 사람들은 지혁의 어려움 같은 건 살피지 않았다. 그의 부모님조차 그랬다. 지혁의 1등은 당연했고 그는 절대 미끄러져서는 안 되는 사람이었으며 세상 부족한 게 없는 그는 투정을 부리지도 힘들어하지도 않아야 했다. 혹여라도 그런 말을 하면 다들 배불러 하는 소리라며 도리어 핀잔을 놓았다.

1등을 하려고 공부했다. 공부 그 자체가 목적이었다. 돈이 목적인 사람처럼. 왜 벌고 싶은지 왜 많아야 하는지 모르고 다다익선이니까. 공부도 잘하면 좋은 거니까.

 꿀 먹은 벙어리가 된 지혁의 앞에 만희가 그래, 그럴 줄 알았다는 듯 표정이 여유로워졌다.

 '내 이럴 줄 알았네요. 그래. 왜 공부하는지도 모르면서 그렇게 열심히 해?'

 다정함이 묻어난 목소리에 지혁이 전에 없이 선한 미소를 지었다.

 '알고 있지. 그걸 모르겠냐?'
 '뭔데?'

 눈썹을 치켜올린 만희가 들어나 보자는 듯 제 팔을 엇갈려 꼬았다. 피식 입꼬리가 올라간 지혁이 문득 생각난 말을 꺼냈다.

 '선한 일을 해 보려고.'
 '선한 일?'

 만희가 눈매가 살짝 찌푸려졌다.

 '윤리 시간에 배운 거 있잖아.'

 그 말에 핑 코웃음이 흘렀다.

 '얘가 또 공부 이야기네.'

'그게 아니라니까. 너, 과학기술윤리 알지?'

'알지. 기술 개발에 따른 과학자들의 윤리적 책임. 아니야?'

'어어!'

지혁이 짐짓 놀랐다는 듯 엄지를 치켜세웠다. 만희가 눈으로 꿀밤을 때리듯 깜빡였다.

'어떤 분야의 일을 하건 과학이 선한 방향으로 나가는 데 일조할 생각이야. 과학이 나쁜 일의 도구가 되지 않도록 좋은 방향으로 이끄는 사람. 이 정도면 충분하지?'

이번에는 만희가 진심으로 놀랐다는 듯 선선히 고개를 끄덕였다. 그녀의 반응에 즐거워진 지혁의 얼굴에 뿌듯함이 떠올랐다.

말간 만희의 눈을 보며 차마 돈을 많이 벌고 싶어서. 부모님이 1등 하라 하시니까. 다른 사람들은 그의 1등을 이미 따 놓은 당상으로 생각하고 당연하게들 여기니까. 그의 꿈은 당연히 의사라고 생각하니까. 남들의 기대가 버거워서. 그 기대가 그만큼 미워서. 그래서 그만두고 싶지만 그만둘 수 없어서 서울대 의대에 들어가려고 한다고.

그런 말 따위는 할 수 없었다. 그런 속물 같은 이유 말고 제 앞의 소녀를 감동시킬 만한 멋진 말을 하고 싶었다.

그런데 막상 입으로 소리 내어 말하니 그것이 맞는 거 같았다. 마음속으로 막연하게 생각했던 이야기가 만희의 앞에서 저도 모르게 선명해졌다. 생각만 했던 일을 소리 내어 말하자 그 말이 다시 제 귀로 스며들어 마음을 단단하게 만들었다. 전에 없던 경험이었다.

그런 만희에게 좋은 모습을 보여 주고 싶었는데. 지금의 제 모습은 그리 좋아 보이지 않는 것 같아 지혁은 쓸쓸했다.

뒤척. 작은 몸이 반 바퀴 돌아 조그마하게 웅크렸다. 꼭 쥔 주먹이 스르르 풀렸다. 조그마한 발이 빼꼼 나온 것을 본 지혁이 이불을 바로 펴 아이의 발을 덮었다.

생각도 못 한 행운이 제 앞에 다가왔다. 함께 있으면 구르는 소리가 듣기 좋은 구슬이 온몸을 굴러다니는 것처럼 즐거워지는 사람을 다시 만났다. 제 아이의 선생님. 그것만으로 만족하는 것은 물론 아니었다. 제 마음에 치미는 감정이 무엇인지 지혁도 잘 알고 있었다.

욕심. 욕심이었다. 사람에 대한 욕심. 사소하게는 제 앞에서 웃는 얼굴을 자꾸만 보고 싶은 것. 그녀를 웃게 만드는 사람이 저였으면 하는 것. 맛있는 것을 먹이고 싶은 것. 눈을 맞추고 싶은 것. 대화를 나누고 싶은 것. 더하여 그 사람의 하루를 속속들이 알고 싶은 것. 그 장면에 제가 늘 끼어 있고 싶은 것.

그 욕심을 추스르듯 지혁은 다시 한번 구현이의 이불을 꼼꼼하게 덮었다. 동그랗게 웅크렸던 아이의 몸이 스르르 기운을 빼고 다시 늘어졌다. 평화. 안정. 제 아이에게 주고 싶던 그것이 이 순간 지혁의 눈에 고스란히 보였다. 때마침 방만희였다.

"반갑다. 방만희."

소리 내어 입으로 말하자 그 이름이 지혁의 가슴을 울렸다. 그리고 그만큼 단단해져 제 귀를 울렸다. 반갑다. 그다음을 삼키듯 생각이 많아진 마음을 털어 낸 지혁이 그만 눈을 감았다.

5

"좋은 아침이에요."

소정 선생님이 만희의 눈치를 힐끔 살피며 인사를 건넸다.

"네. 좋은 아침입니다."

만희 역시 크게 미소 지으며 그 인사를 받았다. 그러고는 곧바로 아이들을 맞이하기 위해 앞치마를 둘러메고 섰다.

"좋은 아침!"

"네. 선생님 안녕하세요?"

새로운 하루를 시작하기 위해 유치원에 들어서는 아이들. 그 아이들과 인사를 하면서 만희는 자꾸만 은지 생각이 났다. 바로 어제 전화로 알게 된 은지의 상처 때문이었다. 어떻게 된 멍이고 언제 생긴 일인지 소정 선생님과 아무리 머리를 굴려 봐도 떠오르지 않았다. 아무래도 은지의 상태를 보고 은지에게 물어보는 것이 가장 나을 것 같았다. 그렇게 기다리기를 수분. 차에서 내린 은지가 깡총거리며 뛰어오는 것이 보였다.

"선생님 안녕하세요?"

다행히 은지는 기분이 좋아 보였다.

"그래 은지야 좋은 아침!"

괜히 긴장했네, 하는 생각과 함께 만희는 가방을 챙기고 자리에 앉은 은지를 따로 불렀다. 은지는 선생님에게 저 혼자만 불려 온 이 상황이 난감한지 조금 긴장한 듯 보였다. 만희가 그런 은지의 손을 잡고 어루만지며 말했다.

"은지 어제 무릎에 상처가 나서 많이 아팠지? 미안해. 선생님이 몰라서."

"아니요."

만희와 눈을 맞춘 은지가 그제야 안심하고 명랑하게 대답했다.

"그래? 많이 아프진 않았어?"

"네. 그리고 이건 선생님 몰라요."

"응, 뭘?"

"어제 유치원 끝나고 놀이터에서 놀았는데 그때 넘어졌어요."

아이는 제 스커트 자락을 살짝 걷어 올리며 멍 자국을 보여 주었다. 제법 넓은 면적을 차지하고 있는 멍 자국 위에는 은지 어머니가 붙여 주신 것으로 보이는 밴드가 붙어 있었다.

놀이터에서 넘어진 거라고? 그런데. 그게 왜 유치원의 책임이 된 걸까? 물론 아이의 말은 백 퍼센트 확신할 수 없다. 학부모와 유치원 사이 대부분의 일들은 중간에 있는 아이의 말에 따라 생기는 오해로 감정적으로 변할 수도 있으니 신중해야 한다. 은지는 놀이터에서 넘어져 생긴 상처라 생각할 수도 있지만 그것도 확실한 것은 아니다. 만희는 여러 고민 끝에 전화 대신 수첩을 꺼냈다.

「어제 일로 죄송합니다. 은지 앞으로 더 신경 써서 잘 보살피도록 하겠습니다. 오늘 은지에게 상처의 정도와 상처가 생긴 연유에 대해 물어보니 은지의 이야기로는 하원 이후 놀이터에서 넘어져서 생긴 상처라고 합니다. 하지만 유치원에서의 일을 제가 모두 기억하지 못하고 있기 때문에 그 상처가 유치원에서 생긴 것인지 아니면 하원 후 생긴 것인지 확실히 말씀드리기 어려울 것 같습니다. 다만 걱정하지 않으셨으면 하는 것은 그 외 그동안 은지의 교육과 돌봄에 소홀한 일은 없었다는 점입니다. 그리고 앞으로도 그럴 것이라고 말씀드리고 싶습니다. 은지 어머니, 저희에게 은지 믿고 맡겨 주시길 부탁드립니다.」

길고 긴 문장을 적어 넣은 만희는 마음이 무거웠다. 하지만 이런 일은 이미 한두 번이 아니었다. 매일 거의 매순간 반복되는 일일 뿐이었다. 마음은 늘 단단해야 했다. 쉽게 무너지지 않도록.

그렇게 하루를 보내고 저녁이 되어 만희는 다시 구현이와 집으로 돌아왔다. 하지만 오늘은 곧바로 집으로 들어오지 않고 바로 앞에 있는 슈퍼에서 장을 봤다. 호박 두부 감자 양파. 그리고 계란 한 판이랑 콩나물.

"선생님 이게 다 뭐예요?"

묵직한 봉투에 구현이의 눈이 휘둥그레졌다.

"응. 오늘은 선생님이 저녁 하려고."

조리대 위에 재료들을 올려놓으며 만희가 말했다. 흥미가 가득한 눈으로 구현이가 되물었다.

"선생님이요?"

"응. 선생님이 구현 된장찌개 끓여 주고 싶어서."

그 말에 구현이의 입이 함지박만 하게 벌어졌다.

"선생님이 한 밥 처음 먹어 본다."

아이의 말에 만희가 환하게 미소 지었다. 두어 시간 후면 지혁이 돌아올 시간이었다. 그 전에 찌개를 끓여 놓고 구현이와 둘이 먹은 뒤 지혁의 몫을 남겨 놓을 생각이었다. 어제의 고마움에 대한 인사라고나 할까?

감자와 호박을 씻고 물기를 털어 낸 만희가 국물을 내기 위해 냄비를 불에 막 올린 그때였다. 가방 안에 있던 휴대 전화가 울리는 소리가 들렸다. 발신자가 지혁이었다.

대체 무슨 일이지? 의아한 눈빛으로 만희가 전화를 받았다.

— 만희야!

갑작스럽게 튀어나온 반말에 만희가 깜짝 놀랐다.

"네. 아, 무슨 일이세요?"

— 혹시 오늘 늦게까지 좀 있어 줄 수 있을까?

"그래요. 그건 괜찮지만 무슨 일인데요?"

— 지금 급해서 설명하긴 좀 그런데. 아기 때문에.

"네?"

— 하여간 미안해. 생각보다 많이 늦을 수 있어. 어쩌면 네가 우리 집에서 자야 할지도 모르고. 미안한데. 구현이 저녁 좀 챙겨 줘.

"아! 알았어요."

— 미안. 지금 급해서. 어! 끊어야겠다.

다급하게 끊어진 전화에 만희가 뭐라 대꾸할 틈도 없었다. 그건 그렇고 아기 때문이라고? 대체 무슨 아기? 설마 애가 또 있는 거야? 만희가 어안이 벙벙한 얼굴로 그 자리에 그대로 멈춰 있었다.

늦은 오후보다 밤이 더 따뜻하게 느껴지는 것은 창밖이 어둠에 잠겨 오히려 실내가 밝아지는 현상 때문일 것이다. 해가 지는 방향으로 상념 가득한 마음에 시선을 돌리지 않아도 되는, 그래서 오히려 가정이라는 창 안의 공간에만 집중하게 되는 시간. 텅 비어 보이기만 하던 이 집이 순식간에 따뜻하게 보인다.

별것 아닌 된장찌개에 내내 감탄하던 구현이가 밥을 먹고 동화책을 읽다가 잠이 들었다. 잠든 아이를 안아 침대에 눕혀 이불을 덮어 주고 만희는 가만히 그 아이를 바라보았다. 방금 전 구현이와 나누던 대화가 귀에 들리는 듯했다.

'아빠가 좀 늦으실 것 같다고 하시네. 그래도 걱정하지 마. 선생님이 같이 있을 거니까.'

생각도 못 한 전화를 끊고도 구현이 앞에서는 내색하지 않고 만희가 태연하게 말했다. 하지만 당황할 거라 생각했던 구현이는 도리어 담담했다.

'아기가 나올 건가 봐요.'
'아기?'
'네. 아빠가 아기랑 있어야 하거든요. 이럴 때 나는 이모가 같이 있어 줬어요.'

이런 일이 한두 번이 아니구나.

'그동안은 이모님이 같이 있어 주셨어?'
'네. 아빠가 의사니까 아기한테는 아빠가 필요해요. 아빠 병원은 커서 아기도 많아요. 그럴 땐 나도 혼자 잘 있어요.'

씩씩하게 말한 구현이가 똘망똘망한 눈으로 만희를 바라보았다. 어린 아이지만 속이 꽉 찬 구현이는 세상모르는 것이 없다. 울컥한 기분으로 만희가 구현이의 머리를 쓰다듬었다. 구현이는 아기 고양이처럼 만희의 무릎에 매달렸다.

'나 잘하죠?'

'응! 구현이 씩씩하네. 정말 대단하다.'

연구원이라더니. 무슨 회사원이라더니. 공부를 잘하던 지혁이는 의사가 되었다. 지혁이를 만나지 않았을 때는 한 번쯤 상상해 봤던 일이라 오히려 그게 더 자연스러웠다.

더벅머리에 어딘가 완벽하지 않은 옷차림. 전화를 받을 시간도 없이 그렇게 바쁘다더니. 하긴 아기의 탄생은 시간을 정해 놓고 벌어지는 일이 아닐 테니까. 게다가 그렇게 커다란 병원이라면 언제든 응급 상황이 발생할 수도 있을 테니까. 겉모습 같은 것에 크게 신경 쓰지 않는 것이 어쩐지 이지혁답게 보였다.

그 와중에 부모님의 도움도 받지 않고 키우는 아들. 새삼스럽게 이 텅 빈 방 안에서 느껴지는 그의 책임감에 가슴이 먹먹해졌다. 고이 잠을 자고 있는 구현이의 얼굴에 내려앉은 평화가 더없이 소중했다.

디리릭—

현관문이 열리는 소리가 들렸다. 자기도 모르게 눈을 감고 깜빡 잠이 들었던 건지 벌떡 일어난 순간 몸이 약간 으슬으슬한 것이 느껴졌다. 방문을 연 만희가 빠끔 얼굴을 먼저 내밀어 거실로 나갔다. 지쳐 보이는 표정의 지혁이 만희를 발견하고 미안한 얼굴을 했다.

"아! 일어났어? 계속 자고 있어도 되는데."

까슬까슬한 목소리로 이야기하는 그에게 애잔함이 느껴졌다. 흘깃 확인한 시계는 어느새 밤 12시를 넘어서 있었다. 가끔 이런 일이 있었다니. 이렇게 늦은 시각, 이모님과 구현이 두 사람이 지키고 있던 집으로 들어오며 지혁이는 어떤 생각을 했을까? 산부인과 의사로 아이의 탄생에 일조하며 지혁은 구현이에 대한 책임감을 매번 새롭게 결심하고 있었을까?

"힘들었겠다."

만희의 목소리가 촉촉했다.

"아니, 뭐. 늘 하던 건데."

지혁이 희미하게 미소 지었다. 그 미소에 피곤함이 엿보여 목소리가 다정하게 나갔다.

"씻고 와. 밥 아직 못 먹었지?"

"괜찮은데. 너 쉬어."

만희가 고개를 절레절레 흔들며 말했다.

"사양하는 것도 지나치면 피곤해."

만희가 부엌으로 향했다.

잠시 후 옷을 갈아입고 나온 지혁이 작은 방의 문을 열어 구현의 자는 모습을 살폈다. 그의 얼굴에 떠오르는 편안한 미소에 만희의 시선이 닿았다.

"잘 자네."

지혁이 만희의 시선을 느끼며 어색한 표정으로 식탁에 앉았다.

"응."

만희가 수저를 그 앞으로 내밀며 웃어 보였다. 지혁이 식탁에 차려진 찌개를 보고 살짝 놀란 듯 물었다.

"이거 네가 한 거야?"

"응."

"덕분에 내가 호강한다."

한 수저 입에 넣자 조금은 긴장한 얼굴로 그를 바라보던 만희를 향해 지혁이 엄지를 내보였다.

"방만희 찌개 잘 끓이네. 몰랐는걸?"

"그냥 된장만 적당히 잘 풀면 되는데 뭐."

만희가 괜히 너스레를 떨었다.

"그래도. 맛있다."

"다행이다."

그 후로 속도가 붙은 그가 식사하는 동안 만희가 마주 보고 앉아 있었다. 그는 맛있게 먹을 줄 아는 사람이라 보는 사람마저 행복하게 만드는 그런 식사를 하고 있었다. 앞에 앉은 사람의 편안한 식사. 졸린 기운과 나른한 기분. 그런 것들로 그를 오랫동안 마주 보고 있는 것이 그리 어렵지 않게 느껴졌다. 부끄럽거나 어색하지 않은 기분이었다.

"당직 선생님 계셨는데 갑자기 평소에 담당하던 산모 긴급 수술이 들어와서."

지혁이 밥을 삼키고 말했다. 한 그릇을 다 먹고 더 먹을 생각이었는지 공기를 든 그가 자리에서 일어났다. 그 공기를 대신 건네받은 만희가 지혁을 도로 앉히고 밥그릇을 채워 주며 물었다.

"수술은 잘 끝났어?"

"응. 다행히도 아주 잘 끝났어."

"아기는?"

"아기는 여자아이 3.1킬로그램. 건강하게 태어났어."

"산모는?"

"회복 중이야. 별일 없을 거야."

그의 말에 만희가 방긋 웃었다. 조금의 일면식도 없는 사람이지만 어쩐지 안심되는 기분이 들었다. 긴급 수술이나 산모의 상태. 병원에서의 일이란 드라마에서 보는 이야기들밖에 알지 못해서 그 상황이 어떤지는 실제로 전혀 짐작이 가지 않지만 그래도, 그의 목소리에서 산모와 태어난 아기의 행복한 모습이 만희의 눈앞에 떠오르는 것 같았다.

"나는 네가 회사원인 줄 알았어. 학부모란에 그렇게 쓰여 있어서."

"회사원 맞긴 맞지 뭐. 개업의도 아니고. 이제 겨우 제 몫 해내고 있어."

말과는 다르게 그의 표정이 뿌듯했다.

"우, 이지혁 멋진데?"

만희가 장난스러운 미소를 지었다.

"나는 겨우 아이 하나인걸. 넌 한 번에 스무 명을 돌봐야 하잖아."

"그래. 나도 멋지긴 하지."

뻐기듯 대꾸한 만희가 자리에서 일어나 물 잔을 채워 그의 앞에 들이밀었다.

"막 태어난 아기들 귀엽지?"

"응. 귀엽지. 감격스럽고 신비롭고. 사실 아이뿐 아니라 산모들 표정도 진짜 감동적이야."

"어떤 표정인데?"

다음 내용이 궁금하다는 듯 만희가 눈을 크게 떴다.

"기적을 보는 눈빛?"

"기적?"

만희의 되물음에 그가 아무도 모르는 일을 저 혼자만 안다는 식의 표정으로 만희를 바라보았다. 확신에 찬 눈빛. 어떤 상황에서도 흔들릴 것 같지 않은 단단함. 그 눈빛에 홀릴 것 같은 기분이 들어 만희는 저도 모르게 살짝 입을 벌렸다.

"사실 우리는 늘 기적을 바라잖아. 내가 하는 모든 일이 잘되길 바라는 기적. 노력하지 않아도 결과가 좋기를 바라는 기적. 로또에 당첨될 기적."

후후. 만희가 소리 내어 웃었다.

"하지만 아이의 탄생보다 더 대단한 게 있을까 싶어. 엄마의 자궁 안에서 열 달 동안 길러진 작은 수정란이 사람으로 커 가는 거야. 그리고 때가 되면 세상 밖으로 나오게 되지."

그의 표정 때문일지 몰라도 만희는 바로 제 앞에서 그와 함께 기적을 보고 있는 것처럼 느껴졌다. 첫사랑과 재회를 한 것도 모자라 그의 집에서 이렇게 늦은 밤 마주 앉아 있는 이 순간 역시 기적인 것 같았다. 그 기적에 홀려 만희는 저도 모르게 또 다른 욕심을 부리게 될 것 같았다.

무언가 마음속에서 꿈틀거렸다. 밤이 너무 늦은 탓이었다.

"그러니까 욕심부리면 안 돼."

불쑥 그가 말했다.

"크흠."

헛기침이 튀어나왔다. 그러자 풋 소리 내어 지혁이 웃었다.

"뭐야? 너 또 무슨 욕심 부리려고 했어?"

"응. 이번 주 로또 복권 당첨 기다리고 있었지."

너스레를 떨며 만희가 그의 시선을 피했다.

"물론 그런 건 나도 기대하지. 하지만 우리 존재 자체가 기적이라는 사실도 잊지 말아야 해."

그 말에 동의한다는 표현으로 만희가 크게 고개를 끄덕였다. 그래 놓고 곧바로 다시 시선을 피했다. 혹시라도 제 속을 들켰을까 두려웠다. 가슴이 빠르게 뛰는 것이 명확하게 느껴졌다. 나른하고 편안했던 분위기가 사라졌다. 그 이후로는 제 가슴을 다독이느라 말이 없어진 만희 때문에 마주 앉은 식탁이 고요했다.

잠시 후 금세 또 한 공기를 다 먹은 그가 수저를 놓고 자리에서 일어났다. 그가 빈 그릇에 물을 채우는 사이 만희가 거실에 놓여 있던 가방을 들며 말했다.

"나는 이제 갈게."

"지금 어떻게 가겠다는 거야?"

말도 안 된다는 듯 지혁이 물었다.

"그거야 택시 타면 금방 가니까."

"나는 데려다주고 싶은데 구현이 때문에 데려다줄 수가 없어."

"알아. 그러니까 내가 혼자 갈게."

만희가 당연히 그런 줄 알았다며 고개를 끄덕였다.

"그러니까. 여기 있어."

그가 만희의 팔을 잡았다. 갑자기. 생각도 못 한 강한 힘과 그 힘에서 전해져 오는 온기에 만희의 왼팔이 잔뜩 긴장을 했다.

"……."

"여기 있어. 너 혼자 못 보내."

"……."

"어제 그 일도 있고. 하여간 지금은 안 돼."

가슴이 일렁이자 눈이 따랐다. 자기도 모르게 잊고 있었던 일. 지우고 생각하지 않으려 했던 그 일을 지혁이 기억하고 있었다. 이래서는 안 된다는 거 알면서. 이런 일 다른 사람이 들으면 욕할 거라고. 다른 사람의 머리로는 도저히 이해 가지 않을 거라는 거 알면서도 만희는 그의 팔 힘이 너무 강해서 그런 거라고. 그러다 나쁜 일 생기면 우리 아이들은 누가 책임질까 걱정돼서 그런 거라고 그렇게 생각하고 싶었다. 그 힘에 져 주고 싶었다. 져 버리고 싶었다.

"……어."

만희의 대답에 그가 만희의 팔을 놓고 괜히 어색한 듯 머리를 한 번 쓸어내리더니 냉장고 앞으로 갔다.

"피곤하다. 맥주나 한 캔 할래?"

손을 뻗어 지혁이 맥주를 건네며 말했다. 잠시 머뭇대던 만희가 캔을 받아 들며 가방을 다시 바닥에 놓았다.

"……그래."

만희가 텅 빈 벽에 기대어 주저앉았다. 그 옆으로 지혁이 다가와 캔의 뚜껑을 땄다.

"너무 캄캄하지?"

그가 리모컨을 집어 텔레비전을 틀었다.

"뭐 볼까?"

버튼을 누르자마자 나온 것은 옛날 옛적 드라마, 다음 채널은 연예인들의 사생활 이야기. 그리고 진한 키스와 헐벗은 남녀의 야한 영화. 잔인한 쇼큐멘터리. 당황한 손이 한참 채널을 돌리다 뉴스에 멈췄다.

"이게 좋겠다."

지혁이 리모컨을 바닥에 내려놓고 텔레비전에 시선을 멈췄다. 홀짝 그가 맥주를 마시는 소리가 났다. 그를 따라 캔 뚜껑을 딴 만희가 홀짝 한 모금 마셨다. 창밖 건너 아파트의 불빛도 거의 대부분 캄캄해진 시간이었다. 하얀 천장에 텔레비전 불빛만 번쩍거렸다.

"대학교 때 같은 학교 선배였어."

그의 목소리가 속삭이듯 들렸다.

"……."

"구현이 엄마."

"응."

"결혼하기 전에 구현이가 생겼어. 뭐 상관없었어. 어차피 결혼할 거였으니까."

"……."

"그런데. 구현이 출산을 준비하면서 생각이 달라진 것 같아. 아이가 태어나고 몇 달 안 지나서 헤어졌어."

"……그랬었구나."

채 반도 비우지 않은 맥주 캔이 멀뚱멀뚱 만희를 바라보았다. 하고 싶은 말은 많았지만 만희는 입 밖으로 꺼내지 않았다. 제 일이 아닌 것에 대해 함부로 말하는 것이 얼마나 어리석은 일인지 만희는 알고 있었다. 그리고 이런 말을 꺼내는 지혁의 마음이 제 것보다 더 무겁고 깊을 거라는 것도 알았다.

"너는 아직 결혼 생각은 없는 거야?"

문득 그가 물어 왔다. 호기심을 채우기 위한 질문이 아니었다. 왜 아직까지라는 흔한 편견도 아니었다. 그런 의도의 질문이 아니라는 건 만희도 확실히 알 수 있었다.

"같이 있고 싶은 사람이 없었어. 그냥. 그런 사람을 못 만났어. 함께 산다는 건 연애하는 것보다 조금 더 복잡한 거잖아. 서로의 차이를 녹여서 둥글게 만드는 그런 거. 아직 그런 걸 함께할 사람을 못 만난 거 같아. 그 어려운 걸 함께해 보고 싶은 사람, 없었어."

말끝에 술렁, 무언가 움직이는 게 느껴졌다. 방금 전가지 둘을 둘러싸고 있었던 무거운 공기가 꿈틀거리며 부드러운 곡선을 그렸다. 유리창에 비치는 지혁의 고개가 제 쪽으로 돌았다. 무언가에 감탄한 것처럼 보이는 그의 눈이 반짝였다.

"그러네. 그걸 몰랐던 거 같아. 차이를 녹여서 둥글게 만드는 과정. 구현이 엄마랑 나는 그게 없었어. 부끄러운 일이야."

그가 다시 맥주를 한 모금 넘겼다. 잔잔했던 기분이 그의 드러난 목젖처럼 꿀렁였다. 어느새 이렇게 시간이 지나 버린 걸까. 실수를 실수라 모르던 나이. 실수를 해 놓고 수습하기 어려워 도망치던 나이. 그 나이를 모두 넘어서 그와 만희는 이제 실수라는 인생의 필연적인 과정을 잘 넘어서기 위해 노력하는 나이가 되었다.

그러니까 말해 주고 싶었다. 그라면. 이지혁이라면 일부러 잘못을 저지를 만한 사람이 아니었다. 그건 확실히 믿을 수 있었다.

"부끄러울 거 없어. 네 잘못이 아니야."

굳게 닫혀 있던 지혁의 입이 저절로 벌어졌다. 그 눈동자 안에서 무언가 일렁이는 것 같았지만 너무 어두워서 확실치 않았다. 인지를 위해 스쳐 가는 시선이 아닌 조금 더 길게 지그시 머문 눈길. 누가 먼저랄 것도 없이 고개를 돌리고 난 뒤, 잠시 후 지혁의 목소리가 들렸다.

"그렇게 말해 줘서 고마워."

"아니."

"네 덕분에 앞으로 더 노력할 마음이 생긴다."

"에이. 설마!"

피식 그가 코웃음을 치는 소리가 들렸다. 그 리듬에 맞춰 만희가 제 맥주를 홀짝 한 모금 넘겼다. 서른둘. 나이 무게가 느껴졌다. 열일곱, 투 닥거리던 그때의 대화와는 말도 안 되게 깊어진 주제. 그 말들이 힘주어 설명하지 않아도 이해될 수 있다는 게 다행이었다. 무거운 공기가 차츰 제 버거움을 흐리고 낮추고 덜어 냈다. 대화만으로 긴장이 줄어들고 기 분이 달라지는 건 오랜만이었다.

"부모님한테는 혼자 해내는 모습 보여 드리고 싶어서 도와주신다는 걸 거절했어."

"응."

"혼자 버거울 때가 있어서 가끔 부탁드리고 싶기는 한데 그래도 죄 송한 게 많으니까 그게 쉽지 않아. 구현이한테도 더 노력하고 싶고. 부 모님께도 잘하는 모습 보여 드리고 싶고. 그게 내 오판을 회복하기 위한 노력이고, 구현이를 사랑하는 방법이라고 생각했는데."

만희가 고개를 돌려 지혁을 바라보았다. 응원해 주고 싶었다. 잘하고 있다고 토닥여 주고 싶었다. 오판이라는 걸 안 이상. 그것을 어떻게든 회복하려는 마음을 먹은 이상. 그것은 더 이상 실수가 아니라고. 그것을 극복하려는 그 마음이 아이에게도 부모님께도 전달될 거라고 이야기해 주고 싶었다.

그러고 보면 이지혁이 인기가 있었던 건 단순히 그의 성적이나 외모 뿐만은 아니었지 싶다. 좋은 아이니까. 아이들도 그것을 알고 있으니까 그러니까 지혁이를 좋아했던 거겠지.

"……."

두 아나운서가 꾸벅 인사를 했다. 이제 뉴스도 끝난 모양이었다. 곧바 로 시끄럽고 요란한 광고가 시작되는데 소리가 너무 커서 만희가 놀라 리모컨으로 손을 뻗었다. 다행히 지혁의 손이 먼저 닿았고 그가 볼륨을

낮췄다. 만희가 그를 빙긋이 쳐다보았다. 그가 씨익 웃으며 말했다.

"혹시 내일 시간 괜찮으면 같이 캠핑 가지 않을래? 구현이도 좋아할 거야."

"캠핑?"

"벌써 둘이 몇 번 갔었거든."

그의 눈빛이 담백했다. 마음이 설레 곧바로 고개를 끄덕이고 싶었지만 머뭇거렸다. 망설여지는 이유는 하나였다. 그 이유가 곧바로 떠올라 만희가 어색하게 미소 지었다.

"실망 안 할 거야. 우리 꽤 본격적인 캠퍼거든."

하지만 다행히도 지혁은 한 번의 거절 따위는 당연히 짐작하고 있었다는 듯 곧바로 그럴싸한 이유를 꺼내 왔다.

"그래?"

만희가 가볍게 되물었다.

"응."

그가 기운차게 고개를 끄덕였다.

"산에 가면 곰도 만나고 바다에는 돌고래가 헤엄치는 것도 볼 수 있고 그래."

"아이구!"

저절로 쿡쿡거리는 웃음소리가 흘러나왔다.

"요리도 기가 막히고 잠자리도 멋지다 너! 별도 예쁘고. 별똥별이 떨어지는 것 보면서 소원도 빌 수 있어. 그 소원은 무조건 이뤄지지."

"아! 그러면 꼭 가야겠네."

만희의 얼굴이 싱글거렸다.

"그렇지? 너 가기로 한 거다."

그가 약속을 딱 박아 두려는 것처럼 만희를 똑바로 쳐다봐 왔다. 만희가 머뭇거렸다.

"왜? 힘들겠어?"

망설임. 서운함이 가득한 망설임이 얼굴에 스몄다. 가고 싶었다. 다만 그와 이렇게 같이 있는 것에 익숙해지면 그러면 혼자 있고 싶지 않아질 것 같았다. 구현이가 어떻게 생각할지도 걱정되었다. 아이는 이제 고작 다섯 살이다. 하지만. 가고 싶었다. 캠핑이라니. 함께하고 싶었다.

"가자. 구현이가 너랑 가고 싶어 해."

"……."

"내일 근무도 바꿨어. 같이 가려고."

마지막 말에 그가 쑥스러운 듯 시선을 피했다. 만희가 피식 웃었다.

"좋아."

만희가 대답했다. 어떻게 되든 상관없다. 지금 가고 싶으니까. 서른두 살이지만 다섯 살처럼 굴고 싶었다. 그가 만족한 얼굴로 자리에서 일어나 말했다.

"나는 구현이 방에서 잘게. 너는 안방에서 자."

만희가 벌떡 일어나며 고개를 설레설레 저었다.

"어떻게 그래?"

"사양하는 것도 지나치면 피곤해."

그가 씨익 웃으며 구현이 방으로 들어갔다.

○ ◎ ●

아침 일찍 구현이가 아직 잠들어 있는 것을 보고 만희는 집으로 갔다. 샤워를 하고 옷을 갈아입고 유치원으로 출근을 하면서 캠핑에 필요한 몇 가지를 가방에 구겨 넣었다. 오전 내내 설레는 얼굴로 만희의 눈치를 보던 구현이가 점심을 먹고 와 귀에 대고 속삭였다.

"오늘 아빠가 선생님이랑 같이 캠핑 갈 거래요."

만희가 빙긋 웃었다.

"선생님 구현이가 뭐래요?"

두 사람이 하는 것을 지켜보던 종민이가 큰 소리로 물었다.

"점심밥이 아주 맛이 있었대."

거짓말을 하며 만희가 구현이의 눈치를 봤다. 다섯 살 구현이는 태연한 척 친구들을 향해 웃어 보였다.

"나는 캠핑이 정말 좋아요. 차 타고 가면서 노래 부르는 것도 좋고 아빠가 구워 주는 고기도 좋고, 같이 꼭 붙어서 잘 때는 더, 더 좋아요."

유치원이 끝나고 집으로 돌아오는 길, 엘리베이터 안에서 구현이 신나게 떠들었다. 만희가 고개를 끄덕이며 집 안으로 들어왔다. 한 시간 후면 그가 도착할 것이다. 그 전에 무엇을 준비해 둬야겠다고 생각했는데 집에 도착해 보니 이미 현관 앞에 물건이 가득 쌓여 있었다. 아무것도 준비할 필요 없다고 하더니. 잔뜩 쌓여 있는 짐을 보자 설레는 기분을 숨길 수 없어 만희가 씨익 웃었다.

"와! 신난다!"

흥분한 구현이는 방으로 들어가 무언가를 열심히 꺼내기 시작했다. 두꺼운 점퍼와 커다란 담요.

"구현아 그건 필요 없어!"

"아니에요. 거기 되게 추워요!"

구현이의 딱 부러지는 소리에 만희는 갑자기 불안해졌다.

'이거 너무 약소한 건가?'

다른 선생님들에게 티를 내고 싶지 않아서 카디건만 하나 가지고 왔다. 평소 들고 다니던 가방 중 가장 큰 가방에 치약 칫솔과 로션, 화장품 몇 가지. 그리고 여분의 배터리만 넣어 가지고 온 상황. 역시 캠핑 한 번도 안 가 본 초보 티 팍팍 내는 건가 싶어 잠시 고민하던 그때였다. 문이 열리는 소리가 들리고 지혁이 모습을 드러냈다. 저절로 얼굴에 미소를 짓게 만드는 모습에 만희가 슬쩍 제 시선을 숨겼다.

"아빠!"

평소보다 훨씬 더 큰 목소리로 아빠를 부른 구현이가 지혁을 향해 껑 중 뛰어올랐다. 곧바로 다리에 힘을 준 지혁이 구현이를 너끈히 안았지 만 옆에서 보기에는 그의 상체가 휘청하는 바람에 만희는 깜짝 놀랐다.

"아빠 다치시겠다!"

크게 소리치자 구현이 영문을 모르겠다는 듯 제 아빠를 꼭 껴안고 빤 히 만희를 쳐다보았다. 아, 아. 실수를 했다고 느낀 만희가 싱긋 웃고는 곧바로 구현의 시선을 피했다. 이런 순간. 이런 문장. 무언가 너무 친밀 한 것 같아 곤란해졌다. 마치 한 가족처럼. 아들을 나무라는 엄마처럼.

"그런데."

그 순간 만희를 향해 갸웃 고개를 기울어 보인 지혁이 눈썹을 찡그리 며 물었다.

"옷은? 짐이 이게 다예요?"

만희가 겸연쩍은 표정으로 되물었다.

"그럼요. 그럼 뭐가 더 필요해요?"

"이걸론 어림도 없어요!"

구현이를 내려놓고 벽장으로 간 지혁이 한참을 뒤지더니 커다랗고 두 툼한 파카를 하나 꺼내 왔다. 이불이나 다름없어 보이는 짙은 남색의 남 성용 코트.

"내 거라 크겠지만 상관없을 겁니다. 어차피 걸치기만 해도 되고 그 런 곳에서는 크고 두꺼울수록 좋으니까요."

"이럴 줄 알았으면 잘 챙겨 오는 건데요."

"뭐 괜찮아요. 뭐가 됐든 안 추우면 그만이니까요."

목소리는 엄했지만 그의 표정만은 한없이 따뜻했다. 구현이를 사이에 두고 숨바꼭질하듯 만희를 바라보는 그의 눈빛에 만희가 슬쩍 미소를 숨기며 태연하게 말했다.

"감사합니다."

만희의 표정을 살핀 지혁이 안심하는 얼굴로 문을 열다 말고 뒤를 돌았다.

"어때요? 옷도 빌려주고 저 꽤나 쓸 만한 인간이죠?"

엉뚱한 그의 말에 만희가 눈을 휘둥그레 떴다. 지혁이 장난스럽게 웃으며 딴청 부렸다.

"오케이. 그럼 출발할까요?"

"응! 고고고!"

구현이 신이 나 소리쳤다. 파카를 왼손에 든 만희가 현관 앞에 놓인 짐 중 하나를 어깨에 메었다. 어느새 다가온 그가 그 짐을 빼앗듯 들었다. 네다섯 개 되는 짐이 그의 어깨에 착착 쌓였다. 만희가 그 모습을 생경한 듯 바라보았다.

"왜요? 설마 이거 하나 못 들까 싶어서 그러십니까? 무거운 짐은 요령으로 드는 거라 저한테 맡기시면 됩니다. 선생님은 구현이 손 좀 잡아 주세요."

하긴 커다란 몸집에 매달린 짐들은 하나하나 들어도 그 무게가 상당했는데, 그가 어깨에 메자 그런대로 거뜬해 보였다. 그리고 제 손은 비어 있다. 물론 옆에 가장 귀한 가장 소중하게 보살펴야 할 구현이가 있기는 하지만.

엘리베이터에서 내려 만희와 구현은 지혁을 졸래졸래 쫓아갔다. 아무래도 짐을 든 탓에 그의 걸음은 조금 느렸다. 손을 뻗어 몇 번을 도우려 해도 그때마다 그는 거절했다. 도리어 그것이 불편할까 만희도 그만두고 구현이를 살뜰히 챙겼다. 앞서가는 그의 모습에 자꾸만 시선이 갔다.

누군가 나를 대신해 무거운 물건을 들어 주는 그 사소한 일을 지금껏 한 번도 경험해 보지 못했었다. 제 앞으로 커다란 짐을 지고도 씩씩하게 걸어가는 그의 뒷모습에서 시선을 떼지 못했던 만희가 다시 한번 놀란 건 그의 차 때문이었다. 그러니까 지하 주차장에서 세 사람을 기다리고 있었던 건 지난번에 타 보았던 승용차가 아니라 커다란 캠핑카였다.

"헉!"

순간 의도치 않게 놀란 소리를 낸 만희가 곧바로 허허실실 웃었다. 그 냥 한 이야기가 아니라 정말 이렇게 본격적인 거였어?

"무리 좀 했죠! 많이 쓸 줄 알았거든요. 올해는 첫 개시이긴 하지만!"

뿌듯해하는 얼굴로 구현이를 태운 지혁이 곧바로 익숙하게 시트의 안 전벨트를 채웠다. 그 옆으로 재빨리 들어간 만희가 그의 손을 거들며 말 했다.

"구현이는 내가 도울게요."

제 손을 대신한 만희 덕분에 지혁이 어딘가 홀가분해 보이는 얼굴로 만희를 바라보았다.

"고마워요. 선생님이 계시니까 좋네."

운전석에 올라탄 지혁이 백미러를 힐끔하여 자신의 일행을 확인했다.

"그럼 출발하자!"

백미러 안의 그의 얼굴에는 미소가 사라지지 않았다. 그의 얼굴이 행 복해 보이니 만희의 마음도 자꾸만 살랑거렸다. 만희는 장난스러운 표 정으로 구현이에게 손을 내밀었다. 히죽 웃은 구현이가 손바닥을 맞부 딪치며 외쳤다.

"출발! 출발이다!"

"출발!"

지하 주차장을 벗어난 캠핑카가 오른쪽 커브를 돌았다. 2차선 도로가 4차선 도로로 바뀌고 반대편 차선, 퇴근하는 자동차들의 물결과는 다르 게 조금 여유가 있는 하행선 쪽으로 캠핑카가 방향을 튼 순간 만희의 가

숨이 두근거렸다.

옆 좌석의 구현이는 흘러나오는 음악에 어깨춤을 추고 발을 구르며 노래를 따라 부르고 있었다. 틀어 놓은 스피커에선 동요도 나오고 인디 밴드 음악도 나오고 팝송도 나오고 했는데 아마도 두 사람만의 플레이리스트인 것 같았다.

"음식은 가다가 사려고 합니다."

앞좌석의 지혁이 슬쩍 백미러로 뒤를 확인하는 것이 보였다.

"좋아요."

만희도 덩달아 흥분이 되는 마음을 가라앉히려 노력하며 대답했다. 어릴 적 만희는 가족들과 한 번도 여행을 가 본 적이 없었다. 유치원에 다니던 대여섯 살 무렵에는 아버지가 살아 계셨지만 또렷하게 기억나는 추억은 없었다. 그 이후로 엄마와 언니 셋이 살면서부터는 늘 먹고사는 문제로 바빴었기에 함께 여행을 간다는 건 너무도 큰 사치였다. 그러니까 세상에 태어나 만희의 여행은 학교의 수학여행이 전부였다. 언니가 형부와 결혼한 뒤 함께 일본 여행을 가지 않겠느냐 제안해 왔었지만 신혼부부와 여행을 갈 생각은 조금도 없었다.

그런데 생전 처음 캠핑을 간다. 유치원 학생과 그의 학부모와!

제법 긴 시간 음악과 함께 말없이 달렸다. 밖은 어두워졌고 그를 대신해 가로등 불빛이 규칙적인 간격으로 늘어서 있었다. 오고 가는 자동차 불빛이 서로를 스쳐 지나갔다. 그 별것 없는 풍경에 마음이 차분해졌다. 수분 뒤 그의 차가 한 대형 마트에 멈췄다.

"장은 여기서 보면 됩니다. 구현아 내리자!"

만희가 얼른 구현이의 안전벨트를 풀어 주었다.

"선생님이 있으니까 진짜 좋아!"

저를 돕는 만희의 손을 빤히 바라보며 구현이 말했다. 미소를 띤 만희가 구현이의 손을 잡고 차에서 내렸다. 차에서 내리자마자 신이 난 구현이제 아빠 손을 잡고 끌었다. 의도하지 않았지만 세 사람은 한 줄로 연결된 채 하나 둘 하나 둘 보폭을 맞춰 마트 안으로 들어갔다. 발을 잘 맞추지 않으면 엉켜서 주욱 늘어나고 마는 그런 재미난 상황. 그 사소한 것이 우스워 만희는 자꾸만 속으로 히죽거렸다.

그런데 문제는 그다음이었다. 막상 식품관 앞에 있는 대형 카트에 구현이를 앉히고 나니 구현이와 제 사이 가운데 자리가 텅 비어 버렸다.

"안 가요? 빨리 장 봐야죠!"

씨익 미소 짓는 그 얼굴이 지나치게 가까이 있었다. 만희는 어색한 기분에 지혁에게 가까이 붙지도 못하고 그렇다고 멀어지지도 못하고 적당히 조금 뒤처진 채 쭈뼛쭈뼛 따라갔다. 바로 옆에 붙어 가면 안 될 것 같은 기분. 왜 그런지 정확한 이유는 알 수 없었지만 그러면 안 될 것 같은 생각이 들었다.

그러니까 이런 식의 풍경이란, 단란한 가족에게서나 나올 만한 그림이었으니 말이다. 아빠, 아이, 엄마. 함께 장을 보고 사소한 일상을 나누고 너무도 바라 왔던 이 꿈같은 상황에 만희는 저도 모르게 한 발 물러섰다. 어쩐지 이건 제 몫이 아닌 것 같다는 생각이었다.

"간단히 고기 구울 거고 그리고 새우. 새우 괜찮죠?"

정육 코너에서 멈춘 그가 카트에 이것저것 담으며 제 뒤를 따라오는 만희를 향해 소리치듯 말했다. 사람은 많고 만희는 그 물결에 자꾸만 뒤처지고 지혁의 시선은 그런 만희를 찾느라 바쁠 지경이었다.

"네!"

폐가 되면 안 될 것 같아 사람들 사이를 뚫고 나간 만희가 빠르게 뛰어가 새우 한 팩을 집었다. 카트를 밀고 조금 천천히 옆으로 다가온 지혁이 고개를 흔들었다.

"이걸론 어림도 없어요. 구현이가 새우를 얼마나 좋아하는데."

"나 새우 먹을래! 새우 좋아!"

구현이가 재잘거리며 제 아빠가 골라잡은 새우 팩을 껴안듯 잡았다. 그가 다시 카트를 움직였다. 만희가 어색하게 웃어 보이며 이번에는 그를 앞질러 걸었다. 등 뒤에서 그가 부르는 소리가 들렸다.

"자꾸만 혼자 앞으로 가지 맙시다. 이리 오세요. 왜 이렇게 방향을 잘 못 잡으세요? 방만희 선생님 꽤나 손이 많이 가는 스타일이시네요."

우뚝 만희의 걸음이 멈췄다. 싱긋 웃어 보이면 눈동자가 반짝거리는 그의 얼굴. 장난기가 섞인 엄한 표정이 옆으로 다가와 만희를 바라보았다. 슬며시 시선을 돌린 만희가 딴청을 부렸다. 왜일까? 왜 이 순간이 이렇게 부끄러울까? 하지만 변명할 거리는 있었다.

'아니, 지구상에 이런 남자 눈 똑바로 쳐다볼 수 있는 여자 있으면 나와 보라고 그래!'

아이는 카트 밖으로 나온 다리를 양쪽으로 동동 치며 즐거워했다. 만희는 여전히 쭈뼛쭈뼛 카트 뒤를 따라갔다.

"이거 맛있는데!"

카트 밖으로 손을 내밀어 젤리가 한가득 든 통을 가리키며 구현이가 소리쳤다.

"이건 많이 먹으면 이빨 썩어!"

만희가 난색을 하며 고개를 저었다.

"아빠! 나 이거 먹고 싶은데."

만희에게는 투정이 통하지 않는다는 생각이 들었는지 구현이 제 아빠를 불렀다. 지혁이 만희에게 양해를 구하듯 웃어 보이며 그 통을 카트 안에 집어넣었다.

"오늘 하루만 봐줘요. 두 달 만에 겨우 가는 거라. 그동안 벼르고 있었거든요."

마치 아내를 달래는 남편 같은 표정. 제 아이의 역성을 들어 주는 마음 좋은 아빠의 얼굴. 그 미소에 깜짝 놀란 만희가 어쩔 수 없이 고개를 끄덕이는 척 시선을 피했다. 하지만 지혁은 아무런 감정의 동요가 없는 것이 분명했다. 그저 사람 좋은 얼굴로 만희와 보폭을 맞추며 주류 코너 앞에 선 그는 이것저것 둘러보느라 바쁠 뿐이었다.

"소시지도 있고 고기도 넉넉하고 그럼 술은 뭐로 하는 게 좋을까요?"

잠시 고민하던 그가 동의를 구하듯 만희를 돌아보며 와인을 집어 들었다.

"혼자서는 양이 많은 편인데. 오늘은 둘이니까 괜찮죠?"

대답 대신 고개를 끄덕이는 만희를 흐뭇하게 바라본 지혁이 와인 두 병을 만희 앞에 내보였다.

"드라이한 거랑 단거 중 어떤 걸 더 좋아합니까?"

만희의 대답에 얼마든 유연하게 대처할 수 있다는 듯 지혁은 자신 있어 보였다.

"글쎄요. 저는."

만희가 어색하게 고개를 갸웃했다.

"평소에 소주파? 맥주파?"

"소주파요."

"그럼 이게 더 낫겠네요."

지혁이 둘 중 하나를 골라 단번에 카트에 담았다. 만희는 여전히 얼떨떨했다.

"주변에 와인깨나 마신다는 분들이 많으셔서요. 이런 것도 아주 잘 알거든요. 제가."

어린아이처럼 잘난 척을 하는 그의 모습이 재미있어 만희는 방금 전의 기분은 잊은 채 풋 소리 내어 웃었다. 구현이 카트 안을 들여다보더니 물었다.

"아빠 이게 뭐야?"

"와인."

"선생님이랑 마실 거야?"

"응."

그들의 뒷모습에 행복이란 단어가 문득 마음에 떠올랐지만 만희는 고개를 저어 그것을 지워 버렸다. 카트를 탄 아들. 카트를 밀고 있는 아빠. 옆에 서 있어야 할 사람은 당연히 엄마였다. 유치원 선생님이 아니라. 그러니까 이건 그저 캠핑이었다. 우연히 제 삶에 다가온 선물 같은 것이었다.

그런데 자꾸만 부끄러워지는 이유는 거기에 다른 의미를 부여하려는 제 욕심 때문이었다. 그러면 안 되는 일이었다. 기적. 이 일은 기적이니까 딱 하루. 오늘 하루만 다른 생각은 접어 두고 마음껏 즐겨야겠다고 만희는 그렇게 결심했다.

다시 올라탄 차, 그가 뒷좌석의 두 사람에게 말했다.

"앞으로 한 시간쯤 더 달려야 해. 우선 좀 자."

방금 전까지 분위기를 돋우던 음악은 어느새 잔잔한 팝으로 바뀌어 있었다.

"네!"

익숙한 수순인지 구현이가 크게 소리를 치더니 이내 자그마한 담요를 끌어안고 잠시 후 곯아떨어졌다. 신기하게도 금세 잠든 아이를 만희는 가만히 지켜보다 한쪽으로 처진 구현이의 고개를 몇 번 받쳐 주었다. 그런데 잠시 뒤 그의 차가 갓길로 들어섰다.

"왜요? 뭐 잘못됐어요? 피곤해요?"

졸음 쉼터에서 멈춘 차에 만희가 눈을 동그랗게 뜨며 물었다.

"아니. 그냥. 너 내 옆자리로 올래?"

고개를 돌려 잠든 구현이를 슬쩍 살핀 지혁이 만희에게 물었다.

"네?"

놀라 되묻는 만희를 향해 희미한 미소를 보인 그가 다시 아무 말도 하지 않은 척 운전석으로 고개를 돌렸다. 그러고는 잠시 후 약속 기한을 한참 넘겨 만화책을 반납하러 온 손님처럼 어물어물 말을 꺼냈다.

"아니, 그냥 좀 졸리고. 그래서 이야기나 하면서 가면 어떨까 하고."

"그럼 잠깐 자고 가요."

"아니, 그 정도는 아니고. 그냥 말동무하면 좋을 거 같아서."

말끝을 흐리는 그에 만희가 피식 웃으며 앞좌석으로 갈아탔다.

"졸리면 안 되죠. 내가 말동무할게요."

만희가 안전벨트 매는 것을 확인한 지혁이 차를 출발시켰다. 뒷좌석과는 어딘가 다른 팽팽한 공기에 쑥스러워 그냥 아무 말이나 꺼내야겠다고 궁리하던 만희가 정면을 응시했다.

"와. 앞좌석이 훨씬 좋네. 여기저기 다 보이는 게."

불쑥 그 말이 튀어나왔다. 뒷좌석하고는 다르게 전면 유리로 된 창밖을 내다보자 훨씬 더 시야가 넓어져 보기 편했다. 과장을 조금 보태 마치 내가 이 세상을 전부 가진 것 같은 기분이랄까. 세 사람의 앞으로는 그저 끝없이 캄캄한 길만이 놓여 있었지만 어쩐지 가 볼 만하다는 생각이 들었다. 혼자서 운전을 했으면 무서워서 가지 못할 길이었는데 그런데 옆에 지혁의 온기가 느껴지니 아무렇지도 않았다. 사람이 사람과 함께 있다는 것이 이렇게 큰 걸까?

"나는 밤 운전 무서워서 잘 못하거든."

만희가 지혁을 추켜세우려 말했다.

"그럼 낮에는?"

"낮에도 겨우겨우 직진하는 스타일이긴 하지."

키득거리는 만희의 얼굴 위로 그의 시선이 스쳤다.

"그럼 앞으로 밤 운전은 내가 하면 되겠다. 낮 운전도 내가 해도 되고."

여전히 감탄한 얼굴로 새까만 창밖에 시선을 둔 만희의 시야에 싱긋 웃는 얼굴이 보이는가 싶었다. 알 수 없는 감정이 만희의 얼굴을 달아오르게 만들었다. 나지막한 목소리의 그가 속삭이듯 말했다.

"어때? 나 꽤나 쓸 만한 남자 맞지?"

깜짝 놀라 숨소리마저 잦아든 만희가 입술을 꾹 깨물었다. 여전히 앞을 응시한 그의 얼굴이 부끄러운 듯 미소 짓고 있었다.

○ ◎ ●

한적한 바닷가. 해변가는 이미 캠핑을 시작한 두어 무리 사람들의 두런거리는 소리를 제외하고는 고요함이 가득했다. 오른쪽 시선 끝에는 바다를 향한 전망대, 왼쪽 끝으로는 이곳 너머 또 다른 해수욕장이 보이는 자그마한 강릉 해변.

감동이 넘쳐, 철썩거리는 파도를 멍한 눈으로 바라보던 만희가 캠핑카의 차양을 치고 테이블을 꺼내 놓는 지혁을 보고 다가갔다.

"만희 씨는 가만히 있어도 돼요."

지혁이 사양했다. 그 옆에서 씩씩하게 말하는 구현이도 제 의자를 끙끙거리며 끌고 왔다.

"선생님 내가 할 거예요!"

자다 일어난지라 기운이 더욱 생생한 구현이를 흐뭇한 표정으로 지켜본 만희가 고개를 저었다.

"아니요. 저도 가만히 있을 수가 없는데요. 재미있어 보여요."

구현이에게서 의자를 받아 펼쳐 놓은 만희가 이번에는 지혁이가 가지고 나온 의자를 적당한 곳에 펼쳐 놓았다. 그 김에 손이 빈 지혁이 차 안에서 조그마한 화로를 꺼내 와 테이블 위에 올려놓았다.

"그럼 이렇게 해 줘요. 내가 안에서 고기를 구울 테니까 여기 날라 가지고 와서 먹기."

"저는 그냥 먹는다고요?"

"네! 오늘 선생님이 할 일은 그거예요. 배부르게 먹기."

장난스러운 그의 말투에 만희가 풋 소리 내어 웃었다.

"나도! 나도 먹을래."

의자에 편안하게 앉아 프로 캠퍼처럼 굴던 구현이가 벌떡 일어나 소리쳤다.

"당연하지!"

만희가 다정하게 구현이의 머리를 쓰다듬었다. 주방으로 들어가려던 그가 걸음을 멈추고 두 사람의 모습을 지그시 바라보는 시선이 느껴졌다. 그 시선에 고개를 돌리자 그는 어느새 등지고 서서 고기를 굽고 있었다. 알 수 없는 감정이 파도처럼 밀려왔다 밀려 나가는 것 같았다. 그에게서 눈을 떼어 낼 수 없었다. 이 순간이 영원히 멈춰 있으면 좋겠다고 생각했다.

"만희 씨 여기 접시 좀요!"

부르는 소리에 잠에서 깨듯 정신이 번쩍 든 걸 보니 꽤나 오랜 시간 그를 바라보고 있었던 것 같다.

"아! 감사합니다."

민망한 기분을 숨기며 접시를 받아 든 만희가 밖으로 나오자 구현이 신이 나서 소리치고 있었다.

"와! 고기다 고기!"

만희는 그것을 작은 화로에 한 점 한 점 정성스럽게 올렸다. 이미 잘 구워진 고기였지만 끝까지 따뜻하게 먹기 위한 방법이기도 했고 무엇보다 운치가 있었다.

"와 정말 좋다."

발을 까딱까딱하면서 접시에 올려 주는 고기를 꿀떡꿀떡 잘 받아먹는 구현이의 모습을 보자 만희는 저절로 흐뭇한 미소가 지어졌다. '평화'라는 단어가 가슴속으로 떠올랐지만 만희는 곧바로 행복만큼이나 그것 역시 제 몫이 아니라 생각하며 고개를 저었다. 그렇게 거부하고 나니 몸속을 파고드는 바람처럼 만희는 지금 이 평화가 쓸쓸하게 느껴졌다.

밤바다의 파도는 실체가 없는 환상처럼 보였다. 아무리 손으로 잡으려 해도 잡을 수 없는 행복처럼. 정작 가장 행복한 순간이 지나야 그것이 행복이라고 깨달을 수 있는 것처럼. 만희는 그 행복이 일정한 리듬을 가지고 철썩거리는 것을 들으며 열심히 구현이를 거들었다. 구현이는 아주 먹음직스럽게 식사를 하고 있었다.

그런데. 구현이 그렇게 맛있게 먹고 있는데도 만희는 여전히 마음이 불편했다. 구현이의 성화에 한 쌈을 싸 입에 집어넣고도 만희는 자꾸 뒤를 돌아보았다. 아까부터 고기만 구울 뿐 제대로 앉아 먹지 못한 지혁이 신경 쓰였기 때문이었다.

만희의 재촉에 고기를 나르면서 두어 점 먹기는 했지만 그게 전부. 연기를 잔뜩 뒤집어쓰고 있는 그가 마음에 쓰여 맛있는 것이 눈앞에 있어도 편치 않았다. 그 맛도 온전히 느낄 수 없었다. 잠시 망설이던 만희가 얼른 쌈을 싸서 구현이에게 쥐여 주며 말했다.

"가서 아빠 이거 가져다드리고 와."

구현이가 신이 난 얼굴로 고개를 끄덕이며 만희가 싼 쌈을 자그마한 두 손으로 받아 캠핑카 안으로 뛰어 들어갔다.

"아빠 이거."

"어? 이거 웬 거야?"

"선생님이 아빠 가져다드리래."

"어? 그래?"

아들의 머리를 쓰다듬은 지혁이 밖에 대고 큰 소리로 소리쳤다.

"감사합니다!"

"아, 아니요."

괜히 얼굴이 발그레해진 만희가 곧바로 또다시 한 쌈을 싸 이번에는 구현이의 접시 위에 올려 주었다.

"이건 구현이 꺼!"

"아니야. 이것도 아빠 가져다줄래요."

구현이 제 접시에 담긴 쌈을 다시 소중히 들고 다다다 뛰어가는 모습을 만희가 흐뭇하게 지켜보았다. 그 후로 꽤나 시간이 지나 한 그릇 가득 담긴 새우를 가지고 나온 지혁이 드디어 자리에 앉았다. 그가 자리에 앉아 밥을 먹는 것을 보니 만희도 그제야 마음이 놓였다. 새우를 까서 구현이를 한 입 먹이고 곧바로 만희는 또 하나를 이번에는 지혁의 접시 위에 올려놓았다.

"아! 선생님 드시죠."

열심히 밥을 퍼 넣던 지혁이 만희에게 권했다.

"아니요. 저는 많이 먹었어요."

가만히 그녀를 응시하던 그가 싹싹하게 말했다.

"그럼 사양 않고 먹겠습니다."

크게 입을 벌려 새우를 한입에 먹는 그의 모습에 만희는 뿌듯한 기분을 느꼈다. 배불러 나른해진 눈으로 바다를 바라보는 구현이의 얼굴도 이것저것 화려하게 꽉 찬 식탁도 다정하게만 느껴졌다.

그렇게 몇 분 뒤. 밥을 충분히 먹은 세 사람은 나란히 의자 세 개를 한 방향으로 놓고 앉았다.

젤리 통을 안은 구현이가 젤리 하나를 꺼내 그 단맛의 행복을 충만히 느끼는 동안 캠핑카 안으로 들어갔다 온 지혁이 플라스틱 컵 두 개와 와인 그리고 치즈를 한 덩이 잘라 나왔다.

만희는 그가 빌려준 커다란 옷을 뒤집어쓰고 앉아 하늘을 올려다보고 있던 중이었다. 눈앞으로 쏟아질 것 같은 별빛은 실제로 보고 있어도 믿기지 않는 장관이라 만희는 입이 자꾸만 벌어졌다. 지금 우리 세 사람은 환상 속에 있는 것이 분명했다. 이 순간도 모두 현실이라 믿기에 어려운 감이 있으니까.

"잔이 이것밖에 없어요."

플라스틱 컵에 담긴 와인을 만희에게 건네며 그가 말했다.

"괜찮아요. 충분해요."

평소에는 건드리지 못하게 한다는 노트북에는 구현이가 좋아하는 애니메이션이 틀어져 있었다. 환상의 나라에서 만난 인형 아이와 소년이 손을 잡고 하늘을 날고 있는 애니메이션 장면이 바로 지금 눈앞의 하늘에 펼쳐진다고 해도 그리 놀라지 않을 것 같다고 생각한 순간 만희의 눈앞으로 그의 잔이 부딪쳐 왔다.

"일부러 조금씩만 따랐어요. 아무래도 플라스틱 컵이라 맛이 금방 변하거든요."

그 말에 부딪친 잔을 곧바로 한 번에 삼켰다. 첫맛은 달달하다 끝은 곧바로 쌉쌀한 와인이 혀끝을 감아 돌았다. 살짝 눈을 찌푸려 고개를 돌리자 그가 치즈 접시를 눈앞으로 내밀었다.

"감사합니다."

만희가 그것을 하나 집어 입안에 넣었다.

"캠핑은 처음인 거죠?"

지혁이 물었다.

"네. 실은 여행도 오랜만인 거 같아요. 작년에 유치원 선생님들끼리 유치원 방학하면 일본에 가자, 홍콩에 가자 이야기만 많았는데 한 번도 못 갔거든요."

"그럼 그 전에는요?"

"대학 때 엠티 간 게 마지막이었어요."

"하긴 나도 그래요. 공부하느라 바빴고 그 이후에는 구현이가 너무 어려서요."

구현이 이름을 입에 올린 지혁이 마침 생각났다는 듯 자리에서 일어나 구현이가 무릎에 덮고 있던 담요를 잘 펴 주었다. 그것을 지켜보던 만희가 희미한 미소를 지었다.

참 다정한 아빠였다. 이지혁이란 사람은. 어릴 적에는 그저 공부만 잘하는 조금은 과묵한 남학생이었는데 그가 이토록 섬세하고 다정하고 제 인생에 열심일 거라고는 상상을 하지 못했다. 마치 어릴 적 보았던 동화가 아름답게 계속되고 있는 것을 지켜보는 것 같은 기분. 갑자기 솔직해지고 싶었다.

"여행은 늘 마음속에만 있는 거 같아요. 실제로는 가 보지도 못하고 그냥 이럴 것이다 저럴 것이다, 상상만 하는 거요."

만희가 속삭였다.

"그러니까요. 왜 그럴까요? 왜 실제로 행동에 옮기지 못하는 걸까요?"

구현이에게서 떼어 낸 지혁의 시선이 만희에게 옮겨 왔다. 깊어진 눈빛이 대답을 기다리듯 차분하게 만희를 응시했다. 그 눈빛에 홀려 쉽게 입을 떼지 못한 만희 덕분에 두 사람은 잠시 말이 없어졌다.

그사이 말을 아낀 지혁이 만희의 잔에 다시 와인을 한 잔 따라 주었다. 이번에는 만희가 먼저 그의 잔에 부딪쳤다. 쌉쌀한 맛이 목구멍을 타고 들어가자 아까처럼 어색하진 않았다.

만희는 슬슬 졸음이 오는지 눈을 비비는 구현이의 머리를 쓰다듬었다. 그 손길에 감았다 떴다 하던 눈을 어쩔 수 없이 감기로 작정했는지 조금씩 깊어져 가는 구현이의 졸음을 지켜보며 만희는 혼자 생각에 잠겼다.

'우리는 왜 늘 여행을 쉽게 떠나지 못하는 걸까? 그렇게나 간절히 바라면서.'

여행을 하기 전에는 늘 걸리는 것이 많았다. 이 시기에 여행을 가면 일은 어떻게 해야 하지? 여행 가느라 돈을 사용해 버려서 급할 때 쓸 돈이 없어지면 어떻게 하지? 막상 갔는데 제대로 즐기지 못하면 어떻게 하지? 내가 상상했던 곳과 전혀 다른 분위기면 어떻게 하지?

망설여질 이유는 수도 없이 많았다. 그래서 지금껏 살면서 만희는 제대로 된 여행은 한 번도 해 보지 못했다. 대체 왜 그랬을까? 문득 후회가 밀려드는 순간이었다.

지혁이 잠이 든 구현이를 안아 옮기려 하는 것이 보였다. 그의 품 안에 잠든 구현이 보채는 소리와 함께 손을 뻗어 만희, 저를 잡으려 하는 것이 보였다.

"아, 아아. 나, 선생님이랑 잘래."

엉거주춤 일어났던 만희가 그 소리에 벌떡 일어나 그와 구현이를 따라 차 안으로 들어갔다. 따뜻하면서도 울컥한 감정이 마음속으로 퍼져가 구현이를 바라보는 눈빛이 그렁그렁했다.

"구현아 선생님 옆에 있으니까 걱정하지 마."

잠든 아이의 옆에 앉아 만희가 그 아이의 손을 잡았다. 제 손길을 느낀 구현이 다시 한번 힘주어 만희를 잡았다. 그 작은 손이 제게 전하는 힘에 눈물이 날 것 같아 만희는 살짝 얼굴을 찡그렸다. 눈으로는 보이지 않았던 사랑이란 감정이 지금 꼭 잡은 구현이의 손끝에서 느껴졌다.

코끝이 찡해 만희는 한동안 말을 잃고 아이를 바라보았다. 그렇게 몇 분 뒤 아이는 몇 번이나 다시 만희의 손을 꼭 쥐더니 그 후 온전히 잠이 들어 마지막에는 손의 힘이 빠져 버렸다.

어느새 지혁은 차 밖으로 나가고 없었다. 만희는 그 후에도 몇 분 더 기다린 뒤 조심스럽게 손을 빼고 이불을 목까지 덮어 주었다. 그렇게 한동안 아이의 잠이 평화롭게 이어지는 것을 확인한 만희가 차 밖으로 나왔다. 만희의 기척에 지혁이 돌아보았다.

"구현이는?"

"자요. 곤하게 자고 있어요."

만희가 희미하게 웃었다. 알 수 없는 표정이 스치더니 이내 그가 다시 물었다.

"아직 피곤한 거 아니지?"

"네. 그리고 피곤하다고 해도 이 장면을 놓칠 수는 없잖아요."

그의 옆으로 앉아 다시 하늘을 올려다보는 만희에게 지혁의 시선이 머물렀다.

"그런데 우리 말 놓기로 한 거 아닌가?"

"맞아요. 아. 그런데 구현이가 있을 때는 그럴 수 없으니까."

제 답에 장난스러워지는 지혁의 표정을 모르는 척 만희가 별을 향해 둔 시선을 떼지 않았다. 제 눈을 피하는 만희를 가만히 바라보던 그가 틀린 말이 아니라는 듯 고개를 끄덕이며 다시 잔을 채웠다. 가볍게 부딪친 잔의 와인을 삼킨 지혁이 입을 열었다.

"오늘 같이 와 줘서 고마워."

"아니. 내가 더 고맙지. 이런 곳에 데리고 와 줘서."

"정말이야. 네가 있어서 구현이가 더 행복했던 거 같아."

"그랬다면 다행이야."

만희가 정말 다행이라는 듯 그를 향해 미소 지었다. 그 미소에 지혁이 작게 한숨을 내쉬었다. 대화가 끊겼고 그 사이를 별빛이 채웠다. 가만히 앉아 만희는 정확히 무엇인지 알지 못하는 그 무언가를 기다리고 있었다. 한참 말이 없던 가운데 지혁이 낮은 목소리로 말했다.

"그냥 구현이한테는 미안한 게 많아."

"……."

"항상 모자란 아빠거든."

"아니야. 너 잘하고 있어."

"최선을 다하고는 있지만 그래도 엄마가 돌봐 주는 아이들하고는 다를 거야."

그가 들고 있던 빈 잔을 옮겨쥐듯 잡으며 말했다. 만희는 그를 위로하고 싶었다. 아니, 사실대로 말해 주고 싶었다.

"……그 다름이 구현이를 더 성장시킬 수도 있어. 구현이는 똑똑하니까. 나는 잘 모르긴 하지만 구현이 보통 아이가 아닌 건 확실해. 능력이 정말 뛰어나."

"그런가?"

솔직한 기대감을 감추지 않은 지혁의 표정에 만희가 확신을 주듯 덧붙였다.

"긴 책도 잘 읽고 내용 파악도 잘하고. 그리고 숫자를 참 좋아해."

"다른 아이들도 다 똑똑할 텐데."

"그렇긴 하지만 구현이는 정말 남달라. 이건 객관적인 평가야. 영재 교육을 받아야 되지 않을까란 생각이 들 만큼."

"그래? 사실 듣기 싫은 이야긴 아니네. 제 아이 칭찬은 역시 무조건 기분 좋은 일인가 봐."

지혁이 피식 웃으며 하늘을 올려다보았다.

"듣기 좋으라고 입에 발린 소리 한 게 절대 아니야."

만희가 이건 진심이라는 듯 힘주어 말했다.

"그래. 하지만 나는 그런 거 의식하지 않으려고. 구현이가 정말 영재라면 자기의 길을 알아서 찾아가겠지."

"그래, 네 말이 맞는 거 같다."

그 말을 끝으로 만희는 그를 따라 하늘로 시선을 옮겼다. 별이 움직이고 공기가 흐르고 시간이 가는 것이 마치 눈으로 보이는 것 같은 여유로운 밤하늘.

"여행을 가지 못하는 이유는 아마 생각이 너무 많기 때문인가 봐."

만희가 말을 꺼냈다. 그 소리에 시선을 돌려 만희를 바라보던 지혁이 되물었다.

"인생은 한 번인데 그런 건 조금 아쉽지 않을까?"

"아니. 인생은 한 번이니까 그래서 자꾸 망설여지는 거 같아."

"그러면 쉽지 않겠네. 갑자기 떠나는 여행 같은 거."

"응. 그런데 그렇게 생각하니까 왠지 조금 아쉽다."

"……."

"내가 망설이는 동안 놓친 아름다운 장면들이 얼마나 많았던 걸까?"

만희가 잠시 숙였던 고개를 다시 들어 하늘을 올려다보았다. 그 얼굴에 희미한 미소가 스치듯 나타났다 사라졌다.

그동안 망설이느라 안정된 길만 선택하느라 하지 못할 일은 아예 쳐다도 보지 않느라 그렇게 놓치고 말았던 좋은 것들이 얼마나 많았을까? 문득 그게 아쉬워 너무도 쓸쓸한 기분이 든 만희가 제 비어 있는 잔에 다시 와인을 따르려 병을 찾았다. 더듬더듬 손끝으로 짚어 나가다 찾지 못해 결국에는 고개를 돌렸다. 그 손끝을 타고 오른 지혁의 시선이 이제까지와는 다른 빛으로 저를 바라보는 것이 느껴졌다.

맑은 눈이. 15년 전과 다를 바 없는 눈동자가 고개 올려 하늘을 바라보고 있었다. 제가 준 점퍼를 어깨에 걸치고 양손으로 잔을 감싼 채 옆에 앉아 있는 그녀. 이렇게 손만 뻗으면 닿을 거리에 있는데. 그 거리를 좁히는 것이 조심스러워 지혁은 만희가 한없이 멀리 있는 것만 같았다.

아주 오래전에도 이런 기분이 든 적 있었다. 만화방에서 몇 번의 대화 이후 지혁은 만희와 무척이나 친해졌다 생각했다. 만화방을 들락날락거리는 이유가 조금씩 달라져 가고 있었다. 제 마음속, 저 혼자만의 생각에는 한없이 가까워진 만희. 그 아이와 조금 더 친해지고 싶었다. 아니, 저에게만 특별한 사람이면 싶었다.

같은 학교를 다니는 줄 모르고 있었다는 것이 아쉬울 만큼 만희는 남학생들에게 인기가 많았다. 만화방의 또래. 그 사실만으로도 남자아이들의 로망을 충족시키는 것이 분명한 그 아이는 지혁이 모르는 사이 소도둑놈이라 지칭된 대국남고 아이들 사이에서 예쁘다는 소문이 자자했다.

그날 밤도 그랬다. 갑작스레 번져 나간 이야기. 대부분은 억지로 자리를 채운, 몇몇 아이들이나 겨우 집중하고 있던 자율 학습 시간이었다. 귀마개로 귀를 틀어막고 공부에 열중하던 지혁의 귀에 순간 누군가의 이름이 불쑥 끼어들었다.

'어? 이거 만희네 만화방 아니네!'

끼리끼리 돌려 보던 만화책을 놓고 녀석들이 한마디씩 했다. 투명 비닐로 싸인 표지에는 둘리 만화방 스티커가 붙어 있었다.

'이러면 안 되지. 남자라면 만희네 만화방! 한번 맺은 의리를 쉽게 저버리면 되나!'

그 말을 해 놓고 모인 아이들 서넛은 신이 났다.

'그럼! 그러면 안 되지.'
'너 만희한테 이른다!'
'그런데 그 방만희 말이야. 걔 꽤나 예쁘지 않나?'

누군가의 입에서 나온 그녀의 이름에 신경이 날카로워진 지혁의 귀가 그쪽으로 쏠렸다. 다른 남자아이들에게서 만희가 화제로 오른 것이 신기했다. 아니, 어쩐지 기분이 나빴다.

사실 그동안 지혁은 만희를 두고 이렇다 저렇다 객관적으로 생각해 본 적이 없었다. 매번 같은 시간 같은 곳, 늘 그 자리에 있던 아이. 그래서일까. 저도 모르게 방만희를 저만 알고 있는 아이라고 착각했었다. 그러니까 저렇게 다른 아이들도 만화방에 가고 방만희와 눈을 마주치고 이야기할 거라는 걸 예상 못 했다. 갑자기 그것이 거슬렸다.

'만희 걔가 얼굴이 예쁜 편인가?'

'짜샤! 눈도 동그랗고 얼굴도 꽤 귀엽귀엽하잖아.'

'아니지. 대국여고 하면 세정이지!'

'그거야 그렇지만 방만희, 막 요란하게 예쁜 건 아니지만 묘하게 눈길이 가던데.'

'걔 말투도 상냥하고. 착하고. 세정이보다 더 괜찮지 않냐. 같은 학교 학생이라고 연체료도 자주 깎아 주고.'

'방만희 대국여고야?'

'넌 그것도 몰랐냐? 1학년 3반이란다.'

'우씨! 그럴 줄 알았으면 말이나 한번 붙여 보는 건데!'

'야! 너 같은 얼굴에 말만 붙인다고 다 되는 줄 알아?'

와아, 커다란 웃음이 터졌다. 탁 지혁이 신경질적으로 책을 덮었다. 도저히 공부를 계속할 수 없었다. 그 아이가 다른 아이들 눈에 예쁘게 보인다니. 그리고 또, 다른 아이들에게도 상냥하게 대해 준다니.

연이어 불난 집에 기름이라도 붓듯 얼토당토않은 사건이 이어졌다. 불현듯 무슨 흥이라도 났는지 미술 시간에 쓰던 도화지를 뜯어다 굵은 글씨로 1학년 3반 커다랗게 써서 창문에 붙인 아이들이 교실 불을 껐다 켰다 난리가 났다.

'야! 그만들 좀 해라!'

처음에는 말리던 반장까지 합세해 한패로 흥겨워했다. 앞으로의 좋은 관계를 위해서는 만희와 더없이 친해져야 한다나? 아니. 방만희는 한 사람의 여자 친구가 아니라 우리 모두의 공공재이니 절대 누구도 고백해서는 안 된다나?

아이들이 낄낄거리기 시작했다. 참을 수 없어진 지혁이 자리에서 벌떡 일어났다. 그 순간 우와와 커다란 함성이 쏟아졌다. 맞은편 여고의 교실 등이 번쩍번쩍 불을 켰다 껐다 했다.

'야, 저거 1학년 3반 맞지?'
'우와와. 맞네. 맞는 거 같은데!'
'와씨 대박!'

흥분으로 가득한 열기가 교실에 넘쳤다. 이 행동들을 실제로 납득할 수 없었던 건 이지혁 하나였다. 고백이라느니 여자 친구라느니. 그런 건 지혁으로서는 감히 생각도 하지 못한 단어였다.

부모님 몰래 만화책을 빌려다 보는 일 정도가 지혁이 할 수 있는 최대의 일탈이었다. 그 만화방의 여학생과 몇 마디 대화를 주고받고 눈을 마주치는 것. 그것이 지혁의 최선이었다. 반대편 창에서 껐다 켰다 반짝이는 불빛이 지혁의 마음을 혼란케 만들었다. 제 마음을 어떻게 추슬러야 할지 도무지 알 수 없었다.

그런데.

'너 남자 친구 있어?'

며칠 뒤 찾아간 만화방에서 지혁이 대뜸 그렇게 물었다. 만희의 눈동자가 토끼처럼 휘둥그레졌다.

'어?'

몸을 이리 두지도 저리 두지도 못하고 더듬거리는 그 애의 반응이 지혁은 못마땅했다. 역시 그랬구나. 그런 생각이 들어 낙담했다. 그렇게나 인기 많은 여자아이가 아직까지 남자 친구 하나 없을 리 없었다.

하지만. 저는 그것을 말릴 수도 가로챌 수도 없었다. 제 목표를 다할 때까지는 한눈을 팔 수 없다고 생각했다. 그것을 제1 원칙으로 둔 지혁은 지금 돌이켜 생각해도 참 숙맥이었다.

그런데 지금 또 만희는 저와 어긋난 타이밍에 나타났다. 그것이 안타까워 지혁은 어쩔 줄 몰랐다. 어린 시절 제 원칙을 어기는 것이 어려워 한마디 말조차 제대로 전하지 못했던 첫사랑. 그 시절처럼 되풀이해야 한다는 것을 용납할 수 없었다.

어느새 비어 버린 잔을 든 만희가 이리저리 와인을 찾는 것이 보였다.

"내가 따라 줄게."

그가 만희의 잔에 와인병을 천천히 기울였다. 볼을 붉힌 만희가 저와 눈도 마주치지 못하는 것이 느껴졌다. 그녀의 마음도 저와 다르지 않을까. 그 시절 느꼈던 기분이 지혁의 마음속에 또다시 치솟고 있었다. 그때는 형체를 알 수 없었던 감정. 이제는 이것이 무엇인지 정확히 알고 있었다.

제 의도를 알아차린 건지 지혁이 가까이에 있는 병을 들어 권하듯 살짝 기울였다. 따르기 쉽게 빈 잔을 그의 앞에 둔 만희가 조심스럽게 시선을 들었다. 연유를 알 수 없는 표정. 지혁이 무언가를 뭉개듯 자신을 입술을 비트는 것이 보였다. 왜 그러는지 묻고 싶었지만 차마 그럴 수 없어 만희는 잠자코 있었다.

만희의 잔에 와인을 반쯤 채운 지혁이 제 비어 있는 잔에도 와인을 따랐다. 그를 기다리고 있던 만희가 그의 잔에 제 잔을 맞부딪쳤다. 시선이 스치고 어쩐지 부끄러워진 만희가 잠시 후 자신이 떠난 시야에 그가 아직도 머물러 있는 것을 느끼며 고개를 숙인 때였다.

"난 조심스러울 수밖에 없어."

지혁의 목소리가 눈앞의 파도처럼 조금은 쓸쓸하고 조금은 낯설었다.

"이미 돌이킬 수 없는 선택을 했고, 그것을 후회되는 일로 남기고 싶지 않아서 최선을 다하는 중이기도 하고."

"……."

"그런데 이 생각이 자꾸 멈추지 않아."

"……."

"욕심이 아니라면, 만희야. 내가 너한테 필요한 사람이 되면 어떨까? 너한테 그런 사람이 되고 싶어. 나 그런 바람 가져도 될까?"

놀라 돌아본 그의 얼굴은 어쩐지 슬픈 미소를 짓고 있었다. 그걸 감추려는 듯 잔뜩 힘주어 꼬리를 올린 입술. 하고 싶은 말을 인내하는 눈빛. 그 안의 의미를 헤아리려는 듯 만희의 눈동자가 흔들렸다.

"너한테 노력하고 싶어. 내가 너한테 필요한 사람이 되면 어떨까 싶어. 무거운 짐도 져 주고 어려운 결정 앞에서 함께 고민해 주고 이렇게 혼자 다 마실 수 없는 와인을 마시고 싶을 때는 불러낼 수 있는 그런 사람 말이야."

그의 눈이 만희에게 말을 걸고 있었다. 지금껏 한 번도 가 보지 않은 곳으로 여행을 떠나 보지 않겠느냐고. 발을 내딛는 순간 실망할지, 아니면 상상했던 것보다 훨씬 더 좋을지 알 수는 없지만 그래도 그곳으로 함께 가 보지 않겠느냐고 묻고 있었다.

긴장한 입술이 말라 버려 만희는 그 입술을 머금었다. 모르는 척 태연하게 잔을 들었다. 그 순간 그가 다시 입을 열었다.

"만희야, 너 나랑, 만나 볼래?"

잔에 입술을 가져다 댄 만희가 그것을 넘기지도 내려놓지도 못하고 그대로 얼어 버렸다.

"염치없다고 생각할 수는 있어. 그런데 나는 물어보고 싶어. 망설이다 놓쳐 버리고 싶지 않으니까."

들고 있던 잔을 테이블에 내려놓고 만희는 그를 바라보았다. 구현이와 다를 것 없는 맑은 눈이 저를 응시하고 있었다. 내가 필요하다고 나랑 함께 있고 싶다고 분명히 그렇게 말을 걸어왔다. 꼭 잡은 손가락처럼. 그가 만희의 시선을 붙들었다. 하지만. 이 순간 말문이 막혀 말이 나오지 않았다. 좋아요. 그렇게 대답하고 싶은데 머릿속이 하얗게 변해 버려 대답할 말을 찾기 어려웠다.

"아니, 지금 당장 대답하지 않아도 돼."

"……."

"정말이야. 천천히 대답해 줘."

"……응."

만희가 그렇게 겨우 한마디를 하고 잔을 들어 다시 목 안으로 넘겼다. 하지만 잔은 이미 비어 있었다. 풋 하고 작게 웃는 소리가 들렸다. 그가 자리에서 일어나 가까이 다가왔다. 의도치 않게 만희는 제 온몸이 긴장하는 것을 느꼈다. 방금 전까지는 느껴지지 않았던 그의 체취가 와인 향보다 더 진하게 콧속으로 훅 들어왔다.

"설마 내가 분위기를 망친 건 아니지?"

잔뜩 긴장해 떨어져 있던 만희의 손을 왼손으로 받친 그가 만희의 잔에 와인을 따르며 고개를 돌렸다. 그 얼굴이 그 입술이 그의 목소리와 체취가 그 이후로 하루에도 수십 번 떠올랐다.

6

"정말 이게 다 선생님 덕분이에요. 선생님이 용기 주시지 않았다면 저희 자연 임신은 불가능했을 거예요."

맨얼굴에 가지런히 머리를 묶은 모습만으로도 빛나는 얼굴을 한 산모가 진심을 담아 지혁의 앞에 서 있었다. 그녀의 과찬에 지혁은 몸 둘 바를 몰랐다. 담당 전문의도 아니고 그저 용기를 주려 몇 마디 한 것이 전부인데. 그 일이 어떤 계기가 되어 주었는지 오랫동안 난임으로 고생하던 부부에게 아기가 생겼다. 그리고 그녀는 지금 그것이 지혁의 덕분이라 말하고 있었다.

"제 덕분이라뇨. 다영이가 두 분 인연이라서 그런 겁니다. 다영이는 잘 크고 있죠?"

"네. 하루 종일 먹이느라 힘들어 죽겠어요. 아기만 생기면 뭐든 다 해 줄 거라고 그렇게 기도했는데. 벌써 힘들어서 어떻게 해야 할지 버거운 거 있죠. 사람이 참, 그래요?"

말은 그리하면서도 그녀의 얼굴에는 행복한 미소가 흐르고 있었다.

사랑하는 사람과의 결혼. 임신과 탄생의 축복. 그 인생의 절정이 그녀의 얼굴을 이렇게 변화시켰다.

태어나고 3주 차 때 아기는 처음으로 짧은 외출을 하게 된다. 제 몸의 몇 배나 되는 커다란 담요에 싸여 예방 주사를 맞으러 오는 날. 그날은 아기의 엄마들도 10개월 전과 ─아직 완전히 돌아오지 않았지만─ 비슷해진 모습으로 오랜만에 외출에 나선다.

"사람이 그런 건 당연한 겁니다. 원래 그런 거예요. 애들 키우는 게 어디 보통 일인가요?"

"선생님도 구현이 덕분에 잘 아시죠?"

그녀가 장난스럽게 미소 지었다. 지혁 역시 편안한 미소를 보였다. 3년 동안 보아 왔던 다영이 어머니의 고통과 간절함. 희망과 환희를 모두 목격한 지혁으로서는 그녀와 무척 친해진 것 같은 기분이 들었다. 그리고 그녀의 안정을 도모하는 것에 제가 조금은, 조금은 일조하지 않았을까 하는 뿌듯함이 생겼다.

"하여간 이게 다 선생님 덕분이에요. 감사합니다."

"아니요. 모두가 다영이 어머님과 아버님이 하신 거죠."

서른넷. 의학적으로는 노산이라 할 수 있는 나이. 그녀는 결혼 8년 만에 아이를 낳았다. 몇 번의 인공 수정에 실패한 뒤 지푸라기라도 잡는 심정으로 또 다른 병원을 찾아온 산모. 그녀는 우연히 지혁이 운영하고 있는 블로그를 봤다고 했다.

임신과 출산에 힘들어하는 산모들을 위해 지혁은 언제부턴가 블로그 하나를 운영했다. 난임에 대한 의학적 연구를 공유하는 한편, 공개를 자처한 많은 산모들이 직접 올린 수기를 담은 공간. 그곳에 올라오는 임신과 출산의 생생한 경험담은 많은 이들에게 위로와 희망을 주었고 지혁에게는 제 일에 대한 가치를 새롭게 일깨워 주는 역할을 하고 있었다.

다영이 어머니 역시 그 블로그를 방문해 용기를 얻었고 그동안 쉽지 않았던 자연 임신으로 아기를 안았다. 그리고 그것을 지혁의 도움이라 말하고 있다. 하지만 지혁의 도움이라면 의학적 지식을 조금 나누어 준 것뿐. 사실 그녀가 아기를 낳을 수 있었던 이유는 모두 그녀와 그녀 남편의 공이었다. 실패를 딛고 일어서는 용기. 실패를 용인하는 용기. 우리의 삶에선 그것이 필요하다.

실패를 했었던 첫 번째 결혼 이후, 지혁은 다짐했었다. 그 누구하고도 이제는 인연을 만들지 않겠다고. 아니, 그 누구도 좋아할 수 없을 것이라 그렇게 느꼈다. 그것이 사실이었다.

강렬했던 첫 번째 경험. 높은 파도에 휩쓸려 버린 그때의 관계마저 실패했다면 더 이상은 없으리라 여겼다. 그때의 사랑이 너무도 완전했기에 저는 스스로가 실패자라 느껴졌다. 그러나 그 실패를 딛고 일어서야 하는 순간이 온 것이다. 행하는 것이 하지 않는 것보다 훨씬 더 어려운 상황.

성급하지 않아야 했다. 그녀에게 고해했듯 신중해야 하고 조심스러워야 했다. 하지만 용기를 내지 않는다면, 그렇다면 그녀를 놓쳐 버리고 마는 것이다. 그건 원치 않았다.

그러하기에 지혁은 만희가 저를 필요로 해 준다면 그런 행운이 제게 온다면 어떻게든 최선을 다할 생각이었다. 지난 경험의 실패로 배운 것이 있다면 사랑은 노력이 필요 없다 여기던 제 생각이 자만이라는 것이었다. 그건 잘못된 판단이었다. 사랑은 노력이자 헌신이었다. 상대를 행복하게 해 주고 싶어 노력하고 싶어지는 마음, 그것이 바로 사랑이었다.

○ ◎ ●

한솔동에서 대국동까지 차를 타고 가면 딱 45분이 걸린다. 집에서 나와 버스를 기다리는 시간을 합치면 한 시간여. 만희가 그 길을 나섰다. 수업이 없는 토요일이었다.

엄마가 가게를 정리한 뒤 한동안은 대국동에 살다가 만희가 유치원을 옮기고 언니가 결혼을 하면서 만희는 엄마와 한솔동으로 이사를 왔었다. 그날 마치 고향을 떠나온 것 같은 느낌. 만희는 가슴 한 자락에서 무언가 떨어져 나가는 것 같았던 그날의 기분을 기억하고 있다. 유치원 시절부터 대학생 때까지 대부분의 시간을 그곳에서 보냈으니까. 대국동이 만희에게는 고향이었다.

엄마는 병상에 누워 가끔 말씀하셨다.

'거기 그 길은 그대로일라나 모르겠다.'

엄마의 목소리는 나긋했다. 눈은 멀리 보이는 무언가를 응시하고 있는 것 같았다. 매일 반복되는 치료로 엄마는 지쳐 가고 있었다. 남은 미래보다 지나온 과거가 더욱 애틋한 시간들이었다.

'무슨 길?'

만희는 그렇게 되물으며 엄마의 이불을 다시 덮어 주었다. 엄마는 어떻게 하든 상관없다는 듯 만희의 손길을 받아들였다. 엄마가 돌아가시기 몇 달 전 다니던 유치원을 그만두고 만희는 엄마의 옆을 지키기로 했다. 지나고 나 생각해 보니 더없이 잘했던 일.

돈은 모아 놓은 것을 쓰면 될 일이었다. 우선 돈 걱정 같은 건 하지 않기로 했다. 돈이 그렇게 무가치했다. 보따리로 싸다 바치더라도 지금 이 상황을 바꿀 수만 있다면 얼마든 그렇게 써 버릴 수 있는 것이 바로 돈이라는 걸 깨달았다.

'뒷동산 올라가는 조그만 문 있잖아. 그 문으로 올라가는 그 가파른 길. 거기

참 좋았는데.'

만희가 피식 웃었다.

'엄마 추억을 너무 아름답게만 기억하는 거 아니야?'

그 가파른 길은 그야말로 욕이 나오는 길이었다. 높게 치솟은 언덕. 폭이 좁고 자잘하게 놓인 조잡한 계단. 더운 날에는 사람을 헉헉대게 만들고 눈이 오면 잔뜩 얼어 내려올 수 없던 길.

'그래도 가 보고 싶다.'
'그 길이야 뭐, 그대로 있었지. 산은 없앨 수도 없고 그렇게 말고는 도저히 거길 갈 수가 없잖아. 나중에 가 보자.'
'그래, 만희 너 그 길 지나서 학교 가고 그랬잖아.'
'뭐, 거기 말고는 길이 없었으니까.'
'애들이 그쪽 통해서 개구멍으로 우리 가게 오고 그랬었지.'
'응.'

눈을 감으면 꿈에 보이듯 아련한 대국동. 만희는 오늘 그곳에 왔다. 몇 년간 찾아오지 않았던 곳. 버스를 내려 한동안 길을 잃은 사람처럼 만희는 주변을 휘휘 둘러보았다. 변한 것은 없었지만 그렇다고 아예 변하지 않았다 할 수는 없는 길. 익숙한 흔적을 찾아 만희가 그 길을 따라 걸었다.

낯선 사람들이 만희의 주변을 스쳐 지나갔다. 낯선 시간에 무언가 쓸쓸한 기분마저 느껴졌다. 하지만 몸은 자연스럽게 제가 학교를 가던 길 그 길을 따라 움직였다. 의식이 아닌 무의식으로 행할 수 있는 일.

예전에는 친구네 집이었지만 지금은 누가 살고 있는지 알 수 없는 곳을 지나가고 예전에는 제 단골집이었지만 이제는 간판마저 바뀐 곳을 지나가고 그리고 여전한 가게들이 몇몇 개 모여 있는 곳을 지나 만희가 바로 그 길 앞에 섰다.

양옆으로 쫙 갈려 언덕을 올라야 도착할 수 있는 대국여고.

피식 웃음이 먼저 났다. 예전에는 이 길이 그렇게 길고 고되게 느껴졌는데 지금 보니 겨우 몇십 걸음이면 오를 만한 길이었다. 그 길 가운데 교복을 입은 남자아이들과 여자아이들은 왜들 그렇게 서로를 힐끔거렸던 걸까?

떼로 모여 허세를 부리거나 별것 아닌 것들로 까르르 웃거나 하는 그 모습들에 서로 마음이 설레었던 건가?

주말이라 학생들은 없는 것 같지만 교문은 살짝 열려 있었다. 그 교문 안으로 함성 소리가 들려와 만희는 힐끔 안을 들여다보았다. 철쭉, 벚나무 꽃이 떨어져 이파리가 한창 흩날리는 교정은 기억보다 훨씬 더 아담했다. 그 교정의 안쪽에 위치한 농구 골대 앞에 몇몇 아이들이 모여 농구를 하고 있었다. 남고의 앞쪽으로는 축구를 하는 아이들도 있었다.

대국고등학교 아이들인지 근처 동네에 사는 아이들인지는 알 수 없지만 공 하나를 놓고 열심히 뛰는 아이들은 적어도 고등학생 이상의 나이를 가진 듯 보였다.

여전히 저는 따라 할 수 없을 것 같은 몸짓으로 공을 띄우고 튕기고 함께 뒹구는 아이들 모습에 만희는 오래전 일이 떠올랐다.

무르익은 4월의 봄이 진통을 하며 때 이른 더위를 몰고 왔던 그 옛날. 아직 만희가 고등학생이던 시절. 그때도 이렇게 주말이면 남자아이들이 운동장으로 몰려들어 저들만의 리그를 펼치곤 했었다. 시험 기간이 되면 독서실이나 도서관에서 자리를 잡지 못했던 아이들이 학교에 나와서 공부를 하던 시간이기도 했다.

각자 한 교실에 한 명씩 들어가 공부를 한다고 정해 놓고 두어 시간도 되지 않아 결국에는 학교 앞 분식집으로 몰려들던 그때.

그날 만희는 처음으로 지혁이 학교 운동장에서 농구를 하는 모습을 보았다. 아니, 맨 처음에는 아이들 속에 공을 던지던 그 남학생이 지혁이인 줄 몰랐다. 훤칠한 키에 날렵한 몸놀림. 떡볶이를 배부르게 먹고 친구와 교정에 앉아 아이스크림을 빨아 먹던 시간, 계단 끝에 앉아 조금은 생경한 장면을 만희는 목격했다.

평일에는 눈에 보이지 않는 선이라도 그어 놨는지 절대 넘지 않았던 그 선. 그 선을 넘어 여고 교정 근처에 설치된 농구 골대에서 농구를 하는 남자아이들. 한창 핀 꽃들이 나뭇가지 늘어지도록 매달려 소란스러운 그 사이로 부신 햇살에 찡그린 만희의 시선이 자꾸만 한곳을 향했었다.

'쟤 이지혁 아니야?'

낡은 골대 주변으로 뿌연 모래바람과 함께 쉼 없이 공이 날았다. 온몸을 땀으로 흠뻑 적신 학생들이 볕 아래서 치열하게 골문을 두드렸다. 점프, 블로킹, 레이업 슛, 자신은 도저히 흉내도 낼 수 없을 것 같은 동작 안에 약동하는 에너지가 손에 잡힐 듯 느껴졌다. 그것이 마치 한 편의 무성 영화 같다는 생각을 하던 만희의 눈에 손을 번쩍 든 남자아이가 눈에 들어왔다. 까무잡잡하게 그을린 얼굴 위로 비춘 햇살에 영민한 눈동자. 득의의 미소가 환하게 번지는 얼굴로 옆 사람과 가볍게 손을 마주친 그가 다시 빠르게 반대쪽 골대를 향해 뛰어가다 만희를 바라보았다.

깜짝 놀란 만희의 눈동자가 크게 뜨였다. 그의 흐트러진 눈이 만희 주변을 맴돌다 공수가 바뀌는 것을 알아채고 반대쪽으로 빠르게 뛰어가기 시작했다. 설마 지혁이랑 눈이 마주친 걸까? 지혁이가 나를 의식한 건가? 저절로 입이 벌어진 채로 만희는 멈춰 있었다. 그 순간이 길고 긴 시처럼 느껴졌다. 아름다운 음악 같았다.

입술을 고쳐 다문 만희의 시선이 자연스레 지혁이에게 달라붙었다.

가슴이 두근거려 참을 수 없었다. 지혁이가 좋다. 지혁이가 정말 좋다. 그 아이가 자신을 알아본다는 것만으로도, 아니 그것도 확실하지 않지만 그저 그렇다고 생각하는 것만으로도 부푼 가슴이 터질 것 같았다.

마치 그날이 눈에 보이는 것 같은 착각에 한동안 현실 감각을 잃었던 만희가 제 기억보다 훨씬 작은 교정을 한 바퀴 둘러보고는 다시 밖으로 나왔다.

아무것도 재지 않았던 시절. 엄마가 있었고 언니가 있었던 그때. 제 뛰는 가슴의 고동 소리에만 집중할 수 있었던, 너와 내가 어떻고 어떤 상황이고 무엇을 더하고 빼야 하는지 생각하지 않아도 되었던 그 나이.

그 나이의 저를 지혁이 일깨웠다. 한번 만나 보자고 그가 청해 왔다. 그래도 되지 않을까? 가슴이 뛰었다. 그 애가 나를 쳐다본 것 같다는 착각만으로도 그렇게 행복했었는데 이제는 만나 보자 한다. 그걸 왜 거절해야 하지?

그래. 그 나이가 지나 제법 어른인 척 똑똑해진 척 무언가를 계산하고 살고 있다고 해서 달라진 것이 있었을까? 그냥 그렇게 해 봐도 되는 건 아닐까? 제 가슴을 따라가는 결정을 다시 한번 해 봐도 되지 않을까?

긍정과 부정의 한가운데서 만희는 고민을 거듭했다.

"그걸 바로 사랑이라고 하는 거야."

만희의 이야기를 듣고 난 민주가 고개를 갸웃거리며 한참을 궁리하더니 그렇게 말했다. 그날의 이야기. 그날의 분위기. 그 전까지의 모든 상황. 그 이후 학교를 들렀을 때 느꼈던 감정을 종합적으로 정리한 만희의 이야기에 민주가 한참을 고민하다 내린 결론이었다.

"그게 사랑이라고?"

"응. 계산적이지 않게 되는 것. 갑자기 내가 생각했던 모든 신념을 뒤바꿀 수 있는 것. 서른두 살에 그게 어디 쉬운 줄 알아?"

"으음."

똑 부러진 목소리로 이야기하는 민주의 의견에 만희가 희미하게 웃었다.

"하지만 쉽게 받아 주면 안 돼. 그럼 안 된다고. 그래. 우선 솔직히 말하자면 그 녀석이 이혼남인 건 사실이잖아. 그 아들."

쾅, 민주가 제 잔을 테이블에 소리 나게 내려놓는 것을 본 만희가 말했다.

"구현이야."

"그래. 구현이! 구현이를 받아 준다는 건 더더욱 쉬운 일이 아니야. 아무리 이지혁이라고 해도. 그건 안 돼."

"하지만 구현인 내 학생이야. 얼마나 귀여운데!"

"학생으로 귀여운 거랑 네 아들로 귀여운 거랑 같아?"

만희가 인상을 쓰며 대꾸했다.

"아들? 아들이라니. 그냥 만나 보자는 건데 거기서 아들 이야기가 왜 나와?"

"야! 이 나이에 만나자는 건 사귀자는 게 아니라 결혼하자는 거지. 여기서 이렇게 연애해 놓고 또 누굴 만나?"

그렇게 말하며 민주가 신경질적으로 술을 따르던 순간 뒤늦게 준호가 나타났다. 부스스 머리카락을 쓸어 넘기며 준호는 예리한 눈빛으로 두 사람을 번갈아 쳐다보았다.

"뭐야? 누굴 만나는데?"

만희가 민주를 향해 고개를 잘게 흔들었다.

"아니, 그냥 만희가 다른 유치원으로 새로 면접을 보러 갈까 한대."

"면접?"

미간을 찌푸린 준호가 빈 잔에 제 몫의 소주를 따르며 되물었다.

"그냥 해 본 소리야."

만희가 별것 아니라는 듯 아까부터 따라 놓고 한 잔도 마시지 않은 술잔을 들었다.

"그래. 이직하고 싶다 뭐 만날 하는 소리지. 설마 만희라고 쉽게 저지르겠냐?"

민주가 서둘러 둘러대며 딴청을 부렸다. 준호가 한심하다는 듯 두 사람을 바라보았다.

"야! 이직 그런 거 함부로 하는 거 아니야. 나를 봐. 매일 사표를 가슴에 품고 다닌다고. 하지만 절대로 그걸 꺼내는 법은 없지. 다만 생각하는 거야. 이놈 자식들! 나는 언제든 그만둘 수 있다! 너희 나를 너무 우습게 보지 마라!"

준호가 휘두르는 잔에서 소주가 후두두 떨어졌다.

"그래. 그렇지. 알고 있으니까 걱정하지 마."

만희가 절대 그럴 생각이 아니라는 듯 고개를 잘게 저었다. 그 모습에 안심을 한 건지 아니면 애초에 관심이 없었던 건지 준호가 화제를 넘겼다.

"이번 주에는 무슨 일이 있었는지 아냐?"

그렇게 준호가 연거푸 한 병을 비우며 제 회사에서 있었던 일에 대한 이야기를 시작했다. 웃픈 엔지니어의 생존기. 평소라면 깔깔댔을 이야기가 만희의 머릿속에 하나도 들어오지 않았다. 그저 이지혁. 그의 얼굴만 머릿속에 아른거렸다.

만나 보자니. 왜 갑자기 그런 말을 한 걸까? 구현이를 돌봐 준 게 고마워서? 구현이가 잠이 들며 만희를 찾는 그 모습에 감동해서? 아니면 제가 구현이를 시켜 가져다준 쌈이 고마워서?

만희에게는 만나 보자는 지혁의 말이 수학보다 난해하고 맥락 없이 느껴졌다. 그는 이혼남이었지만 대국고등학교 최고의 인기남이었고 현재는 대부분의 사람들이 선호하는 산부인과 의사였다. 여기저기 선도 많이 들어올 테고, 알고 지내는 사람도 많을 것이다. 그런데 왜 나일까? 우리 둘이 무언가 깊게 통한 것이 있었던 걸까?

하지만 그것보다 대체 왜? 그 의문이 자꾸만 야속하게 느껴지는 건 왜가 아닌, 왜 안 돼! 라는 답이 이미 제 마음속을 까칠까칠하게 만들었기 때문이었다. 왜 안 돼? 왜 그냥, '그래 만나 보자!' 왜 그렇게 대답할 수 없었던 거지?

나이 때문에? 아니면 그가 첫사랑이라는 것 때문에? 아니, 그가 이혼남에 아이까지 딸려 있다는 것 때문에? 그래서 그것이 쉽지 않을 거고, 언니가 알면 엄마 대신이라며 난리가 날 테니까. 그리고 네가 엄마가 있었다면 그런 남자가 너를 넘볼 생각도 못 했을 거라면서 주변에서 만희를 지혁이를 구현이를 상처 줄 테니까.

"이제 그만 가야겠다."

피곤과 술에 절어 축 늘어진 민주를 보며 만희가 준호에게 말했다. 한참 혼자 떠들던 준호가 자리에서 일어났다. 계산을 한 준호가 민주를 한쪽 어깨에 기대게 하여 걸어갔다. 만희가 뒤따라 나오며 민주의 다른 쪽 팔을 잡았다.

"그만둬! 나 혼자 걸어갈 수 있어!"

밖에 나오자마자 갑자기 정신이 번쩍 들기라도 한 건지 두 사람의 팔에서 빠져나온 민주가 터벅터벅 걸어갔다. 그녀의 뒤를 따라 만희와 준호가 나란히 걸었다.

"그런데 너 진짜 많이 힘드냐?"

준호가 만희를 힐끔 쳐다보았다.

"응. 좀 그렇지."

만희가 무심하게 대답했다.

"그래도 할 수 없잖아."

준호가 다시 또 힐끔 만희를 바라보았다.

"그럼. 할 수 없지."

만희가 타성에 젖은 목소리로 말했다.

"너 유치원 원장이 꿈이라며."

"그냥 그렇게 말하는 거지. 꿈이 없으면 슬프니까."

"하긴 그래. 나는 내 꿈이 이제는 멀리멀리 사라져 없어진 걸 이미 알았거든."

"왜? 네 꿈은 뭔데?"

"내 꿈은 우주 정복, 지구 최고 영웅이었는데 이제 보니까 지구는커녕 내 가정 하나 갖기도 어렵다는 걸 알았으니까."

"후후."

만희가 소리 내어 웃었다. 그 순간 아파트 현관 앞에서 홱 돌아선 민주가 두 사람을 향해 손을 흔들었다.

"들어들 가라."

낮은 목소리가 피곤하게 들려왔다.

"너 요즘 실적이 안 좋다. 왜 매번 네가 제일 먼저 나가떨어지는 건데?"

말은 그리하면서 만희의 표정에도 그늘이 졌다. 그녀의 어깨를 토닥인 민주가 아파트 안으로 들어갔다.

"전화해. 전화하라고."

서둘러 덧붙인 만희의 목소리가 어딘가 애잔하게 들려왔다. 그런 만희를 힐끔 보던 준호가 물었다.

"너는 결혼 안 하냐?"

순간 만희는 딸꾹질을 할 뻔했다.

"글쎄. 준비가 아직 안 된 거 같아."

만희가 천천히 걸음을 내딛으며 딴청을 부렸다.

"결혼이 무슨 졸업장이라도 내라든? 아니면 자격증이 필요하대?"

"아니. 그런 건 아닌데. 그러기엔."

그러니까 그러기엔, 뭐? 뭐가 문제일까? 결혼에는 무엇이 필요할까? 엄청난 사랑. 많은 희생? 집? 차? 보험? 결혼은 왜 하는 걸까? 심심해서? 혼자라 두려워서? 늙어서 등 긁어 줄 사람이 필요해서?

"그러기엔 아직 어린 것 같아."

만희의 대답에 이번에는 준호가 피식 웃었다.

"그럼 너는 몇 살쯤에 결혼하고 싶은데?"

"음. 한 서른다섯쯤?"

"그래? 그 정도면 된다 이거지?"

"응."

만희가 기운차게 고개를 끄덕이자 준호가 혼잣말처럼 중얼거렸다.

"결혼은 꼭 해야 하나 싶기도 하고. 그렇다고 안 하자니 그냥 진학 못해 낙제한 것 같은 기분도 들고. 그래서 생각해 보니까 어차피 결혼은, 결론을 모르고 시작하는 일이잖아. 이 여자가 과연 내가 가장 사랑할 만한 사람인가. 평생 같이 사는 것이 혼자 사는 것보다 괜찮은 선택인가."

중얼거리는 준호의 말은 듣는 둥 마는 둥 만희는 혼자 다른 생각에 빠져 있었다.

"그래서 말인데 너. 서른다섯 살까지 결혼할 사람이 없으면."

그때 준호보다 조금 앞서 걷던 만희의 시선에 다른 누군가 보였다. 오피스텔 앞에 서 있는 사람. 그 사람은 분명 이지혁이었다.

"어?"

만희의 기척을 느꼈는지 지혁이 멀리서 만희를 향해 가볍게 손을 흔들었다.

"구현이는?"

만희가 소리치듯 물으며 제 옆에 있는 준호를 두고 지혁에게 달려갔다.

"오늘 이모님이 와 주셨어."

만희가 가까이 다가오자 그가 말했다.

"그랬구나. 나는 또……."

조금은 가쁘게 뛰는 숨을 고르며 만희가 그를 바라보았다. 갑작스러운 만남에 눈이 커지고 가슴이 울렁거렸다.

"내가 좀 부탁드렸거든. 오늘."

그렇게 말하던 지혁의 시선이 만희 뒤쪽으로 향했다.

"누구십니까?"

어느새 다가온 준호가 만희는 쳐다보지도 않고 지혁에게 물었다.

"아. 이쪽은."

만희가 지혁에게 준호를 소개하려는 순간 그보다 먼저 한 발짝 앞으로 나온 준호가 눈살을 찌푸렸다.

"이지혁 맞지?"

대뜸 묻는 소리에 고개를 갸웃하는 지혁에게 준호가 말했다.

"나는 김준호라고 하고. 뭐 그래, 너랑 같은 고등학교를 나왔지만 너랑 같은 반인 적은 한 번도 없었지. 그래서 모르나 본데."

"그랬구나. 못 알아봐서 미안해."

지혁이 준호에게 손을 내밀어 악수를 청한 순간이었다. 그것을 무시한 준호가 한 발 더 그에게 붙어 섰다.

"뭐 그런 건 됐고. 그런데 너는 이 늦은 시간에 만희한테 무슨 일이야?"

그렇게 말하는 준호의 목소리는 영락없이 시비를 거는 사람의 그것이었다.

'아니, 얘 뭐 하는 거야? 보자 보자 하니까!'

화가 치솟은 만희가 준호를 흘겨보며 큰소리쳤다.

"야! 김준호 뭐 하는 거야?"

하지만 그런 만희를 무시하고 이번에 가까이 붙어 선 사람은 준호가 아닌 지혁이었다.

"만희 좀 만나러 왔는데."

기다렸다는 듯 피식 준호가 한쪽 입술을 올리며 웃었다.

"만희는 왜?"

"할 이야기가 있어서."

"대체 무슨 할 이야기인데?"

순간 지혁은 답하지 않았다. 대신해 잔뜩 날이 선 준호를 차분히 응시했다. 마치 팔씨름하는 상대와의 팽팽한 기 싸움 가운데 자신은 이 싸움의 승패에는 크게 관심 없다는 듯 여유를 보이는 그런 눈빛. 그 눈빛에 준호의 기운이 한풀 꺾이는 분위기였다. 그제야 지혁이 다시 입을 열었다.

"만희 친구 맞지?"

"그게 너랑 무슨 상관이야!"

준호가 수세에 몰린 사람처럼 떨리는 목소리로 큰소리쳤다. 그러자 지혁이 희미하게 미소 지었다.

"그래. 만희 친구로서 네가 걱정되는 일이 있을 거라는 거 알아. 하지만 이건 만희랑 내가 알아서 할 문제고. 또 내가 만희에게 잘할 테니까, 너는 신경 쓰지 않아도 돼. 그러니까 이제 좀 비켜 주겠어?"

"뭐?"

어이없다는 듯 콧방귀를 뀐 준호가 잔뜩 인상을 썼다.

"너 이 자식 설마 만희한테 뭘 어떻게 해 보려는 건 아니지?"

"그럴 리가 있겠어? 만희에게 어떻게 해 보려는 게 아니라, 만희에게 최선을 다하려는 거야. 내 마음은 알아줬으면 좋겠다. 그리고 이 정도 이야기했으면 이제는 말이 통해야 하는 거 아닌가?"

지혁이 더 이상 봐주기 힘들다는 듯 손을 불끈 쥐는 게 보였다.

'아니, 얘들이 뭐 하는 거야?'

만희의 눈에 불꽃이 튀었다.

"뭔 소리야! 그만들 좀 해!"

커다란 소리가 쩌렁쩌렁 울렸다. 치솟은 눈썹. 화를 참으려 눈을 감았지만 씩씩거리는 숨소리. 흠칫 놀란 두 남자가 가까이 좁혀 가던 거리를 벌렸다.

"그쪽에서 초면에 이딴 식으로 나오니까 이러는 거 아니야?"

"아니, 언제 봤다고 대뜸 반말이야?"

여전히 일촉즉발 불붙은 두 남자를 사납게 노려본 만희가 두 주먹을 꼭 쥔 채 그대로 확 지나갔다.

"만희야!"

"만희야!"

버려진 두 남자가 당황하여 만희를 불렀다.

"잠깐 기다려 봐!"

"방만희! 너 이렇게 가면 어떻게 해!"

뒤따라오는 소리에도 모르는 척 만희가 오피스텔 계단을 올라갔다.

'대체 뭐 하는 짓들이야? 나이는 서른두 살이나 먹어서!'

하도 어이가 없어 갑자기 나타난 지혁이 놀랍지도, 생각도 못 하게 그에게 으름장을 놓는 준호에게 화가 나지도 않았다. 그저 황당할 뿐이었다. 두 남자의 기 싸움이라니. 대체 무엇을 위한 것일까?

하긴, 남자들이란 어디든 몰아넣으면 닭싸움을 하기 마련이었다. 나이를 먹었건 사회적 지위가 어떻건 그런 건 상관도 없이 제 눈앞의 라이벌 하나 꺾는 것이 세상 중요한 일인 듯 구는 뭣처럼 말이다.

만희가 비밀번호를 누르고 문을 열었다. 집 안의 싸늘한 기운이 밀려나와 문득 밖의 소동을 성급하게 접어 버린 것에 후회가 들긴 했지만 그렇다고 다시 나가 누구의 편을 들기에는 좋지 못한 상황이었다. 그런데 문을 닫으려던 찰나 누군가 계단을 뛰어 올라오는 소리가 들렸다.

"잠깐! 잠깐만."

사선으로 계단 아래 지혁이 숨을 가쁘게 쉬며 올라오는 것이 보였다. 붉어진 얼굴은 한껏 달아올라 있었지만 그 눈빛만큼은 승리를 쟁취한 사람처럼 빛나고 있어 만희는 피식 코웃음을 쳤다.

"대체 어떻게 된 거야?"

"너 가자마자 미안하다고 사과하고 잠깐 할 이야기가 있어서 온 거라고 말했어."

그가 여전히 숨을 고르며 미소 지었다.

"그랬더니 순순히 가?"

"뭐, 별수 없잖아. 네가 그렇게 소리치고 갔는데."

"훗."

만희가 바람 빠진 웃음소리를 내며 그를 바라보고 섰다. 계단을 다 올라온 그가 만희를 향해 혀를 내두르며 과장스럽게 말했다.

"어휴 나 진짜 놀랐다. 얼마나 무섭던지. 방만희 유치원 교사 8년 차라더니 카리스마가 장난 아니던데."

"놀리는 거야?"

"아니! 감탄하는 거지."

"애들한테 그러는 건 절대 아니야."

"알아, 알지."

"너희가 유치원 애들보다 더 유치하게 굴길래 그런 거지."

"알아. 안다니까. 그래도 어떻게 해? 그 자식이 대뜸 건방지게 구는데."

"그런 사람 한두 번 봤어?"

"수도 없이 봤지. 그래도 네 앞에서는 밀리고 싶지 않았다."

"아쭈!"

만희가 긴장했던 얼굴을 풀고 웃어 보였다. 지혁이 열리다 만 문 안을 들여다보며 힐끔 만희의 눈치를 봤다.

"할 이야기 있는데 불편하면 차로 갈래?"

잠시 머뭇대던 만희가 어깨를 으쓱해 보이고는 문을 크게 열었다.

"안으로 들어와. 뭐 별건 없지만. 커피라도 줄까?"

"그래. 커피 좋지."

괜히 다시 차로 내려가고 하는 것이 더 어색할 거 같아 집으로 들어오라 했다. 그런데 막상 그가 들어오자 남자가 집에 들어오는 것은 물론 처음이요, 최근 들어 언니 말고는 만희 집에 들락거리던 사람이 없었다는 것을 깨달았다. 게다가 생각해 보니 집에는 믹스커피밖에 없었다. 커피 잔도 물론 키우고 있지 않았다. 있는 거라고는 머그 컵뿐.

다행히 며칠간 거의 지혁의 집에서 지내다시피 해서 집 안을 엉망진창으로 만들어 놓은 것은 아니었지만 살림의 향기가 그대로 느껴지는 제집에 그가 들어오자 만희는 단박에 어색해졌다.

"커피 잔도 제대로 된 게 없네."

"음, 왜? 이것도 귀엽고 좋은데."

그가 컵에 그려진 스누피 그림을 돌려 보이며 말했다.

"그래도 그거 우리 집에서 가장 비싼 컵이야. 내가 스누피를 좋아해서 거금 들여 큰맘 먹고 산 거라고."

만희가 괜히 너스레를 떨었다.

"아이코 조심해야겠네."

한 손으로 컵을 들고 있던 지혁이 역시 너스레를 떨며 왼손으로 컵을 받치는 시늉을 하는 것을 보며 만희가 웃음을 터트렸다. 이렇게 쉽게 웃음이 터질 일이라니.

사실 기뻤던 건 아까 승리의 미소를 하고 뛰어 올라온 것이 지혁이라는 것을 확인했을 때부터였다. 자꾸만 웃고 싶어지는 기분이 들고 설레었던 건 집 앞에서 그를 봤을 때부터였다. 그런 만희의 얼굴을 지혁이 가만히 쳐다보는 것이 느껴졌다. 그의 시선을 느낀 만희가 입을 다물고 희미한 미소로 그를 바라보다 아예 눈을 피해 버렸다. 지혁이 만희를 응시하던 눈을 살짝 돌리며 말했다.

"너한테 하고 싶은 말이 있어서 왔어."

"무슨 말인데?"

"아니지. 실은 너한테 듣고 싶은 말이 있어서 온 거지."

순간 덜컹하고 가슴이 먼저 움직였다. 아까 마시고 이미 깨도 한참 전에 다 깼을 술기운이 어디서 다시 샘솟는 건지 가슴속에서 무언가 치솟는 것 같은 기분이었다.

"그렇게 놀란 표정 짓지 마."

그가 나무라듯 고개를 저었다. 그러고는 곧바로, 바둑돌 하나를 놓듯 신중한 눈빛으로 마주한 지혁이 입을 열었다.

"물어보기 전에 한 가지."

"뭔데?"

"준호랑 정말 아무 사이 아닌 거지?"

잔뜩 긴장하고 있던 찰나 그의 어이없는 질문에 만희가 히죽 웃었다. 어딜 보고 그런 소리를 하는 건지. 전혀 잘못 짚었다는 듯 만희가 가볍게 고개를 끄덕였다.

"그래. 네 마음이 그런 거라면 그 친구의 오해는 상관없어. 그리고."

잠시 말을 멈춘 그가 만희를 똑바로 바라보았다. 선해 보이는 눈빛이 참으로 깨끗했다. 누군가를 속이려 해도 절대 속일 수 없을 것 같은 그런 남자. 어린 시절 알고 보았던 이지혁 그대로 성장해 나간 게 틀림없었다. 그 눈앞에서는 만희도 솔직해질 수밖에 없었다.

"그리고 뭐? 뜸만 들이고 말 안 하는 거야?"

조바심이 나 되묻는 만희의 얼굴에 지혁이 그런 거 아니라는 듯 가볍게 고개를 저었다.

"그런 게 아니라. 만희야. 나 네 친구가 날 기분 나빠 하는 거 이해해. 내 상황이 그러니까. 다른 사람들이 염려하는 거 나 충분히 알아."

"……."

"그리고. 다른 사람한테 만희 네가 그런 대접 받는 거 싫어. 그런 염려 듣는 것도 싫고. 내가 조금 더 평범한 상황이었다면, 그랬다면 축하받을 일을 걱정으로 대신하게 하고 싶지 않아."

제 눈이 일렁였다는 걸 만희도 느꼈다. 숨기려 해도 숨길 수 없는 감정이 고스란히 그에게 드러나고 말았다. 그게 민망하고 부끄러웠지만 그래도 어쩔 수 없었다. 그가 다른 사람에게 제가 그런 대접을 받는 것이 마땅치 않다 말하는 것처럼 저 역시 지혁이 다른 사람 눈에 평범하지 않게 보인다느니 그래서 염려된다느니 하는 말을 듣게 만들고 싶지 않았다.

"그랬다면 뭐? 그럼 뭐 달라지는 거 있어?"

그래서 목소리에 조금 날이 섰다.

"아니. 전혀 없어. 전혀. 지난번에 했던 이야기에서 달라질 거 없어. 아니, 오히려 더 너한테 열심이고 싶어. 그래서 다른 사람들에게 우리의 선택이 잘못되지 않았다는 걸 보여 주고 싶어."

그가 세게 고개를 흔들었다. 그 모습에 만희가 희미하게 웃었다. 그 미소를 따라 웃어 보인 지혁이 다시 입을 열었다.

"그러니까 이제 다시 본론으로 돌아가서 내가 전에 했던 이야기 말이야."

"으응."

"어떻게 생각하나 해서. 만나 보자는 거. 기다린다고 했으니까 기다리는 거라 꼭 오늘 이야기하지 않아도 되지만."

한 발 다가왔다 두 발 물러서는 그의 말에 만희가 슬쩍 인상을 썼다.

"뭐야? 그건?"

"왜?"

"답을 빨리하라는 거야 말라는 거야?"

"그냥 중간 점검인 거야. 중간 점검. 원래 문제를 낸 사람은 자주 물어보게 되어 있거든. 자주 물어봐야 학생이 숙제를 제때 잘 내니까. 잊어버릴 수도 있고 게을러질 수도 있고 나중에 해야 한다고 할 수도 있고."

찌푸려졌던 얼굴이 조금씩 펴졌다. 쉽게 하려 하지 않고 한 번은 머뭇거리는 그의 망설임. 그것이 고마웠다. 힘들었을 텐데. 다시 와서 물어봐 준 것도 고마웠다. 그것조차 고마운데 더 이상 결정을 미룰 필요가 있을까?

이혼남이라는 꼬리표. 구현이의 존재. 그 모든 것을 제외하고 남은 이지혁이라는 남자를 적어도 자신은 알고 있는 것이 아닌가. 그가 얼마나 좋은 사람인지. 그가 얼마나 대단한 사람인지.

"그럴게!"

그가 이것저것 말을 늘어놓는 사이 만희가 소리치듯 대답했다. 얼마나 갑작스러운 대답이었는지 오히려 지혁이 말문을 잊은 사람처럼 만희를 바라보았다.

"그게 무슨 소리야?"

"그렇게 할게. 만나 볼게."

"정말?"

"응. 왜? 너무 빨리 대답해서 없어 보여?"

"아, 아니 그런 거 절대 아니야. 완전 있어 보여. 대체 누가 그래? 오히려 이래저래 빼는 사람이 더 없어 보이는 법이야. 원래 이렇게 결정할 수 있는 사람이 더 대단한 거거든."

그가 등 뒤에서 엄지를 꺼내 만희의 눈앞에 대령하고는 히죽 웃어 보였다.

"그러니까."

만희가 부끄러워 시선을 피하며 고개를 끄덕였다.

"응. 그래, 그러니까."

열심히 만희의 표정 변화에 맞춰 고개를 끄덕이던 지혁이 갑자기 주먹을 쥐고 제 무릎을 두어 번 두드리는 게 보였다. 대체 무슨 제스처인지 만희가 고개를 갸웃거렸다.

"키스해도 돼?"

시선 아래 그의 입술이 그 말을 하고는 굳게 닫혔다. 만희가 제 입술을 살짝 깨물었다. 순간 상체를 숙여 한 번에 코앞에 닿은 지혁이 만희의 입술에 가볍게 입맞춤을 했다. 그게 너무 간지러워 만희가 살며시 미소를 지었다. 코를 찡긋거리는 눈 맞춤으로 만희를 홀린 그가 그녀의 허리를 안았다. 소파에서 몸을 일으킨 만희가 그의 눈앞에 마주 보고 섰다.

첫사랑. 생각지도 못한 재회. 그가 지금 제 앞에 있다. 여전히 가슴이 터질 것 같은 설렘으로. 매일 그를 위해 몰래 지켜 온 신작 만화를 건네줄 때의 그 순수한 마음 그대로.

그의 입술이 그녀의 입술을 머금었다. 가벼운 키스와 허리를 끌어당겨 온몸을 포옹하며 깊게 들어오는 키스. 현기증이 느껴진 만희의 팔이 그의 목을 끌어안았다.

○ ◎ ●

언니는 딩크족이었다. 굳이 그렇게 정하고 결혼 생활을 시작한 것은 아니었다. 서른에 결혼을 해서 만희랑은 나이 차가 세 살. 결혼한 지 5년 차가 되었지만 언니는 아직 아이를 가지지 않았다. 아이를 가질 생각이 없다고 했다.

"그러지 말고 좀 팍팍 먹어. 애 보는 애가 이렇게 먹어서 어디 힘을 쓰겠어?"

언니는 유치원 앞으로 와 만희를 먹이고 있었다. 지혁과 만나기로 한

지 이미 한 시간이 지난 상황이었다. 언니에게 아직 그를 소개하기 이르다고 생각한 나머지 데이트가 있다는 말을 하지 못했다.

일이 있다고 약속이 있다고 하면 될 일이었는데 하필 언니가 전화도 하지 않고 와 유치원 앞에서 떡하니 기다리고 있었다. 핑계를 대는 대신 지혁에게 전화를 해 한 시간만 기다려 달라고 했다.

하필 언니가 고른 메뉴도 삼계탕. 이것만 먹고 가겠다고 말을 했는데 언니는 만희의 속도 모르고 빨리, 많이 먹지 않는다고 성화였다.

"애 보는 게 보통 일이니? 나는 그래서 애들이 싫더라. 징징대. 보채. 말도 안 되는 이야기나 지껄여."

"애도 없는 사람이 뭘 그렇게 잘 알아?"

만희가 뜨는 둥 마는 둥 국물 한 수저를 입에 넣으며 말했다.

"네 얘기만 들어 봐도 그렇고. 요즘 동창들 만나면 다들 자기 애들 데리고 나오지 않고서는 만나지를 못하니까 그렇지. 간접 경험이 얼마나 되는 줄 알아?"

"그래서 뭐? 하고 싶은 말이 뭔데?"

언니가 저렇게 말을 빙빙 둘러대는 것에는 이유가 있기 마련이었다. 만희의 시큰둥한 반응에 결국 제 속을 숨길 요령이 없다는 걸 깨달은 언니가 가까이 몸을 숙여 말했다.

"너 그러지 말고, 니 형부가 이번에 회사 거래처에 사람이 하나 있는데."

더 들어 볼 이야기도 아니었다. 만희가 수저를 내려놓고 소리쳤다.

"관둬."

"왜? 왜?"

"언니는 나를 결혼 못 시킨 게 그렇게 조바심이 나 그래? 언니도 결혼 그냥 그렇다며."

"그러니까! 그냥 그러니까, 그러니까 너보고 하라는 거지. 나쁘면 내가 하라고 하겠니? 내가 널 얼마나 걱정하는 줄 알아? 너 혼자 그 집에 있는 거 생각하면 내 맘이 좋겠냐고."

"언니 걱정하지 않게 하려고 내가 결혼해야 하는 거야?"

"얘가 얘가! 너 내 말이 그런 뜻이 아닌 거 알잖아! 그게 무슨 소리야? 섭섭하게!"

"그러니까. 걱정하지 마. 내가 알아서 한다니까."

"니가 뭘 알아서 하는데?"

"잘하고 있어. 내가 알아서 한다고!"

만희가 반도 먹지 않은 삼계탕을 남기고 자리에서 일어났다. 언니의 말이 듣기 싫은 이유도 있었지만 지금 당장 급한 건 그녀를 기다리고 있는 지혁이었다. 오늘은 아주머니에게 특별히 부탁해서 밤늦게까지 구현이를 돌봐 달라 말한 날이었다. 얼마나 귀중한 시간인데! 조바심이 난 만희가 대충 손을 흔들고 나서려는 참이었다.

"어? 너?"

가만히 만희가 하는 꼴을 보고 있던 언니가 자리에서 벌떡 일어났다. 그러곤 가까이 다가와 만희의 눈을 똑바로 쳐다보았다.

"왜? 왜 그래?"

겁먹은 만희가 한 발 뒤로 물러서며 되물었다.

"뭐긴 뭐야? 너! 설마!"

언니의 눈빛이 희번덕거렸다.

"왜! 왜 그러는데!"

만희가 다시 한 발 더 뒤로 물러섰다. 그 순간 언니가 손을 맞부딪치며 말했다.

"너 연애하지!"

"아! 아니거든!"

"연애하는 거 맞구만! 누구야? 뭐 하는 사람이야? 어디까지 갔어?"

어? 어디까지 갔냐고? 만희의 얼굴이 확 붉어졌다.

"뭐? 그게 언니가 할 말이야!"

꽥 소리를 지른 만희가 문으로 뛰어갔다. 아니, 어떻게 이렇게 쉽게 들킬 수 있지? 남자의 남! 자도 꺼내지 않았는 데다가 오늘 옷도 평범하게 입었고만! 위, 아래 단정한 제 옷차림을 내려다본 만희가 다시 한번 고개를 갸웃거리며 나는 듯 뛰어 유치원에서 한참 떨어진 커피숍으로 들어갔다.

헉헉. 문 앞에서 숨을 고른 만희가 조심스럽게 문을 열고 그의 앞에 섰다.

"뭐야? 뛰어왔어?"

휴대 전화를 내려다보며 무언가에 열중해 있다 만희를 발견한 그가 슬쩍 고개를 들어 올리고는 환하게 웃어 보였다. 얼마나 잘생겼는지 만희는 제 뺨이 붉어질 것 같아 시선을 다른 쪽으로 돌렸다.

내 남자. 이지혁. 여기에 그가 있다. 덥수룩한 머리카락은 어제 함께 미용실에 가서 말끔하게 쳐 냈다. 짧은 머리카락으로 가려져 있던 그의 또렷한 이목구비가 살아났다. 이렇게 단장했으니 또 다른 사람이 그의 진가를 알아볼까 마음이 조마조마한 만희였다.

"응."

만희가 여전히 거친 숨을 고르며 대답했다. 풋. 소리를 내어 웃은 그가 만희의 손을 쥐며 웃었다.

"안 뛰어도 되는데. 언니랑은 잘 이야기한 거야?"

"응."

언니랑 무슨 할 이야기가 있다고! 그 짧은 순간에도 이 사람이 얼마나 보고 싶었는지 모른다. 어제는 미용실에 잠깐 같이 갈 때 말고는 더 이상 같이 있지도 못했다. 구현이는 일찍 잠이 들었고 그를 더 잡아 둘 수 없던 상황이었으니까.

"보고 싶었어."

그런 제 맘을 아는 듯 그가 만희의 귀에 대고 속삭이듯 말했다. 간질간질한 기분이 온몸으로 퍼지며 뺨이 열에 달아오르는 것이 느껴졌다.

"나도."

작게 말해 놓고 그의 얼굴을 쳐다볼 수 없어 만희가 고개를 피했다. 옆으로 꼭 붙어 온 그의 시선이 자신을 사랑스럽게 바라보는 것이 느껴졌다.

"오늘 뭐 할까?"

"그러게? 뭐 할까?"

생글생글 웃으며 그를 쳐다보던 만희가 말했다.

"그냥 평범한 데이트 하고 싶어. 남들처럼 밥 먹고 걷고 영화 보고 맥주도 한잔하고."

"그래. 그럼 그렇게 해."

지혁이 곧바로 맞장구를 쳤다.

"그게 좋은 거야?"

"응. 그냥 같이 있는 게 좋아."

그가 만희에게 손을 내밀었다. 만희가 그의 손을 잡았다. 맞잡은 손에 닿는 감촉에 마음이 간질거리고 발걸음이 가벼웠다. 이 길이 지구 끝이라도 걸어갈 수 있을 것 같았다.

두 사람이 한참을 걷다가 고른 밥집은 일식당이었다. 초밥과 우동을 먹을 수 있는 곳. 모둠초밥. 김치우동. 가쯔동. 소박한 메뉴였지만 만희는 행복했다. 음식을 한가운데 놓고 각자의 접시에 덜어 먹는 맛. 고개를 맞대고 김이 모락모락 피어오르는 음식에서 만희는 그가 좋아하는 광어초밥을 양보하고 그는 만희의 그릇에 돈가스를 올려 준다. 별것 아닌 이야기에 웃고 그가 내미는 물그릇 한 잔에 감동받고 그런 평범한 데이트가 더없이 행복했다.

음식점을 나선 두 사람이 이번에는 함께 번화가를 걸었다. 쇼윈도를 구경하고 쓸데없는 품평을 하고 그는 만희에게 휴대 전화 케이스를 만희는 그에게 구현이와 함께 사용하라며 커플 머그 컵을 선물했다.

"이런 재질로 된 건 쉽게 깨지지도 않고 구현이도 좋아할 만한 모양이니까."

물론 그 머그는 한정판으로 나온 스누피 그림이 그려진 것이었다.

그리고 두 사람은 영화관에 가서 가장 먼저 들어갈 수 있는 상영관의 표를 사서 영화를 보았다. 영화의 제목은 중요하지 않았다. 영화의 내용도 기억나지 않았다. 영화 초반쯤 그가 손을 잡아 왔고 두 사람은 서로의 어깨에 바싹 기대 있었다. 그 후부터 만희는 앞에 보이는 대형 스크린보다 제 옆의 남자에게 신경이 잔뜩 곤두서 있었다.

똑바로 마주 보기에도 부끄러울 만큼 잘생긴 얼굴. 착하고 능력 있는 대국고등학교의 최고 인기남. 그런 남자가 지금 제 옆에 있다니. 연애가 이렇게 쉬운 것이었는지. 그저 제 신념, 걱정, 부끄러움 한번 툭 내려놓으면 그만이었던 건지. 그 사실이 내내, 그의 손을 잡고 있는 이 순간에도 믿기지 않았다.

맥주 한잔으로 시작한 술자리가 꽤나 길게 이어졌다.

"우리가 거의 13년 만에 만난 거 알아? 아니다. 고3 때는 거의 만화방에 온 적이 없으니까 14년 만인가."

만희가 먼 옛날 일을 떠올리는 사람 특유의 가느다란 눈을 하며 이야기를 꺼냈다.

"고3 때. 그래, 그때는 만화방에 거의 못 갔지 아마?"

"못 온 게 아니라. 아예 안 왔거든?"

"그걸 어떻게 알아?"

"원래, 스타보다 팬이 그 사람 스케줄에 더 빠삭한 법이야."

만희를 바라보는 지혁의 시선이 한없이 부드러웠다.

"만화방에 정말 가고 싶었는데 공부 때문에 이 악물고 참았지."

"와. 어떻게 참았나 몰라. 나는 그런 거 정말 힘들던데."

"우선 이것만 끝나고 나면 그다음에는 한없이 볼 수 있다. 지금만 참자. 그렇게 생각하고 참는 거지. 그런데 그 이후로는 더 어려워졌어. 무슨 의대 1년 공부량이 고등학교 내내 하던 공부보다 훨씬 더 많은지."

만희가 어리광 부리는 그의 말에 내내 쿡쿡대며 웃었다.

"그런데 말이야. 한 번도 이상하게 생각한 적 없어?"

"뭐?"

내심 억울하다는 표정을 지은 만희가 지혁을 마주 보았다.

"그때 내가 너 빌려주려고 신작은 미리미리 빼놓았던 거 말이야. 정말 몰라?"

"그랬어?"

"와. 이 남자 은근히 둔한 면이 있네. 어떻게 그걸 몰라. 아니, 매번 올 때마다 보고 싶었던 만화가 딱딱 있었는데 그게 그냥 다 우연이라고 생각한 거야? 그거 절대 쉬운 일 아니었거든!"

"나야, 뭐 그냥 그런가 보다 생각했지."

"아휴."

만희가 한숨을 쉬며 고개를 절레절레했다. 그 모습을 지혁이 사랑스러운 눈으로 바라보았다.

"뭐, 그런데 그거 말고 다른 생각을 하기는 했지."

"무슨 생각?"

"만화방 소녀가 꽤나 예쁘다는 생각!"

"에이!"

"왜? 왜 그런 반응이야?"

지혁이 자못 억울하다는 듯 입을 내밀었다.

"쳇. 그런 말은 절대 안 믿네요! 너 내가 대국여고 다니는 것도 몰랐잖아."

"그거야. 네가 매일 교복 말고 다른 옷을 입고 있었으니까 그렇지."

"그래서?"

"나중에 알고 나서는 정말 좋았지. 신기했고. 행복했고. 그래서 열심히 공부했어. 내가 의사 된 건 다 네 덕분이야."

"열심히 공부한 게 내 덕분이라고?"

만희가 금시초문이라는 듯 반문했다.

"그럼. 백 점 못 맞으면 만화방 가지 않기로 내 스스로한테 맹세했는데 그때 어떻게 해서든 백 점 맞았거든. 그게 단순히 만화 때문일까."

"아이고 그러셨군요. 선생님."

"너는 모를 거야. 그때 다른 애들이 네 이야기 하고 다니는 게 얼마나 화가 나던지."

"다른 애들이 내 이야기를 하고 다녔다고?"

믿을 수 없다는 표정으로 만희가 눈을 굴렸다.

"그뿐이야? 너 그때 자율 학습 시간에 애들이 막 종이 써서 붙이고 형광등 불빛으로 장난하고 했던 그 사건 기억나지?"

"당연히 기억나지. 그때 정말 재미있었는데."

추억을 떠올리는 만희의 표정이 아름다웠다.

"그 대상이 누구였게."

그 얼굴 가운데 콧등을 톡 건드린 지혁이 사랑스러워 참을 수 없다는 표정으로 그녀를 바라보았다.

"설마 그게 나라고 말하고 싶은 거야? 날 그렇게까지 띄우면 힘들어지는데 이거."

만희가 너스레를 떨며 웃었다.

"아니. 진심이었어. 그날 애들 장난의 시작이 방만희 바로 너였어."

만희의 눈이 휘둥그레졌다.

"에이. 설마."

"설마는 무슨! 너 그때 만화방에 오는 애들한테 상냥하게 대해 주고 연체료도 깎아 주고 그랬다며."

"그랬지."

당연한 거 아니겠냐는 듯 만희가 고개를 끄덕였다.

"나는 또 나한테만 그러는 줄 알고 착각했네."

지혁이 섭섭하다는 표정으로 말했다.

"그거야. 너는 다르지."

"그럼 걔네들한테 한 거는?"

"그건, 단골 관리!"

까르르 웃으며 만희가 그의 잔에 제 잔을 맞부딪쳤다. 지혁이 손을 들어 그녀의 머리카락을 귀 뒤로 넘겨 주며 속삭였다. 드러난 얼굴이 부끄러워 시선을 피했다.

"하여간 지금도 그래. 방만희는 아주 예뻐."

"퍽이나 그렇겠어요."

"아니요. 정말 그렇습니다. 눈도 동글. 코도 동글. 입도 동글."

"아, 사과 같다고?"

만희가 눈을 반짝반짝 과장스럽게 뜨며 말했다.

"응. 사과!"

그가 코를 찡긋하며 웃었다. 그 얼굴이 참 예뻤다. 만희는 그렇게 생각했다. 제 얼굴 말고 이지혁의 얼굴, 정말 예뻤다. 푹 빠져 버렸다. 한 사람에게. 어찌 이렇게 깊게 빠질 수 있을까? 그를 둘러싼 모든 것이 좋았다. 세상에게마저 너그러워지고 삶에도 너그러워졌다. 이제껏 저를 괴롭히던 모든 것들이 다 용서가 되는 기분이었다.

게다 믿을 수 없는 이야기. 학창 시절 그저 재미있는 에피소드의 하나라 생각했던 자율 학습 시간의 사건을 지혁이 역시 기억하고 있다는 사실에, 그에게도 만희네 만화방 방만희가 추억되고 있다는 말에 만희는 잠시 제가 순정만화 속 주인공이라도 된 듯싶었다.

저를 생각하며 열심히 공부했다는, 다른 사람들에게도 상냥하게 구는 저 때문에 질투가 났다고 말하는 지혁이. 너스레를 떨며 빠르게 넘어가 버리고 말았지만 실은 그에게 꼬치꼬치 묻고 싶었다. 그때 나를 얼마나 생각했는지, 네 마음속에 내가 얼마나 자리하고 있었는지.

하지만 그 이야기를 시시콜콜 모두 들을 자신은 없었다. 너무 부끄러워 참을 수 없을 게 분명했다. 그러나 조연으로 여겼던 일의 주연이 된 만희는 제 삶이 장밋빛으로 바뀌어 버린 것처럼 행복했다.

요즘 유치원에서도 그런 분위기를 감지했는지 동료 선생님들이 만희에게 몇 번을 물어 왔다. 연애하는 거 아니냐고. 사랑에 푹 빠진 거 아니냐고. 아니라고 시치미를 뚝 뗐지만 그게 숨긴다고 해서 숨겨지는 것이 아니구나. 오늘 언니를 만나고 다시 한번 느꼈다.

"그런데 지난번에 그 친구는 대체 어쩌다 친해지게 된 거야?"

그가 만희의 시선을 피하며 물었다. 설마? 아직까지 신경 쓰고 있던 거야? 은근히 기분이 좋았다.

"그냥 그럴 상황이 있었어."

"무슨 상황인데?"

이번에는 그냥 넘어가지 않겠다는 듯 지혁이 만희를 똑바로 바라봐 왔다.

"준호를 다시 만난 건 엄마 장례식장에서였어. 준호가 어머니랑 같이 왔더라고. 언니랑 나랑 둘 다 경황이 없어서 어찌할 바를 모르고 있었거든. 제일 먼저 달려와 준 게 준호네 가족이었어."

당황한 지혁이 미안함이 가득한 눈빛으로 만희를 바라보았다.

"미안해. 나는 그런 관계인 줄 모르고. 너무 한심하게 굴었지?"

"아니야. 전혀. 그런 거 없어."

만희가 괜찮다는 듯 손사래를 쳤지만 자리에서 일어난 지혁은 어느새 만희의 옆자리로 와 앉았다. 그의 팔이 만희의 어깨를 감싸 안고 만희의 머리를 제 아래 가둬 놓았다. 그라는 세상으로 둘러싸인 만희의 귀에 지혁이 속삭였다.

"이제는 나랑 같이 있어. 내가 네 옆에 꼭 붙어 있을게. 언제든 함께 있어 줄게."

그 말 한마디에 온몸이 사르르 녹아들었다.

"고마워."

"으음."

그가 머리에 입술을 댄 채로 양쪽으로 고개를 저었다. 보드랍고 따뜻한 감촉에 간질간질한 만희가 픽 웃자 그제야 지혁도 얼굴이 풀어졌다.

"처음에 이상하게 나와서 미워하려고 했는데 그래도 고마운 친구네."

빙긋 웃은 만희가 그를 마주하고 바라보았다.

"응. 고마운 친구. 그날 이후부터 민주랑 둘이 나 챙긴다고 계속 고생했었어. 멘탈 잡아 준다고 둘이 수시로 불침번 서는데, 정말 고마웠어."

"많이 힘들었겠다."

"아니. 사실 그때보다 더 힘들었던 때는 엄마 돌아가시고 얼마 지나지 않아서. 정말 몇 달도 지나지 않았을 때였는데."

그의 팔이 다시 한번 세게 힘을 주어 자신을 안는 것이 느껴졌다. 그덕에 이제는 그 어떤 이야기를 해도 쓸쓸하지 않았다. 엄마 이야기를 꺼낼 때면 제가 버릇처럼 양팔을 엇갈려 잡는다던 민주의 이야기가 생각났다. 적어도 지금 이 순간에는 그럴 이유가 없었다.

"그런데 엄마가 내내 그리울 줄 알았는데 그게 이상해. 우리 엄마가 내게 어떤 사람인 줄 빤히 알면서. 죽을 만큼 그렇게 힘들었으면서. 어느 순간 내가 아무렇지도 않게 박장대소하고 있더라고. 아주 크게. 아무

일도 없었던 것처럼."

"나도 그래. 때로는 구현이에게 준 그 커다란 상처를 잊어버리고 마냥 웃고 있을 때가 있어."

마주 바라본 두 사람의 시선이 엉켜들어 그 깊이를 더해 갔다. 많은 말을 하지 않아도 이해되는 마음. 그 마음이 서로를 위로해 주고 싶어 했다.

"왜 우리는 기억을 잊어버릴까? 왜 하필 기억일까?"

"그러지 않고서는 살 수 없을 테니까."

그 말에 만희는 순간 쓸쓸해졌다.

"지금 이 순간도 잊어버리겠지. 언젠가는."

"아니."

그가 따스한 시선으로 마주 보며 절대 그럴 리 없다는 듯 단호하게 고개를 저었다. 가벼운 입맞춤이 입술에 내려앉았다.

그 후로 두 사람은 말없이 그곳을 나와 택시를 탔다. 만희네 집 앞에 도착해 택시에서 함께 내린 두 사람은 천천히 만희의 오피스텔로 올라 갔다. 무언가 거대한 공기에 휩싸여 있는 것처럼. 당연히 그래야 하는 상황이 다가온 것처럼 자연스러웠다. 문을 열고 두 사람이 함께 들어갔다.

"오늘 밤은 절대로 잊지 못할 거야."

그가 만희의 귀에 대고 속삭였다. 만희가 그의 목에 매달려 그의 입술을 찾았다. 따스하고 몽글몽글한 기분. 가슴속에 가득 피어오르다 터져 버릴 것 같은 느낌. 그의 손이 만희의 블라우스 단추를 천천히 풀어 내렸다. 한순간도 피하지 않고 온전히 바라본 그의 눈은 따스한 사랑을 말하고 있었다. 제 모든 것을 보여 준다고 해도. 조금은 부끄러운 부분까지 모두 드러낸다 해도 괜찮을 것 같았다. 그와 만나기로 결심한 순간 만희는 그의 모든 것을 끌어안기로 결심했었다. 그러니까.

"허락해 줄 수 있어?"

만희를 침대 위로 눕힌 지혁이 물었을 때 만희는 미소 지으며 고개를 끄덕일 수 있었다. 그의 모든 것을 받아들이기로 했으니 만희는 제 모든 것도 그에게 주고 싶었다. 가만히 고개를 끄덕이는 저를 바라보는 그의 눈은 감격으로 물들어 가고 있었다. 그 어떤 말로도 설명할 수 없는 눈빛. 그의 키스가 만희의 가슴 위로 내려앉았다. 만희가 그의 몸을 제 안으로 깊게 끌어안았다.

○ ◎ ●

바람은 신기하다. 눈에 보이지 않는 게 분명한데. 그런데도 불구하고 눈에 보이는 듯 선명하고 냄새가 있어 코끝을 간질이고 손으로 만져지기까지 한다. 손을 뻗어 제 손바닥 위에 올라와 있는 5월의 바람을 쥐었다 편 만희가 혼자 빙그레 웃었다.

오늘의 날씨는 마치 며칠 내내 기대하던 소풍 가는 날과 비슷했다. 마구 설레서 뒹굴뒹굴해도 전혀 아프지 않을 것 같은 그런 날씨. 머리카락 사이사이 스며드는 바람은 분명 그날로 자신을 데려다줄 수 있을 것 같았다.

소풍 하나만으로 설레던 열일곱의 그날로.

드르르륵 휴대 전화가 울린 것은 바로 그때였다. 발신자를 확인한 만희가 곧바로 전화를 받았다.

— 만희야?

그의 목소리가 마치 제 귀에 키스를 하는 것만 같다.

"응? 무슨 일이야?"

만희가 저 혼자 서 있어도 부끄러운 기분을 지우지 못하고 되물었다.

— 아니, 너 괜찮은가 하고.

그가 하는 질문의 의도를 알아들은 만희가 순간 얼굴을 붉혔다.

"뭐가 괜찮은데?"

— 아니. 그냥 피곤하진 않아?

"응. 안 피곤하지."

— 정말?

그가 믿을 수 없다는 듯 조금은 억울하다는 듯 되물었다.

"응, 정말."

— 그럼 잘됐다.

"뭐가?"

— 오늘 또 괴롭혀도 되는 거네?

"어어?"

만희가 정말 놀라 얼굴이 붉어졌다. 주변에 누가 들은 사람이 없는가, 전화기를 손으로 감싸 쥐고 사방을 두리번거렸다. 다행히 보충 수업을 하지 않는 아이들이 타고 가는 마지막 유치원 차가 막 출발한 뒤였다. 주변에는 다른 사람이 없었다. 그녀의 주변을 감싸고 있는 건 방금 전까지 보드랍게 느껴졌던 햇살뿐이었다. 이제 오후 보충 수업을 앞두고 있는 시간.

"나 수업 들어가야 해. 끊어."

— 자, 잠깐만! 그럼, 만희야. 오늘 6시에 데리러 갈게.

"6시? 오늘 너 밤까지 근무 아니었어?"

— 그런데. 그렇긴 한데. 두 시간 정도만.

"두 시간? 두 시간은 왜?"

이해할 수 없다는 듯 만희가 고개를 갸웃거렸다. 전화기 안에서 잠깐 망설이는 소리가 들리더니 지혁이 빠르게 제 말을 뱉었다.

— 잠깐. 잠깐 얼굴만 보고 갈게.

"응?"

— 그냥 얼굴만 보고 갈 테니까.

"아니, 지혁아!"

— 하여간. 알았지? 6시. 6시다.

다급한 목소리로 전화를 끊으려는 지혁을 향해 만희가 외쳤다.

"알았어. 그럼 집. 집으로 와. 나도 조금 빨리 정리하고 집에 가 있을
게."

그렇게 말하고 이번에 먼저 전화를 끊은 건 만희였다.

휴우.

내쉬는 호흡에 분홍빛 한숨이 섞여 나오는 것 같았다. 아직도 화끈거
리는 얼굴이 뜨거워 만희는 괜히 제 양손으로 두 볼을 감싸 쥐었다. 바
람은 정말 신기한 것이 맞았다. 방금 전까지 소풍날처럼 설레게 느껴졌
던 그 순진한 바람이 순식간에 색을 달리해 만희를 달아오르게 만들었
으니까.

언제 지나갔는지 모르게 지나가 버린 오후 시간. 만희는 평소보다 30분
먼저 정리를 하고 집에 도착했다. 평소에도 어지르는 성격이 아니었기 때
문에 집 상태는 깔끔했지만 어딘가 미흡한 것이 있는 것 같아 만희는 괜히
커튼을 정리하고 쿠션을 제자리에 이렇게 놨다가 저렇게 놨다가 하며 마음
을 졸였다.

그러다 시계가 5시 50분을 가리켰을 때 만희는 순간 아차 싶었다. 6시
라면 저녁 시간인 데다가 다시 병원으로 들어가야 하는 지혁이를 위해서
는 이따위 쿠션 위치가 중요한 게 아니라 저녁을 먹여야 한다는 생각이
들었기 때문이었다. 하지만 이미 시간은 늦어 버렸다. 10분 후면 지혁이
가 도착한다고 했는데.

찬장을 뒤진 만희가 라면 몇 개를 찾아냈다. 냉동실에 만두가 있었지
만 이런 걸로 배를 채우게 할 수는 없었다. 생선이라도 구울까 싶었지만

지금 그러다가는 너무 요란할 것 같은데. 난감한 기분과 함께 대체 제가 기대한 것이 무엇이었는지 스스로 민망하던 찰나였다.

벨이 울리고 다급하게 문을 두드리는 소리가 들렸다.

"어! 지혁아."

문을 열자 뛰어 올라오기라도 한 건지 얼굴이 달아오른 지혁이 보였다.

"응. 나 왔어."

그가 쭈뼛거리며 안으로 들어왔다.

"아. 배고프지? 그런데 어떻게 하지? 나도 막 이제 들어와서."

만희의 말에 그가 제 손을 크게 저으며 말했다.

"아니. 전혀. 전혀 배 안 고파. 나 점심 늦게 먹고 왔거든."

"응. 그렇구나."

둘 다 집이 무너지진 않을까 싶은 안절부절못한 모습으로 서 있었다. 겉옷을 벗지 않은 채 그냥 서 있는 그와 제집이지만 어디에 서 있어야 할지 모르는 사람처럼 지혁의 눈치를 보고 있는 만희. 순간 두 사람이 마주 보며 피식 웃었다. 그리고 누가 먼저랄 것도 없이 팔을 뻗어 포옹했다. 다급하게 찾은 입술이 부드러운 숨결을 빨아들이고 있었다. 마치 하루 종일 숨을 쉬지 못했던 사람들처럼, 상대가 없으면 더 이상 숨 쉴 방법을 모르게 되어 버린 사람들처럼. 두 사람이 서로의 입술 안으로 허겁지겁 달려들었다.

지혁이 만희를 번쩍 안아 올렸다. 그대로 제 발이 공중에 들려 올라간 만희가 너무도 부끄러워 그의 가슴에 얼굴을 묻어 버렸다. 침대 위로 눕혀진 만희의 위로 그가 다가왔다.

"미치는 줄 알았네."

"뭐…… 뭐가."

만희는 그의 시선을 피하며 되물었다. 어제와 다르게 아직 해가 지지 않아 창 안으로 들어오는 햇살에 제 앞에서 조금씩 옷을 벗어 내리는 그의 몸이 고스란히 만희의 눈에 들어왔다. 제 상의를 모두 벗은 그가 만희의 몸 위로 덮쳐 오며 속삭였다.

"너 안고 싶어서. 하루 종일 머리가 터지는 줄 알았어."

그 순간 만희는 온몸이 울리는 것 같은 전율을 느꼈다. 어색하고 부끄러웠던 바람이 순식간에 분위기를 달리했다. 그의 손짓과 그의 숨소리와 그의 입맞춤 그 하나하나에만 만희는 반응했다. 제 주변을 가득 채우고 있는 건 이지혁이라는 남자였다. 그가 아닌 것은 느껴지지도 보이지도 않았다.

"실은 나도. 나도 그랬어."

제 옷 속을 파고드는 손길에 만희는 그의 귓가에 그 말을 속삭이고는 그대로 그에게 매달렸다.

○ ◎ ●

휴대 전화를 열어 사진 한 장에 시선을 맞춘 지혁의 입술이 저절로 꼬리를 올렸다. 어젯밤, 만희와 늦게까지 통화를 하고 나서도 모자라 전화를 끊자마자 보낸 메시지들. 잘 자. 보고 싶다. 그리고 사랑한다. 평소라면 생각만으로도 부끄러워지던 말들이 그녀와의 대화 창에서 꿈틀거리고 있다.

이렇게 행복해도 되는 걸까 싶은 시간이었다. 이 행복이 달아날까 불안하고 안달이 나면서도 저도 모르게 웃고 있는 제가 스스로도 놀랄 지경이었다. 모든 것이 온전해지고 후회되던 일들이 전부 사라진 것 같은 기분.

이런 일이 생긴 이유를 지혁은 알고 있었다. 눈을 감으면 곧바로 그려지는 그녀의 웃는 얼굴. 만희를 떠올리는 것만으로 그녀가 제 사람이라는 생각만으로 세상이 갑자기 저에게 관대해진 것 같았다. 구현이와 단둘이 헤쳐 나갔어야 했을 막막했던 삶이 기대로 바뀌었다. 만희와 함께라면 즐겁게 헤쳐 나갈 수 있으리란 믿음이 생겼다.

한참을 그렇게 대화 창에 눈을 두었던 지혁이 순간 저를 응시하는 것 같은 아이의 시선에 고개를 돌렸다. 빤히 쳐다보던 구현이 정작 눈이 마주치자마자 갑자기 홱 고개를 돌렸다.

'무슨 일이지?'

의아한 아이의 행동에 지혁이 고개를 갸웃하며 구현이를 바라보았다. 오늘도 아침 일찍 일어난 구현이는 기댈 것도 하나 없는 마룻바닥에 앉아 책을 읽고 있었다. 유치원에서 주말이면 한 권씩 책을 빌려 가지고 와 읽는 것이 숙제라고 하더니 그렇게 버릇 들인 독서가 점점 그 양을 늘려 가는 것이 눈에 보여 지혁은 아이가 기특했다.

"구현아! 아빠 다녀올게."

주방에서 반찬을 만들던 이모님이 지혁을 향해 고개를 끄덕였다. 책에 고정되어 있던 눈을 돌린 구현이 지혁을 뚫어지게 쳐다봤다.

그 얼굴에 지혁이 흠칫 놀랐다. 세 살에서 네 살. 네 살에서 다섯 살. 일 년, 일 년 나이를 먹어 갈수록 자신과 너무도 닮아 가는 얼굴이 신기했다. 쌍꺼풀이 짙은 눈과 동그란 얼굴형은 엄마의 것이었고 아직 어린 티가 많이 나기는 했지만 이목구비의 간격인지 그 재질인지 모를 전체적인 분위기는 저와 영락없이 같았다. 마치 자신의 의무를 일깨우듯 닮은 얼굴.

"다녀오세요."

아이가 자리에서 일어나 현관문 앞에서 공손히 인사했다. 또르르 구르는 눈동자가 무언가 할 말이 있는 것처럼 보였다.

"무슨 일 있어 구현아?"

머뭇하던 구현이 손을 뻗어 지혁의 휴대 전화를 가리켰다.

"아빠 그거 누구야?"

"뭐?"

"방금 뭐 보고 웃었어?"

아. 구현이가 설마 제 미소를 보고 무언가 색다름을 느낀 건가? 당황한 지혁이 활짝 웃으며 대답했다.

"구현이 사진 보고 웃었지."

"나 여기 있는데."

"물론 구현이는 여기 있지만 그래도 구현이 아기 때 모습이 보고 싶어서."

지혁은 빠르게 손을 놀려 평소 자주 들여다보곤 하던 구현이의 갓난아기 때 사진을 열어 보였다. 잠이 덜 깨 와앙 울기 직전의 모습. 제 귀여운 사진에 금방 기분이 좋아진 구현이 방긋 웃었다.

"이제 아빠 간다. 괜찮지?"

"응."

"오케이. 잘 다녀올게. 이모님 말씀 잘 듣고 있어. 내일은 아빠랑 침대 사러 가기로 한 거 기억하지?"

지혁은 괜히 미안한 마음에 구현에게 했던 약속을 상기시켰다. 웬일인지 다시 쭈뼛거리던 구현이 그에게 물었다.

"아빠랑 가는 거지? 아빠랑 나랑 가는 거지?"

"그럼."

시원한 지혁의 대답에 구현이 그제야 안심한 듯 크게 고개를 끄덕였다.

"내 침대 생기고 완전 좋다!"

그리고는 빙그르르 돌면서 춤을 추듯 덩실거렸다. 기분이 좋지 않아 보여 걱정했는데 곧바로 나아진 것을 보니 다행이었다. 지혁이 아이의 머리카락을 쓰다듬었다. 아무래도 만희의 충고를 듣기 잘한 것 같다는 생각이 들었다.

'구현이 방에 가구 좀 들여놨으면 좋겠어. 이제 구현이도 다섯 살이라 충분히 조심할 수 있고 요즘 아이들 가구는 안전하게 잘 나와서 혹여나 어디에 부딪히더라도 문제가 생기진 않을 거야.'

사실 지혁은 생각도 못 한 이야기였다. 그동안 이불에 요만 펴고 자는데도 문제가 없었고 공부를 하거나 책을 읽을 때는 엎드려 하거나 앉은뱅이책상을 펴고 하면 되기 때문에 그 필요성에 대해 느껴 본 일이 없었기 때문이다.

'구현이의 정서에 도움이 될 거야. 그리고 조심하는 성격도 기를 수 있고. 위험을 원천에 차단하는 것이 결코 아이에게 도움만 되는 건 아니니까.'

그래서 만희의 그런 충고가 고마웠다. 엄마가 있었더라면 당연히 신경 썼을 부분이란 생각이 들었다. 자신은. 두려웠기에. 구현이에게 어떤 일이라도 생긴다면 그것을 감당할 자신이 없었기에 애초에 외면하려 했던 일이었다. 아니, 그런 것은 염두에 두지 않는 성격 때문이기도 했다.

가구를 사려고 한다는 말을 전했을 때 구현이는 무척 행복해했다.

'나도 침대 생기는 거야! 신난다!'

흐뭇한 미소로 그때의 구현을 떠올리던 지혁이 엘리베이터를 타고 내려와 만희에게 전화를 걸었다.

"일어났어?"

— 으응?

수화기 너머 잠에서 덜 깬 것 같은 목소리가 들려왔다.

"어? 미안. 미안. 혹시 아직도 자고 있는 거였어?"

— 으응. 아니. 아니.

"그냥 출근하다 생각나서 전화한 거야. 어서 다시 자."

— 응. 알았어.

"그래. 내 몫까지 잘 자. 아참! 내일 가구 사는 데 같이 가 주기로 한 거 잊지 않았지? 오늘 구현이한테 이야기하니까 진짜 좋아하더라고."

지하 주차장에서 어제 주차해 둔 차를 찾으러 두리번거리던 지혁이 한 블록 앞에 있는 제 차를 발견하고 빠르게 걸어간 때였다.

"짜잔!"

갑자기 어디선가 불쑥 만희가 나타났다. 수화기 속의 목소리가 아니라 진짜 방만희가.

"어? 뭐야?"

놀란 지혁이 전화기를 들고 있던 손 그대로 얼어 버렸다.

"여기서 한참을 기다렸지. 왜 이렇게 늦은 거야 의사 양반!"

기둥 뒤에 서 있었던 모양인지 만희가 차 뒤쪽을 눈짓으로 가리키며 말했다. 생글생글 웃는 얼굴이 제 작전이 제대로 성공한 것에 대한 승리의 기쁨을 감추지 못했다.

"와! 진짜 놀랐네."

지혁이 전화기를 주머니에 넣으며 그녀의 손을 잡았다.

"반가운 건 아니고?"

만희가 장난스럽게 눈웃음을 쳤다.

"반갑기도 하고."

가볍게 날아가는 지혁의 목소리를 듣는 둥 마는 둥 만희가 손을 내밀어 지혁의 차 키를 낚아챘다.

"어서 타. 내가 운전해 줄게."

제 손에서 사라져 버린 차 키를 그제야 눈치챈 지혁이 조수석으로 들어와 앉았다.

"무슨 일이야?"

"그냥 보고 싶어서 왔지. 그리고 이건 샌드위치랑 커피!"

만희가 제 손에 들려 있던 샌드위치를 지혁에게 넘겨주었다. 언제 꽂은 건지 컵 홀더에는 아이스아메리카노가 땀을 뻘뻘 흘리며 놓여 있었다.

"너무 감동받지는 마. 그건 산 거니까."

"아. 말 안 하면 절대 모를 뻔했네."

지혁이 커피의 라벨을 만희의 눈앞으로 보이며 장난쳤다.

"왜? 그래도 맛있다는 집에서 사 오느라 조금 돌아서 왔어."

만희가 뻐기듯 말하고는 운전대를 잡았다.

"곧바로 병원 들어가 봐야 해서 계속 같이 있지도 못하는데."

"운전하는 동안 30분이면 충분해."

만희가 시동을 걸려는 것이 보였다. 제 차를 대신 운전해 준다니. 쉬는 날인데 아침 일찍 나오느라 얼마나 바빴을까?

지혁이 운전대를 잡은 그녀의 손을 잡았다. 그리고 그녀의 뺨에 입을 맞추었다. 실쭉 웃는 만희의 얼굴이 귀여웠다. 그녀가 하는 모든 행동이 사랑스러웠다.

"고마워."

"그런 말 하면 재미없어."

만희가 어깨를 으쓱해 보이며 말했다. 지혁의 눈에 삐죽거리는 그녀의 입술이 확대되어 보였다. 입속으로 마른침이 삼켜졌다. 이게 무슨 병인지. 그녀만 보면 자꾸 그런 생각― 키스를 하고 싶다든가 껴안고 싶다든가 아니면 그보다 더한 것을 하고 싶다는 그런 생각만 나는 것이 확실히 중증인 것 같았다.

결국 참지 못하고 지혁이 그녀의 입술에 다시 살짝 입을 맞추었다. 만희가 눈을 흘겼다. 그 모습조차 유혹적으로 보였다. 그녀의 턱을 제 쪽으로 당긴 지혁이 깊게 키스하려는 순간 그녀가 속삭였다.

"이러다 늦어!"

만희가 몸을 뒤로 빼며 시동을 걸고 차를 출발시켰다. 무안한 기분이 든 지혁이 전면 유리창으로 고개를 돌리고 퉁명스럽게 말했다.

"너는 그게 참아져? 그렇게 중간에 딱 끊을 수 있냐고."

"응."

"하 참! 매일 나만 안달이지!"

지혁이 떼를 쓰듯 말했다. 자신도 모르던 저의 말투. 병원에서는 무뚝뚝하고 고지식한 남자로 유명한 제가, 만희 앞에만 있으면 고등학생 때처럼 철없어지고 어려졌다. '삐쳤다.'라는 말 말고는 다른 단어로 대체가 되지 않는 이 기분을 솔직하게 전달하지 않고서는 도저히 그냥 넘어갈 수 없을 것 같았다.

그날 밤도 마찬가지였다. 처음으로 함께 사랑을 나누고 로맨틱한 기분에 젖어 있을 때였다. 가느다랗고 작은 몸이 저를 받아 내며 보였던 그 표정이 자꾸만 상기되어 그녀를 응시하면서도 계속 몸이 달아올랐다. 밤새 방만희를 괴롭히고 싶다는 얄궂은 마음에 그녀가 자신을 뚫어지게 바라보는 표정에 다시 키스를 하려 가까이 다가간 순간 만희가 말했었다.

'구현이한테 이야기하는 게 좋겠어.'

'응?'

'구현이한테 우리 친구라고. 친한 친구라서 그래서 구현이랑도 더 친한 거라고 이해시키는 게 좋을 거 같아.'

제가 여전히 로맨틱한 기분에서 빠져나오지 못하고 있는 동안 어느새 현실로 돌아온 그녀는 그런 생각을 하고 있었다.

하! 그러고는 그날 그냥 그녀의 집에서 밤을 새워 버리고 싶다는 제 욕망을 잠재우고 그녀는 부득불 저를 집으로 돌려보냈다. 구현이와 이모님과 자꾸 이런 식으로 약속을 어기면 안 된다는 거였다.

그렇게 지금도 그녀는 사랑스러운 행동을 해 사람을 안달 나게 만들어 놓고 이제 또 딴청을 부리고 있다.

"다 왔다!"

만희가 주차장에 차를 세웠다.

"고마워."

지혁이 뾰로통하게 말했다.

"대체 뭐야?"

만희가 미간을 찌푸렸다. 그 모습이 귀여워 지혁이 풋 웃음을 터트렸다. 만희가 고개를 갸웃거렸다.

"뭔데? 내가 이렇게 예쁜 짓 했는데 칭찬도 안 해 줘?"

"해 줘야지. 그런데 네가 자꾸만 거부하잖아."

"무슨 거부?"

쪽. 지혁이 만희의 뺨에 뽀뽀를 했다.

"뭐야? 이게 칭찬이야?"

"그럼 서른두 살 먹은 어른이 칭찬 스티커라도 붙여 주길 바라는 거야?"

"아니. 그건 아니지만. 그래도 여기 병원이라 누가 보잖아."

"보라고 하지 뭐!"

지혁이 그녀의 뺨에 다시 한번 뽀뽀를 했다. 만희가 고개를 숙였다. 발그레 상기된 볼이 참을 수 없는 기분을 느끼게 만들었다.

"그러지 마."

"왜?"

지혁이 놀리듯 물었다. 만희가 시선을 피하며 다시 또 고개를 숙였다.

"자꾸 이러면 나도 달아오른단 말이야."

그 말이 기폭제가 되어 버리고 말았다. 지혁이 단숨에 그녀를 안아 그 입술에 키스를 했다. 고개를 숙인 그녀의 입술에 입을 맞추고 자꾸만 벗어나려는 그녀의 팔을 붙잡았다. 작은 새처럼 제 품 안에서 꿈틀거리는 그녀의 몸짓이 점점 깊어지는 키스로 도리어 저에게로 자꾸만 밀착되었다.

열에 들뜬 눈이 저를 쳐다보고 있었다. 방만희가 더 이상 방만희가 아니다. 그녀는 자신을 홀리고 있는 세상 가장 섹시한 여인이 되어 있었다. 이대로 더 가다가는 여기가 어디인지도 잊어버릴 것 같은 기분에 지혁은 그제야 간신히 그녀를 놔주었다.

"밤에 다시 만나고 싶지만⋯⋯."

만희가 되지도 않는 소리 하지 말라는 듯 고개를 저었다.

"⋯⋯어서 가 봐."

그러니까 이제 가야 했다. 하지만 정말 가기 싫은데. 이럴 때는 어떻게 하지! 순간 지혁의 머릿속에 불현듯 어떤 생각이 떠올랐다. 하지만 차마 그 말을 할 수 없었다. 일렁이는 지혁의 눈빛에 만희의 입이 살짝 벌어졌다.

"뭐야? 왜 그러는데?"

영문을 알 수 없는 만희가 그를 향해 고개를 갸웃했다.

"아니. 아니야."

아니라고 하면서도 자꾸만 입이 벌어지는 그의 표정에 만희가 코웃음을 흘렸다.

"뭐야, 뭔데? 그냥 말해 봐. 사람 궁금하게 하지 말고."

"그냥. 방만희가 너무 사랑스러워서 문제야."

그가 만희의 볼을 살짝 꼬집었다. 그게 아닌데. 대충 둘러대는 것이 뻔해 보이는 행동에 만희가 농담으로 응수했다.

"뭐, 그게 어디 하루 이틀인가?"

흘기는 그녀의 눈을 못 본 척 그 손 그대로 지혁이 만희의 머리를 쓰다듬었다. 쓰담쓰담, 부드러운 손길에 간지러워 눈을 내리깐 만희가 싫지 않다는 듯 미소 지었다.

"이러니까 내가 어린애 취급 당하는 거 같네."

"어린애라니. 나한테 방만희는 절대 어린애일 수 없는데?"

"그럼 뭔데?"

"완전 어른. 나를 미치게 만드는 여자."

화악 만희의 얼굴이 붉어졌다. 그 빛을 그에게 들킨 것이 부끄러워 만희가 시선을 떨어트렸다. 그 앞에서 지혁 역시 할 말을 잃었다. 그녀가 사랑스러워 그 말을 입 밖에 내지 않고서는 도저히 견딜 수 없을 것 같았다. 지혁이 만희의 손을 쥐었다. 살살 그 손을 어루만지는 그의 눈빛이 진지했다.

"사실 말이야. 나 방금 전에 말도 안 되는 욕심을 냈어."

"무슨 욕심?"

부끄러움이 빨리 사라지기를 바라며 만희가 다급하게 물었다.

"실은. 너랑 오랫동안 함께할 수 있는 방법 말이야."

"음."

"결혼하고 싶다. 방만희랑."

쿵 하고 떨어진 만희의 심장이 덜컹거리는 소리를 냈다. 그 소리가 선명하게 귀에 들려 만희는 다시 제 입술을 물었다. 결혼, 그런 상상을 저 역시 해 보지 않은 것은 아니었다. 하지만 생각만으로 버겁고 간지러워 차마 입 밖에 낼 수 없었다.

그런데 지혁이도 그런 생각을 했다니. 만희의 입술이 꿈틀 움직였다. 긍정의 반응처럼 느껴진 그녀의 얼굴을 가만히 들여다보고 있던 지혁의 눈이 환해졌다.

"나쁘지 않은 생각인 거야?"

"응?"

만희가 짐짓 모르는 척 되물었다.

"결혼 말이야. 나 그런 욕심 부려도 괜찮아?"

"몰라. 갑자기 결혼은 무슨!"

새침한 척 쏟아지는 머리를 제 귀 뒤로 넘긴 만희가 눈을 흘겼다. 지혁의 입이 더 크게 벌어졌다.

"어? 방만희 나 지금 내 멋대로 상상한다. 나 이미 김칫국 한 사발 들이켜고 있어."

즐거워진 지혁의 환한 눈빛이 만희에게 달려들었다. 짓궂은 표정이 되어 버린 만희가 차 문을 열고 밖으로 나갔다.

"잠깐만, 대답해 주고 가야지."

그의 목소리가 곧바로 뒤따랐다.

"대답하고 말고 할 게 뭐 있어? 나중에. 우선 그런 건 나중에 이야기해."

지혁이 눈을 흘겼다. 만희도 그에 지지 않았다. 서로가 장난처럼 눈싸움을 했다.

"알아. 서두르지 않을 거야. 그냥. 내 마음 알아줬으면 좋겠어. 너랑 헤어지고 싶지 않은 내 기분. 방만희랑 하루 종일 같이 있고 싶은 마음."

달콤한 이야기를 하며 손을 뻗은 지혁이 만희의 머리카락을 정돈했다. 행복한 미소를 지어 보이던 만희의 가방 속에서 부르르 휴대 전화가 울리는 소리가 들렸다. 아쉬운 표정이 둘 사이를 스치고 그가 그녀의 볼에 가볍게 입맞춤하던 그때였다.

"이. 지. 혁?"

짙은 밤색 슈트를 입고 있는 여자가 이제 막 차에서 내려 지혁을 바라보았다. 그의 얼굴이 슬쩍 찌푸려지는 것이 만희의 눈에 보였다. 진동이 쉼 없이 울리는 휴대 전화를 받지 않은 채 만희가 지혁의 시선을 따라 돌아보았다.

여유롭게 웃음을 머금은 여자가 만희를 향해 있었다. 위아래로 훑어내리는 기분 나쁜 행동. 그 순간 지혁이 제 쪽으로 잡아당기듯 만희의 손을 잡아 왔다. 그녀의 손을 모두 감싼 커다란 손. 걱정 말라 말을 걸고 있는 것 같은 지혁의 마음이 온전히 전해져 순간 치솟았던 불안이 녹아들었다.

그사이 낯선 그녀가 두 사람에게 가까이 다가왔다.

"누구야?"

흥미롭다는 듯 구는 그녀의 목소리에 잔뜩 날이 선 것이 느껴졌다.

"안 그래도 정식으로 소개하려고 했는데."

손을 잡고 있던 그의 팔이 만희의 어깨를 가볍게 제 쪽으로 끌어당겼다.

"내가 만나고 있는 사람이야. 그리고 이쪽은."

부드러운 표정의 지혁이 안심시키듯 만희를 향했다.

"구현이 친엄마."

그의 담백한 말에 만희는 알았다는 듯 고개를 끄덕였다.

"유하진이라고 합니다."

"방만희입니다."

그녀의 시선이 만희에게서 떨어지지 않았다.

"연애하는 거야? 이지혁?"

모난 목소리가 들려왔다.

"내가 전에도 말하지 않았나? 이제 나를 부르고 싶으면 이지혁 선생님이라고 하든지. 아니면 구현이 아빠라고 하라고."

미간을 찌푸린 지혁이 답했다. 떨떠름한 표정의 여자가 곧 별것 아니라는 듯 대꾸했다.

"뭐. 그래. 그럼 이지혁 선생님. 이 여자분은 언제 정식으로 소개할 생각이었는데?"

내내 고자세로 나오는 여자에게 만희는 기분 나쁜 표정을 대신해 부드러운 미소로 응수하고 있었다. 그런 만희를 다정하게 바라본 지혁이 곧바로 표정을 굳히며 입을 열었다.

"그럴 생각이었는데 이제 바뀌었어. 굳이 내가 그래야 할 필요가 있나. 인사는 이 정도면 충분하지 싶은데."

풋. 그녀가 곧바로 어이없다는 듯 입을 벌렸다. 하지만 그 반응에 만희는 더 이상 기분 나쁘지 않았다. 흔히 제 쪽이 수세에 몰린다고 판단되거나 자존심이 상할 때면 사람들은 이렇게 행동했다. 그렇다면, 만희는 이제 그만 퇴장하고 싶었다. 그 기분을 알아차렸는지 지혁이 그녀를 입구 쪽으로 이끌었다.

"그만 가자."

두 사람이 방향을 틀어 몇 걸음 옮겼다. 등 뒤로 여자의 따가운 시선이 느껴졌다. 순간 지혁의 전화가 시끄럽게 울렸다. 발신자를 확인한 그가 인상을 찌푸렸다. 병원에서 찾는 전화임을 알아차린 만희가 그에게 말했다.

"어서 가 봐. 나는 걱정하지 말고."

그를 달래듯 만희가 지혁의 어깨를 토닥였다. 생각이 많은 눈빛으로 만희를 바라보던 지혁이 앞서가던 하진이 사라진 것을 확인하고는 속삭였다.

"알지?"

"뭘?"

"나한테는 방만희뿐인 거."

살짝 제 입술을 깨문 만희의 눈이 미소 지었다.

"일 끝나고 전화할게."

"응. 알았어. 어서 가 봐."

그녀의 대답에도 무언가 할 말이 남은 것 같은 지혁이 곧 만희의 뺨에 입을 맞추었다. 그러고는 크게 손을 저어 보이곤 빠르게 뛰었다. 실은 무척이나 다급했던 것이 분명했다.

멀어지는 그를 바라보던 만희의 마음에 따스한 일렁임이 일었다. 방금 전 생각도 못 한 일에 놀라긴 했지만 저를 꼭 잡아 온 그의 손길은 다시 떠올려 봐도 설렘으로 느껴졌다. 제 전 부인이었던 여자의 앞에서 한치의 망설임도 없이 제 편에 섰던 사람. 그의 다정함과 든든함에 만희는 가슴이 부풀었다.

잘해 나갈 수 있을 것 같았다. 언젠가 한번은 만나야 할 사람이었다. 이러한 상황도 나쁘지 않다는 생각이었다. 무엇보다도 흔들리지 않는 지혁의 마음을 확인했으니 더 이상 주저할 것도 없었다. 잘해 주고 싶었다. 그를 행복하게 해 주고 싶었다. 갑자기 부푼 마음에 울컥하는 기분을 느끼며 만희는 빠르게 밖으로 향했다.

통로 끝에 선 지혁이 뒤를 돌아보았다. 만희가 걸어가는 뒷모습이 눈에 밟혔다. 혹시 상처를 받은 건 아닌지 걱정됐지만 그녀의 걸음은 씩씩했다. 다행이라는 생각이 들었다. 그리고 미안했다. 그러는 한편 여유롭게 하진을 대하던 그녀의 모습이 인상에 남았다.

확실히 만희는 하진과는 다른 사람이었다. 날이 서 있고 여유가 없는 하진에 비해 만희는 부드럽고 다정한 분위기로 사람들을 제 페이스로 끌어들이는 능력이 있는 여자였다. 그런 그녀의 모습이 자랑스러웠다. 언젠가는 한번 만나야 할 사람. 이런 방식도 나쁘지 않았다. 만희의 뒷모습을 좇는 지혁의 시선에 설렘이 담겼다. 그녀에게 더없이 잘해 주고 싶었다.

그런 만희가 멀어져 더 이상 보이지 않는 것을 확인한 지혁이 아차 싶은 생각에 다시 한참을 뛰었다. 엘리베이터 앞에서 일부러 그를 기다리고 있었던 것이 분명한 유하진이 물었다.

"어떤 여자야?"

오늘따라 유난히 천천히 내려오는 것 같은 엘리베이터의 숫자 판을 확인하며 지혁이 인상을 썼다.

"좋은 사람이야. 내가 사랑하는 사람이고."

풋 하진이 코웃음 치는 소리가 들렸지만 상관없었다. 이 여자는 무슨 말을 하든 이런 식으로밖에 대꾸할 줄 몰랐을 것이다.

"사랑? 정말 결혼이라도 할 생각이야?"

"당연한 거 아닌가."

"나랑도 잘되지 않았던 일을 또 해 보겠다고?"

내내 시선을 피하던 지혁이 그녀를 돌아보았다. 똑 떨어지는 단발머리, 안경 속으로 보이는 날카로운 눈빛.

"대체 뭘 알고 싶은 거야? 우리가 연락할 일은 구현이에 대한 것뿐이 없어. 그마저도 너는 별 관심 없는 것 같으니, 중요한 일이 있을 때만 통보해 주면 되는 거 아니었나?"

그 말에 기분 나쁘다는 듯 하진이 눈을 부릅떴다.

"내가 그런 걸 알고 싶어 하는 거 같아? 연애 안 하는 것 같던데 갑자기 연애를 하니까, 나도 알아야 할 거 같아서 그런 거잖아."

"이제 와서 대체 뭘 말하고 싶은 건데?"

"내가 당신 와이프 노릇은 하지 않지만 구현이 엄마인 건 변함없으니까."

기가 차 나오려는 헛웃음을 참으며 지혁이 시선을 돌렸다. 시야 끝으로 짧은 단발머리가 찰랑거렸다. 날카로운 눈빛이 빛을 내듯 반짝였다. 예전에는 그토록 흠모하던 모습, 그 모습이 이제는 더없이 지루하게 느껴졌다.

7

"오늘 컨디션은 어떠세요?"

산모의 배에 연결된 장치를 통해 아이의 심장 박동을 실시간으로 전하고 있는 모니터 화면을 확인한 지혁이 그것에서 눈을 떼어 내 산모를 바라보았다. 조산 위험으로 28주부터 입원해 있던 산모는 화장실을 가는 것조차 금지된 상태로 이제 32주 차를 맞이하고 있었다.

"괜찮아요."

괜찮다고 하는 목소리가 어쩐지 심상치 않아 지혁은 걱정스러운 표정을 지었다. 언제부터 시작된 건지 말없이 흐르는 눈물이 산모의 뺨을 적시고 있었다. 마른 입술이 갈라져 지친 얼굴이 안되어 보였다.

"지금까지 잘 견뎌 오셨잖아요. 이제 32주니까 36주까지 지금껏 버텨온 시간만큼만 더 보내시면 돼요."

"그런 건 알고 있어요. 그런데."

손등으로 눈물을 닦아 낸 그녀가 씁쓸한 표정을 지었다.

"선생님께 할 말은 아니지만 쉽지 않네요."

"무슨 일 있으세요?"

"제 남편이요. 남자들은 왜 그러나 몰라요. 둘 셋 낳은 것도 아니고 이제 첫아인데 아이는 진짜 여자 혼자 낳는 건가 봐요. 여자는 모든 것이 변해서 예전 같지 않은데 남자는 손해 보는 거 하나도 없이 똑같아서 그런가. 제 배 속에서 일어나는 일이 아니라 그런가. 관심이 없어도 어떻게 이렇게 없을 수 있죠?"

"그렇지 않을 겁니다. 걱정 많이 하실 거예요. 겉으로 드러나지 않을 뿐이에요."

지혁이 말을 아껴 가며 대답했다.

"그러니까요. 그 걱정이라는 게 상대방에게 느껴지지 않으면 아무 소용 없는 거 같아요. 혼자서 무슨 생각을 하는지 어떻게 알겠어요?"

"섭섭한 생각이 드실 수도 있겠지만 제 경험상 아이를 가질 때부터 엄마가 되는 산모분들과는 달리 아빠들은 아이를 기르면서 비로소 아빠가 되거든요. 아이가 태어나면 남편분께서도 달라지실 거예요. 조금만 기다려 주세요."

지혁의 확신에 찬 이야기에 그녀가 되물었다.

"선생님이 그걸 어떻게 그렇게 잘 아세요?"

"저도 아이가 있거든요. 올해 다섯 살이에요."

"어! 정말요? 저보다 한참 어린 나이로 봤는데."

생각도 못 한 지혁의 말에 산모의 표정이 그제야 조금 풀렸다. 지혁이 희미하게 미소 지으며 묵례하고 병실 밖으로 나왔다. 아빠들이란 정말 엄마가 되어 가는 아내의 마음을 조금도 모르는 걸까? 그럴 수도 있겠다고 지혁은 생각했다.

아이를 임신하자마자 호르몬이 변하고 몸 상태가 변하고 그래서 마음이 제 의지와는 다르게 움직이는 여성의 몸. 그것을 글로는 배웠지만, 간접 경험이야 수도 없이 했지만 그것을 제 여자의 입에서 들었을 때 지혁도 거부감이 먼저 들었기 때문이었다.

'넌 손해 보는 거 하나 없잖아? 내가 미쳤지! 그래도 그 잠깐의 유혹에 못 이겨서 치르는 대가치고는 이거 너무한 거 아니야!'

인턴을 마치고 중위로 군 복무 중 그녀의 임신 소식을 듣게 되었다. 1년 선배인 하진은 같은 병원에서 일하던 레지던트였다. 자신이 인턴으로 있을 때 레지던트였던 그녀와의 연애는 온 병원을 떠들썩하게 할 만큼 대단한 것이었다.

한눈에 반했고 속도도 빨랐다. 서로에게 흠뻑 취해서 앞이 보이지 않을 정도로 질주했다. 당연히 결혼 생각을 하고 있었기 때문에 그녀가 임신했을 때 도리어 기뻤다. 하지만 군 생활을 하는 와중 혼자 전문의 공부를 하며 아이를 출산한 그녀는 연애의 뒤끝이 넌덜머리 난다고 했었다.

'아이는 네가 책임져. 너한테 눈이 삔 내가 문제이긴 하지만 네가 책임져야 하는 게 당연한 거 아니야?'

그녀는 아이를 낳고 곧바로 지혁을 떠났다. 폭풍 같았던 연애는 연애에서 끝났어야 했다. 책임질 무언가를 감당할 만한 그런 사랑이 아니었다. 사랑이 일상으로 스며든 순간 그녀는 멀리 떠나 버렸다.

결혼 생활이 1년도 되지 않았다고 만희에게 말했던 건 거짓말이었다. 두 사람은 혼인 신고도 하지 않았다. 하진이 구현을 위해 해 준 거라곤 구현이가 자신이 낳은 자식임을 증명하기 위해, 그저 서류상의 절차를 위해 마지못해 제 주민등록번호를 기입해 준 일뿐이었다. 그것으로 구현의 출생 신고를 할 수 있었다.

군 생활 도중 부모님은 지혁을 대신해 구현이를 키워 주셨다. 그때까지만 해도 그가 제대하면 하진과 결혼하게 될 거라고 부모님도 지혁도 그렇게 믿고 있었다. 두 분 다 일을 하셨기 때문에 아이는 일하는 이모 님이 키워 주셨지만 그래도 부모님이 구현이를 한집에서 돌보아 주셔서 다행인 상황이었다. 시간이 어떻게 흘렀는지 알 수 없을 정도로 버거웠 다. 모두들 경황이 없었다. 엄마가 떠나 버린 것을 아는 것처럼 구현이 는 밤새 울었고 누군가 안아 주지 않으면 잠도 자지 않았다.

그렇게 2년 뒤 제대 후 지혁은 하진과 다시 만나지 않았다. 세 살이 된 아들은 제 아버지를 낯설어했다. 자신을 똑 닮은 그 아이를 보며 지 혁은 제 아이는 제가 책임져야겠다고 생각했다. 부모님 댁에서 1년을 함 께한 지혁은 구현이 네 살이 되었을 때 이제 온전히 둘이서만 모든 것을 헤쳐 나가기로 결심했다.

○ ◎ ●

"어떤 게 좋아 구현아?"

넓은 매장은 깨끗하고 쾌적했다. 다양한 종류의 유아동 가구들이 가 득한 이곳은 가구를 고르기에 최적의 장소였다. 눈이 휘둥그레진 구현 이 한참 신나게 이곳저곳을 둘러보았다.

"이 침대는 어때? 구현이 형 될 때까지 쓸 수 있을 것 같은데. 밑에 서랍이 있으니까 넣고 싶은 거 얼마든지 넣을 수도 있고. 옆에 난간이 있어서 혹시라도 굴러떨어질까 염려하지 않아도 되고."

만희가 그런 구현이에게 딱 붙어서 이것저것 설명을 해 주었다. 허리 를 구부리고 눈을 마주치고. 만희는 구현이에게 좋은 선생이었다. 아이 의 눈높이에 맞춰 모든 것을 배려할 수 있는 최고의 선생님. 그리고 가 늘게 눈을 뜬 지혁은 만희의 역할에 한 가지를 더 대입해 보고 있었다. 선생님이 아닌 구현이 엄마로서의 만희.

순간 가슴에 상처라도 난 것처럼 쓰린 기분이 들었다. 두 사람이 함께 있는 모습은 다정하지만 쓸쓸해 보였다. 만희에게도 미안한 일. 구현이에게도 미안한 일. 하지만 지혁은 그 미안한 일을 포기하고 싶지 않았다. 만희는, 제가 아니라면 더 좋은 사람을 얼마든지 만날 수 있겠지만 그런 상황이 온다면 그는 참을 수 없는 기분이 들 게 분명했다.

잘해 줄 생각이었다. 최선을 다할 생각이었다. 구현이에게도 엄마가 생기고 동생이 생긴다면 그보다 더 좋은 일은 없을 거라 지혁은 믿었다.

그때였다. 한참 이것저것 구경을 하고 있던 구현이 지혁에게로 뛰어왔다. 화라도 났는지 좁아진 미간에 주름이 졌다.

"왜? 마음에 안 들어?"

아이를 허겁지겁 뒤따라온 만희도 물었다.

"마음에 드는 게 없었어? 구현아?"

두 사람의 다정한 물음에도 구현은 고집 센 어린아이 특유의 표정을 짓고 있었다.

"나는 원래가 좋아. 이런 거 싫어."

휙 고개를 돌린 구현이 지혁의 어깨에 얼굴을 묻었다. 지혁은 입이 떡 벌어졌다. 아이들이야 워낙 변덕이 심하다는 것은 알고 있었지만 갑자기 이렇게 나오는 데 할 말을 잃었다.

"대체 왜 그러는데?"

"나는 싫어. 이거 싫어."

구현이 얼굴을 묻은 채 이제 더는 아무것도 보지 않고 움직이지도 않겠다는 듯 굴었다.

"왜 그래 구현아? 이러지 말고 마음에 드는 거 골라 봐. 이제까지는 구현이가 어려서 가구가 필요 없었지만 이제는 구현이도 다섯 살이니까 침대랑 책상 같은 게 있으면 좋을 거 같아서 그래. 그래서 오늘 선생님 하고 같이 나온 거잖아."

"싫어. 싫어."

지혁의 회유에도 상관없이 고집을 부리던 구현이가 급기야 울기 시작했다. 엉엉 소리 내어 우는데 어찌나 쩌렁쩌렁 울리는지 주변 사람들의 시선이 세 사람에게 모아졌다. 화가 나 미간이 치솟은 지혁의 얼굴을 본 만희가 그의 손을 끌어당겨 사람이 없는 곳으로 이끌었다.

"이유가 있을 거예요. 우선 우리 가서 저녁 먹고 다시 생각해 봐요."

"대체 화날 이유가 뭔데?"

"갑자기 이렇게 바꾸려고 하는 게 거부감이 들 수도 있어요. 어른들도 그렇잖아요."

"나쁜 게 아니라 좋은 거잖아. 게다가 처음에는 무척 좋아했었고."

"우리도 우리 마음을 모두 이해하지 못하잖아요."

그녀가 지혁의 어깨를 가볍게 토닥였다. 차분하게 반짝이는 만희의 눈동자에 지혁은 마음을 가라앉혔다.

"갑자기 왜 이러는지 이유를 모르겠네."

만희에게 미안한 마음에 퉁명스럽게 말하는 지혁의 목을 끌어안은 구현이 만희를 바라보았다. 빤히 저를 바라보는 그 눈길에 만희가 기운 내라는 듯 싱긋 웃어 보였다. 하지만 아이는 다시 홱 고개를 돌려 제 아빠의 품에 얼굴을 감추고 다시는 만희를 돌아보지 않았다.

○ ◎ ●

텅 빈 방. 요 하나를 펴고 이불을 덮은 채 자신이 원하던 대로 아무것도 변하지 않은 그 모습 그대로 구현이는 잠을 자고 있다. 그 태연한 얼굴. 평화로운 모습을 바라보다 얼마 지나지 않아 지혁은 방 밖으로 나왔다. 밖에는 만희가 자리에 앉지도 않고 걱정스러운 얼굴로 왔다 갔다 제자리를 맴돌다 지혁을 바라보았다.

"괜찮아요? 잘 자고 있어요?"

"응."

지혁이 난감한 표정을 숨기며 만희에게 다가갔다. 자리에 누운 구현이는 평소보다 더욱 긴 시간 보내다 겨우 잠들었다. 아이는 무언가가 잔뜩 섭섭한 것 같았고 그 이유가 무엇인지 짐작이 가는 지혁은 제 불찰에 두 사람 모두에게 미안했다.

그녀가 애써 준 것이 무색할 만큼 자신은 구현이의 마음을 제대로 헤아릴 줄 모르는 부족한 아빠였다. 그런 제 모습을 만희에게 전부 들킨 것 같아 난처하기만 했다. 솔직한 마음을 전하고 싶었지만 걱정이 가득한 그녀의 얼굴에 지혁은 한마디 말도 하지 못했다.

"열나거나 그런 건 아니지?"

"응. 아니야."

"그런데 왜 그랬을까?"

만희의 신경은 온통 구현이에게로 가 있다. 자신은 틈을 내 들어갈 수 없을 만큼. 걱정돼서일 것이다. 그것은 고마운 일이었다. 하지만 아이의 변화. 그건 이렇게 두 사람 사이의 변화를 가져온다. 그것이 지혁을 불안하게 만들었다.

지혁이 팔을 뻗어 만희의 어깨를 감쌌다. 조금 긴장한 그녀가 구현이의 방문에서 눈을 떼지 못했다. 하지만 지혁에게 구현이만큼 걱정되는 건 만희였다. 그녀가 안정된 얼굴로 자신을 바라봐 주길 바랄 뿐이었다.

"구현이 아직 잠 푹 안 들었을 수도 있어. 지금 마음이 복잡해 보이는데 혹시라도 우리가 이러고 있는 거 보면 아이에게 그다지 좋지 않아."

만희의 말은 틀린 게 없었다. 하지만 이대로 그녀와 헤어지고 싶지 않았다. 하고 싶은 말도 듣고 싶은 말도 많았다. 혹시라도 이 모든 것이 영영 불가능해지는 것은 아닌지 걱정이 되었다.

"그럼 데려다줄게."

"아이는 어떻게 하고?"

"구현이는 잘 잘 거야. 잠깐만."

지혁이 당장이라도 그녀를 따라나설 듯 겉옷을 집었다.

"아니. 나 혼자 갈게. 구현이 기분 좋게 해 주고 월요일에 유치원 잘 보내 줘."

단호하게 말한 만희가 현관 밖에 섰다. 지혁의 손이 그녀의 팔을 잡아 끌었다. 굳센 손이 그녀의 팔을 단단히 붙잡았다.

"이렇게 돌아가면 내가 널 어떻게 봐."

만희의 미간이 솟았다.

"네가 그런 생각 하는 이유가 뭐야?"

"정말 미안해서 그래. 네가 최선을 다해 줬는데. 나는 생각도 못 할 일을 네가 대신 해 주는데. 일이 이렇게 돼 버려서 내가 얼마나 민망하고 미안한지 넌 지금 몰라."

"……."

"내가 얼마나 어리석다고 생각되는지. 너한테 얼마나 부족하다고 느끼는지. 미리 헤아리고 잘했어야 했는데 그러지 못해서 지금, 정말."

문득 만희는 울고 싶은 기분이 들었다. 그럴 필요까진 없었는데 지금 기분이 딱 그랬다.

"너는 잘못한 거 없어. 괜히 내가 너무 성급하게 행동한 거 같아."

"그렇지 않아 만희야. 그런 생각 하지 말아 줘. 네가 그렇게 생각하면……."

순간 그의 말이 멈췄다.

"아니, 정말이야. 너는 잘못한 거 없어."

곧이어 말을 이었지만 차마 그가 하지 못한 말이 무엇인지 만희는 짐작할 수 있었다. 후회한다고. 너를 욕심낸 것이 제 잘못이라 후회된다고, 그 말을 하려 한 게 분명했다. 왜 이런 생각을 해야 할까. 그저 좋은 것뿐인데. 함께하고 싶은 것뿐인데. 그가 후회되어 이제 그만하자 말할까 만희는 두려웠다. 그것이 무서웠다.

"그만해. 오늘은. 이런 이야기 그만하자. 너무 깊게 생각하지 말고. 조금 여유를 가져야겠어."

"만희야."

꾸벅 고개를 숙여 낯선 사람처럼 인사를 하고 돌아가는 그녀를 지혁은 차마 잡을 수 없었다. 너무 초라해서. 그녀를 붙잡을 수 없는 명백한 이유가 변명의 여지가 없는 것이어서 내가 어떻게든 해 보겠다고 구현이에게는 앞으로 내가 더 신경 써서 이야기해 보겠다고 말하려 해도. 그것이 과연 옳은 것인지 그것을 확신할 수 없어 지혁은 그 자리에 멈춰 서 있을 수밖에 없었다.

○ ◎ ●

아이는 평온한 얼굴을 하고 친구들 모두와 인사를 한 다음 자리에 앉아 무언가를 열심히 만들고 있었다. 가위로 마구 종이를 자르고 풀칠을 하고.

미리 마련해 둔 동그라미 세모 네모 색종이로 만들어 내는 것은 아이의 머릿속에만 있는 그 무엇이다. 입을 다물고 무언가에 열중해 있던 구현이의 눈빛은 초롱초롱하고 이것저것 조몰락조몰락 움직이는 그 손은 앙증맞아 귀엽다.

귀엽다. 그런데 귀엽기만 한 그 모습에 갑자기 온갖 복잡한 생각이 끼어들었다. 어른이라면 물어보기라도 할 텐데. 도대체 왜 그랬던 거냐고. 걱정돼서 그런다고. 내가 무엇을 어떻게 해 주면 좋을지 물어보기라도 할 텐데. 만희는 구현이에게 아무것도 물어볼 수가 없었다.

친하니까, 선생님이니까 그 어느 사이보다 좋을 거라고 생각했다. 가까워지고 한 가족이 되면 그와 예쁜 구현이까지 더없이 좋을 거라 예측했다.

하지만 예측이라는 말이 틀리지 않았다. 그 말은 실전과 상상은 다르다는 말과 같았다. 예측은 예측일 뿐이라는 거.

"구현아 이거 이상해!"

은지가 구현이 만든 색종이 작품을 가리키며 고개를 갸웃거렸다. 노란색에 미색의 레이스가 달린 티셔츠를 입은 은지가 폴짝거렸다.

"안 이상해."

구현이 허락 없이 은지가 건드리고 있는 종이를 제 쪽으로 잡아당기며 고집스러운 표정을 지었다.

"이게 뭔데?"

은지는 여전히 이해할 수 없다는 듯 입술을 삐죽거렸다. 오늘 친구들은 사람의 얼굴을 만들고 있었다. 눈 두 개, 코 하나, 입 하나. 세모 네모 동그라미로 자신이 생각하는 모습을 만들어 내는 것이 아이들의 만들기 목표였다.

각각의 도형을 이해하고 한 가지 형태를 만들어 내는 것. 물론 마음대로 상상할 수 있는 여지도 충분히 있었다. 그런데 제법 그럴싸한 사람 모형을 만들어 놓은 은지는 구현이의 어설픈 작품에 동의하고 싶지 않은 모양이었다.

"이게 뭔데? 응? 이게 뭔데!"

구현이 제 그림을 안쪽으로 숨기듯 감추며 말했다.

"우리 엄마."

그 대답을 들은 은지가 더더욱 이해할 수 없다는 듯 눈을 찌푸렸다.

"엄마? 엄마 아닌데. 이상하게 생겼어."

으아아. 구현이의 울음이 터진 건 그 지점에서였다. 엄마라는 소리가 나올 때부터 가슴이 뜨끔거리던 만희가 당황하며 구현이를 감쌌다.

"구현아 괜찮니?"

갑자기 울기 시작하는 구현이에 놀란 은지마저 옆에서 같이 울음을 터트렸다. 아이들이 웅성거렸다. 만희는 우선 두 아이를 감싸고 교실 밖으로 나왔다. 식은땀이 바짝바짝 솟아올랐다. 엄마라는 단어에 우는 구현이. 이 아이를 어떻게 달래야 할까. 고작 이런 일에도 어찌할 바를 모르면서 이 아이의 엄마가 될 수 있을 거라고 생각했다니.

아니, 어쩌면 그것은 부차적인 것으로만 생각했는지도 모른다. 지혁과의 연애에만, 눈앞에 보이는 달콤함만 가지려 했던 것이다. 복잡한 문제나 구현이의 마음은 살피지도 않은 채. 제 생각만 한 것이다. 문득 제 마음과 지금 이 순간 저를 둘러싼 모든 것에 거부감이 들었다. 제가 미웠다.

"소정 선생님 좀 부탁드릴게요."

스무 명 가까이 되는 다른 아이들의 수업을 진행해야 했기 때문에 만희는 보조 선생님에게 구현이를 부탁했다. 금방 울음을 그친 은지는 다시 제자리로 되돌아와 웃고 있었다.

'다행이네.'

은지를 향해 웃어 보인 만희가 비어 있는 자리에 잠시 둔 시선을 거둬들이고 다시 수업을 시작했다. 다행히도 잠시 후 소정 선생님은 구현이를 안고 들어왔다. 구현이는 자리에 앉아 이번에는 동그라미 세모 네모로 자동차를 만들었다.

"구현이가 제일 잘 만드는 건 자동차구나! 맞네."

소정 선생님의 해결에 만희는 안심했다. 엄마라는 단어에서 구현이가 가장 좋아하는 자동차로 관심을 옮겨 버린 상황. 가슴이 쿵쾅거리고 고통스러웠다. 쉽게만 생각했던 일이 쉽지 않을 거란 생각과 함께 제 감정이 복잡해지는 것을 그리고 그 마음이 얄궂게만 변해 가는 것을 스스로도 느끼고 있었다.

오후 6시가 되고 이모님이 구현이를 데리러 오셨다. 구현이는 이모님을 보자마자 만희는 본척만척 후다닥 뛰어갔다. 이모님은 구현이가 신발 신는 것을 기다리며 느긋하게 말을 꺼내셨다.

"요즘 구현이가 책을 많이 읽어서 아빠가 아주 좋아해요. 나도 애 보기 쉬워지고."

"네. 그러셨군요."

"어떨 때는 애가 저래도 되나 싶게 하도 책을 읽어서, 내가 먼저 그만 읽고 여기 와서 간식 먹어라 그럴 때도 있어요."

"그럼요. 구현이 참 똑똑하고 잘해요."

"애 아빠가 뭐라고 했더라, 전집인가 뭐 그런 것도 사 준다고 하던데."

"그러셨구나. 그래도 구현이라면."

구현이라면 직접 서점에 데리고 가서 자신이 원하는 책을 고를 수도 있을 거예요. 만희는 그 말을 하려다 말았다. 집 안의 가구를 바꿔 주고 아이가 원하는 책을 사 주고. 그와 함께 구현이를 앞장세워 여기저기 다니던 모습을 상상했었다. 그렇지만 그건 이제 상상일 뿐이다.

만희가 그런 상상을 지워 버리듯 고개를 들어 구현이에게 손을 흔들어 보였다. 아이는 평소와는 다르게 그런 만희를 그저 빤히 쳐다보고만 있을 뿐 인사를 하지 않았다. 안타까움에 차마 아무 말도 못 하고 있던 그때였다. 문득 구현이가 서 있는 자리 너머 문밖으로 낯선 사람이 유치원 뜰 안을 이리저리 왔다 갔다 하는 것이 보였다.

새로 온 학생이 있었나? 하지만 그럴 리 없었다. 그런 일이 있었다면 선생님들이 이미 회의 시간에 말했을 것이다. 새로 아이가 오면 그 담당 선생님뿐 아니라 모든 선생님이 아이에게 말을 걸어 주고 친하게 대해 주는 적응 기간이 있기 때문이다.

하지만 여자가 가까이 다가온 순간 만희는 그녀가 누구인지 곧바로 알아차릴 수 있었다. 무의식중에 만희는 구현이 어디 있는지 살폈다. 아이는 이미 이모님과 유치원 밖으로 나가 한참 멀어져 있었다. 골목 끝으로 구현이 이모님의 손을 잡고 폴짝거리는 것이 보였다.

'제 엄마를 보지 못한 건가?'

얄궂게도 다행이라는 생각이 들었다. 그때였다. 단발머리에 안경을 낀 진한 인상의 하진이 만희를 향해 시선을 돌렸다.

"또 만나네요."

그녀의 느긋한 인사에 만희는 표정을 굳혔다.

"무슨 일 때문에 오셨죠? 여기는 아이들이 지내는 공간이라 외부인이 들어오시면 안 되는데요."

"외부인이요?"

가볍게 고개를 흔든 여자가 희미하게 미소 지었다. 만희도 여유를 보이고 싶었지만 기분이 좋지 않았다. 여자는 첫인상과 마찬가지로 한눈에 봐도 보통이 아닌 사람이라는 생각이 들었다. 여러 경험을 통해 자신을 수도 없이 시험해 봤고 그 시험에서 승률이 높았던 사람만이 가지는 여유와 자신감. 만희는 순간 경계심이 들었다. 그래서 말이 조금 강하게 나갔다.

"제가 외부인인가요? 제 아이가 여기 유치원을 다니는데요. 외부인이라니요. 말씀이 좀 지나치시네요."

"죄송하지만 원의 방침이 그렇습니다. 아무리 가족이라고 해도 하원 시 보호자가 바뀔 경우에는 원래 보호자이셨던 분이 원에 연락을 주게 되어 있습니다."

말도 안 되는 이야기라는 듯 하진이 눈살을 찌푸렸다.

"쓸데없는 원칙이네요."

"그렇다고 느끼실 수 있겠지만 모두의 사정이 다르니까요. 게다가 아이들의 일이니 조심스러울 수밖에 없습니다. 이해해 주시기 바랍니다."

"모두의 입장이 다를 수밖에 없다."

"아이들 일입니다. 소중하고 보호받아야 할 존재죠."

그 말을 하며 만희는 저도 모르게 온몸에 힘을 주었다. 상대가 그 의도를 눈치챈 듯 피식 코웃음 쳤다.

"아니 뭐. 애초에 구현이를 만나러 온 건 아니에요. 그냥 한번 보러 온 거죠. 방만희 씨가 무슨 일을 하는 사람이고 어떤 사람인지."

하진의 시선이 다시 만희를 위아래로 훑었다. 기분 나쁜 짓. 도저히 참을 수가 없었다.

"그쪽이야말로 지나치시네요. 그만 들어가겠습니다."

그 순간 만희의 옷 주머니에 들어 있던 휴대 전화가 부르르 떨었다. 지혁에게서 걸려 온 전화. 그가 애타게 만희를 부르듯 진동이 한참 이어졌다. 그것을 한동안 받지 않고 바라보던 만희 때문에 하진 역시 전화를 건 이가 누구인 눈치채고는 슬쩍 어깨를 올렸다.

"그럼."

하진을 몰아내듯 뒤돌아선 만희가 유치원 문을 점검했다. 여자는 어느새 멀어졌다. 만희의 입속으로 쓴 물이 고였다. 전화는 이미 끊겨 있었다. 그 발신자를 다시금 확인한 만희의 시야가 흐려졌다.

지난번에는 너무 급작스러워 보이지 않았던 무언가가 만희의 눈에 보였다. 구현이의 짙은 쌍까풀이 여자와 무척이나 닮았다는 것을 이번에는 확실히 알 수 있었다. 구현이의 얼굴에 그녀가 있었다. 구현이는 그녀의 아이였다.

당연했지만 그동안은 생각도 못 했던 것에 놀란 만희의 마음이 또다시 뒤로 주춤 한발 물러섰다. 어째 이렇게 쉽다고 생각했을까? 오랜만의 연애. 소꿉놀이에 빠져 현실을 잊어버린 것이다. 제 첫사랑, 그에게는 아이가 그리고 전 부인이 있었다.

○ ◎ ●

── 방만희.

수화기 속에서 준호가 만희를 불렀다.

"왜?"

축 늘어져 소파에 엎드려 있던 만희가 입술을 달싹였다. 퇴근 후 만희는 지쳐 버려 아무것도 생각하지 않고 아무것도 하지 않고 그대로 소파에 누워 있던 참이었다. 그런데 두어 번 받지 않았음에도 끈질기게 울리는 준호의 전화에 결국 만희가 휴대 전화를 들었다.

— 요즘 전화하기가 엄청 힘들어요. 방만희 아주 유명 인사야. 유명 인사!

퉁명스러운 목소리가 흘러나왔다.

"응. 언제는 안 그랬나?"

만희가 무심하게 되받아쳤다. 그래서 뭐, 지금 이런 말장난이 무슨 소용이 있겠나 싶었다. 순간 전화기 안에서 멈칫하는 것이 느껴졌다.

— 그 사람하고는 잘되고 있나?

"……응?"

만희가 엎드려 있던 몸을 추스르고 자리에서 일어났다.

"잘되고 말고 할 게 어디 있어?"

— 무슨 말이 그래?

"……."

— 지난번에는 미안했어.

"아니."

— 그치만 방만희. 나는 여전히 똑같은 생각이야. 네가 나를 돌아보든 돌아보지 않든 나 그 사람하고 너 반대…… 아야야야야!

심각한 이야기 뒤로 갑자기 괴성이 터져 나왔다. 그러고는 부스럭대는 소리와 함께 수화기 너머 민주의 목소리가 들렸다.

— 야! 그딴 소리 그만 집어치우랬지!

수화기 밖으로 쩌렁쩌렁 울리는 소리에 만희가 풋 소리 내어 웃었다.

— 야! 네가 나올래? 우리가 갈까?

민주의 경쾌한 제안에 만희가 집을 한 번 휘둘러봤다.

"너희가 와. 그게 나을 거 같다."

잠시 후 그녀의 집에 두 사람이 들이닥쳤다. 맥주 소주 막걸리 오늘 먹고 죽자는 의미가 확실해 보이는 술병들과 함께 씹기에 좋은 안주. 바스락거리기 좋은 안주. 그러다 달콤한 것이 필요할 즈음 먹기 좋은 아이스크림까지. 그리고 잠시 후 울리는 현관 벨 소리에 문을 여니 회 한 접시, 곱창, 치킨까지 배달이 되었다.

"이거 다 누가 먹어?"

만희가 저 혼자 앉아서 먹던 작은 식탁에 떡 벌어지게 차려진 술상을 보고 입을 쩍 벌렸다.

"야! 이게 은근히 더 괜찮은 거 아냐? 밖에서 사 먹는 거보다 이게 더 이득이더라고."

휘이휘이 민주가 소주병을 돌렸다. 옆에서 상 차리는 것을 거드는 준호가 그 말이 맞는다는 듯 가만히 고개를 끄덕였다. 너스레를 떨고 장난을 치려면 벌써 몇 번을 쳤을 준호가 얌전하게 아무 말 없는 것을 보니 만희도 마음이 좋지 않았다. 만희의 생각을 눈치챘는지 민주가 두 사람에게 술잔을 쥐어 주었다.

"야! 마셔! 마시고 풀어."

"으응."

술잔을 받아 든 만희가 금세 한 잔을 넘겼다. 방금 전까지 기분이 바닥을 뚫고 지하로 들어갈 만큼 좋지 않았는데 그래도 친구들을 만나니 조금 나아졌다.

술잔이 몇 번 돌고 회가 반 접시쯤 없어지고 곱창이 조금밖에 남지 않자 알딸딸한 기분이 많은 것들을 지우고 잊게 만들었다. 민주도 준호도 술기운이 도는지 헤실헤실 웃음이 많아졌다.

"야! 얼마 전에 준호 녀석이랑 너 그, 그 남자 친구랑 만났다며?"

민주가 먼저 운을 뗐다.

"아. 그때?"

만희가 슬쩍 준호의 눈치를 보다 대꾸했다.

"그거! 그때 말이야. 그 자식!"

준호의 큰 소리에 옆에서 민주가 그의 허벅지를 꼬집는 것이 보였다. 만희가 풋 하고 웃었다. 마땅치 않다는 듯 군소리를 하던 준호가 우물거렸다.

"그래. 내가 어른답지 못했다. 너희 남자 친구한테도 미안하다고 전해 줘라."

대충 이렇게 말해야겠다 정해 두기라도 한 건지 그 말을 던져 놓고 준호는 제가 한 말을 잊어버리려는 듯 곧바로 술을 한 잔 삼켰다.

"알았어. 전해 줄게."

가볍게 대꾸한 만희의 표정이 곧바로 쓸쓸해졌다. 지금 와서 이미 오래전 지나 버린 것 같은, 이제는 화제도 되지 않을 그 사과가 무슨 소용이 있을까.

"왜, 너 무슨 일 있어?"

민주가 곧바로 뭔가를 알아챈 모양이었다.

"아니. 그게 아니라."

만희는 슬쩍 준호의 눈치를 보다 바로 제 술잔으로 시선을 돌렸다. 지쳐 버린 얼굴이 작은 술잔 안에 동동 떠 있는 것처럼 느껴졌다. 갑자기 마음이 쓰려 와 아무 말도 나오지 않았다.

"왜? 왜 그러는데?"

민주의 걱정스러운 말투에 간신히 붙잡고 있던 끈이 툭 하고 끊기고 말았다.

"난 아직 사랑 같은 거 할 자격이 없나 봐."

누가 그랬던가? 사랑은 기쁘고 즐거울 때만 함께 있는 게 아니라 힘들고 어려울 때도 함께 있는 거라고. 하지만 그 어려운 것을 자신은 해낼 수 없을 것 같았다. 술을 마시고 나니 솔직해져 버렸다. 그는 보고 싶지만 그는 간절하지만 그의 품에 안기고 싶은 생각은 가득하지만 그의 앞에 있는 구현이. 그의 전처.

"못 할 거 같아. 부담스러워."

뚝 하고 눈물이 떨어졌다. 준호가 자리에서 벌떡 일어났다.

"너! 그러니까 내가 그런 거 하지 말랬지!"

잔뜩 화가 난 준호의 얼굴에 도리어 만희는 피식 코웃음이 났다. 그의 눈빛이 고마웠다. 그 눈빛이 고마워 제가 바보같이 여겨졌다.

"야! 너 조용히 해. 여기서 그런 말이 왜 나와?"

민주가 준호를 나무랐다. 그와 동시에 만희가 고개를 숙이고 흐느껴 울었다.

"미안. 내가 이래. 너희가 너무 편해서 그런가 봐."

머리 위로 계속해서 제 마음을 진정시키지 못하는 준호의 씩씩거리는 소리가 들렸다. 그것을 나무라는 민주의 손사래도 언뜻언뜻 보였다. 만희는 제 무릎 위로 고개를 묻고 눈물을 흘렸다. 그가 너무 보고 싶어서. 그를 너무 안고 싶어서.

저에게 필요한 사람은 지혁, 그 하나였다. 하지만 그것뿐이라면 도저히 그에게 가까이 다가갈 수 없었다. 그에게는 구현이가 있고 전처도 있었다. 그와 함께하려면 그 두 사람의 존재도 인정해야 했다. 그 정도의 큰 그릇이 되어야 그를 사랑할 수 있는 것이다.

둘 중 하나였다. 저는 그런 그릇이 되지 못하거나 아니면 그를 사랑하지 않는 것이다. 그런데 왜 이렇게 보고 싶을까? 충동적으로 통화 버튼을 누를까 봐, 만희는 제 눈앞에 있던 휴대 전화를 들어 저 멀리 밀어 놓았다.

○ ◎ ●

"아빠. 아빠."

잠이 든 줄 알았던 구현이 그를 부른 건 그날 만희가 돌아가고 나서 얼마 되지 않았을 때였다. 그녀가 나간 문을 허망하게 바라보던 지혁은 깜짝 놀랐다.

'아직 안 자고 있었구나.'

방금 전까지만 해도 눈을 감고 규칙적으로 숨을 쉬고 있던, 적어도 그런 줄 알았던 구현이를 떠올리며 지혁은 방문을 열었다.

'도대체 왜 그런 거지? 잠이 들었다 다시 깬 걸까?'

"응. 구현아? 아직 안 자고 있었어?"

창에서 들어오는 희뿌연 달빛이 방 안을 흐릿하게 비췄다. 이부자리만 덩그러니 놓여 있는 방이 전에 없이 허전하게 느껴졌다. 어제까지만 해도 생각지 못한 일이었는데 가구를 사 오기로 했던 것이 취소되고 나니 보이지 않았던 것이 보이는 모양이었다.

그 텅 빈 방에 서 있는 지혁의 마음속으로 민망함과 약간의 화, 제 자신에 대한 실망감 그리고 만약 이대로 구현이를 두고 그녀를 데려다주었으면 안 됐을 거란 생각이 섞여 들었다.

그러고 보면 그날 아침 제 앞에서 보였던 구현이의 모습. 어딘가 불편해 보였던 그 행동이 구현이의 신호였던 것 같다. 평소와는 조금 달라진 제 아빠의 일상에 놀란 아이가 자신을 조금 더 돌아봐 달라고, 제 마음을 알아 달라고 보내던 신호.

그 마음을 미리 헤아렸어야 했다. 그걸 모르고 제 마음에만 충실했다. 잘하겠다고 해 놓고 또다시 실수투성이였다. 제 아이의 마음조차 미리 깨닫지 못해 구현이와 만희 두 사람 모두를 힘들게 했던 제 짧은 생각이 부끄러워 지혁은 조금 인상을 찌푸린 채로 구현을 바라보았다.

"아빠."

하지만 제게 가까이 온 지혁을 보고도 구현이는 이불에 저를 반쯤 숨긴 채였다.

"아빠 왜 화났어?"

"화 안 났는데?"

"아빠 얼굴이 무서워."

깜빡이는 까만 눈, 아이의 말에 지혁은 그제야 제가 인상을 잔뜩 쓰고 있었다는 것을 깨달았다.

"아니야. 아빠 안 무서워."

저도 모르던 제 표정, 지혁은 미소를 지으며 구현이의 이부자리 끝에 다가가 앉았다. 하지만 아이는 여전히 가까이 다가오지 않고 그의 눈만 바라보고 있었다. 작은 얼굴이, 몸집이 제 반도 안 되는 이 아이가 저의 눈치를 보고 있다는 생각에 지혁은 안타까움과 함께 알 수 없는 반발감이 들었다.

"정말? 아빠, 화 안 났어?"

"응. 화가 왜 나? 화날 일이 전혀 없는걸!"

"화난 거 아니지?"

"응. 아니야. 절대."

몇 번을 그렇게 확인하고 나서야 아이는 이불 밖으로 나와 지혁에게 안겼다. 목을 끌어안고 지혁의 목덜미에 제 얼굴을 꼭 붙여 포옥 안기는 아이.

"아빠 나 좋지?"

그래 놓고는 갑자기 그렇게 물었다. 작은 몸을 가슴 가득 끌어안은 지혁이 확신을 주듯 크게 고개를 끄덕이며 대답했다.

"그럼."

"아빠 내가 젤 좋지?"

"그럼."

"나도 아빠가 제일 좋아."

제 진심을 보여 주려는 뜻이었는지 포옹을 푼 구현이 지혁의 얼굴을 똑바로 마주 봐 왔다. 그 얼굴이 말하는 것을 짐작한 지혁이 아이의 머리를 쓰다듬자, 구현이 만족스러운 미소를 지으며 그의 앞에 앉았다. 지혁이 그런 구현이를 당장에 제 무릎 위에 앉혔다. 보드라운 아이의 머리카락이 지혁의 턱에 와 닿았다. 아이의 냄새가 지혁의 코끝을 스쳤다. 제가 보호해야 하는 연약한 아이의 몸에서 나는 냄새.

"아빠. 아빠 있잖아. 오늘."

아이는 한동안 그의 팔 안에서 이것저것 즐거운 이야기들을 꺼냈다. 유치원에서 있었던 일. 책에서 읽었던 이야기. 그리고 아주 예전에 다녀왔던 둘만의 캠핑. 모두 다 오래전 이야기였다. 그것까지 기억하고 있었구나, 싶을 정도로 시간이 지난 일이었다. 의도적으로 최근의 일들, 만희와 함께했던 일은 빼고 이야기하는 것처럼. 그 이야기를 한 시간 내내 차분히 들어 주던 지혁이 아이가 더는 할 이야기가 없어서 망설이고 있는 순간에 기회를 잡았다.

"그런데 구현아 오늘 가구는 마음에 드는 게 없었어?"

"응."

지혁을 바라보며 구현은 그게 아니고서는 무슨 이유겠냐는 듯 기운차게 고개를 끄덕였다. 지혁이 미소를 보이며 다시 물었다.

"그러면 다음에 다른 곳에 가서 다시 골라 볼까?"

그 질문에 순간 멈칫한 구현이 고개를 크게 흔들었다.

"싫어."

"왜?"

"나는 지금이 좋아."

아이의 눈동자가 고집스럽게 빛났다. 마치 아빠와 함께하는 둘만의 삶이 절대로 바뀌지 않았으면 좋겠다고 생각하는 것처럼. 그것을 아빠가 알아줬으면 좋겠다는 것처럼. 지혁은 잠시 망설이다 다시 입을 열었다.

"구현아. 구현이 만희 선생님 좋아?"

조심스러운 질문이었는데 그것이 무색할 정도로 아이는 금세 또 고개를 흔들었다.

"아니."

"왜? 구현이 선생님 좋다고 아빠한테 여러 번 말했잖아."

지혁은 구현의 선생님이 만희인 걸 알기 전, 구현이 집에 와서 유치원 선생님이 예쁘고 친절해서 좋다는 말을 몇 번이고 했던 것을 기억하고 있었다.

"싫어, 지금은."

지혁은 그 고집이 안타까워 혼잣말처럼 다시 말했다.

"왜 그렇게 바뀌었을까 구현이 마음이?"

"몰라."

"아빠는 구현이가 만희 선생님이 좋다고 해서, 그래서 구현이 가구 같이 골라 보면 어떨까 생각했던 거거든."

"싫어. 나 침대 안 살 거야."

"그래. 구현이 마음이 그렇다면 꼭 사지 않아도 돼. 그래도 오늘 만희 선생님이 구현이 생각해 준 마음은 알아줬으면 좋겠어."

"……."

"만희 선생님이 구현이 방 보고 구현이한테도 예쁜 가구가 있으면 좋겠다고 생각해서 이야기해 준 거라서 말이야. 선생님 아니었으면 아빠는 그런 거 생각도 못 했을 거야."

"그래도 필요 없어."

"그랬구나. 그럼 다른 곳에 가면 어떨까? 우리 지난번에 캠핑 갔던 것처럼. 만희 선생님이랑 아빠랑 같이 가고 싶은 곳은 없어?"

"안 가! 선생님이랑 안 가. 침대 사러 아빠랑 나랑 간다고 했잖아. 선생님 간다고 안 했잖아."

아이의 슬픔이 아이의 화가 지혁의 마음을 마구 할퀴었다. 지혁의 얼굴이 일그러졌다.

"그것 때문에 화가 난 거야? 아빠가 미리 말했어야 했는데. 미안. 다음부터는 미리 말할게."

"싫어! 다음에 또 안 가!"

지혁은 이질적인 두 개의 마음이 제 속에서 들끓는 것을 느꼈다. 차마 입 밖으로 내어 말할 수 없는 그것이 지혁을 초라하게 만들었다. 이런 감정을 느낀다는 것만으로 화가 나 참을 수 없었다.

제 아빠의 질문이 집요해지는 것을 알아차린 구현이 그 뒤로 입을 다물었다. 툭 튀어나온 입술이 절대 아무 말도 하고 싶지 않다는 표정이었다.

"왜? 그렇게 생각했는데?"

"……."

"왜 그런 표정으로 아무 말도 안 하는 건데?"

그런 아이의 반응이 답답하게 느껴진 지혁이 저도 모르게 목소리를 높인 그때였다. 으아아아앙 예고도 없이 갑자기 눈물이 버럭 터졌다. 제 아빠의 목에 매달린 구현이가 큰 소리로 울기 시작했다.

"엄마 보고 싶어. 엄마한테 갈래. 엄마한테 갈 거야!"

그렇게 외치던 아이의 눈물은 서러움마저 담아 더더욱 커져 버렸다. 지혁은 구현이가 이렇게 운 것을 한 번도 본 적 없었다. 아이의 눈물은 그동안 꾹꾹 눌러 왔던 제 감정을 한꺼번에 토로하는 것처럼 오랫동안 그칠 줄 몰랐다. 아이의 등을 토닥이며 어떻게든 달래려 애써도 그럴 때마다 구현이의 울음소리는 더욱 커질 뿐이었다. 이를 악물어 감정을 삼키려는 지혁의 눈에도 눈물이 맺혔다.

저에게 안겨 저에게 벗어나고 싶어 하는 구현이의 마음이 짐작이 가
지혁은 마음이 아팠다. 구현이는 지금껏 제 엄마를 본 적이 한 번밖에
없었다. 작년 말. 제 아이가 보고 싶다며 갑자기 하진에게서 연락이 왔
었다. 오랜 고민 끝에 지혁은 구현이와 그녀를 만나게 해 주었다.

제 엄마를 처음 본 구현은. 그래. 그 눈빛을 지혁은 기억했다. 구현이
는 난생처음 무언가에 반한 것 같은 눈빛을 보였다. 손이 닿지 않는 진열
장에 놓인 좋은 물건을 드디어 꺼내 제 손으로 잡은 듯한 아이의 눈빛.

'안녕! 네가 구현이구나.'

하진이 구현에게 인사했다. 구현이는 부끄럽지만 행복한 기분을 숨기
지 않았다. 하지만 그날의 만남은 엄마와 아들의 만남이 아니었다. 마치
심사 위원 같은 하진의 모습에 지혁은 그녀와 구현이 다시 볼 일은 없을
거라 여겼다.

그런데도 이 순간 제 엄마를 찾는 아이라니. 그게 너무 안타까웠다.
아이를 그렇게 몰아붙였던 제 잘못이 쓰렸다. 것보다 제 아빠가 미워 도
망가도 결국에는 아무도 도와줄 사람이 없을 거라는 걸 구현이는 모르
고 있다는 사실이 안쓰러웠다. 지혁은 그 모든 것이 뒤섞인 제 마음속에
불끈 무언가 솟아오르는 것을 느꼈다.

"엄마는 우리랑 같이 살지 않잖아."

저도 모르게 커진 목소리 끝에 날이 서 있었다. 그녀의 오만함. 그녀
의 무례함. 사랑했던 여자, 그녀가 자신을 버리고 간 것에 대한 상처를
미움으로 바꿀 수밖에 없었던 제 마음이 고스란히 눈앞에 보였다. 그녀
를 찾는 구현이마저 미웠다.

"엄마 볼 거야, 우리 엄마. 엄마랑 살래. 엄마는 멋있어. 아빠처럼 의
사잖아."

하지만 아이는 기억하고 있었다. 단 한 번의 짧은 만남에도 아이가 기억하고 있는 건 제 엄마의 모든 것이었다. 아빠가 미워서 아빠가 자신과 멀어지고 제 유치원 선생님과 가까워지는 것이 싫어서. 그녀가 자신들의 관계를 달라지게 할 것 같다는 불편함. 그리고 제 엄마의 자리를 차지할 것 같다는 그 불안감에 아이가 기대고 싶은 이는 다름 아닌 제 엄마였다. 저를 버리고 간 엄마. 조금도 따뜻하지 않았던 그 짧은 만남 속의 여자.

우는 아이를 겨우 달래고 지혁은 그날 밤 잠을 이룰 수 없었다. 그 무엇도 생각할 수 없었다. 어느 쪽으로 생각해도 제 초라함을, 제 어리석음을 가릴 수 없었다. 만희에게 차마 이런 저를 받아 달라고 말할 자신이 없었다.

아이의 마음은 쉽게 바꿀 수 없을 것 같았다. 어쩌면 부모의 반대보다도 주변 사람들의 만류보다도 더 어려운 문제였다. 그 어려운 설득을 만희에게 함께하자 말하기가 너무도 부끄러웠다. 그 과정에서 다치고 지칠 만희의 마음이 무서웠다.

후회된다. 저도 모르게 그 말이 나올까 싶었다. 너에게 이런 일을 경험하게 해서. 너를 불편하고 힘들게 만들어서. 제가 아닌 다른 평범한 사람이었다면 서로 좋아하고 사랑하기에도 부족한 시간. 또 다른 고민. 또 다른 짐을 지워 주는 것 같아서.

지혁은 그날 처음으로 후회되었다. 하지만 차마 그 말을 입 밖으로 낼 수 없었다. 그렇게 말해 버리고 나면 그녀가 정말로 이제 그만하고 싶다고. 사실은 나도 이런 네 특별한 상황이 부담스럽다고 할 것 같아 지혁은 차마 그 말을 뱉어 낼 수 없었다.

그럼에도 또다시 지혁은 고민하고 있었다. 보내 주어야 하는 것일까. 이 모든 게 그저 제 욕심인 것일까. 하지만 지혁은 그녀가 다른 사람과 행복하기를 빌어 줄 수 없을 것 같았다. 어떻게 해서든 그녀를 행복하게 해 줄 사람은 제가 되어야 했다.

난관이 눈앞에 놓여 있지만 그녀를 포기할 수 없었다. 지혁은 희망을 버리고 싶지 않았다. 시간이 지나면 괜찮아질 거라 생각했다. 만희를 그리워하는 제 마음이 변하지 않는 이상 방법이 있을 거라 여겼다.

그러나 그다음 날도 결국 지혁은 만희에게 전화하지 못했다.

○ ◎ ●

이른 아침 진료실 문을 두드리는 소리에 지혁은 검토하던 파일을 덮고 고개를 돌렸다. 단발머리에 뿔테 안경. 가운 속에는 미색 블라우스와 와이드 팬츠를 입고 있는 하진이 고개를 살짝 내밀고 미소를 짓고 있었다.

"오늘 구현이 좀 만나도 될까?"

출근하자마자 제일 먼저 저를 만나러 온 사람이 하진일 거라고는 생각도 못 했다. 작년, 전문의 자격증을 딴 하진이 이 병원에서 근무하게 될 거란 것을 예측하지 못했던 것처럼.

그녀의 말을 못 들은 척 지혁은 저도 모르게 시선을 돌렸다. 그녀의 얼굴을 보고 싶은 생각은 조금도 없었다. 특히 오늘 같은 날에는.

그녀는 늘 당당했다. 과거의 지혁은 그런 하진을 사랑했다. 하진은 어느 순간에도 제가 한 선택이 잘못되었다고 생각하지 않는 사람이었다. 스스로를 초라하게 만드는 것 역시 한 번도 보지 못했다. 저를 떠날 때조차 당당했던 그 여자. 그런데 지금은 그 오만함에 헛구역질이 날 지경이었다.

"지금 와서 왜?"

"그냥. 궁금해서. 지금은 다섯 살 됐지? 어때? 둘이 지낼 만해?"

지혁은 더는 상관하고 싶지 않았다. 아무 말도 하고 싶지 않았다. 그가 자리에서 일어났다. 스치듯 지나가는 지혁의 손목을 잡은 건 하진이었다. 그것을 뿌리친 지혁이 문을 열려 한 순간 하진이 입을 열었다.

"나 너랑 다시 합치고 싶어. 우리 결혼하자."

쾅! 주먹을 쥔 지혁이 문을 내리쳤다. 그 소리와 함께 문밖에서 약간의 소란이 느껴졌다. 하지만 정작 제일 가까이 있던 하진은 아무런 반응이 없었다. 희미하게 미소 지은 하진의 목소리가 낮았다.

"아이한테도 너한테도 내가 제일 나은 거 아니야? 지금 와서 다른 여자. 그래 그 여자가 누구인지 모르지만 새삼스레 다른 여자를 또 찾을 건 뭐야? 어차피 구현이 친엄마는 나잖아."

간신히 참고 있는 지혁의 눈에서 불이 일었다.

"무슨 생각이야? 갑자기 무슨 변덕이냐고!"

화를 참기 위해 꽉 다문 이 사이로 흘러나오는 억누른 목소리에도 하진은 눈 하나 깜짝하지 않았다.

"그동안 네가 힘들었을 거라는 거 알아. 하지만 나도 힘들었어. 너랑 구현이, 솔직히 본가에서 같이 살 거라고 생각했는데 너 혼자 나와서 산다는 이야기 듣고 놀랐어."

"뭐? 대체 누구한테 무슨 이야기를 묻고 다닌 거야?"

"5년 전만 해도 네가 아이처럼 보인 게 사실이야. 너는 군에 있고 나혼자 있을 때 임신 사실 알고 얼마나 놀랐는지 알아? 지금 생각해도 아찔해. 처음에는 임신인 줄 모르고 다른 생각만 했었어."

"……"

"그래 딴마음도 먹긴 했어. 하지만 3개월이 지나서 아이 어떻게 하지도 못하고, 배는 불러 가지, 임신 중독증에 전문의 과정에 나 그때 미치는 줄 알았어. 출산 후에도 좋을 거 하나 없었어. 너랑 구현이 보내 놓고 나 정신과에서 한동안 치료받았어. 산후 우울증."

눈을 감은 지혁의 눈까풀이 바르르 떨렸다. 잘 태어나 잘 크고 있는 구현이를 두고 뭐? 3개월이 지나 어떻게 하지 못했다고?

하지만. 그는 하진을 몰아붙일 수만은 없었다. 산후 우울증. 그녀의 고통. 그것은 지혁이 산모들을 대하며 수없이 상담했던 일이었다.

'남편분과 함께 상의해 보세요. 혼자 고민하지 마세요.'이며 내실 수 있습니다.'

그러나 정작 자신은 제 여자에게 아무것도 해 주지 않았었다.

"그때 이야기하지 그랬어?"

감정을 눌러 담은 지혁의 목소리가 떨렸다.

"그런 이야기는 하고 싶지 않았어."

되받아치는 대답에도 그녀의 눈동자에는 망설임이 없었다. 언제나 당당하고 무엇이든 제 입장에서만 생각하는 그녀. 순간 지혁은 들끓던 제화가 가라앉는 것이 느껴졌다.

"그게 문제야. 유하진 선생은 늘 타이밍이 나랑 안 맞아. 내가 도움을 줄 수 있을 때 내가 당신을 아직 털끝만큼이나마 생각할 때 그때 나한테 이야기했어야 해. 이미 시간이 많이 흘렀어. 지금 와서 뭘 어쩌자는 거야?"

"알아. 하지만 입 떼기가 어디 쉽니?"

"유하진한테도 어려운 게 있어? 자존심 때문이겠지."

"자존심. 이제 그런 거 없어. 나도 어려워 지혁아."

그녀의 손이 지혁의 손을 잡았다. 영원히 놓지 않을 거라 믿었던 손. 한때 너무도 사랑했던 사람.

"나 구현이 엄마잖아. 구현이 같이 키우자."

그 손을 뿌리친 지혁이 미련 없이 문밖으로 나섰다.

　보고 싶은 사람이 있었다. 따스한 사람. 함께 있으면 세상을 다른 눈으로 바라볼 수 있는 사람. 지혁은 제 옆의 사람이 어떤 사람인지에 따라 세상이 다르게 보인다는 사실이 새삼스럽게 놀라웠다.

　그 사람은 세상에 부는 바람도 다르게 만드는 사람이었다. 어린 시절, 고등학생 시절, 아무것도 다듬어지지 않아서 무모했던 자신을 기억하고 사랑해 준 사람이었다. 그녀와 함께 있으면 제 인생 모두가 사랑받고 있는 기분이었다.

　'공부가 우선인지 할 일이 우선인지 따져야지. 공부가 목적이 아니잖아. 너는 뭐가 하고 싶어서 그렇게 공부하는데?'

　만희는 그런 말을 했었다. 그 말과 함께 쥐여 준 초코바 한 조각은 무척이나 달콤했다. 그녀는 지혁보다 훨씬 더 현명한 여자였다. 그녀와 함께라면 제가 조금 더 노력할 수 있을 것 같았다. 제가 왜 노력을 해야 하는지 알 수 있을 것 같았다.

퇴근 후 차를 몰아 지혁이 도착한 곳은 만희의 집 앞이었다. 불이 환하게 켜진 만희의 집. 창밖으로 그곳을 올려다보고 있는 지혁의 심정이 복잡했다.

하진과 함께 있을 때 세상은 약동하는 도전이 가득한 곳이었다. 불이 붙은 듯 모든 것이 뜨거웠다. 하지만 하진과 달리 만희는 이 세상을 조금 더 보드랍고 따뜻하게 감싸 주는 사람이었다. 그런 그녀를 지금 너무도 보고 싶었다. 그녀의 품에 안기고 싶었다. 그녀를 안아 주고 싶었다.

하지만 지혁은 쉽게 전화기를 들 수 없었다. 그녀에게 무슨 말을 할 수 있을까. 그날 이후로 지혁은 몇 번이나 구현이에게 제 진심을 알아달라 말을 꺼냈지만 구현이는 더 이상 그와 관련된 이야기를 들으려 하지 않았다. 아이의 고집은 셌다. 억지로 강요하다가는 도리어 구현이에게 상처를 줄 것 같아 지혁은 더 이상 아무 말도 하지 못했다.

그렇다면 결국 참아야 하는 것은 저일까. 제가 그녀를 놓아주면 더 좋은 사람을 만나라고 마음으로 빌어 준다면 해결될 문제일까. 결론은 원치 않는 방향으로 흐르고 있었다.

어렵지만 함께 가자 용기를 내야 하는데. 그런데. 그러기에는 방만희가 너무 안타까웠다. 자신을 흔드는 것처럼 구현을 흔들 하진과 그리고 제 엄마를 그리워하는 구현이. 만희를 어떻게 이런 곳에 데리고 올 수 있을까?

"야! 너 정신 차려. 아직도 그 소리냐?"

그때였다. 오피스텔 밖으로 익숙한 실루엣이 모습을 드러냈다. 커다란 남자는 준호. 그리고 그 옆의 여자는 만희의 친구인 민주인 것 같았다. 고등학생 때 몇 번 만희가 민주와 함께 있는 것을 본 적이 있었다.

"너야말로 정신 차려! 너는 정말 만희가 그 이혼남이랑 잘되길 바라는 거야?"

술에 잔뜩 취했는지 오피스텔이 쩌렁쩌렁 울리는 소리에 지혁은 차마 두 사람에게 다가가지도 못했다. 그 두 사람의 화제는 바로 자신이었다. 그들로서는 도저히 반길 수 없는 이혼남 이지혁.

"꼭 그러길 바란다기보다는."

남의 이야기를 듣고 싶지 않았다. 하물며 제 이야기를 한다면 더 좋을 것이 없었다. 하지만 귀를 막아도 들릴 그 소리에 지혁은 그 두 사람의 이야기를 들을 수밖에 없었다.

"너도 결국에 그런 거잖아. 그 자식이 이지혁이라는 이유로! 너희가 예전에 좋아했던 첫사랑이란 이유로, 잘생기고 잘나가는 의사 양반."

남자는 화가 난 듯했다. 준호라고 했던가? 그날 저를 막아서던 그의 눈빛을 기억한다. 만희는 그를 제 친구라고 말하고 있었지만 지혁은 준호가 만희를 여자로 보고 있다는 사실을 빤히 알아차릴 수 있었다.

"그것만 꼭 이유니? 만희가 좋아하잖아. 아이가 있다는 거 말고는, 그래! 막말로 조건도 좋아. 만희한테 잘해. 그러면 되는 거 아니야?"

"한심하다. 한심해. 그게 얼마나 갈 거 같은데? 그럼 남의 아이는 평생 키울 수 있을 거 같아?"

"뭐 어때? 아이야 설득하고 잘해 주면 되는 거지."

"넌 모르는구나. 세상에 제일 설득 안 되는 게 아이야. 아이들은 어른보다 민감하지 않아?"

"그래서?"

"전처도 의사라며?"

"그게 뭐?"

"만희 고생할 거. 그 애가 마음 다칠 거 빤히 보여. 난 그거 허락 못해."

"그렇다고 만희가 너한테 갈 거 같냐!"

"응. 와. 내가 잘할 거니까."

228

두 사람이 골목 아래로 멀어지고 있었다. 고개를 숙인 지혁이 주머니를 더듬어 담배 한 개비를 꺼냈다. 그것을 입에 물고 라이터를 꺼내 불을 붙이려다 제 손을 마구 털어 냈다.

하아.

습관적으로 하던 일조차 마음대로 되지 않았다. 한참을 생각하고 간신히 손을 놀렸을 때 그 손가락 위로 눈물 한 방울이 툭 흘러내렸다. 입에 물고 있던 담배를 뱉어 낸 지혁이 눈을 감았다. 따뜻한 봄바람이 코끝을 스쳤다. 그것이 너무 시려 콧등에 잔뜩 주름이 졌다.

"지혁아? 맞구나. 혹시나 해서 나와 본 건데."

조금 떨어진 거리에서 그녀의 목소리가 들렸다. 고개를 돌리자 오피스텔 문 앞에 만희가 서 있었다.

"어떻게 나온 거야?"

무언가에 홀린 것처럼 지혁이 단숨에 그녀에게 다가갔다. 미소를 보이는 그녀의 모습이 마치 환영처럼 느껴졌다.

"밖을 내다보는데 네 차가 보여서 혹시나 해서 내려와 봤는데 진짜 있네. 신기하다."

마른 목소리. 동여맨 머리. 편안한 트레이닝 바지에 라운드 티셔츠. 가볍게 걸친 카디건. 정돈되고 단정하고 모든 것이 완벽하고 깔끔한 하진과는 다른 편안한 방만희. 하지만 그녀의 모습은 지혁의 눈이 아닌 마음으로 들어와 박혔다.

"어떻게 온 거야?"

그녀가 물었다.

"그냥."

지혁이 그녀에게 가까이 다가가 섰다. 눈물이 그렁그렁한 그녀의 눈이 지혁을 바라보았다.

그 눈을 바라보는 순간 지혁은 아무 생각도 할 수 없었다. 절대 뛰어

넘을 수 없을 것 같았던 높은 파도가 일순 잔잔해졌다. 해결의 기미가 보이지 않던 제 모든 고민과 번뇌가 그녀를 바라보고 있는 것 하나만으로 이미 감당되었다. 지혁이 손을 들어 그녀의 뺨을 감싸고 낮게 속삭였다.

"보고…… 싶었어."

그녀의 입술이 지혁의 입술 속으로 빨려 들어갔다. 지혁의 허리를 감싸 안은 그녀가 지혁의 몸에 밀착해 왔다. 잔뜩 곤두선 신경이 온통 그녀를 향하고 있었다.

"들어가자."

그녀가 지혁의 귓가에 속삭였다.

어떻게 올라왔는지 모르게 두 사람은 만희의 집으로 들어왔다.

집 안에는 따뜻한 기운이 맴돌고 있었다. 테이블에는 작은 고양이 인형 두 개. 선반에는 색색의 머그 컵이 자리했다. 소파 옆에는 긴 스탠드. 바닥에 깔린 러그 옆으로는 책이 빼곡하게 채워져 있는 책장이 있다. 노란 불빛이 감도는 침실, 푹신한 침대에는 연한 분홍빛 꽃무늬가 박힌 침대보가 씌워져 있고, 크고 작은 쿠션이 제멋대로 놓인 창가에는 레이스 커튼이 달려 있었다.

방문을 밀고 들어온 두 사람이 그대로 침대 위로 몸을 던졌다. 그녀의 입술을 탐하며 다급한 손길로 만희의 티를 벗겨 낸 지혁이 제 셔츠를 마구잡이로 뜯어냈다. 바지를 벗은 만희가 지혁의 벨트 버클을 풀었다.

이미 흥분해 있던 그가 만희의 안으로 빨려 들어가듯 몸을 붙였다. 탄성 같은 작은 신음이 만희의 입 밖으로 토해졌다. 달빛에 얼비친 그녀의 눈동자가 반짝이며 빛을 내고 있었다. 그의 셔츠를 마저 벗겨 낸 만희가 제 속옷마저 모두 벗어 버리고 그의 몸에 저를 밀착시켰다. 뜨거운 두 사람의 몸이 온전히 하나가 되어 서로에게 체온을 나누어 주었다. 이 순간 세상의 전부인 그녀의 몸이 지혁의 출렁임을 잠재우고 있었다. 속에서 들끓던 모든 것이 그녀로 인해 잠잠해져 갔다.

'아무것도 아니라고. 아파하지 말라고.'

서로가 떨어질까 팔과 다리, 가슴으로 자꾸만 끌어안는 두 사람의 머릿속이 마치 한곳을 바라보고 있는 것처럼 느껴졌다.

○ ◎ ●

레이스 커튼 사이로 희뿌연 하늘이 밝아 오고 있었다. 좁은 침대, 제 바로 옆에 누워 있는 남자, 덥수룩한 머리. 짙은 눈썹. 높은 콧대와 단단한 인중. 곧게 떨어지는 어깨선. 그를 바라보던 만희가 몇 번이고 눈을 감았다 떴다. 다시 감았다 떴다.

'아직 여기 있네.'

혼자 속으로 그 생각을 해 놓고 갑자기 파르르 가슴이 떨려 와 만희는 모든 것을 멈췄다. 눈이 흐려지고 귀가 잘 들리지 않아 만희는 다시 눈을 감았다가 떴다. 옆에 누운 지혁의 규칙적인 숨소리처럼 그의 가슴은 일정하게 솟았다 다시 내려앉았다가 다시 솟아올랐다.

그가 제 옆에 있다. 이제는 고등학교 인기남 이지혁이 아닌 저와 가장 가까운 사이의 이지혁으로.

그런데 제 마음은 불안하고 다급하다. 잘 들리지도 않는 시계의 째깍거리는 소리가 온 신경을 곤두서게 만들고 흐릿해진 시야에 귀는 먹먹하다. 이런 기분은 정말 좋아하지 않는다. 늘 자신을 극한으로 몰고 갔던 외로움.

몸을 동그랗게 구부린 만희가 조심스럽게 그의 품 안으로 파고들었다. 단단한 가슴팍과 뻗어 있는 팔 사이. 그의 체취와 그의 온기가 만들어 낸 평온한 공간. 금세 몸이 달아오르고 달큰한 한숨이 만희의 입 밖으로 흘러나왔다. 그 순간 지혁의 입술이 만희의 목줄기 어딘가에 와 닿았다. 말랑말랑하고 따뜻한 온도.

"미안! 깬 거야?"

만희의 속삭이는 소리에 아랑곳없이 그의 입술이 그녀의 목줄기에 잔잔한 키스를 퍼부으며 점점 아래로, 아래로 내려갔다. 기분 좋은 감정이 온몸으로 뻗어 나가 조금씩 현실의 감각을 잃어 가게 만들었다. 뿌옇게 번지며 조금씩 밝아져 가는 창가도. 어지러운 생각도. 쓸쓸했던 마음도.

가슴의 곡선을 따라 자분자분 지나는 입술. 제 몸을 자신의 몸 사이사이 틈새 없이 끌어안는 그의 억센 손길. 귓불. 목줄기. 눈꼬리와 볼 그리고 다시 목으로 흘러내리는 키스. 조금씩 따뜻하게 덥혀 가는 체온, 세상의 모든 것이 희미해지고 오직 한 사람으로만 가득 찬 또 다른 공간.

그가 제 몸 안으로 들어올 때 서로가 서로를 끌어안을 때 만희는 이대로 시간이 멈춰 버렸으면 좋겠다, 그렇게 생각했다. 이대로, 영원히 이 세상에 있고 싶다고. 이 좁은 방 안에서만 펼쳐지는 끝이 보이지 않는 이곳에 둘만 남아 있고 싶다고. 더는 혼자만 있는 그곳, 홀로 고민하고 두려워하고 불안해하던 그곳으로 돌아가고 싶지 않다고 만희는 그렇게 생각했다.

몇 번이고 절정에서 서로를 끌어안은 두 사람이 그럼에도 부족하여 서로를 끌어안은 채 마주 보았다.

"너 걱정하지 않게 내가 잘할게. 내가 다 알아서 할게."

밑도 끝도 없는 다짐이라는 걸 알았지만 만희는 그의 말에 고개를 끄덕였다.

"나한테 다 맡겨. 내가 너 힘들지 않게 할 거야. 잘될 테니까 걱정 마."

빤한 말. 어떻게 할 것인지 어떻게 할 수 있는지 기약이 없는 말. 하지만 지금 이 순간 만희는 그의 말을 믿고 싶었다. 그 말에 만희는 안심했다. 그의 눈빛이, 저를 바라보는 지혁의 눈빛이 그렇게 말하고 있으니 반드시 그럴 거라 만희는 생각했다.

"그래. 믿어."

그 말에 지혁의 눈동자에 이는 울렁임이 만희의 가슴에도 일었다. 손을 뻗은 그가 만희의 눈가를 가리고 있던 머리카락을 귀 뒤로 꽂았다. 싱긋 미소 지은 그가 속삭였다.

"이렇게 하니까 이제 잘 보인다. 네 얼굴. 얼마나 보고 싶었는지 몰라. 미치는 줄 알았어. 너 놓칠까 봐."

만희의 가슴이 파르르 떨렸다. 울먹이는 만희의 눈동자를 응시하던 지혁이 그녀를 달래듯 가만히 고개를 끄덕였다. 두 사람이 서로를 끌어안았다. 그리고 다시 몇 분이 흘렀다.

계란과 빵으로 간단하게 차린 아침 식탁에 더 해 볼 것이 없을까 몇 번이나 냉장고를 열었다 닫았다 하던 만희는 시계를 확인하고 그만두기로 했다. 앞으로 10여 분 뒤 그는 병원으로 돌아가야 한다. 토요일이라 휴일인 만희와 그는 달랐다.

"저녁때 시간 있어?"

머뭇머뭇 몇 번을 고민하다 만희가 제 앞에서 별것 아닌 계란프라이를 맛있게 먹고 있는 지혁을 향해 물었다.

"시간은 있지 그럼."

자신의 표정을 살피며 대답을 고르는 지혁의 앞에서 만희가 시선을 피하며 속삭였다.

"10분이면 돼. 나 좀 안아 주고 가."

생각지도 못한 그녀의 말에 지혁이 쥐고 있던 젓가락을 허공에 멈춘 채 아무 말도 하지 못하고 있었다. 얼어 버린 채로 잠시 멈춰 있던 그의 입술이 만희가 시선을 마주치는 순간 꿈틀 움직이더니 곧 씨익 입꼬리를 올렸다.

"몇 시간이고 안아 줄 수 있어. 네가 불러 주기만 한다면."

그의 말을 가로막은 만희가 제 용기가 사라질까 곧바로 끼어들었다.

"우리 집으로 와 줘. 아니, 안 되면 내가 병원으로 갈게. 어디든 상관
없어. 차 안도 괜찮고."

다급하게 설명을 덧붙이는 만희의 손을 잡은 지혁이 그녀의 손가락
사이사이 제 손가락을 끼웠다. 그의 손안에 온전히 감춰진 제 손가락을
내려다보고 있는 만희를 지혁이 바라보았다. 그의 눈이 크게 일렁였다.
그 눈빛이 무엇을 말하는지 만희도 알고 있었다.

"어서 가 봐."

만희가 식사를 마친 그를 현관으로 끌었다. 그러고는 손을 흔들었다.
그런 만희를 가만히 바라보고 있던 지혁이 하아, 크게 한숨을 쉬더니 다
가와 만희의 허리를 끌어안았다. 지혁의 눈 바로 앞으로까지 끌려간 만
희가 그의 눈동자를 바라보았다. 한없이 선해 보이지만 한편으론 한없
이 강렬한 그 눈빛. 만희가 작게 입꼬리를 올려 보였다.

"아. 미치겠다."

그가 만희의 머리를 제 가슴 아래 가두고 속삭였다. 만희가 그런 그의
허리를 힘 있게 안았다. 제 두 팔을 가득 채우는 그의 몸. 곧바로 온몸으
로 퍼져 나가는 열기에 만희는 어깨를 살짝 움츠렸다.

"이대로 정말 가기 싫다."

"나도 보내기 싫어."

속삭이는 소리에 그가 풋 소리를 내며 웃었다.

"사람 아예 죽이려고 작정했구나."

그 말에 놀라 만희가 웃으며 그의 품 안에서 떨어졌다.

"어서 다녀와."

꼭 쥔 손으로 허공에 주먹질을 한 지혁이 알았다는 듯 고개를 끄덕이

고 현관문 앞에 섰다.

"자꾸 망설이면 절대 못 갈 거 같으니까 그만 간다. 이따 5시. 아니, 4시. 아니, 4시 반."

"알았어. 전화해."

만희가 어서 가라며 그에게 손을 저었다. 결심이 선 듯 지혁이 단호하게 밖으로 나갔다. 쿵 문이 닫히고 그가 사라지자 세상은 촤르르 색이 다른 반대쪽을 향해 쓰러진 도미노처럼 제 민낯을 보였다. 혼자만 있는 세상. 저 혼자 모든 것을 감당해야 하는 곳, 만희는 양쪽으로 손을 엇갈려 제 팔을 쓸어안고 그대로 소파에 가만히 주저앉았다.

○ ◎ ●

— 전화번호는 어떻게 물어봤냐고요? 간단해요. 유치원에 전화해서 만희 씨가 검진 다니는 병원이라고 말했죠. 아무래도 휴대폰 번호가 바뀐 거 같다고, 정기 검진 오셔야 하는데 알고 있는 전화번호라고는 직장뿐이 없다고 말했더니 금방 알려 주던데. 그 선생. 교육을 다시 받아야 하는 거 아닌가?

소파에 앉아 있던 만희가 전화를 받을까 말까 망설이고 있었다. 낯선 전화번호, 그 번호가 두 번이나 전화를 걸어 왔기 때문이었다. 그런데 세 번째 전화벨이 울리기 전 톡 메시지가 먼저 떴다.

[유치원에 선생님이 다니던 병원이라고 전화가 왔거든요. 목소리가 차분하고 너무 진짜 같아서 전화번호 알려 줬는데 아무래도 저 실수한 거 같아요.]

매주 토요일, 혹시 있을 상담을 위해 번갈아 근무하고 있던 와중에 오늘 담당 교사는 소정 선생님이었다. 메시지와 함께 우는 이모티콘, 당황하는 이모티콘, 미안하다 사과하는 이모티콘 등 온갖 이모티콘이 난무하여 그녀가 얼마나 당황해 하고 미안해하는지 짐작됐다. 상황을 알 수 없어 난감한 와중에도 만희는 우선 소정 선생님에게 괜찮다 말했다. 그리고 몇 분 뒤 세 번째 전화가 걸려 왔다. 만희가 마음을 단단히 먹고 전화를 받았다.

'사기꾼인가? 아니면 무슨 병원이라는 거지?'

그런데. 전화를 걸어 온 사람은 다름 아닌 유하진이었다. 대체 무슨 생각으로 전화를 한 걸까. 만희는 당황스러웠다.

— 여러 가지 의아한 게 많을 거라 생각해요. 내가 왜 전화를 했을까 궁금하겠죠. 우선 첫 번째는 만희 선생님이 우리 구현이의 담당 선생님이라고 해서 전화했어요.

"네. 그러셨군요."

만희는 무언가 심상치 않은 분위기를 느끼고 긴장했다. 첫 번째라고 말한 이유는 두 번째가 있다는 의미일 테고, 그것이 무엇인지는 짐작할 만한 것이었으니까.

— 그리고 두 번째는. 설마, 그래요. 이지혁이랑 정말 무언가 어떻게 해 보겠다는 건 아니죠?

그 질문을 받는 순간 만희는 준호의 목소리가 겹쳐 들리는 것처럼 느껴졌다.

'너 설마 이지혁이랑 어떻게 해 보려는 건 아니지?'

가슴속에서 무언가 뜨거운 것이 솟구쳐 올랐지만 차마 그것을 모두 드러내 보일 순 없었다. 그러다간 쌍욕이 튀어나올 테니까,

"무슨 의미이신 거죠? 대체? 그리고 갑자기 전화하셔서 이건 예의가 아니지 않나요?"

— 예의라니요? 우리가 예의 차릴 사이인가?

"예의를 차리지 않을 사이라는 건 없습니다. 오히려 모르는 사이일수록 더욱 예의를 차리는 것이 기본이죠."

만희가 이를 꼭 물고 그렇게 말했다. 수화기 안에서 핏 웃음이 터지는 것이 들렸다. 하지만 그런 건 상관없었다. 유치원 교사로 일하면서 별별 사람을 다 만나 봤다. 강하게 나오는 사람일수록 제 할 말이 부족한 사람이라는 건 만희도 알고 있었다.

— 그래요. 그럼 예의를 차려 언제 정식으로 한번 인사라도 할까요?

"또 그럴 필요가 있을까 싶지만 원하신다면 좋습니다. 언제든 상관없지만 아이들을 위해서 미리 약속을 해 주셨으면 좋겠습니다."

— 그럼 조만간 다시 보도록 하죠. 아, 참. 그리고 우리 구현이 곧 제가 다른 유치원으로 데려갈 생각입니다. 원장님께 여쭤보니 유치원을 그만두는 건 언제든 상관없다고 하시더군요.

"유치원을 그만둔다고요?"

순간 만희가 급해졌다. 지혁과 관계된 일이라면 얼마든지 둘이서 결정할 수 있지만 구현이는 안 되는 말이었다.

"구현이 유치원 들어와 두 달 적응 기간 거쳤습니다. 아이들 학기 중에 그렇게 움직이는 건 좋지 않습니다."

— 무슨 의미로요?

"아이 정서를 위해서 지금 유치원을 옮기시는 건, 시기적절하지 않다고 생각됩니다."

— 다른 아이들에게도 그렇게 말씀하시나요?

"네?"

— 유치원에서 학기 중에 유치원을 옮기는 사람은 많을 거 아닙니까? 왜 굳이 저한테 그런 충고를 하시냐고요.

"하지만 구현이니까요. 구현이는……."

순간 만희는 말을 잃었다. 그러니까 제가 무슨 자격으로 그런 말을 할수 있을까. 제가 구현이에게 뭐라고.

— ……제 아빠랑 유치원 선생이 연애를 하는데 그건 괜찮은 건가? 그게 아이에게 얼마나 거부감이 들 만한 일인지는 생각해 보지 않으셨군요.

"……."

— 그리고 이제껏 아이가 어려서 아무 말도 안 하고 있었는데 구현이는 영어 유치원으로 옮길 생각이에요. 뭐 알고 계시겠지만 우리 구현이 보통 아이가 아니니 말이죠. 평범한 그런 아이들과 함께하기에는 수준이 맞지 않으니까.

'평범? 그런 아이들과 함께하는 게 뭐! 무슨 말을 하는 거야!'

불끈 화가 끓어올랐지만 만희는 간신히 참았다. 누르고 또 누르고. 만희는 제가 할 수 있는 적절한 말을 골랐다.

"글쎄요. 적어도 아이의 교육에 대해서는 제가 전문가니까요. 다음에 상담해 드리고 싶군요."

수화기 안에서 실소가 터지는 것이 들렸다.

— 재미있는 분이시네. 알았어요. 그럼 조만간 전화드리죠.

끊어지는 소리가 들렸지만 만희는 한동안 전화기를 들고 있던 손을 내려놓지 못했다. 결국 하고 싶은 말이란 경고 같은 걸까? 가까이 다가오지 말라는?

만희는 질끈 눈을 감았다. 저도 모르게 눈물이 날 것 같았지만 그것을 만희는 간신히 참아 냈다.

잠시 후 만희가 창문을 활짝 열었다. 5월의 따뜻한 햇살이 집 안으로 들어오는 오전 11시. 한창 생기가 돌기 시작하는 햇살은 어제의 술기운과 그 밖의 모든 기억들을 조금씩 지워 내고 있었다.

청소기를 돌리고 카펫을 털고 먼지를 쓸어 내고 설거지를 하고 침대 시트를 새로 간 만희가 장바구니를 들고 밖으로 나왔다.

집에서 거리가 조금 떨어진 백화점에 들른 만희가 지하 식품 코너에서 와인 한 병과 칵테일새우, 치즈 등을 구입하고 잠시 망설이다 백화점 위층으로 올라갔다.

"도와드릴까요?"

속옷이 진열되어 있는 매장. 점원의 안내에 만희는 부끄러워 아무 말도 못 했다. 평소에는 신경도 쓰지 않았던 속옷. 남에게 보여 줄 일이 없으니 당연한 일이었다. 하지만 어제, 만희는 여자들이 왜 예쁘고 화려한 속옷에 관심을 가지는지 깨달았다.

"아니요. 그게……."

만희의 부끄러움을 알아차렸는지 노련한 점원이 만희를 안으로 이끌었다.

"요즘 젊은 분들은 이런 디자인을 선호하세요. 깔끔하면서도 적당하죠."

그녀가 꺼내 든 속옷은 그야말로 적당하다는 말과 딱 어울리는 것이었다. 적당한 장식이 달린 깔끔한 브래지어와 팬티는 광택이 날 만큼 까만색이어서 만희의 하얀 살결에 더없이 잘 어울릴 것 같았다. 심플하지만 그렇다고 너무 심심해 보이지도 않는다.

"잠옷도 같이 하세요."

점원은 무난해 보이지만 역시 적당한, 나이트가운을 꺼내 왔다. 눈이 혹한 만희가 홀린 듯 그것을 만져 보았다. 손가락 사이로 차르르 떨어지는 황홀한 감촉이 홀딱 반할 만한 것이었다. 순간 만희는 제가 그것을 입고 지혁의 앞에 선 상상을 했다. 얼굴이 달아오를 만큼 난감한 상상에 만희는 재빨리 손을 떼어 냈다. 어제까지는 헐렁한 바지에 티셔츠를 입고 있던 만희가 갑자기 나이트가운을 입고 그의 앞에 선다고?

"아니요, 이것만 할게요."

만희가 속옷 세트의 가격을 지불하고 밖으로 나왔다. 새까만 상하의라, 이 정도면 미리 준비하지 않은 척 늘 입는 데일리인 듯 넘어갈 수 있을 것 같았다.

오후 2시. 시계를 확인한 만희는 미용실로 갔다.

"다듬어 주세요."

거울 앞에서 제 얼굴을 똑바로 응시하며 만희는 헤어 디자이너에게 머리 손질을 부탁했다. 어쩐지 조금 푸석푸석해 보이는 얼굴은 어제의 과음과 그 이후 쉽게 잠들지 못한 밤 때문일 것이다. 집에 가서 마스크 팩이라도 하고 있어야겠다고 생각한 만희가 머리 손질을 마치고 드라이로 힘을 주려는 디자이너를 만류하고 집으로 향했다.

요리를 끝낸 오후 4시. 아직까지 머릿속을 괴롭히는 그 여자의 목소리가 귀에서 왕왕거렸지만 만희는 그것을 생각하지 않기로 했다. 오늘은 제가 먼저 지혁을 청한 날이었다. 안아 달라 노골적으로 이야기한 날이기도 했다. 그가, 그가 너무도 그리웠다.

얼마 후 다급하게 문을 두드리는 소리에 만희는 얼굴에 얹어 놓은 마스크 팩을 던져 버리고 자리에서 일어났다.

"누구세요?"

"나야."

그의 목소리에 피식 미소를 지은 만희가 문을 열었다. 화려한 색의 장미를 들고 있는 그가 만희를 향해 서 있었다.

"자. 선물."

놀란 만희가 입을 벌린 채 꽃다발을 받아 들었다. 가슴 가득 안아도 넘치는 많은 양의 꽃이 집 안을 순식간에 향기로 가득 채웠다.

"고마워. 나 꽃 선물은 정말 처음이야."

"그 말 진심이지?"

그가 신발을 벗고 들어오자마자 상의를 벗어 던지고 만희에게 다가왔다. 가볍게 입맞춤한 그가 주변을 둘러보며 말했다.

"좋은 냄새는 뭐야?"

"실은. 와인이랑 안주를 좀 준비했는데, 아직은 이르니까."

어색한 듯 제 입술을 살짝 깨문 만희의 말이 끝나기도 전에 그가 그녀의 허리를 감싸 안았다.

"그래. 아직은 이르니까. 우선 여기로 좀 들어와 봐."

그가 만희를 살짝 안아 올려 침대가 있는 방으로 끌어들였다. 아직은 해가 한창이라 레이스 커튼으로는 도저히 가려지지 않는 환한 빛이 가득한 방으로 두 사람이 함께 들어갔다.

"여기 지금."

갑자기 부끄러운 기분이 든 만희가 고개를 숙이고 그의 시선을 피했다. 지혁이 고개를 숙여 만희의 얼굴을 들여다보며 싱글싱글 웃었다.

"부끄러울 게 뭐야? 나랑 같이 있는데."

만희가 그게 말이냐는 듯 제 입술을 앙 깨물었다. 그가 그런 만희의 입술을 단숨에 베어 물었다. 머뭇거릴 틈도 없이 벌어진 입술 사이로 그의 혀가 밀고 들어왔다. 제 혀를 단숨에 얽는 그의 키스에 만희는 순간 정신이 아득해졌다.

지혁의 손이 만희의 얇은 브이넥 티셔츠 안으로 들어왔다. 살결을 쓰다듬는 그의 손길에 그녀의 몸이 전율했다. 다시 입을 맞추며 두 사람은 침대 위로 더듬더듬 올라갔다. 서로의 몸이 떨어지지 않도록 섬세히 움직이며 셔츠와 바지, 티셔츠와 발목을 가린 치마를 모두 벗고 알몸이 된 두 사람이 서로를 뜨겁게 포옹했다.

창밖에서 환한 햇살이 들어왔지만 그런 것은 조금도 신경 쓰이지 않았다. 그녀의 가슴과 얼굴, 입술과 배꼽 언저리 그리고 허벅지와 발목까지 온몸에 키스를 퍼부은 지혁이 만희를 번쩍 안아 올려 마주 보게 무릎에 앉혔다. 그리고 조심스럽게 몸을 밀착시키다 어느 순간 지혁이 힘을 주어 그녀를 강하게 끌어안았다.

하악.

그를 받아들인 만희가 신음을 터트리며 고개를 한껏 뒤로 젖혔다. 그의 입술이 만희의 가슴을 탐했다. 저릿한 자극이 만희에게 오직 한 가지 생각만 가능케 했다. 그가 없는 삶은 이제 도저히 떠올릴 수 없을 거라고. 이 사람 없이 살 수 없을 거라고. 뜨거워진 몸으로 그에게 매달린 만희의 눈가에 작은 눈물방울이 맺혔다.

○ ◎ ●

절박함. 그것이 무엇인지 지혁도 알고 있었다. 지금의 두 사람이 저울질하고 있는 것이 무엇인지, 양쪽에 올려놓은 것이 어떤 것인지 그도 빤히 보였다. 그것이 안타까워 지혁은 작은 그녀의 어깨를 쓸어안는 것밖에 아무것도 할 수 있는 게 없었다.

그 손길에 만희의 얼굴에 희미한 미소가 떠올랐다 곧바로 사라졌다. 불안한 마음을 간신히 숨긴 지혁은 그런 그녀의 이마에 키스했다.

지금 당장 '이제 그만.'이라 말하고 달아난다 해도 저는 그녀를 잡을 수 없었다. 나한테는 또 다른 행복이 있을 것 같다고 한다면 그것은 결코 틀리지 않은 말이니 보내 주어야 했다. 이렇게 안고 또 안고 그래서 제 효용이 다해 버리고 나면 물러나 주어야 할지도 모른다.

하지만 그것이 진정 그녀가 원하는 것이라면 지혁은 그대로 해 주고 싶었다. 만희에게는 양쪽 하나씩이었을 저울의 접시. 애초에 그에게는 저울질할 두 개의 무게가 없었다. 한쪽에 모두 올려놓고 절실히 매달려도 만희에게는 제가 쉽지 않은 상대라는 걸 잘 알았다.

만희네 집에 다시 오기 전 지혁은 동창들을 통해 만희의 친구, 민주의 연락처를 알아냈다. 만희 앞에서는 아닌 척 장난스럽게 행동했지만 지혁은 무척 불안했다. 다시 와 달라는 그녀의 말. 그것이 마치 이별을 준비하는 사람의 그것 같아 지혁은 가만히 그 시간을 기다리고만 있을 수 없었다.

염치없는 행동이었지만 지혁은 민주를 만나 무슨 이야기라도 듣고 싶었다. 작은 조언이라도 상관없었다. 어떤 이해라도 구하고 싶었다.

저와 만희의 마음이 정녕 다른 사람들에게 이해받을 수 없는 것인지, 지금 제가 만희를 힘들게 하는 건지 따끔하게 이야기를 듣는다면 그것도 나쁘지 않을 것 같았다.

점심시간을 이용해 민주의 회사 근처로 간 지혁이 잔뜩 긴장한 채 그녀의 앞에 앉았다. 저를 보자마자 알 수 없는 표정을 지은 민주가 국밥 두 그릇을 주문했다.

'너도 아직 밥 안 먹었지? 어머 네가 내라.'

크게 한 수저 푼 그녀가 그 후로 말없이 밥을 삼켰다. 지혁 역시 그녀를 따라 그대로 했다. 그럭저럭 몇 수저 풀 수 있었다. 지혁이 반쯤 식사를 비운 것을 본 민주가 그제야 입을 열었다.

'잘 지내는 줄 알았는데 아니었구나? 그럼 당연하지. 어찌 그게 쉽겠어? 어쩐지 어제 만희가 심상치 않더라니.'
'미안하다.'
'됐어. 그런 말도 필요 없어. 나 너 싫어.'

순간 마음이 상처 난 듯 아렸다. 지혁이 애써 웃어 보였다. 어쩜 이런 말을 듣고 싶어 민주에게 만나자고 했던 건 아닐까. 그래서 정신 차리고 어서 만희를 보내 주어야 하는 게 아닐까 싶기도 했다. 흐흡, 진정하려 들이마신 숨이 떨렸다. 그런데 민주의 입에서 헛웃음이 나왔다.

'그런데 네 얼굴 보니까 할 말이 없다.'

'……'

'그래. 그 시절 모두의 첫사랑. 이지혁. 너 지금도 잘생겼다, 그런 게 아니라. 야. 어디 땅이라도 꺼졌니? 하늘이 무너졌니? 너 내 앞에서 맹세할 수 있어? 죽을 때까지 만희 절대 울리지 않고 행복하게 해 줄 자신 있어?'

민주의 두 뺨이 가늘게 떨리는 것이 느껴졌다. 그녀의 진심이 지혁에게도 전해졌다. 울컥 눈물이라도 쏟아질 것 같아 지혁은 제 입을 꾸욱 다물었다.

'너 만희한테 잘해야 돼. 사실 너 볼 게 뭐 있냐? 얼굴 반반한 거? 직업 좋은 거? 살다 보면 그런 것보다 더 중요한 게 있어. 만희 데리고 가는 사람은 무조건 장땡이야! 나 실은 내 친구 아까워서 죽어도 너한테 보내기 싫어. 그런데 네 꼬락서니 보니까, 너 만희 없으면 죽을 거 같아서 그래서 내가 할 말이 없다.'

참았던 눈물이 숙인 고개 아래로 뚝뚝 떨어졌다. 죽을 것 같았던, 숨 쉴 수 없을 것 같았던 제 기분이 다른 사람의 눈에도 그대로 보인다니 부끄럽고 또 아파 지혁은 입을 다물었다.

'네가 나한테 무슨 이유로 왔는지 모르겠지만. 구현이 네가 더 신경 써. 아들이 그렇게 나오는 건 만희 잘못 아니야. 다 네 잘못이야. 그리고 만희한테는 무조건 잘해. 최선을 다해. 그럼 내가 한번 생각해 볼게.'

창밖으로 노을이 번졌다. 반쯤 어스름에 잠긴 몸을 꼭 끌어안은 지혁이 그녀의 고민을 쓸어내리듯 어깨를 살며시 어루만졌다.

"사실 야속했어."

제 손길에 따라 조금씩 움직이던 만희의 어깨가 순간 경직되는 것이 느껴졌다. 그것을 덜어 내려는 지혁이 다시 나긋하게 손을 움직였다.

"구현이가 그렇게 행동할 거라는 거 생각 못 했어. 구현이에게 방만희는 좋은 선생님이고 지금도 역시 변함없으니까. 하지만 구현이가 아직 어려서 그런가, 지금 이 상황을 이해하지 못하는 거 같아. 내가 그동안 사랑을 충분히 주지 못했기 때문인지도 몰라."

"그런 건 아닐 거야."

숨을 내쉬듯 만희가 말했다. 그 한마디에 지혁이 숨 쉴 수 있었다. 내내 긴장했던 그가 만희의 뺨을 살짝 건드렸다. 그녀의 눈썹이 파르르 떨리는 것이 고스란히 보였다. 그 눈썹에 지혁이 살짝 입맞춤했다. 눈을 감은 만희의 얼굴은 아름다웠다. 그녀에게 맹세하듯 지혁이 속삭였다.

"네 말대로 그런 건 아닐 거라고 믿고 싶어."

"그럴 거야."

"정말 그랬으면 좋겠다."

"내가 옆에서 봐서 알아. 정말 그런 거 아니야."

만희가 힘주어 덧붙였다. 그 말이 진심이라는 듯 만희가 지혁을 다독였다. 만희의 말에는 위로가 있었다. 따스함이 있었다. 지혁은 용기가 생겼다.

"그래서 말인데 만희야. 너 구현이한테는 너무 많이 마음 두지 않아도 돼. 구현이가 섭섭해하는 거 나와의 관계가 먼저일 거야. 내가 너 힘들지 않게 잘 생각해 볼게."

"네가 좋은 아빠라는 건 나도 잘 알아. 나도 구현이 상처받지 않게 노력할게."

울컥 또다시 눈물이 날 것 같은 기분을 지혁은 삼켰다. 제 여자 앞에서 절대 약한 모습을 보이고 싶지 않았다.

"고마워."

"그렇게 말하지 마."

"알았어. 사랑하는 사이에는 고맙다는 말, 미안하다는 말 하는 게 아니라는 뜻이지?"

경직되었던 그녀의 어깨가 조금 긴장을 푸는 것이 보였다. 그 어깨가 다시 제 손안에 감겨 오는 것이 느껴졌다.

"응."

"그래도 고마워. 그러니까 너는 기다려 줘. 구현이한테는 시간을 두고 내가 잘 말해 볼게. 아빠 학창 시절에 만났던 만화방 소녀라고 하면 구현이가 이해할까 몰라. 그 상대가 얼마나 낭만적인지."

그가 장난스러운 웃음을 지었다. 만희가 그 별것 없는 말에 웃어 보였다. 그런 만희가 더없이 사랑스러워 지혁이 그녀를 끌어안았다. 그녀의 얼굴을 제 가슴에 묻은 채 그가 속삭였다.

"내가 꼭 해결할게. 그러니까 만희야 너 절대 도망가지 마. 나는 방만희 절대 못 놔."

○ ◎ ●

내내 바짝 긴장한 만희가 작은 방 주변을 맴돌았다. 방 안에는 일과를 마치고 보호자가 올 때까지 기다리는 아이들이 이것저것 자신이 좋아하는 일을 하고 있었다. 블록 만들기. 책 읽기. 색종이 접기. 그 가운데 구현이는 책을 읽고 있었다. 다른 선생님들은 모두 돌아가시고 아이들이 집에 갈 때까지 돌봐야 하는 사람은 만희 혼자였다.

색종이 접기를 하던 아이가 친구들에게 함께 놀자 소리쳤다. 아이들이 모두 우르르 몰려가 역할놀이를 준비하는 가운데 구현이만 혼자 남아 자리에 있었다. 구현이는 가만히 책에 집중하는 중이었다. 책을 잡은 자그마한 손과 의자에 앉아 굽힌 무릎. 그 모든 것이 그저 기특하게 여겨지는 고작 다섯 살 아이.

— 제 아빠랑 유치원 선생이 연애를 하는데 그건 괜찮은 건가?

여자의 말이 틀리지 않았다. 만희는 할퀴듯 제 마음에 상처가 나는 것을 느꼈다. 하지만 아무리 아픈 상처라 해도 결국에는 아물 거라 생각하고 싶었다. 지혁이 자신을 믿어 주고 있으니 두 사람은 반드시 이 문제를 해결할 수 있을 것이다.

"구현아 뭐 해?"

만희가 조심스럽게 구현이에게 다가갔다. 작은 눈동자가 깜빡이는 것이 귀여워 만희의 얼굴에 저절로 미소가 스며들었다.

"책 읽고 있어요."

얼마 전까지 만희를 꺼려 하던 모습은 어느새 사라지고 아이는 제 이야기에 빠져 즐거운 모습이다. 만희는 방긋 웃어 보이며 조심스럽게 말했다.

"구현아. 혹시 선생님이랑 이야기할 시간 있을까?"

구현이는 그제야 책에서 시선을 떼어 만희를 바라보았다. 작고 앙증맞은 얼굴. 오목조목한 이목구비. 이 아이에게 아픔을 괴롬을 주어야 한다니. 만희는 죄를 짓는 것만 같아 눈물이 울컥 쏟아질 것 같았다. 하지만 울음을 삼키며 아이의 앞에 앉았다.

"구현이 혹시 만화책이라는 거 알아?"

"만화책?"

아이가 고개를 갸웃했다. 만희는 미리 준비해 간 옛날, 그 옛날 만희네 만화방에서 사람들에게 빌려줬던 만화책 한 권을 구현이의 앞에 꺼내 보였다. 만희가 가장 좋아하던 만화, 상큼하고 푸릇푸릇한 감성이 가득한 순정만화, 날긋날긋한 표지. 아이는 그것을 가만히 바라보았다.

"오래된 책이지?"

만희는 책의 표지부터 촤르르 넘기며 아이에게 보여 줬다. 그제야 구현이의 표정이 밝아졌다.

"이런 거 알아요. 그림이랑 있는 거."

"응. 그래. 아는구나! 구현이는 모르는 게 없네."

만희가 머리를 쓰다듬으며 칭찬하자 구현이는 기분이 좋은 듯 방긋 웃었다.

"선생님 어릴 때 말이야, 선생님 엄마가 만화방을 하셨거든."

"만화방?"

"응. 이런 만화책을 가게에 가득 가져다 두고 손님들한테 만화책을 빌려주는 거야."

"빌려줘요? 사는 거 아니고?"

"응. 빌려주는 거야. 다 보면 다시 가져다주는 거. 우리 유치원 도서관처럼."

만희는 일주일에 한두 권씩 책을 빌려주고 되돌려받는 유치원 도서관을 가리키며 말했다. 아이는 무슨 말인지 잘 모르겠지만 그래도 아예 모르지는 않는다는 표정으로 고개를 끄덕였다.

"그런데 그 만화방 손님 중에 한 명이 누구였는지 알아?"

만희의 질문에 구현이는 고개를 저었다.

"바로 구현이의 아빠였어."

그 말에 구현이는 눈을 휘둥그레 뜨고 무슨 소리인가 하는 얼굴로 만희를 쳐다봤다.

"구현이 아빠도 어린 시절이 있었거든. 구현이처럼 유치원생이기도 하고. 더 자라 초등학생이 되고 고등학생이 되고."

구현이가 긴가민가한 얼굴로 고개를 끄덕였다.

"구현이 아빠가 고등학생일 때 선생님이랑 같은 학교를 다녔거든!"

"엥?"

아이는 그것이 자못 우습다는 듯 갑자기 킥킥거렸다.

"그래. 맞아. 구현이 아빠도 책가방을 메고 길에 교복 입고 다니는 누나 형들처럼 학교를 다녔어. 그리고 그때는 이런 만화책도 참 좋아했었어."

"오."

"그러니까 선생님이랑 아빠는 아주 옛날부터 서로 알고 지낸 거지."

"……."

"그러다 우리 구현이 유치원에 아빠가 데리러 왔던 날 기억하지?"

"음."

아이는 잠시 궁리하는 표정을 지었다.

"왜, 그때 아주머니 많이 아프셔서 아빠가 데리러 오셨잖아. 유치원에서 셋이 떡볶이 먹던 날!"

"아! 떡볶이 알아요!"

"음, 구현이 그 떡볶이 좋아하지?"

구현이가 크게 고개를 끄덕였다.

"그때 선생님은 깜짝 놀랐어!"

만희가 진짜 놀랐다는 듯 양손을 반짝반짝하면서 웃긴 표정을 지었다. 구현이 큭큭대며 웃었다.

"오랜만에 친구를 만났더니 얼마나 반갑고 놀랐겠어? 그지?"

"응."

"그래. 구현이도 매일매일 유치원 친구들 만나면 반갑잖아."

"응. 맞아요. 우진이랑 해은이랑 민수랑."

"그런데 선생님은 정말 오랜만에 구현이 아빠를 만났거든. 그래서 더 반가웠어."

"응!"

아이는 이해할 수 있다는 듯 크게 고개를 끄덕였다. 만희는 그 천진난만한 얼굴에 갑자기 눈물이 쏟아질 것 같았다. 이 아이에게 제가 무슨 짓을 한 걸까? 이렇게 어리고 여리고 작은 아이에게. 아무것도 모르고 아무것도 이해할 수 없는, 이 세상 모든 것이 처음인 아이에게.

만희는 진심으로 간절히 바랐다. 자신의 말이, 자신의 행동이 이 아이를 아프지 않게 하기를. 이 아이의 마음이 다치지 않기를. 만희는 정말 바라고 있었다.

"그래서 말인데. 선생님이 지난번에 갑자기 나타나서 구현이 방에 놓을 침대랑 책상 골라 준다고 해서 조금 놀랐지?"

그 이야기가 나오자 구현이는 갑자기 눈을 부릅뜨고는 아무 말이 없었다. 만희는 마음이 아파 그다음 말을 쉽게 이어 나갈 수 없었다. 자꾸만 눈물이 그렁거릴 것 같아 마른침을 꿀꺽 삼켰다. 그런 만희의 표정을 가만히 지켜보고 있던 구현이가 그제야 눈의 힘을 조금씩, 조금씩 풀었다. 만희는 목이 멘 채로 조심스럽게 제 손을 구현이에게 가까이 가져갔다. 아이는 경계하듯 몸을 움직이지 않은 채 만희가 하는 것을 가만히 바라보았다. 만희는 울컥하는 것을 숨기며 구현이의 어깨를 가볍게 두어 번 토닥였다.

"선생님이 미안해."

"……"

"선생님이 그때 미리 말하지 않고 마음대로 하려고 해서 정말 미안해."

"……"

으아아아앙 구현이의 울음이 터졌다. 저쪽에서 저들끼리 소꿉놀이를 하는 아이들이 놀란 얼굴로 이쪽을 쳐다보았다. 만희는 손을 뻗어 구현이를 끌어안았다. 아이는 거부하는 것 없이 만희에게 안겨 울음을 터트렸다.

"선생님이 미안. 선생님이 미안해. 그때 구현이에게 미리 말 안 해서. 선생님은 구현이랑 가장 친한 아빠 절대 빼앗으려는 거 아니야. 선생님이 구현이를 마음대로 바꾸려고 하는 것도 아니야."

"……."

"우리 앞으로는 같이 이야기하고 그리고 같이 결정하자. 응?"

구현이는 대답 대신 고개를 끄덕였다. 만희는 그런 구현이의 눈물을 닦아 주었다. 그 눈물을 닦으며 제 의지와 상관없는 눈물이 제 뺨에 흘러내리고 있다는 것을 느꼈다. 만희는 손등으로 제 눈물을 닦아 냈다. 아이는 그런 만희를 가만히 바라보았다.

"미안. 선생님이 울보라."

"……."

"너희도 그러잖아. 원래 누가 우는 거 보면 따라 울잖아."

만희가 장난스럽게 눈을 흘기며 구현이를 바라보았다. 구현이 가만히 있다가 피식 웃었다.

"나 이제 책 읽을래."

구현이 만희에게서 벗어나 제자리에 앉아 책을 다시 집어 들었다. 만희가 고개를 끄덕였다.

"그래. 그렇게 하자."

만희는 그런 구현이가 책을 펴 다시 그 이야기 속으로 집중하는 것을 가만히 지켜보았다. 한 줄, 두 줄. 그 정도 읽었을까. 갑자기 구현이가 만희를 쳐다보았다.

"선생님하고 아빠 친구야?"

아이의 갑작스러운 질문에 만희는 깜짝 놀랐다. 그러나 곧바로 미소를 지으며 말했다.

"응. 선생님이 아빠하고 친구 하는 건 어떨까?"

그 말에 잠깐 눈을 도르르 굴린 구현이가 딴 곳을 쳐다보는 듯 딴청을 피우며 대답했다.

"응."

아이의 대답에 희미한 미소를 지은 만희가 멀리 소꿉놀이를 하는 아이들을 바라보았다. 아이들은 자기들끼리 무엇이 재미있는지 재잘재잘 하더니 이내 까르르 소리를 내며 웃었다. 그 모습에 또 눈물이 흐를 것 같은 기분을 참아 내며 만희는 벨이 울리는 유치원 현관을 바라보았다.

○ ◎ ●

"언젠가는 구현이가 진심을 알아줄 거야. 신경 써 주고 마음 써 줘서 고마워."

한없이 따뜻한 지혁의 눈빛이 만희를 감쌌다.

"처음부터 쉽다고 생각한 일 아니야. 그래도 구현이가 나를 거부하지 않고 말을 들어 줘서 다행이야."

그가 조심스럽게 만희의 손등을 제 손으로 덮었다. 묵직한 기운이 만희의 여린 마음을 지그시 눌러 왔다. 이거면 된 거라고. 얼마든지 저는 인내하고 나아갈 수 있을 거라고 만희는 생각했다.

"그래도. 너 힘들까 봐 걱정돼. 다 나 때문에……."

"쉿!"

만희가 단호히 고개를 흔들었다.

"너 그런 말 하지 않기로 했잖아."

"알아. 아는데도 내가 정말 왜 이러는지 모르겠다. 이게 다 방만희가 너무 예쁘고 좋아서 생기는 문제야."

"아휴. 또 그런 소리! 걱정하지 마. 나 흔들리지 않아."

"그럼! 너 흔들리지 않게 내가 꼭 잡을 거야."

"치. 그럼 잘 잡아 보든가!"

차의 전면 유리창을 바라보며 만희가 장난스럽게 말했다. 가능한 한 따뜻하게, 용기가 가득한 그런 목소리로 말하고 싶었는데 제 목소리는 아무래도 조금 쓸쓸하게 느껴지는 것 같았다.

지혁에게 힘이 되어 주고 싶었는데 그에게 세상 가장 편한 쉴 곳을 마련해 주고 싶었는데 만희는 그게 쉽지 않았다. 당신의 전 여자. 유하진이라는 사람과 만나기로 했다는 말도 해 버리고 싶은 마음이 들었다. 그 여자가 나와 만나 보고 싶어 한다고, 나 어쩌면 좋겠냐고 투정도 부리고 싶었다.

하지만 만희는 말하지 않았다. 대신 오늘 구현이와 있었던 일에 대해 이야기했다. 그는 아줌마에게 부탁해 늦게 들어가겠다고 말했지만 만희는 그런 그를 만류했다. 일부러 집에 들어오지 말라 하고 제가 오피스텔 앞, 그의 차로 내려온 상황이었다.

그가 집에 들어오면 또 입을 맞추고 그를 안고 싶을 거란 생각이 들기 때문이었다. 자꾸만 외로워지고 자꾸만 작아지는 저를 따뜻하게 안아 주는 사람. 하지만 모든 일에는 속도를 맞춰 가야 했다.

"그래도 잘해 나가고 있어 우리."

지혁이 만희의 손을 잡았다. 따뜻하고 커다란 손은 만희의 손을 완전히 덮고도 남을 정도였다. 만희가 가만히 그를 바라보다 시선을 맞췄다.

"구현이에게도 잘하고, 우리 서로 이해하고 맞춰 가면 앞으로 함께 행복할 거야."

그가 만희를 따스한 눈으로 바라보았다. 만희가 크게 고개를 끄덕였다. 뿌리가 없었던 건지 아니면 다치고 상했던 건지 바람에 마구 흔들리는 자신을 잡아 주는 이 남자. 그가 하는 말은 만희에게 커다란 의미를 가져다주었다. 그렇게 될 거라는 믿음. 그렇게 할 수 있을 거라는 각오를 새롭게 다져 주는 말. 그 말을 들으면 어떤 용기도 낼 수 있을 것 같았다.

이미 지나간 여자가 된 유하진을 만나도 상관없었다. 이 사람의 마음이 내게 있는데 대체 뭐가 겁이 날까?

"응. 우리 잘하자."

만희가 조금은 어리광을 담은 목소리로 말하며 저를 잡고 있는 그의 손을 풀어 새끼손가락을 걸었다.

"약속하는 거야?"

만희가 고개를 끄덕였다. 그가 피식 웃으며 서로가 서로에게 건 그 손가락을 바라보았다. 그러고는 곧 좋은 생각이 떠올랐다는 듯 눈을 밝혔다.

"마침 잘됐다. 이렇게 된 이상 나 소원 하나 빌어도 돼?"

"뭔데?"

"올해 내로 우리 결혼하게 해 주세요."

지혁이 간절히 소원을 빌듯 만희의 손가락을 꼭 잡고 말했다.

"응?"

만희가 그런 지혁의 행동이 우스워 코웃음을 쳤다.

"뭐야 이게?"

"올해 내로 결혼하게 해 달라고, 만희가 절대 내 옆에서 떠나지 않게 해 달라고 비는 거야."

"걱정하지 말래도."

"그래도. 불안해. 어서 빨리 네가 내 옆에 꼭 붙어 있어야 한다고, 공식적으로 선언하고 싶어."

훗. 만희가 그런 그를 사랑스럽게 바라보았다.

"가을 전에. 아니, 여름에."

그가 스르르 힘이 풀리는 만희의 새끼손가락을 고쳐 잡으며 말했다.

"아니. 그건……."

"약속도 내친김에 하는 거지. 이왕 손가락 건 김에."

장난스러운 눈빛으로 저를 바라보는 지혁을 향해 만희가 피식 웃었다.

"왜, 아예 죽을 때까지 해야 할 약속 미리 다 해 놓지!"

그 말에 지혁이 그렇게 좋은 아이디어가 어디 있겠냐는 듯 손가락을 맞부딪쳤다.

"그럼 앞으로 평생 나만 바라보겠다고 해."

"아. 철 지난 유행가 가사네."

"야! 방만희!"

"알았어. 지금도 그런데 뭐. 다른 사람은 눈에도 안 들어오는걸."

"아하. 그 말 정말 명심해야 해."

"응."

만희가 크게 고개를 끄덕였다.

"그래. 그래야지. 그리고 나도 앞으로 평생 방만희만 사랑할 거야."

그가 덧붙였다. 부드러운 목소리로. 낮은 음성으로. 방만희에게만 들리도록. 방만희가 가슴속에 깊게 새기도록. 만희의 가슴이 기분 좋게 울리도록.

가벼운 입맞춤이 입술 위로 내려앉았다. 보드랍고 따뜻한 온도.

"나도 너만 사랑할래."

만희가 싱긋 미소 지었다.

9

5월의 마지막 주는 세상이 온통 꽃향기로 가득했다. 아카시아 흐드러지게 핀 나무. 이름 모를 풀들이 점점 푸르러지는 날씨. 세상 모든 것을 용서할 수 있는 날들. 아이들은 모두 꽃처럼 예쁜 얼굴로 유치원에 도착했다. 그리고 오늘 구현이는 누구보다 기분이 좋아 보였다. 어찌나 얼굴이 화창하게 갠 봄 날씨와 닮았는지 지혁이 3박 4일 해외 출장을 가 있었지만 만희도 내내 얼굴이 밝았다.

"선생님 우진이가 자꾸 제 거 뺏어요!"

"선생님 해은이가 저보고 밉대요!"

"선생님 민수가 나보고 이거 하지 말래요!"

도돌이표처럼 반복되는 아이들의 투정도 크고 작은 민원도 모두 기분 좋게 해결할 수 있을 것 같은 느낌.

"우진이한테 선생님이 그러지 말라고 했다고 전해."

"왜 그런 소리를 했을까? 우리 강희가 얼마나 예쁜데. 해은이가 다른 이야기 한 걸 거야. 절대 강희한테 한 말 아닐걸!"

"그럼 민수한테 다른 거 같이하자고 하자. 민수는 동준이랑 같이 놀고 싶어서 그런 거야."

그렇게 이 작은 유치원 해바라기반의 해결사로 납신 만희가 착착 모든 일을 해결하고 있는 와중이었다. 점심시간에도 여전히 기분 좋아 보이는 구현이가 친구들을 불러 놓고 이야기를 하고 있었다. 웬일인가 싶은 생각에 만희는 저절로 아이에게 시선이 갔다. 늘 조금은 뒤에 있거나 혼자서 책을 읽던 구현이가 모두의 앞에서 그렇게 신나서 이야기하는 건 처음이었기 때문이다.

구현이 빈 식판을 조금 밀어 놓고 요구르트를 쪼옥 빨더니 말했다.

"나, 엄마네 집으로 이사 갈 거야."

옆에 있던 우진이 물었다.

"엄마네 집? 우리 집은 엄마 집이 아빠 집인데?"

그쯤은 별것도 아닐 거라는 듯 구현이 말했다.

"우리 엄마 집은 더 커."

"얼마나 커?"

"방이 다섯 개나 있어."

"와 진짜 넓다."

아이들이 전부 감탄했다. 그 반응에 신이 났는지 구현이 다시 말했다.

"엄마랑 놀이동산도 갈 거야."

"나도 엄마랑 놀이동산 갔는데."

"나도 이번 주에 갈 건데."

평소 아이들이 모여 이런저런 주말 계획을 이야기하면 늘 뒤에서 아무 말 없던 구현이의 얼굴이 반짝거렸다.

"엄마랑 캠핑도 갈 거야."

"나도."

"아빠도 같이 갈 거야. 엄마랑 아빠랑."

순식간에 아이들이 재잘거렸다. 저마다 실제 이번 주에 있을 일인지 아니면 예전에 있었던 일인지 그것도 아니면 자신들의 바람일지 모를 일들을 이야기하고 있었다. 모두들 신이 나 보였다. 천진난만한 목소리들은 새들이 모여 짹짹거리는 것 같았다. 그 가운데 만희의 표정이 흐릿해졌다. 마음이 불안해 그 이야기들을 듣고 가만히 있을 수 없었다.

하진이 구현이를 만나러 왔던 걸까? 아이의 얼굴에는 밝은 빛이 흐르고 있었다. 구현이를 만나고 나서 한 번도 본 적 없던 밝은 얼굴. 최근 저에게도 보여 주지 않았던 표정.

만희는 그것이 무엇인지 알고 있었다. 만희가 제 엄마와 언니와 아빠와 함께 살던 그 시절. 세상이 보드랍고 따뜻한 곳이었던 그 시절, 만희도 그런 표정을 짓고 있었다.

그날 오후 하진에게서 연락이 왔다. 3박 4일 지혁이 출장을 간 사이 마치 그것을 알고 있었던 것처럼 그녀가 연락을 해 와 깜짝 놀랐던 만희는 곧 그녀 역시 같은 병원에서 근무하는 의사라는 사실을 깨달았다. 갑자기 그 사실이 난감하게 느껴졌다.

근처 커피숍에서 만난 그녀는 여전히 친숙해지기 어려운 분위기를 풍기고 있었다. 그녀에게 반했던 이지혁이 자신과 사귀고 있다는 것이 이해가 되지 않을 만큼 저와는 정반대의 사람.

"앉으시죠."

미리 작정이라도 하고 온 것처럼 세련된 슈트를 입은 여자에 비해 만희는 청바지에 니트 차림이었다. 이럴 줄 알았으면 제 쪽에서 나중에 만나자고 하는 거였는데. 조금 후회했다. 하지만 곧바로 마음을 고쳐먹었다. 서로 하는 일이 다르고 서로 할 수 있는 이야기가 다르니 당연한 거였다. 무엇보다 제게는 지혁이 있다고 생각했다.

가볍게 묵례한 두 사람이 자리에 앉았다. 만희 몫의 커피는 미리 놓여 있었다. 커피를 들라며 손으로 가리킨 여자가 만희가 채 잔을 들기도 전에 말을 꺼냈다.

"우리 구현이 이번 달까지만 유치원 다니는 걸로 하려고요."

만희가 그녀를 똑바로 마주하며 되물었다.

"의논되신 상황이세요?"

"의논이요? 누구? 아, 지혁이요? 그럼요."

만희는 믿을 수 없었다. 지혁이 그럴 사람이 아니었다.

"지혁 씨한테 그런 이야기는 못 들었는데요."

"그러니까요. 지혁이가 왜 당신한테 그 이야기를 해야 하죠? 구현이는 지혁이랑 내 앤데."

"……."

그 순간 만희는 말을 잃었다.

"구현이가 얼마나 좋아하는지 몰라요. 영어 유치원이라고 이야기했는데 겁내기는커녕 책도 많고 새 친구도 많다고 하니까 신이 나서 얼마나 좋아하던지! 역시 남다르다는 게 느껴졌죠. 이런 아이라면 중간에 옮겨도 상관없지 않을까요? 그래요. 전문가로서는 견해가 어떠세요?"

"구현이는 지적 호기심이 많은 아이이긴 합니다. 책 읽는 것도 좋아하고 추론 능력도 뛰어나죠."

"역시, 아이 아빠나 저나 호기심도 많고 새로운 도전을 좋아하니까요."

이야기를 더해 갈수록 만희는 하진이 저를 바라보는 시선에 담긴 감정이 무엇인지 확실하게 느낄 수 있었다. 하대하는 표정. 무시하는 눈초리. 그것을 감추지 않는 그 여자가 경박하게 느껴졌다.

"구현이는 지혁 씨가 키우고 있습니다. 지혁 씨는 적어도 구현이 스스로 선택할 수 있는 나이가 되기 전까지는 아이에게 부담스러울 만한 교육은 시키고 싶지 않다고 했고요."

만희는 그녀를 똑바로 바라보고 이야기했다. 저 여자가 하는 짓은 질투일 뿐이었다. 정말 진심으로 구현이를 생각해서 하는 일이 아닌 뒤늦게 나타나 떼를 부리는 사람처럼 마구잡이로 선택한 결정. 그러니 제가 저 여자의 시선을 피할 필요는 없다. 하지만 저만큼이나 그녀는 당당해 보였다.

"그런 게 진짜 선택인가? 알아야 선택도 하잖아요. 세상에 이런 것도 있고 저런 것도 있다, 옵션이 이렇게 차고 넘친다는 걸 알려 줘야죠. 그게 진짜 선택이죠. 모르는 걸 어떻게 선택하겠어요?"

"……."

"구현이한테 엄마네 집에 와서 살겠냐고 물으면서 우리 집에 대해 알려 줬죠. 우리는 자주 와서 함께 있어 줄 이모도 있고 외할머니도 계시고. 아이가 좋아하더군요. 방도 충분하고 집에 상주하는 아주머니가 구현이를 돌봐 주실 겁니다. 집도 아주 예쁘게 꾸며 놨어요. 지금 살고 있는 삭막한 곳과는 다르죠."

"……."

"영어 유치원은 물론 아이가 하고 싶은 건 다 할 수 있도록 지원할 겁니다. 좋은 책, 좋은 음식. 그렇게 되면 지혁이도 질 수밖에 없죠. 세상에 자기 자식 이기는 부모 본 적 있나요?"

그녀는 제가 다 이긴 이야기라고 생각하고 있는 것 같았다. 이해할 수 없는 건 만희의 입장일 뿐이었다. 아주 많은 사람들이 제 고집을 놓고 싶지 않다는 이유로 남에게 지고 싶지 않다는 이유로 이렇게 남에게 상처 주는 일들을 쉽게 해 대니까.

"대체 지금 와서 왜 이러시는 건가요?"

만희가 소리쳤다.

"그러는 만희 씨는 대체 뭐가 부족해서 다른 사람과 아이까지 있는 남자한테 이러고 있어요? 부모님이 걱정하지 않으세요? 좋은 남자 만나요. 요즘 서른둘이면 노처녀도 아니고 딱 좋을 나이인데 뭣 하러 다섯 살이나 되는 아이를 키우려고 이러는지. 구현이는 제 아이잖아요. 저 구현이 만희 씨한테 안 보냅니다."

"……."

만희는 점점 말을 잃었다. 모든 것이 괜찮을 줄 알았는데. 잘해 나갈 수 있을 거라고 생각했는데. 그게 쉽지 않을 거란 느낌이 들었다. 그게 하나도 되지 않을 것 같았다. 논리가 무너지고 그녀를 설득할 방법을 찾지 못할 것 같았다.

"다른 건 몰라도 전문가라면 이건 알겠죠? 아이에게 제일 좋은 건 자기 친부모와 함께 사는 거라는 거."

저에게 남은 마지막 길이라면 지혁 하나였다. 그에게 가는 길. 그 길에 수많은 고난이 있더라도 그에게 갈 수 있다면, 괜찮을 거라 생각했으니까.

"저는 지혁 씨와 결혼할 생각입니다. 구현이도 제가 많이 사랑하고 아끼고 돌봐 줄 겁니다. 걱정하지 않으셔도 됩니다."

"그러니까요. 두 사람이 결혼한다면 그게 더 문제겠네요. 저는 구현이 새엄마랑 함께 살게 할 생각 없어요."

"저는 지혁 씨와 결혼할 생각입니다. 지혁 씨는 구현이 절대 하진 씨에게 보내지 않을 거예요."

다른 건 몰라도 그건 알 수 있었다. 지혁이라면 구현이를 그렇게 쉽게 뺏기지 않을 것이다. 그 어떤 상황에서도 지혁은 구현을 지켜 왔다. 제 엄마가 아이를 버린 그 상황에서도. 그러니 지금도 그는 구현이를 양보하지 않을 것이다.

"그럼 구현이한테 결정하라고 해야겠네요. 엄마와 아빠. 둘 중 누구랑 함께 살고 싶은지."

그걸 아는 건 만희 하나만이 아니었다. 그래서 만희는 길을 잃어버리고 말았다.

○ ◎ ●

　조금은 다급한 노크 소리가 들렸다. 벨을 누르면 실례라고 생각하는 건가? 만희는 희미하게 미소 지으며 소파에서 일어나 문을 열었다. 문 밖에 서 있는 건 당연히 지혁이었다. 출장을 마치고 돌아온 지혁은 귀국 시간을 조금 앞당겨 새벽 비행기를 타고 왔다. 인천 공항에서 바로 만희의 집으로 오겠다고 약속했다.

　"만희야!"

　그가 들어오자마자 만희의 허리를 끌어안았다. 그의 체취. 그의 얼굴. 만희는 그에게 폭 안기며 속삭였다.

　"잘 왔어."

　"응. 보고 싶었어."

　"나도."

　두 사람은 그대로 끌어안고 침실로 들어갔다. 천천히 서두르지 않고 느긋하게 서로를 안았다. 따뜻한 체온을 나누고 같은 곳을 바라보는 기분을 느끼며 서로의 안으로 들어갔다. 더없이 평온한 시간이었다.

　샤워를 마친 그가 만희의 옆으로 누웠다.

　"아, 살 것 같다. 너랑 같이 있으니까."

　그가 곧바로 만희에게로 돌아누우며 말했다.

　"응."

　만희가 짧게 대답했다. 그 순간 지혁은 알았다. 그녀에게 무슨 일이 있는 것 같았다. 아주 작은 변화라도 눈치챌 수 있을 만큼 두 사람의 사이는 가까워졌으니까. 지혁이 만희의 표정을 살폈다. 제가 아닌 다른 곳을 바라보고 있는 것 같은 만희를.

"무슨 일 있어?"

그 질문에 만희는 지금 어떤 표정을 지어야 할지 몰랐다. 제가 준비해 둔 말이 지금 이 상황에 어울리는지 어떤지도 판단할 수 없었다. 하지만 해야 할 말이 있었다. 그리고 그것이 맞는다고 생각하는 중이었다.

"있잖아. 지혁아. 나, 이거 안 할래."

말끝으로 천둥이 치고 벼락이 떨어진 것 같았다. 하지만 다시 주워 담을 수 없다.

"뭐?"

그가 불안한 표정으로 되물었다.

"너랑 구현이랑 같이 사는 거. 나 그거 안 할래. 나 다른 남자도 만나 보고 싶어."

○ ◎ ●

"안녕하세요? 말씀 많이 들었습니다. 민주 씨 친구라고."

첫 번째로 소개받은 사람은 민주의 회사 동료인 30대 중반의 남자였다. 훤칠한 키에 서글서글한 얼굴로 법 없이도 살 것 같은 좋은 인상이었다.

"네. 저도 말씀 많이 들었습니다."

만희는 그 인상 좋은 남자의 얼굴에서 매력을 찾기 위해, 그와의 대화 에서 공통점을 찾아보기 위해 귀를 기울이고 눈을 크게 떴다.

그는 주말에는 등산하는 걸 좋아하고 회사 일을 마치고 집에 오면 영 화 한 편 보면서 맥주 마시는 것이 취미라 했다. 만희는 저 역시 영화를 보러 가는 건 좋아하지만 등산은 아직 해 본 적 없다고 말했다.

스파게티를 먹고 차를 마시고 두 사람은 끊임없이 대화를 나누었다. 질문을 하고 질문을 받고 번갈아 배드민턴공을 던지고 받는 것처럼. 그 런데 왜일까. 그 왔다 갔다 공중을 날아가는 공치기가 한없이 지루했다.

정답은 아직 찾지 못했다. 이 남자가 아주 좋은 사람일 수도 있었다. 그러니까 결혼을 목적으로 한다면, 이 사람은 좋은 짝일지도 모른다. 크게 엇나가지 않고 안전하고 좋은 길로 자신을 인도해 줄 것 같은 남자. 이 남자와 함께 주말에는 등산을 하고 퇴근 후에는 함께 극장에 가는 삶. 그것이 정답일 수 있었다. 정답, 삶의 정답.

만희는 두 번째 남자도 만났다. 그 남자는 언니가 소개해 준 공무원으로 키는 작지만 이목구비가 배우처럼 아주 잘생긴 사람이었다. 그는 독서를 좋아하고 드라이브를 즐긴다고 했다.

처음 만난 날 그 남자가 운전하는 차를 타고 한강으로 드라이브를 갔다. 넓은 잔디밭에서 시원한 바람을 맞으며 두 사람은 끊임없이 이야기를 나누었다. 이 사람이 제 정답일 수 있으니 절대 틀리지 말아야겠다는 생각을 하면서 만희는 남자를 살폈다.

웃는 얼굴이 매력 있고 말솜씨가 좋았다. 남자는 농담을 잘하는 편이지만 만희는 웃지 않았다. 그는 아주 잘생겼는데 만희는 그의 작은 키만 눈에 들어왔다. 평소 좋아하는 메뉴를 먹었지만 감흥이 없었다. 이 사람이 정답일 수 있는데 그게 쉽게 눈에 보이지 않아 조바심이 났다.

"나는 별로냐?"

다음 날 집 앞으로 찾아온 준호가 그 말을 했다. 아마 지혁과 헤어졌다는 말을 민주가 해 준 모양이었다. 만희는 가만히 준호를 바라보았다. 서글서글한 인상. 듬직한 체격.

준호는 착한 아이였다. 제 엄마가 돌아가셨을 때 제일 먼저 와 준 아이였다. 이 아이가 정답일 수도 있지 않을까?

"만나 볼까?"

가만히 그를 바라보며 만희가 그렇게 말했다. 갑자기 김이 샌 듯 콧방귀를 뀐 준호가 고개를 절레절레 흔들었다.

"됐다!"

준호는 어떻게 알았을까? 만희가 답이 아니라는 걸. 어떻게 그렇게 쉽게 알 수 있을까?

"야! 너 어떻게 그렇게 빨리 답해?"

"그럼 내가 바보냐?"

"뭐가?"

"네 눈빛. 네 눈빛이 이미 멜로 눈깔이 아닌데, 얘는 아니라고 말하고 있는데 어떻게 너랑 연애를 해? 나도 시간 낭비하기 싫어."

우리는 그렇게 쉽게 알 수 있는 걸까? 단 몇 초 만에 이 사람은 사랑할 사람이고 이 사람은 아무런 감정이 들지 않는다고. 아무리 오랫동안 함께 시간을 보내도 오답만 수두룩할 시험지라는 걸 알고 있는 걸까?

"그래도 네가 헤어져서 다행이야. 정말 다행이라고! 그 자식은 안 돼."

준호가 단호하게 소리쳤다.

"그래. 안 되지."

"그럼. 절대 안 돼. 기다려 봐. 이 오빠가 좋은 남자를 소개해 줄 수도……"

그 순간 만희는 주저앉아 울었다. 첫사랑. 고교 시절 반했던 상대. 다시 만난 그 순간 다시 또 한눈에 반한 남자. 시험지의 정답은 제일 첫 번째 고른 답이 정답이라는 걸, 우리는 시험을 보고 난 뒤 채점을 하면서 깨닫는다.

"아. 처음 고른 거, 그거 절대 고치지 말걸."

하지만. 사랑은 두 사람 모두에게 정답이어야 한다.

어릴 적 일찍이 아빠가 돌아가셨다. 갑작스러운 사고와 한순간에 뒤바뀌어 버린 집 안의 공기. 그 공기를 만희는 기억하고 있다. 도저히 제 힘으로는 어찌해 볼 수 없었던 상황.

울고 혼절하고 다시 또 울던 엄마 옆에서 만희는 끙끙대며 혼란 속에 빠졌다. 제 상처가 얼마나 깊은지 그래서 그것을 어떻게 보듬어야 하는지 몰랐던 건, 너무 어렸기 때문이었다.

얼마간의 시간이 흐르고 엄마는 예전보다 더 활발해지셨다. 새로 차린 만화방에서 기운 내 일을 하셨다. 그러지 않으면 안 된다는 걸 아셨기 때문이었지만 어린 만희는 다행히도 조금씩 안정이 되었다. 제 세상이 다시 시작되었으니까. 흔들리지 않고 무너지지 않았으니까.

'그럼 구현이한테 결정하라고 해야겠네요. 엄마와 아빠, 둘 중 누구랑 함께 살고 싶은지.'

아이에게 그런 짓을 시킬 순 없었다. 아이의 세상을 흔들고 싶지 않았다. 이지혁을 사랑하니까 구현이가 힘들면 그도 힘들어질 테니까. 그걸 옆에서 지켜보다 결국엔 저 역시 대체 내가 왜 이런 선택을 했을까, 어쩌다 그를 사랑하게 됐을까, 이게 정말 사랑이 맞는 걸까 후회하게 될 테니까. 그래서 그에게 다른 남자를 만나 보겠다고 말했다.

당신이 정답을 찾는 동안 나도 나만의 정답을 찾아보겠다고.

'너랑 구현이랑 같이 사는 거, 나 그거 안 할래. 나 다른 남자도 만나 보고 싶어.'

'뭐라고?'

그는 침대에서 벌떡 일어나 만희에게 외쳤다.

'너 뭐라는 거야?'

방금 전까지 제 입술에 키스했던 여자의 돌변이 기가 막혔을 것이다. 원 나잇을 즐기는 그런 여자처럼. 방만희는 순간 그런 사람이 된 거다.

'나도 기회를 갖고 싶어. 좀 그래. 쉽지 않아. 서른두 살이고 아직 노처녀도 아닌데 다른 사람도 만나 봐야지 않겠어?'

'말이 돼? 사람이 하루아침에 바뀌어도 유분수지. 너 지금 네가 무슨 말 하는지 알고 하는 소리야?'

'정답이 필요한 일이잖아. 다시는 돌아키고 싶지 않은데, 살다 후회하면 어떻게 해?'

'그거 지금 나를 비난하는 거야?'

'아니. 적어도 나는 그래. 나는 신중하고 싶어. 내 인생이니까.'

그에게 구현인지 아니면 나인지 그런 악독한 고민을 하게 만들고 싶지는 않았다.

'말도 안 되는 소리 하지 마 방만희. 사랑하잖아. 사랑으로 얼마든지 극복할 수 있어.'

'그 사랑의 유효 기간이 언제까지인지는 네가 더 잘 알잖아.'

만희는 제집에 그를 남겨 두고 먼저 밖으로 나왔다.

친구를 만나기로 했다며 만희는 그를 제집에 남겨 두고 나갔다. 불과 몇 시간 전, 만희를 만날 기대에 새벽 비행기로 표를 바꾸고 그녀의 집으로 뛰어왔던 그 순간의 설렘이 사라져 버렸다.

무엇이 만희를 그렇게 만든 걸까? 3박 4일, 그 짧은 출장 기간 동안 나와 조금 떨어져 가만히 생각해 보니 문득 억울했던 걸까? 아직 미혼인 그녀와 다섯 살 아이가 딸린 이혼남.

"다섯 살 아이가 딸린 이혼남."

소리 내어 말한 순간 지혁은 미안한 마음이 들었다. 제 머릿속에 저는 그저 이지혁일 뿐이었다. 구현이가 소중하고 귀한 아들이긴 했지만 분명 저와는 별개라고 생각했었다.

어쩌면 만희를 만나면서 자신은 10여 년 전, 만희네 만화방에서 만화를 빌리던 그 고등학생으로 돌아가 버린 것일지도 모른다. 제 자신에 대한 객관적 판단이 불가했던 것이다. 하지만 어떻게 그 말을 믿으란 걸까? 저에게 키스하고 사랑을 속삭이고 한 몸이 되어 서로의 체온을 나누고. 그건 그냥 평범한 잠자리가 아니었다.

"거짓말."

지혁은 그녀의 말을 절대 믿을 수 없었다.

그날 밤. 지혁은 만희의 집 앞에서 기다렸다. 친구를 만나고 들어온다는 그녀는 지혁의 전화를 받았고 오늘 늦게까지 친구와 함께 지낼 생각이라고 했다. 얼굴 좀 보자고 보고 다시 이야기하자고 했지만 만희는 전화로 충분하다고 했다.

"내가 뭘 잘못한 거야? 납득하도록 설명을 해 줘야 나도 이해할 거 아니야? 갑자기, 어떻게 이럴 수 있어?"

— 갑자기 이래서 미안해. 그런데 갑자기는 아니었잖아. 우리 계속 그걸로 고민했었고. 막상 네 입에서 결혼 이야기가 나오니까 한 번쯤 다시 생각해 봐야겠다고 느꼈던 것뿐이야.

그녀가 점점 멀어지고 있었다. 서로를 꼭 붙잡고 있던 그 끈이 힘없이 끊어지려는 것이 눈에 보이는 것 같았다. 다급한 마음이 들었다. 어떻게 붙잡아야 할까? 손이라도 잡고 매달리면 다시 돌아봐 줄까?

"그럼 이렇게 하자. 결혼 이야기는 잠시 미뤄 두고 우리 같이 고민해 보는 거야. 천천히 힘들지 않게 다가갈게."

— 좋은 말이지만, 지혁아. 세상에 다른 것도 있다는 것을 알아야 선

택할 수 있는 거잖아. 다른 옵션은 전혀 보지도 않고 어떻게 선택을 해? 그건 선택이 아니잖아.

이건 만희의 생각이 아니었다. 이런 이야기는 처음 들어 보는 것이었다. 만희라면. 제가 옳다고 생각하는 것에 머뭇거릴 여자가 아니었다. 어쩌다 이렇게 생각이 변한 걸까? 제가 사랑하는 만희가 자꾸만 나를 밀어내고 있다.

"그럼 나보고 너 다른 사람 만나는 거 그냥 보고 있으라고!"

울분이 터졌다. 억울하지 않은 울분. 화를 내야 할 대상은 만희가 아닌 내가 되어 버리는 그런 울분.

— 아니 지켜보지 마. 너도. 생각해 봐. 너도 하진 씨랑 다시.

"말도 안 되는 소리 하지 마!"

— 그렇게 화내지 말고 이성적으로 생각해. 하진 씨 구현이 엄마야.

"그래. 구현이 엄마야. 나랑은 아무 상관 없는 여자."

— 아니, 지혁아. 세상에 그 누구도 제 엄마보다 좋은 사람은 없어. 난 내가 가진 모든 것을 팔아서 그래서 만약 우리 엄마랑 아빠랑 다시 살 수 있다면 그렇게 하고 싶어. 정말 그러고 싶어.

수화기 속의 그녀가 울고 있었다. 엄마 아빠와 다시 살고 싶다고 말하는 그 여자는 세상에서 가장 외로운 여자였다. 그래서 그녀를 행복하게 해 주고 싶었는데. 근사한 울타리가 되어 주고 싶었는데. 내 처지가 그녀에게 울타리가 아닌 감옥으로 돌변해 버리면 어떻게 해야 할까.

— 아이한테는 특히 구현이같이 어린아이에게 엄마 아빠는 제 세상이야.

"그럼 나는! 나는 어떻게 해야 하는 건데? 나한테는⋯⋯."

— ⋯⋯너는 구현이 아빠⋯⋯잖아.

만희의 말은 틀리지 않았다. 그녀는 차분한 목소리로 말했다. 결코 눈앞에 보이는 곳으로 뛰어가며 날 잡아 보라는 식의 투정이 아니었다.

저는 구현이의 아빠였고 그 사실을 위해 그동안 많은 것을 희생해 왔다. 그 희생을 만희에게 강요할 수는 없었다. 그녀는 이성을 차린 것이다. 3박 4일 떨어져 있는 동안. 사랑의 유효 기간과 앞으로 제가 떠맡아야 할 책임을 제대로 저울질해 본 것이다.

"그럼 기다릴게. 네가 뭘 하든지. 다른 남자 만나 보고 생각해 보고, 그리고 와. 나는 기다릴게. 나는 어차피."

나는 어차피 너를 기다리는 것 말고는 없으니까. 라고 말하려다 지혁은 입을 다물었다. 너무 초라해지니까. 그렇게 초라한 남자를 좋아할 만한 여자는 어디에도 없을 것이다.

"기다릴게."

지혁은 다시 그 말만 되풀이했다. 하지만 만희는 그조차 허락하지 않았다.

— 그러지 말고 너도 답을 찾아봐. 정답은 다른 곳에 있을 수도 있으니까.

○ ◎ ●

만희는 그렇게 말했다. 둘이 함께하는 게 정말 정답인지 모른다고. 너랑 사는 게 정답인지, 아니면 네가 유하진과 다시 합치는 것이 정답인지 그건 모른다고.

하지만 지혁은 알고 있었다. 자신이 유하진과 다시 만나는 건 절대 정답이 아니었다. 그건 이미 써 본 오답이었다. 같은 실수는 두 번 다시 하지 않을 것이다. 그게 얼마나 뼈아픈 결과를 낳는 일인지는 이미 알고 있기 때문이었다.

하지만 금요일 저녁 식탁 앞에 앉은 구현이가 지혁에게 한 말은 생각지도 못한 이야기였다.

"엄마 집에서 살 거야."

아이는 새롭고 좋은 소식이라는 듯 제 아빠에게 그 이야기를 하고 뿌듯한 얼굴로 국물을 후루룩 마셨다.

"응?"

아이가 그릇을 내려놓을 때까지 겨우 기다린 지혁이 되물었다.

"엄마랑 놀이공원도 갈 거야."

하지만 대답 대신 아이는 다시 또 엉뚱한 이야기를 꺼냈다.

"언제 엄마 만났어?"

짐작이 가는 일이 있었다. 3박 4일 한국에서 자리를 비운 동안 무슨 일이든 일어날 수 있었다.

"응."

아이가 크게 고개를 끄덕이는 것을 본 지혁이 시선을 옮겨 나갈 채비를 하고 있던 이모님을 바라보았다. 그녀는 겸연쩍은 얼굴로 지혁을 따로 불렀다.

"엊그제 어떤 여자가 찾아왔는데, 유치원 다녀오니까 아파트 앞에 있더라고요. 실은 그 전에도 몇 번이나 찾아왔거든요."

"그 여자랑 이야기하셨어요?"

"그럼 어떻게 해요? 구현이가 단번에 알아보던데. 제 엄마라고 어찌나 좋아하던지."

두 사람의 이야기가 들릴 리 없는 구현이는 신이 나서 저녁을 먹고 있었다. 하루만 더 자고 나면 엄마와 함께 놀이공원에 가기로 했다는 이야기를 했다. 그 아이를 차마 나무랄 수가 없었다. 제 잘못이었으니까. 제가 부족해서 그런 거였으니까.

하진은 진짜 그 약속을 지킬 생각인지 그날 밤에 전화를 걸어 왔다.

— 내일 놀이동산 가기로 했어. 너도 같이 가.

무례하고 제 생각만 하는 것은 여전한 여자였다. 사랑에 빠졌을 때는 그것이 매력이었던 사람. 문득 만희의 이야기가 생각났다.

'사랑의 유효 기간이 언제까지인지는 네가 더 잘 알잖아?'

"싫어."
지혁이 말했다.
— 넌 그게 할 말이야? 구현이 그동안 놀이동산 한 번도 못 갔다고 얼마나 섭섭해했는데.
"그 밖의 많은 것에 이미 섭섭했던 아이야. 그렇게 맘에 걸리면 둘이 다녀와."
— 한 번이야 한 번. 아빠 엄마랑 같이 가는 거. 그 기억이면 돼. 유치원 아이들은 다 다녀왔다고들 하잖아.
남들이 하는 거 다 해 주고, 아니 그것도 못 해 남들과 비슷하게라도 해 주고 싶었던 마음. 그건 제 것이었다. 하진이 갑자기 그런 마음이 들 리 없었다.
그때였다. 깊게 잠들어 있는 줄 알았던 구현이 빼꼼 방문을 열고 밖을 내다보았다. 도르르 구르는 눈동자가 저의 눈치를 보는 것이 고스란히 느껴졌다.
"아빠아."
잘못을 저질렀거나 무언가 속인 것이 있는 아이들이나 저런 표정을 짓는 거라고 생각했다. 하지만 할 수 있는 것이 아무것도 없어서 그럼에도 상대에게 원하는 것이 있어서 제 아들이 자신의 눈치를 보는 것은 참을 수 없었다. 그렇게 하지 않으려 그렇게 만들지 않으려 노력해 왔던 것인데. 고작 그런 소원 하나를 못 들어주다니.
"엄마랑 가고 싶어. 엄마랑 아빠랑 놀이동산 가고 싶어."
"구현아."

"엄마 아빠랑 갈 거야."

아이의 눈에 눈물이 그렁거렸다. 그 눈이 너무도 슬퍼 보여 지혁은 할 말을 잃었다. 대체 지금까지 무엇을 위해 노력했던 걸까? 열심히 하고 있다고 생각했는데 정작 구현이가 원하는 것은 하나도 들어주지 못했던 게 분명했다. 마치 두루미와 여우의 초대처럼. 제 방식으로만 생각한 것이다.

"운전만 할게."

결국 지혁이 지고 말았다.

— 사진도 찍어 줘.

그 순간을 놓칠 하진이 아니었다.

○ ◎ ●

이른 아침, 지혁은 운전대를 잡았다. 뒷좌석에는 하진과 구현이 앉았다. 잔뜩 흥분한 아이는 제 엄마와 신나게 이야기를 했다.

"이모는 두 명이야?"

"응. 한 분은 유명한 피아니스트고 또 한 분은 교수님이시지."

"교수가 뭐야?"

"학생들 가르치는 사람."

"응! 우리 만희 선생님 같은 사람?"

풋 하진이 웃는 것이 백미러로 보였다.

"아니, 어린이 말고 어른을 가르치는 사람이야. 그러니까 더 훌륭하지."

그 말에 구현은 고개를 갸웃거렸다. 보다 못한 지혁이 한마디 했다.

"어른을 가르친다고 더 훌륭하고 어린이를 가르친다고 덜 훌륭한 건 아니야. 누구를 가르치든 그 사람에게 모범이 되는 선생님이 훌륭한 거야."

백미러로 하진이 노려보는 것이 느껴졌다.

아직 다섯 살인 아이가 놀이동산에서 탈 수 있는 것은 그리 많지 않았다. 그나마 아이의 흥을 돋아 주겠다고 제일 먼저 달려간 곳은 회전목마였다. 화려한 불빛이 가득한 자그마한 보석 상자 속 장식품처럼 느껴지는 회전목마.

하진은 구현이와 함께 말에 타서 지혁을 향해 열심히 손을 흔들었다. 지혁은 하는 수 없이 사진을 두 장 찍었다. 구현이가 잘 나오게 찍은 사진. 그리고 제 엄마와의 좋은 추억을 기억할 수 있도록 두 사람이 함께 나온 사진.

목마에서 내려 그다음으로 간 곳은 미취학 아동들이 탈 만한 작은 놀이 기구를 모아 놓은 곳이었다. 아이는 신나서 제일 줄이 짧아 보이는 놀이 기구 앞에 줄을 섰다. 연신 웃는 얼굴로 손을 흔들던 구현이는 얼마 기다리지 않아 놀이 기구를 탔다. 조마조마한 마음으로 아이를 올려다본 지혁이 까르르 웃는 구현이를 향해 손짓을 해 가며 사진을 찍었다. 아이가 위로 솟아오를 때면 제 심장도 같이 솟아오르는 것 같았다. 아이가 까르르 웃으면 그제야 안심이 되었다.

"다음에 또 탈 만한 것들 좀 찾아봐 봐."

구현이에게 시선을 둔 채로 지혁이 하진에게 말했다.

"저쪽 저 놀이 기구 구현이가 아까 타고 싶다고 하던데. 연령 제한이 어떻게 되는 거야? 응?"

하지만 하진은 아무 말이 없었다. 고개를 돌리자 그녀는 사라지고 없었다. 슬쩍 인상을 쓴 지혁이 구현이를 향해 다시 손을 흔들었다. 아이는 놀이 기구에서 내리자마자 신이 나서 다음 것으로 뛰어갔다. 다행히 엄마가 없는 것을 모르는 것 같았다.

바이킹을 아이들 몸집에 맞게 축소해 놓은 곳에서 키를 잰 구현이가 바이킹에 올라탔다. 놀이 기구에 탄 구현이를 여전히 조마조마한 마음으로 응시하던 지혁의 옆으로 하진이 나타났다.

"커피 마실래?"

그녀의 손에는 커피 한 잔이 들려 있었다. 못마땅한 얼굴은 벌써부터 무관심과 피곤으로 가득했다.

"어디 갔다 온 거야?"

지혁이 인상을 썼다. 그의 머릿속은 가구 매장에서 구현이 옆에 붙어 하나하나 차근차근 설명하던 만희로 가득했다.

"어딜 가긴. 뭐 그사이에 내가 걱정됐어?"

그녀가 쓸데없는 농담을 하며 웃었다.

"네가 걱정되긴. 너를 철석같이 믿고 있는 구현이를 걱정한 거지."

"무슨 소리야?"

호로록 커피를 마신 그녀가 과장된 미소로 구현이를 향해 손을 흔드는 것이 보였다. 그래. 커피 한잔 마실 수 있었다. 그걸 가지고 나무라고 싶지는 않았다. 그런데 갑자기 그것이 무척이나 못마땅했다. 지혁은 그녀 옆에 붙어 낮은 목소리로 말했다.

"구현이 엄마 역할은 말리지 않아."

"무슨 소리야?"

하진이 인상을 쓰며 지혁을 바라보았다.

"나 결혼할 거야. 걱정할 거 없어. 구현이도 잘 봐 줄 사람이야."

지혁의 말에 하진이 우습지도 않다는 듯 콧방귀를 뀌며 대답했다.

"아. 그 유치원 선생?"

인상을 쓴 지혁이 하진을 똑바로 바라보았다.

"어떻게 알아? 설마 또 찾아간 거야?"

"그거 하나 모를까? 당신 집에서 일하는 아줌마도 아는 일을."

"뭐?"

"안 돼. 안 될 말이야."

하진은 마치 그 일의 선택권을 제가 쥐고 있다는 듯 단호하게 말했다.

"당신이 무슨 상관이야."

"왜 상관없어? 구현이 새엄마인데. 다시 생각해 봐. 내가 구현이 엄마인 거랑 그 여자가 구현이 엄마인 거랑 뭐가 더 좋을지."

"당신이 나랑 같이 구현이 부모 노릇 하는 거, 그거야말로 말도 안 되는 소리야. 비교할 가치도 없어."

"그럼 안 되겠네."

"뭘?"

"구현이한테 선택하라고 해야지. 나인지 당신인지."

"뭐?"

"구현이를 그런 여자 손에 맡기라고?"

설마.

"너 혹시 만났니?"

"뭘?"

"만희 씨 또 만났냐고!"

"그럼. 당연하지. 우리 아이 선생님이니까. 그 유치원 그만두고 영어 유치원으로 옮기려고 다 알아봤어."

"누구 맘대로!"

버럭 소리를 지른 지혁 때문에 주변 사람들이 모두 그를 바라보았다. 놀이 기구에서 내리자마자 쪼르르 달려가 그 놀이 기구의 제일 뒤편에 다시 줄을 선 아이는 아무 소리도 듣지 못했는지 까르르 웃으며 제 엄마 아빠를 향해 손을 흔들고 있었다.

○ ◎ ●

'구현이한테 선택하라고 해야지. 나인지 당신인지.'

무슨 생각으로 그런 말을 한 걸까? 무슨 마음으로 그딴 이야기를 지껄인 걸까? 만희가 살고 있는 오피스텔로 달려가는 지혁의 마음이 저미듯 아파 왔다. 유하진, 그 여자는 자신의 이야기가 남에게 어떤 영향을 미칠지. 아니, 사람이 하는 말 한마디 한마디가 얼마나 중요한지 모르는 사람이었다.

그런 하진의 별것 아닌 말에 만희는 깊은 고민을 했을 것이다. 그녀는 행동 하나, 말 한마디에 신중한 사람이었다. 만희가 헤어지자 말한 건 어떻게 보면 당연한 결과였다. 그걸 헤아리지 못하고 있었다니. 제가 어리석었다.

계단을 뛰어 올라가는 지혁의 머릿속에는 온통 그녀를 안아 주고 싶다는 생각뿐이었다. 그녀가 받았던 고통. 마음의 짐. 그런 것을 제가 모두 감싸 안아 줘야 한다고 느꼈다. 아니, 그녀에게 미안하다는 말을 대신 해야 했다. 하진에게 사과를 바라는 건 역시 무리일 테니까.

"만희야!"

문을 두드린 지혁이 초조하게 닫힌 문을 바라보았다. 자신이 달려온다면 자신을 기다렸던 만희가 당장이라도 달려 나올 거라 생각했다.

"만희야. 나 지혁이야. 문 좀 열어 줘."

하지만 제가 누구인지를 밝히고 한참을 기다려도 문안은 고요했다.

"만희야! 방만희!"

그렇게 얼마간 시간이 더 지난 후에야 누군가 움직이는 소리가 들렸다.

'문을 열기까지 많이 망설인 걸까?'

그래도 절대 실망할 일이 아니었다. 제가 설명한다면, 나는 방만희가 아니면 안 된다고. 그건 고민할 가치도 없는 일이라고, 그렇게 진심을 다해 말한다면 그녀가 알아줄 거라 믿었다.

"지혁이니?"

하지만 문을 열고 나온 만희는 너무도 담담했다.

"왜? 무슨 일인데?"

그사이 새로 펌을 한 건지 그녀의 헤어스타일은 달라져 있었다. 아니, 때마침 어딘가로 나갈 준비를 마쳤는지 스커트에 블라우스를 입은 그녀는 다른 사람 같았다. 제가 사랑하던 만희가 아닌 낯선 사람의 표정으로 그녀가 저를 바라보았다.

"이야기 좀 해."

"나 약속 있어."

겉모습뿐이 아니었다. 그녀의 목소리 역시 부드럽지 않았다. 단단하여 만지면 깨질 것 같은 느낌. 건드리면 산산조각이 날 것 같은 목소리.

"잠깐 시간도 없어?"

"곧 나가 봐야 해. 여기 앞에서 만나기로 했어."

"남자니? 새로 만나는 사람이 생겼어?"

"……."

그녀의 눈매는 무표정했다. 이미 통보한 사실 아니냐고. 서로가 서로에게 알맞은 답을 찾기 위해 시간을 갖기로 한 것 아니냐고. 그런데 네가 무슨 상관이냐고 되묻는 것 같았다.

너는 이미 구현이가 있고 하진도 있는데 나에게 무엇을 더 빼앗아 가겠냐는, 표정. 내 권리를 내 마음대로 사용하겠다는데 무슨 상관이냐는 그런 얼굴 같았다.

"그날 말고 하진이 또 만났어?"

지혁이 물었다.

"구현이 유치원을 옮기겠다고 해서 만났어."

"그럴 일은 없을 거야. 구현이는 여기서 잘 적응했고, 다른 곳으로 가지 않아."

지혁이 다시 한번 다급하게 말했다. 하지만 만희는 고개를 흔들었다.

"구현이 좋아하더라. 금요일에, 구현이 친구들하고 이미 인사했어. 새로운 유치원 갈 거라고 이야기하고 친구들이 잘 가라고 카드도 그려 줬고 서로 포옹도 하고 박수도 쳐 줬어."

"……왜 나한테 말 안 한 거야?"

"하진 씨랑 이야기 다 했다고 생각했어. 구현이 아빠 엄마는 당신이 랑 하진 씨니까."

그녀에게는 이미 몇 겹의 강한 보호막이 생긴 것 같았다. 자신을 보호할 수 있는 보호막. 무슨 수를 써도 그것을 벗겨 낼 수 없을 만큼 꽁꽁 싼 보호막. 차라리 처음, 구현이의 아빠와 구현이의 선생님으로 만날 때가 더 나았다 싶을 만큼 그녀는 이미 돌아서 있었다.

"그건 내가 결정한 게 아니야. 영어 유치원이라니. 고작 다섯 살 아이 한테? 구현이 엄마, 그런 거 나한테 물어보고 상의하지 않았어. 그런데 나랑 구현이 엄마랑 다시 합치는 게 정말 맞는 일이라고 생각하니?"

"사실 영어 유치원 찬성하는 아버지들은 그렇게 많지 않아. 엄마 혼자 단독으로 결정하는 상황들도 있어. 함께 사는 부모들도 그래."

"그러니까!"

답답한 마음에 소리를 크게 낸 지혁이 곧바로 입을 다물었다. 만희가 한 번도 보지 못했던 냉랭한 표정을 짓고 있었다.

"그러니까. 나도 뭐가 정답인지 몰라. 나도 아이들이 학기 중간에 유치원 옮기는 거 별로 좋은 일이 아니라고 생각했는데, 구현이의 경우엔 다를지 모르지."

"……"

"모든 정답은 일을 다 겪은 뒤에야 알 수 있는 거니까 지금 장담할 수는 없지만 구현이한테는 잘된 일이야. 다른 환경에서 제 능력을 더 발휘할 수 있을 거라 생각해."

"하지만 그렇다고 해서 너랑 나까지 이럴 필요 없잖아?"

제가 하고 싶은 말은 그것 하나였다. 구현이가 머릿속에 제대로 들어올 상황이 아니었다. 하물며 하진은 더더욱 그랬다. 하지만 그녀는 제 울분과는 상관없이 평온한 얼굴로 저를 바라보았다. 피식 미소 짓는 얼굴이 마치 저 혼자 다른 세상에 있는 거 같았다.

"노력해 봤어?"

"노력하고 말고 할 것도 없어."

그 순간 만희가 다시 우습지도 않다는 듯 미소 지었다.

"그거 이기적이야. 너, 구현이한테 그러면 안 돼. 하진 씨한테도. 어쨌거나 네가 선택한 사람들이잖아."

"만희야."

"신중해지자. 자꾸 찾아와서 이러지 마. 우리 잠시 생각해 보자고 한 지 일주일도 지나지 않았어."

"얼마만큼이면 신중한 건데? 얼마나 시간을 더 줘야 하는 건데? 하루? 이틀?"

만희가 고개를 흔들었다. 그 정도로는 어림도 없다는 듯이.

"그래. 일주일. 일주일만 서로 생각해 보자. 아니, 너만 생각하면 돼. 나는 마음이 변하지 않을 테니까."

그녀는 다시 고개를 저었다. 그런 그녀가 원망스러워서 가슴이 갈기갈기 찢어질 듯 아파 와 지혁은 아무 말도 못 했다.

"그럼, 언제 다시 만날 수 있는 건데?"

"나도 모르겠어. 일주일? 열흘? 한 달? 1년? 어쩌면 영원히 안 될지도 몰라."

만희가 혼란스러운 듯 말했다. 대체 얼마의 시간이 필요한 걸까? 얼마의 시간이 흘러야 이 들썩이는 마음이 가라앉을 수 있을까. 아니 그게 가능하기나 한 걸까? 흘러나오려는 눈물을 가까스로 감추고 만희가 뒤돌아섰다.

"만희야!"

"이만 가 봐야겠다. 늦었어."

그녀는 지혁의 앞을 스쳐 계단을 내려갔다. 쓰라린 감정이 온몸을 옥 죄는 것처럼 퍼져 나갔다.

'신중해지자.'

만희의 말은 틀린 게 하나도 없었다. 그녀는 이미 오래전부터 그녀를 기다리던 승용차에 올라탔다. 뒤돌아보는 것도 없이 한순간 만희를 태 운 차는 멀어져 갔다.

○ ◎ ●

"하아."

짧게 숨을 내쉰 만희를 민주가 힐끔 돌아보았다. 운전대를 잡고 있던 준호 역시 백미러로 뒤를 살피며 말을 꺼냈다.

"왜 그러는데? 무슨 일이야?"

"방금 전에 지혁이 왔었어."

하유. 오른쪽으로 핸들을 꺾으며 준호가 한숨을 내쉬었다. 옆자리에 있던 민주가 만희의 손을 잡았다.

"몇 번이나 다시 찾아올 거라 생각했었던 일이잖아."

만희가 고개를 끄덕였다. 하지만 아까부터 굳어 버린 것 같은 제 손 등. 제 뺨. 제 입술은 금세 풀리지 않았다. 만희는 양손으로 제 얼굴을 감쌌다.

'지금 나는 그를 위해 이별을 하는 것이 아니다. 나는 나를 위해 이별 을 택한 것이다. 구현이는 엄마가 필요하고. 그 역시 아이의 엄마와 셋이 함께 행복하게 사는 것이 가장 좋은 일일 것이다. 사랑은 쉽게 끝나 버리고 그러고 나면 그때 신중하지 못했던 일들을 후회하게 될 것이다.'

"너도 알잖아. 너도 그랬잖아. 아이한테 가장 좋은 건 제 친엄마라고. 너, 잘한 거야. 너도 지혁이 잊고 다른 남자 만나는 게 훨씬 더 좋은 일일 거야."

민주는 혹시라도 만희의 마음이 변할까 노심초사하는 표정으로 바라보고 있었다.

그래 만약, 민주가 다섯 살 아이가 딸린 유부남과 결혼한다고 하면 어떨까? 만희는 그렇게 상상했다. 우습게도 절대 찬성하지 못할 것 같았다. 너 미쳤냐고! 네가 뭐가 모자라서 남의 자식 키우느냐고 난리를 치며 반대했을 것이다. 하물며 제 엄마가 그립다는 구현이었다. 제 자식 데려다 다시 키우겠다고 잘해 보겠다고 나선 하진 씨였다.

"알아, 알고 있어."

만희가 민주의 손등을 가볍게 두드렸다. 그제야 조금 안심한 민주가 과장스럽게 말했다.

"하여간 어마어마한 뷔페란다. 준호 저 자식이 한 건 한 거야!"

"그럼! 너희 3단계까지 맞히는 게 그게 쉬운 일인 줄 아냐?"

앞자리의 준호가 더 큰 소리로 장난스럽게 뻐기듯 말했다.

"그럼, 그럼 대단하지!"

민주가 떠들썩하게 박수까지 쳐 댔다. 친구들이 저를 위해 이렇게 노력을 하는데 계속 슬퍼만 할 수는 없었다. 만희도 힘겹게 미소를 지었다. 어쨌거나 오늘 자리는 두 사람이 만희를 응원하기 위해 마련한 자리였다.

얼마 전 준호가 크게 한 건 하기는 했었다. 아침 라디오 프로그램에서 전화 퀴즈 3단계까지 통과해 당첨금 100만 원을 받았다는 소식. 1단계 안마기, 2단계 뷔페 상품권, 3단계 현금까지 모조리 싹쓸이한 준호가 한

턱 쏘겠다며 만희와 민주를 불렀다.

"쟤가 또 쓸데없이 아는 건 많아요."

민주가 운전을 하고 있는 준호의 뒤통수에 대고 장난스럽게 칭찬을 했다.

"그래. 내가 공부하고는 거리가 멀지만 여기저기 주워들은 건 또 많거든!"

준호의 응수에 만희가 피식 웃었다.

"그래. 사회생활 하다 보니까 얕고 넓은 지식이 더 도움 되더라. 미적분이니 함수니, 그런 건 아무짝에도 쓸모없더라니까!"

민주의 농담에 만희 역시 크게 고개를 끄덕이며 호응했다.

세 사람이 제일 먼저 간 곳은 뷔페가 아닌 한 뮤지컬 극장이었다. 탑 클라우드에서 맛볼 뷔페에 가기 전에 수준과 격을 맞추겠다며 평소 끝자리에서나 볼 만한 뮤지컬 공연을 오늘 제일 좋은 좌석으로 예약하느라 다들 무리를 좀 한 상황이었다.

가장 즐겁고 화려한 시간을 보내자고 했다. 멋진 싱글 라이프를 자축하자는 의미였다. 쓸데없이 고민하지 말고 오늘을 즐기자는 취지라나? 드레스 코드를 맞추겠다며 오늘은 청바지랑 티셔츠 금지의 날로 정하자고 했다. 만희는 평소 잘 입지 않는 단정한 스커트에 블라우스를 꺼내 입었다. 마침 오늘 그렇게 단정한 모습으로 차리고 있던 와중 지혁이 찾아왔다는 것이 다행이라 여겼다. 새로 머리를 했던 것도 좋았다. 마지막 모습이 예쁠 수 있으니까. 그의 기억에 구질구질한 모습으로 남지 않아도 되니까.

어제저녁 갑자기 견딜 수 없는 마음이 밀려들어 만희는 늦게까지 영업을 하는 미용실에서 새로 펌을 했다. 머릿속에는 친구들과 씩씩하게 인사를 하던 구현이가 떠올랐다.

마지막으로 구현이를 꼭 껴안아 주며 새로운 곳에 가서도 잘할 거라고 잘할 수 있을 거라고 응원을 해 주었다. 아이는 울지도 않고 섭섭해하지도 않고 제 친엄마의 승용차를 타고 떠났다. 그 어린아이의 모습에 잘됐다고 생각하면서도 너무 야속한 마음이 들어 만희는 제 자신을 주체할 수 없었다. 만희는 새로 머리를 하고 곧바로 민주에게 전화를 했다. 그 마음을 짐작한 민주가 서둘러 마무리 짓듯 충고했었다.

— 진작 이렇게 했어야 해. 더 빠지기 전에. 내가 그랬지? 그 여자 보통 아닐 거라고.

— 다른 건 몰라도 구현이를 생각해. 구현이한테 제 엄마만큼 좋은 보호자가 어디 있었어? 사랑은 쉽게 상해도 핏줄은 진하다. 지혁이도 아이가 그렇게 나오는데 얼마나 네 방패 해 주겠니?

— 잘해 보겠다잖아? 너도 이제 잘해야지. 너 그거 생각해 봐야 해. 지혁이 사랑한 건지 아니면 안쓰러우니까 신병이 쓰이는 건지.

만희는 한마디도 대꾸하지 못했다. 모두 맞는 말이라. 틀린 것이 하나도 없는 말이라 만희는 대꾸할 말을 잃었다. 구현이에겐 제 엄마가 필요하고 지혁도 결국 구현이를 돌봐야 할 거라고. 그에게 자신과 구현이 중 하나를 선택할 그런 상황은 만들지 말자고.

하지만 방금 전 저를 찾아왔던 지혁의 눈은 너무도 슬펐다. 그는 마치 제가 없으면 살 수 없을 것 같은 얼굴이었다. 지금의 나처럼. 그는 방만희가 없으면 안 될 사람처럼 슬픈 눈으로 자신을 바라보았다. 만약 거기서 뭐라고 한마디만 더 해 왔다면 만희는 그대로 그에게 안겨 버렸을지도 모른다. 간신히 잡아 놓은 제 이성이 자신을 딱딱하게 만들었고 그래서 쉽게 손을 내밀지 못했던 것뿐이었다.

그가 그리웠다. 고작 며칠 지났을 뿐이었는데 그랬다. 자꾸만 밀려 나오는 눈물이 도저히 참아지지 않았다. 무릎에 올려놓았던 핸드백 위로 눈물 한 방울이 툭 떨어졌다. 그 후로 걷잡을 수 없이 흘러내리는 눈물에 만희는 이를 악물었다.

"와 대박!"

옆자리에 앉아 있던 민주가 제 팔뚝을 치며 크게 박수를 친 탓에 만희는 공연이 한창 클라이맥스에 다다랐다는 것을 알게 되었다. 깔깔 웃으며 박장대소를 하던 민주가 제 손에 손수건 한 장을 올려놓았다.

힐끗 쳐다보자 제 눈물은 모르는 척 민주는 공연에 푹 빠진 것처럼 앞만 바라보고 있었다. 저를 바라보는 것이 확실했던 준호도 저와 눈도 마주치지 않고 박수를 쳤다.

눈을 꾹 감고 만희는 남은 눈물을 속으로 삼켰다. 미련을 남겨 좋을 것이 없었다. 이미 결심한 일이었다. 그를 보내 주겠다고. 아니 자신에게서 그를 떼어 놓겠다고.

"최고급 식당이라 다르긴 다르네."

커다란 유리창으로 둘러싸인 식당에서 만희가 일부러 더 크게 활발한 목소리로 말했다.

"그지? 그지? 준호 덕분에 이런 데도 와 보고 오늘 호강한다."

민주가 식당 직원에게 미리 예약해 둔 자리를 안내받고 신이 난 얼굴로 대꾸했다.

"많이 먹어라 동생들아. 오늘은 이 오빠가 쏜다!"

한껏 으스대는 말투로 준호가 이야기했지만 오늘만큼은 민주도 별말하지 않았다.

"그래, 그래. 내가 이거 먹을 동안만 널 오빠로 인정해 주마."

깔깔거리며 민주가 만희를 이끌고 음식이 한껏 차려진 테이블로 향했다. 접시를 들고 알록달록한 색감의 음식들을 구경하는 것만으로도 마음이 조금 풀리는 것 같았다.

"나는 날것부터 공략할 생각이다!"

민주가 커다란 유리 모형에 담긴 생선회가 있는 곳으로 걸음을 옮겼다. 만희가 민주를 따라갔다. 일반적으로 많이 먹는 회에서부터 익숙하지 않은 것들까지 만희가 한 접시 예쁘게 담아냈다. 곁들일 반찬과 음료를 가지고 돌아오자 테이블 가운데 음식이 한가득 차려져 있었다.

"어디서 이런 건 또 잘 찾아냈대?"

게장과 대게까지 찾아다 가득 담아 놓고 이미 한창 식사 중인 준호가 대답했다.

"내가 또 기회는 절대 놓치지 않는 법이거든. 뷔페 와서 많이 먹는 사람 촌스럽다고 하는데. 뭐, 상관없어. 나는 그냥 촌스러운 사람 할란다."

양손 스킬로 열심히 먹는 준호의 모습에 만희와 민주가 오늘만큼은 크게 고개를 끄덕여 호응했다. 그리고 두 사람 역시 식사를 시작했다.

"네 접시 클리어!"

이후로도 열심히 움직여 먹을 것을 내어 가지고 오는 민주의 뒷모습을 본 만희가 이번만은 손을 흔들어 사양했다.

"나 잠깐 쉬자. 목구멍까지 꽉 찬 기분이야. 조금 쉬고 다시 열심히 해 볼게."

"알았어. 그럼 빨리 소화시키고 다시 도전하는 거다!"

즐겁게 일어서는 민주를 향해 엄지를 치켜든 만희가 다시 테이블을 향해 다가오는 준호를 보았다. 스테이크를 접시에 담아 온 그가 커피 한 잔을 만희의 앞에 내밀었다.

"좀 쉬어라."

"응, 고마워."

만희가 그와 살짝 눈을 마주치고 이내 커피 한 모금을 마셨다. 따뜻한 기운이 퍼지고 이것저것 열심히 집어넣었던 속이 조금 가라앉는 기분이었다. 그것을 가만히 지켜보던 준호가 만희에게 모르는 척 물었다.

"괜찮아? 소화는 문제없는 거지?"

"그럼. 괜찮지."

"아까부터 창백해 보이는 게 걱정돼서."

"아니야."

"내가 짝사랑 전문가로서 말해 주는데. 그거 얼마 안 가. 그냥 한 달 정도 나 죽었다 생각하면 그만이야."

"응, 그래."

"마음이라는 거, 그거 진짜 아무것도 아니야. 이렇게 생각하면 이거, 저렇게 생각하면 저거."

한참 준호가 설명을 하는데 툭, 눈물 한 방울이 테이블 위로 떨어졌다. 그 순간 자리에 돌아온 민주가 허겁지겁 다가와 만희의 어깨를 감싸며 말했다.

"왜 너는 쓸데없는 이야기를 하니?"

"무슨 쓸데없는 이야기?"

준호가 볼멘소리를 하며 민주를 쳐다보았다.

"아니야. 정말 괜찮아. 나 진짜 괜찮다니까. 너희들이 이러면 나 그냥 정말 안 괜찮아져 버릴 거야!"

만희가 으름장을 놓듯 말하고 다시 자리에서 일어났다. 민주가 만희의 손을 잡았다.

"너 정말이지?"

"그럼. 나 이제부터 케이크 먹을 거야. 달달한 케이크랑 과일 잔뜩 먹고 힘낼 거니까 걱정하지 마."

○ ◎ ●

월요일 아침부터 분주한 이유는 얼마 후에 있을 재롱 잔치 때문이었다. 다섯 살 반은 이번에 무용과 악기 연주를 하기로 했다. 무용은 제일 어린 반답게 귀엽고 사랑스러운 느낌으로 안무를 짜 둔 상태였다. 그리고 악기 연주는 캐스터네츠와 작은북, 트라이앵글 연주가 뒤엉킨 재미있는 공연으로 준비할 예정이다.

가장 중요한 것은 아이들의 동선과 서 있는 위치였다. 뒷자리에 서 있는 아이들이 잘 안 보이면 학부모님들이 많이 섭섭해하시니까. 그러니까 서로 자리를 번갈아 서면서 아이들이 고루 잘 보이도록 하는 것이 선생님들의 역할이었다.

그런데 여기서 작은 소동이 일었다. 이미 서너 번 연습을 해 아이들에게 익숙해진 대형. 앞줄 왼쪽 두 번째 서 있던 구현이의 자리가 빈 것이다.

"여기 구현이 없는데."

은지가 빈자리를 가리키며 말했다.

"한 명씩 옆자리로 들어오면 되겠다."

만희가 그렇게 말하며 아이들의 자리를 다시 채웠다. 아이들이 한 발짝씩 옆으로 움직였다. 그것을 확인한 만희가 다시 플레이 버튼을 눌렀다.

"동글동글 돌아서 손을 맞잡아―"

노래를 부르며 춤을 추던 순간 다시 민수가 손을 들었다.

"나 짝 없어요!"

짝을 맞춰 놓고 노래를 부르던 아이들이 조금 헷갈려 했다. 자리를 하나씩 옆으로 이동하니 짝도 그렇게 바뀌었어야 했는데 예전 짝을 찾아간 모양이다.

"에이. 구현이 나쁘다."

"아니야. 나쁜 건 아니야."

"구현이 있었음 좋겠다."

"구현이 보고 싶다."

순식간에 아이들이 와글와글 재잘재잘 떠들었다. 그 소리가 멀리 아득하게 들리는 것 같았다.

"구현이 왜 안 와?"

은지가 핑그르르 돌며 말했다. 순간 만희가 자리에서 벌떡 일어났다. 눈물을 훔치며 나가는 만희를 돌아본 소정 선생님이 아이들을 진정시키는 일에 나섰다.

"얘들아! 선생님 좀 봐 봐. 다시 알려 줄게."

화장실로 도망쳐 버린 만희가 작은 거울 앞에서 흐르는 눈물을 닦아 냈다.

'바보 같아. 여기서 울면 대체 어쩌란 말이야?'

'구현이 보고 싶다. 구현이 나쁘다. 구현이 왜 안 와?'

아이들의 목소리가 귀에서 왕왕 울렸다. 보고 싶고 나쁘고 그래서 왜 안 오는지 궁금한 내 친구.

보고 싶다. 그가 너무 보고 싶었다. 이렇게 마음이 아픈데. 이렇게 마음이 찢어지는데. 한 달만 참으면 되는 거라고? 정말 한 달만 참으면, 그러면 구현이는 자신의 엄마와 잘 살고 지혁이도 더 이상은 내가 보고 싶지 않고, 그리고 나도, 아무렇지 않게, 그렇게 살 수 있을 거라고?

"미안. 선생님 눈에 갑자기 뭐가 들어가서."

만희가 금세 다시 밖으로 나와 아이들과 춤을 추기 시작했다.

"구현이가 신경 쓰여서 그러신 거죠?"

소정 선생님의 말에 만희가 고개를 끄덕였다. 선생님들 역시 갑자기 나타난 구현의 친엄마며 학기 중 유치원을 옮긴 구현이를 걱정하고 있었다.

'그래도 구현이는 잘 적응할 거예요. 다들 아시잖아요. 구현이 똑똑한 거. 한

달이면 돼요. 한 달.'

선생님들 앞에서 그렇게 말한 건 다름 아닌 만희였다.

한 달. 아이들이 처음 유치원에 오면 엄마와 헤어지는 것이 익숙하지 않아서 새로운 환경이 낯설어서 힘들어한다. 그러면 만희는 늘 학부형들에게 말했다.

'우선 3일을 잘 보내는지 보세요. 울면서도 3일을 잘 넘기면 그다음은 일주일, 친구들과 환경을 눈에 익히고 3주가 지나면 친한 친구를 사귀고 그러고 나면 어느새 한 달 후에는 완전히 적응되어 있을 겁니다. 아이들을 믿고 보내 주세요.'

아이들이 유치원에 적응하는 시간이 필요한 것처럼 방만희에게도, 한 달의 시간이 필요했다. 그가 더 이상 내 삶에 존재하지 않는다는 것을 인식할 수 있는 시간. 한 달이 지나고 나면 많은 것이 괜찮아질지도 모른다. 지혁이와 보냈던 날들은 불과 몇 달. 그러니까 조금만 지나면 그리움도 옅어지고 아픔도 견딜 만해지고 그렇게 그가 없었던 때로 돌아갈 수 있을 것이라고, 만희는 믿고 싶었다.

○ ◎ ●

해가 지는 대국동은 무척이나 익숙한 공간이었다. 고등학생 시절, 밤 10시가 되면 아이들이 양쪽 교문에서 쏟아져 나오고 가로등 불빛 이외에 어둑어둑한 주택가, 그 분위기와는 어울리지 않는 시끌벅적한 소리들이 골목을 가득 메우는 시간.

금요일 늦은 밤 만희는 그 길을 걸었다. 오늘따라 몸은 흠씬 두들겨

맞은 것처럼 여기저기가 아파 왔다. 아침 일찍부터 감기 기운이 있어 보이는 민수를 달래느라 힘이 든 데다 싸우는 아이들을 말리고 지혜롭게 중재하는 일. 고작 다섯 살 아이를 놓고 학업이 뒤처지는 것이 아닌가 걱정하는 학부모들의 마음을 안심시키는 일. 곧 있을 재롱 잔치를 위해 무대 장치를 만드는 일. 그 모든 일을 하고 나니 만희는 늘 그런 것처럼 약간의 몸살 기운이 느껴졌다. 앞으로 유치원 일을 계속할 수 있을지 문득 감당이 되지 않는 기분이었다.

두 개의 교문 한가운데서 만희는 대국여고와 대국남고를 번갈아 바라보았다. 마주 보고 있는 건물의 빽빽한 창 모두 환하게 불이 밝혀져 있었다. 10여 년 전 만희 역시 그 안에 속해 있었다. 넓지 않은 교실에 빽빽하게 들어찬 수십 개의 책상 중 하나. 그 좁은 자리를 차지하고 앉아 아직은 미지의 영역으로 남아 있던 제 미래를 기대하던 시간.

문득 만희의 얼굴이 슬쩍 찌푸려졌다. 아무리 그럴싸한 말로 빙빙 돌려 생각하려 해도 제 지금의 불편함과 괴로움은 모두 지혁이와의 이별, 그와 헤어져야 한다는 사실 때문이라는 걸 부인할 수 없었다.

며칠 전까지만 해도 그와 함께 있다는 것만으로 모든 어려움이 조금은 가볍게 느껴졌었는데. 텅 빈 집에 들어가도 누군가 늘 저를 지켜 주고 있는 것 같다는 생각이 들었었는데. 그런데 이제는 그런 것들을 모두 물려야 했다. 내 것이 아니니 그만 가지고 가라 해야 했다.

조용하던 골목길이 10시가 조금 넘어서자 단박에 소란스러워졌다. 이제는 저보다 한참 어린 학생들이 그 골목을 내려오고 있었다. 피곤해 보이긴 하지만 밝은 얼굴. 똑같은 교복을 입고 무엇이 그리 즐거운지 환하게 웃는 표정에 만희의 입술이 꿈틀 움직였다. 그 아이들의 재잘거리는 목소리가 보송한 얼굴이 그저 목련꽃처럼 화려하고 예쁘다 느끼는 것을 보니 새삼스레 제 나이가 실감되었다.

'어디로 사라져 버린 걸까? 무엇이든 할 수 있다고 느꼈던 시절. 그저

한번 그를 스쳐 지나가는 것만으로도 행복했던 순간.'

어느새 만희의 눈에서 눈물이 흘렀다. 그저 다시 한번 느껴 보고 싶었을 뿐이었다. 그와 연애를 결심하기 전 이 자리에서 느꼈던 설렘. 아니 그보다 더 오래전 지혁이와 스치듯 마주치는 것만으로 행복했던 순간의 추억. 하지만 이젠 아무 소용이 없었다.

파도가 밀려오는 것처럼 인파가 몰려왔다 사라지고 순식간에 텅 빈 자리. 미련을 물리듯 그만 가야겠다고 결심한 만희가 걸음을 돌리던 때였다. 가로등 아래 거짓말처럼 누군가 모습을 드러냈다. 그 역시 만희처럼 놀란 표정이었다. 그 표정에 입안이 쓰게 느껴진 만희가 곧바로 모르는 척 뒤돌아섰다.

"방만희."

만희가 입술을 꾹 다물었다. 울음이 터질 것 같아 참을 수 없었다. 약한 모습을 보이고 싶지 않았다. 그와 저는 이제 멀어져야 했으니까. 그 앞에서 울 수 없었다. 타박타박 그의 발소리가 들렸다. 뿌리치고 모르는 척 내려가야 하는데 그 걸음이 제게 가까이 오는 것이 느껴져 만희는 조금도 움직일 수 없었다.

"여긴 어떻게 온 거야?"

"……."

대답 없는 만희를 향해 다가온 그의 얼굴에 미소가 어리는 것이 보였다. 늘 보던 밝은 미소가 아닌 쓸쓸함이 묻어나는 미소. 그 표정에 만희가 그만 고개를 돌렸다.

"힘들었구나?"

담백한 목소리였다.

"그냥, 아무것도."

여전히 시선을 돌리지 않은 채 만희가 답했다.

"나는 조금 힘들었어. 오늘 수술만 두 건 있었거든. 과장님도 무슨 일 있으신지 신경도 날카로우시고 해서. 그것 때문에 얼마나 조심스러웠는지."

"……."

"너도 힘들었지? 어디 아픈 데는 없고?"

"없어. 그런 거."

"얼굴이 안되어 보여."

그 목소리가 마치 만희를 어루만지듯 부드럽고 나긋했다. 속마음과 달리 그저 퉁명스럽기만 한 만희와는 달랐다.

"괜찮은 거지?"

조심스러운 그 목소리에 만희는 화가 치밀었다. 대체 본인한테 부족한 것이 어디 있다고, 내가 뭐라고 나한테 이러는지 이제 그만하라 말하고 싶었다. 지혁은 정말 좋은 사람이었다. 그런 그를 이렇게 만들고 싶지 않았다.

"괜찮아. 그러니까 신경 쓰지 않아도 돼."

그래서 만희는 퉁명스러웠다.

"다른 이야기 하고 싶은 건 없어? 피곤하지 않아? 여긴 어떻게 온 거야?"

더 이상 다가오지 못하고 떨어진 자리에서 지혁은 초조한 눈빛으로 만희를 응시하고 있었다. 만희 역시 아무 일도 없는 척 그와 대화하고 싶어졌다. 고작 몇 달인데 서로가 나누던 것이 이렇게나 큰 의미였는지 만희는 서로의 눈을 바라보고 시시한 하루 이야기를 들려주던 그때로 돌아가고 싶었다.

하지만 그럴 순 없었다. 만희가 고개를 돌렸다.

"힘든 거 없어. 그냥 다른 사람들하고 똑같아. 쉬운 일은 없잖아. 그런 건 다 어리광이야. 여긴 그냥 내 추억의 장소니까 그래서 생각나서 들른 것뿐이야. 혹시라도 너랑 관계있다고 오해하지 말아 줘."

냉정한 말투에 멈칫, 그가 마음 아파하는 것이 느껴졌다. 만희도 마음이 쓰렸다.

"난 그냥 네 이야기 들어 주고 싶어서 그래. 네가 힘든 거 있으면 그걸 들어 주고 싶어서. 우리 함께 있을 때 나는 그게 많이 도움이 되었거든. 병원에서 있었던 일. 점심에 무엇을 먹었는지, 뭘 했고 누구를 만났는지 그런 시시한 일들. 그런 걸 너한테 이야기하는 것만으로도 나는 큰힘이 되었거든. 그래서."

만희는 더는 그의 말을 가만히 듣고 있을 수 없었다.

"나한테 어리광 부리게 하지 마. 나를 길들이려고 하지 마. 이젠 그런거 필요 없어. 너도 나한테 그러지 마."

제가 휘두르는 말에 그의 마음에 상처가 나는 것이 눈에 보이는 것 같았다. 그럴 만한 사람이 아니었는데. 그런 대우를 받을 사람이 아닌데 모질게 구는 제가 싫어서. 그것을 그냥 받아 주고 있는 그를 볼 수 없어 차마 만희는 쉽게 돌아설 수 없었다.

그런 만희의 어깨가 꿈틀 거린 것일까. 어쩌면 무언가를 이미 들켜 버린 것일까. 한참이 지나 그의 목소리가 들렸다.

"그냥 한번 와 보고 싶었어. 예전에 이 길에서 나도 모르게 두리번거리던 적이 있었거든."

"……"

"혹시 방만희가 나타나지 않을까, 하고."

"……"

"그때 방만희에게 화가 날 만큼 사실 너 아주 인기가 많았던 거 알아? 나는 그것도 모르고 방만희가 나만의 친구라고 생각했는데. 그런데 말이야. 나 그걸 알고 나서도 화만 냈어. 너에게 다가갈 수 없었어. 공부와 성적, 의사라는 직업이 아니면 다른 것은 없는 것처럼 말씀하시는 부모님. 그런 기대와 시선이 나를 자유롭지 못하게 해서 그래서 너한테 고백도 하지 못하고 그렇게 시간만 흘려보냈어."

가로등이 깜빡거렸다. 가로등이란 늘 그러기 마련이었다. 치지직 소리를 내거나 껌뻑거리며 길을 환하게 밝혀 주지 못했다. 그것이 다행이었다. 제 눈물이 바닥으로 떨어지는 것을 그가 볼 수 없을 테니까.

"지금도 그래. 지금도 나는 여전히 고민하고 있어. 너에게 내가 부담이 되지 않을까. 너를 사랑한다는 내 마음 때문에 도리어 너를 힘들게 하는 건 아닐까. 나는 조심스러울 수밖에 없어."

"……"

"하지만 만희야. 나는 이제 예전의 그 숙맥이던 이지혁이 아니야. 나는 우리가 이 문제를 헤쳐 나갈 수 있을 거라고 생각해."

"……"

"보채지 않을게. 너한테 시간을 더 줄게. 하지만 이건 기억해 줘. 난이미 결정했고 그 결심은 절대 흔들리지 않아. 기다릴게. 기다리고 있을게."

그가 가까이 다가왔다. 만희가 흠칫 놀란 듯 뒤로 물러섰다.

"이거. 이거 주고 싶었어. 예전에 이런 거 많이 하지 않았나?"

그가 손에 쥐여 준 것은 오래된 휴대용 카세트였다. 만희가 그것을 생소한 듯 바라보았다.

"안에 녹음해 둔 것이 있어. 다행히 아직 작동하더라. 꼭 들어 봐."

돌아오는 버스는 무척이나 흔들렸다. 밤이 깊은 탓인지 만희의 옆에는 아무도 없었다. 차가운 유리창에 뺨을 기댄 채 만희는 이어폰을 꽂았다. 오래된 옛 노래가 한참이나 흘렀다. 속이 빈 미소가 만희의 얼굴에 흘렀다. 괜히 마음이 약해졌다. 그만두어야겠다 생각한 만희가 휴대용 카세트의 정지 버튼을 누르기 위해 살피던 중이었다.

— 오늘 사연은 한 고등학교 남학생이 올려 줬네요.

철컥, 녹음 버튼이 눌리는 소리가 들리고 곧바로 오래전에 들었던 라디오 디제이의 목소리가 흘렀다.

— 백 점을 맞지 않으면 절대 만화방에 가지 않겠다고 결심한 고등학생입니다. 그런데 언제부턴가 그런 제 원칙이 흔들리고 있어요. 저 혼자만 알고 지내는 사이라 생각했는데 알고 보니 친구들 모두 그 여학생을 좋아한다고 합니다. 예쁘다, 귀엽다. 다른 친구들 입에서 그 아이에 대한 이야기가 나올 때마다 마음이 좋지 않습니다. 하지만 제 마음을 전하긴 어렵네요. 그래서 이 노래로 대신 제 마음을 전합니다.

대체 어떤 소녀이길래 이 남학생의 마음을 이렇게 애타게 만든 걸까요? 그 만화방 저도 한번 가 보고 싶네요. 이 오래된 곡을 알고 있는 걸 보니 이 남학생 분명 굉장히 괜찮은 학생일 거 같은데. 주저하지 말고 고백하세요. 첫사랑은 인생에 한 번뿐인 거잖아요?

말로 하기 힘든 사랑을 노래로 대신 전한다는 가사를 담고 있죠. 이름은 비밀로 하겠습니다. 말로 하기 힘들다는 그 남학생의 마음이 이 곡과 잘 어울리는 것 같아요. *F.R. DAVID*의 *WORDS*입니다.

제목도 모르고 부르는 가수의 이름도 몰랐지만 만희 역시 이 노래를 들어 본 기억이 났다. 남자 가수의 미성. 가벼운 리듬. 그리고 몇 번이나 반복되어 모를 수 없는 한 줄의 가사.

— *Words don't come easy to me. How can I find a way to make you see I love you.*

버스는 마치 만희의 마음처럼 무척이나 흔들렸다. 오래된 카세트는 몇 번을 앞으로 돌렸다 다시 되풀이해 들어도 잘 들렸다. 이제 더는 사라져 없어졌을 거라 생각했던 것이 아직 그 자리에 존재하고 있었다. 오랜 시간 그 안에 저장해 놓은 그의 마음 역시 그 자리에 계속 남아 있었다.

10

"나 선볼까 하는데, 어때?"

수술실에서 막 나온 성민이 지혁의 말에 히죽 웃었다.

"무슨 소리야? 얼마 전에 연애 시작했다면서 고새 또 안 된 거야?"

성민은 지혁과 같은 의대를 졸업하고 같은 병원에 근무하는 동기였다. 성민은 지혁에 대해 모르는 것이 없었다.

"그 여자가 나 안 만난대."

지혁의 목소리는 해탈한 현자처럼 그랬다.

"왜 갑자기? 내가 다른 사람 소개해 줘?"

농담처럼 말하기에 농담으로 받아친 성민이 대답 없는 지혁을 돌아보았다. 그의 표정이 어두웠다.

'아뿔싸!'

성민이 진지해졌다.

"그래. 쉽지 않지. 이해해. 네가 이해해라. 너도 반대 입장에서 생각해 봐. 네가 아무리 잘생기고 능력 있고 성격 좋고 저세상 스펙이라 해도 아이를 데리고 있다면 부담되고 힘들겠지. 응?"

"……."

하지만 여전히 지혁은 대답이 없었다.

"이거 아니었냐? 시나리오가 이쪽이 아니었던 거냐? 그럼! 야! 네가 더 잘해 봐. 이해하고 참으라고."

"그랬어. 더 노력하려고 했어. 그런데 그게 쉽지 않아. 이미 헤어진 지 며칠 됐어."

'헤어진 지 며칠 됐다고?'

더 이상 가져다 댈 말이 없어진 성민이 안타까운 표정으로 지혁을 바라보았다. 같은 대학, 같은 병원을 다닌 지혁과 하진의 아슬아슬하고 강렬한 연애를 그도 기억하고 있었다. 군 입대와 임신 소식까지. 아이와 지혁을 모두 포기한 하진의 이야기를 잘 알고 있는 성민으로서는 지혁의 연애가 반가울 뿐이었다. 이번에는 결코 실수하지 않겠다는 지혁의 말에 옆에서 내내 마음으로 응원하고 있었다.

그런데 그 일이 쉽지 않게 되었다니. 이름도 얼굴도 모르는 그 여자가 이해는 가면서도 어쩐지 섭섭한 기분이 들었다. 그래서 성민은 저도 모르게 목소리를 키웠다.

"야! 너라면 누구든 어떤 여자건 좋은 사람 또 나타날 거야. 구현이 똑똑하고 착하고!"

그런데 한참 읊어 대던 성민의 말을 지혁이 끊어 버렸다.

"그런 게 아니야."

"그럼 뭔데?"

"나한테. 하진이랑 다시 합치라는 거야. 구현이한테도 그게 제일 좋을 거라고."

"응?"

"하진이가 구현이 친엄마니까."

하! 하하하! 그 순간 성민이 큰 소리로 웃었다.

"야! 하진이랑 네가 했던 연애 여기 모르는 사람 있냐? 하진이가 친엄마라 좋을 거라고? 친엄마도 친엄마 나름이지. 그 여자가 구현이한테 정말 좋은 영향을 끼칠 거라고 생각해?"

말도 안 되는 이야기였다. 그건 성민이 장담할 수 있었다. 간접 경험이긴 해도 바로 옆에서 모든 걸 목도한 성민이었다. 이제 막 세상에 태어난 제 아이를 지혁에게 떠맡겨 버리고 모르는 척한 게 그 여자였다. 세상에 친엄마라고 다 같은 엄마가 아니었다.

"에이! 그 여자분 정말 몰라도 한참 모르시네!"

"그래? 그렇다는 거지?"

지혁이 자리에서 벌떡 일어나 들고 있던 종이에 무언가를 표시했다.

"뭐냐? 그거?"

갑작스러운 행동에 고개를 갸웃한 성민이 종이를 들여다보았다.

찬성과 반대라고 쓰인 글자 아래 바를 정 자가 몇 개 그려져 있었다. 찬성은 서른두 명 반대는 두 명.

"벌써 서른두 명이 찬성표를 던졌어."

"이게 뭔데?"

성민이 알 것도 모를 것도 같다는 표정으로 고개를 갸웃했다.

"솔직히 이 병원에 나랑 하진이 모르는 사람 있어? 나 정말 궁금해서 그랬다. 나는 하진이가 정말 아닌데 다른 사람도 그렇게 생각하나 해서. 솔직히 나는 하진이 정말 아니거든. 그런데 구현이한테도 그런가 궁금해서."

"그렇다고 이걸 묻고 다녀?"

입을 헤벌린 성민이 그건 좀 아니라는 듯 고개를 흔들흔들했다.

"왜? 창피하다고?"

지혁이 되물었다.

"응. 창피하지. 아무래도 그게 좀, 내 얘기 다 해야 하지, 이제는 잊어

버릴 만한 너랑 하진이 이야기도 다 다시 해야 하지."

"뭐가 창피해? 내가 미치겠는데. 그 여자 아니면 미치겠는데. 죽어 버릴 것 같은데. 이게 뭐가 창피해!"

버럭 외치는 소리에 순간 성민이 할 말을 잃었다. 이지혁. 그러고 보니 오늘은 머리카락도 단정하고 면도도 말끔히 했다. 옷도 깨끗하고. 이게 어딘가 불길했다.

"너 이발했냐?"

"응."

"면도도 하고?"

"응."

"옷은?"

"새로 샀어."

"왜?"

"언제든 만나도 좋은 모습 보이고 싶어서. 언제든 가서 매달려도 나 너무 궁상맞아 보이면 안 되니까."

"……."

하. 성민의 얼굴이 일그러졌다. 하지만 지혁의 눈에는 제 친구의 그런 반응은 보이지 않았다.

"그런데 말이야. 나 정말 궁금해. 그 여자한테 가서 매달려도 되는지. 그 여자한테는 내가 정말 정답인지."

그 어느 때보다 훤칠하게 잘생겨 보이는 친구 지혁이 푹 고개를 숙인 채 아무 말이 없었다. 덥수룩한 머리에 아무 옷이나 걸쳐 입던 그 잘난 지혁이 제 겉모습에 잔뜩 신경을 쓰다니……

그 순간 성민은 자리에서 일어나 밖으로 나갔다. 나가기 전 테이블 위에 아무렇게나 굴러다니던 휴지를 지혁이 쪽으로 밀어 준 채였다. 문을 닫고 나오자 얼마 안 가 안에서 흐느끼는 소리가 들려왔다. 모르는 척 무표정한 얼굴로 성민은 문에 기대섰다.

"이지혁 선생님 안에 계시죠? 라면 가져다드리려고 했는데!"

"쉿."

몇 분 뒤, 조심조심 컵라면을 안고 걸어오는 레지던트들을 본 성민이 그들을 저 멀리 쫓아 버렸다.

"왜요? 아무것도 안 드셨다는데? 저러다 선생님 쓰러지세요."

"됐어. 됐어. 그 마음은 내가 대신 받을게. 이리 줘."

그 이후 또 무슨 볼일이 있는지 매서운 눈을 하고 걸어오는 하진을 쫓아 버린 것도 성민이었다.

'저런 여자랑 다시 잘해 보라고? 에이. 말도 안 돼.'

잔뜩 불만 섞인 표정으로 멀어지는 하진을 보며 성민은 생각했다. 남의 일에 이래라저래라 하는 건 제 스타일이 아니었지만 아무래도 오늘은 하진에게 충고라는 것을 한마디 해야 할 것 같았다.

○ ◎ ●

참, 신기한 것이 있다. 추억이랄까. 과거의 일을 떠올리면 정확하게 기억은 안 나지만— 그 사람이 어떤 표정이었는지 안경은 썼는지 안 썼는지 무슨 색의 옷을 입었는지 그날의 날씨는 어땠는지 하는 것들, 그런 건 잘 떠오르지 않는데도 불구하고 신기하게도 선명하리만치 마음을 두드리는 게 있다.

바로, 그날의 분위기. 그날의 느낌. 그날 내가 생각했던 것들. 그런 것들은 시간이 많이 흘러도 수없는 세월이 그 위로 덮이고 또 덮여도 또렷하게 기억에 남는다.

그날도 그랬다. 만화책을 빌리러 간 그날. 평소 학원을 다녀오면서 지혁은 매일 같은 시간에 만화방에 들렀다. 규칙을 정해 놓고 행동하는 것은 자신의 생활 습관을 쉽게 통제하기 위해서였다. 목표를 위해서. 의대 합격이라는 부모님의 목표이자 제 자신의 목표를 이루기 위해서 지혁이 정해 놓은 것이었다.

그날, 유독 해가 일찍 져서 주위가 모두 어두웠다. 새까만 하늘은 반질반질 윤이 나는 것 같았다. 버스 정류장 바로 앞에 불이 반짝이는 몇몇 개의 가게들과 조금 떨어져 골목 안에 있는 만화방.

그 만화방 간판의 불빛을 보는 순간 다른 날에는 느낄 수 없었던 기분이 문득 들었다. '만희네 만화방' 이름마저 촌스러운 그 만화방이 마치 추운 겨울 자신을 기다려 주고 있는 군고구마 통 같다고 해야 할까? 아니, 망망대해로 떠내려가는 쪽배가 의지할 등대 같다고 해야 할까?

특별히 공부 스트레스를 받은 것도 아니었다. 시험을 못 봤거나 하는 일도 없었다. 그러나 모든 일은 그렇게 갑자기 찾아온다는 걸 지혁은 알고 있었다. 물을 따르고 따르다 어느 순간 잔에 넘쳐 흘러내리는 순간처럼.

늘 같은 자리에서 1년 내내 문을 닫는 일 한번 없이 지혁의 일주일 치 스트레스를 날려 줄 수 있는 만화를 빌려주는 곳. 그리고 그 안에서 뭐가 그렇게 재미있는지 혼자서만 흐뭇한 미소를 지으며 만화책을 들여다보고 있던 소녀. 그곳이 평소와는 다르게 더없이 정겹게 느껴졌다.

그때라면 만희에게 아직 말 한마디 제대로 해 보기도 전이었다. 그 애가 같은 고등학교에 다니는지도 몰랐던 때였다. 그러나 그 만화방은 이미 지혁에게 거의 유일한 공간이었다. 정을 느끼고 마음을 붙일 만한 곳. 다른 날에는 그 소녀에게 말을 걸지 않았지만 그날은 궁금했다. 뭐가 그렇게 재미있는지. 웃고 있는 얼굴에 지혁이 무심코 말을 걸었다.

'뭐 읽어?'

빌려 갈 만화책을 골라 테이블에 내려놓고 물었다. 자기도 모르게 친밀하게 말한 지혁은 외계 언어라도 들은 듯 깜짝 놀란 소녀가 빤히 바라보는 바람에 조금 민망했다.

'아니, 재미있어 보이길래. 그냥. 그냥 물어본 거야.'

지혁이 괜히 뒷머리를 긁었다. 그제야 얼음땡 하듯 깨어난 소녀가 말했다.

'그냥 좀 오래된 거야. 그리고 순정만화. 네가 좋아할 만한 건 아니고.'

쑥스러운 듯 그 아이는 미소 지었다.

'그랬구나?'

지혁이 대출 체크가 된 만화책을 가방에 밀어 넣었다. 가벼운 인사를 하고 돌아서려 했던 그때였다. 그 아이가 다시 입을 떼었다.

'나는 이상하게 오래된 게 좋더라.'

생각도 못 한 서두였다. 지혁이 고개를 들었다.

'응?'
'책이나 만화 같은 거 말이야. 조금 오래된 내용이 재미있어.'
'……'
'빨리빨리 이뤄지는 거 말고 좀 천천히 흘러가는 거 말이야. 전화도 잘 안되고 만나자고 할 방법도 없어서 막 고민하고 애태우고. 고백도 편지 같은 걸로

하고 말이야'

잔잔한 미소를 띠고 말하던 만희는 그야말로 소녀였다. 말 그대로의
소녀. 순수하고 맑은 소녀. 세상의 모든 것을 아직은 상상의 시선으로
바라볼 수 있는 아이.

그날 그녀의 표정이 지혁은 선명하게 기억났다. 진심을 말하고 있는
표정. 빤하게 하는 말이 아니라, 국어 시간에 배운 대화의 기능 중 위로,
감사, 정보 전달, 화해. 같은 목적을 가진 대화가 아닌, 감정의 교류를
나누는 대화.

만희는 그것을 소중하게 생각하는 여자였다. 감정의 교류. 그런 그녀
를 사랑했다.

"신작 만화를 매번 볼 수 있는 건 대단한 건가?"

제법 긴 시간 어디론가 사라졌다 다시 돌아온 상민을 향해 지혁이 그
렇게 물었다.

"그게 무슨 소리야?"

상민이 컵라면을 지혁이 쪽으로 밀었다. 지혁이 이게 뭐냐? 웬 거냐?
그런 것도 묻지 않고 그냥 컵 뚜껑을 벗겨 내 후루루룩 면을 삼키다 슬
쩍 시선만 들어 다시 말했다.

"아니, 우리 어릴 때는 그런 거 있었잖아. 만화방. 만화방에 갈 때마
다 내가 보고 싶은 만화가 있으면 그게 그렇게 대단한 건가?"

그 물음에 고개를 갸웃한 상민이 갑자기 자리에서 벌떡 일어났다.

"뭐야? 무슨 행운이야?"

"행운?"

"그게 아니면 너 만화방에 든든한 빽이 있었구나!"

"빽은 무슨 빽!"

"학생한테 그런 거면 그저 엄청난 빽이지! 너 신작 만화가 갈 때마다

있었다는 게 보통 일인 줄 알아? 아니지! 너 혹시 얼굴값 한 거 아니냐? 누굴 협박했어?"

"그런 거 아니거든."

무심하게 대꾸한 지혁이 컵라면을 들어 국물을 후루루 마셨다. 그렇게 두어 번 먹고 단숨에 비워 버린 라면에 갑자기 허전한 기분이 들었다. 내내 입맛이 없다가 갑자기 무언가 얽히고설켜 있던 것이 풀리는 것 같다는 생각이 들자 전투력이 상승되며 허기가 졌다.

"삼각김밥은 없냐?"

따가운 눈초리와 함께 상민이 장난스럽게 대꾸했다.

"뭐? 에라이 이 진상 같은 놈!"

"뭐가 진상이야?"

지혁이 히죽 웃었다. 그 모습을 본 상민이 그제야 부담을 덜었다.

"너 하진이가 좀 보잔다."

"아, 왜 또!"

저리 우렁찬 것을 보니 거의 회복된 것 같아 상민이 안심했다.

"내가 한 소리 했다고 그러는 거지."

"네가 뭐라고 했어? 뭐라고 했는데?"

생각도 못 했다는 듯 지혁이 되물었다.

"그냥 정신 좀 차리라고. 사람이 하지 말아야 할 짓이 딱 두 가지 있는데. 남이 뭐 먹고 있을 때 쳐다보는 거. 그거하고. 또 하나는 마음 떠난 남자 붙잡고 있는 거라고. 그것만큼 후진 거 없다고."

상민의 말에 지혁이 두 손가락을 부딪쳐 딱 소리를 냈다.

"명언이네."

일어나 나갈 채비를 하는 지혁을 향해 상민이 손가락을 흔들어 대꾸했다.

"그래, 명언이지. 명언."

○ ◎ ●

　최상의 컨디션은 아니지만 회복 중이라고 지혁은 제 스스로에게 되뇌었다. 하진을 만나 다시 한판 붙을 정도의 체력은 회복한 거라고. 그렇게 믿고 싶었다.

　말을 해서 들을 아이라면 진즉에 말을 했을 거라고 누군가는 그렇게 이야기했다. 말로 안 되니까 가서 꾸짖는 거라고 그랬다. 하지만 그건 어린아이한테만 해당되는 이야기였다. 어른이면 그렇게 하지도 못한다. 어른은 그냥 무시하거나 아니면 싸우거나 둘 중 하나였다.

　동료들 사이에 서 있는 그녀를 따로 불러내 아무도 없는 곳으로 데리고 오자마자 안 그래도 참기 힘들었다는 듯 하진이 쏟아 내기 시작했다.

　"넌 도대체 뭐 하는 인간이니? 어떻게 그렇게 무심하고 무책임할 수가 있어?"

　그러니까 논리도 안 통하는 이런 사람하고는 어떻게 해야 할까. 무시하기 힘든 상황에 싸우기도 싫은 사람.

　지혁은 잔뜩 눈에 불이 인 하진의 앞에서 할 말을 잃었다. 적반하장도 유분수지. 누가 누구더러 무책임하다는 거야? 하지만 저만 억울하고 제 논리만 맞는다고 우기는 사람에겐 무슨 이야기를 해도 쇠귀에 경 읽기다. 이런 면에선 어린 구현이가 제 엄마보다 훨씬 낫다.

　"……."

　지혁은 침묵을 선택했다. 어차피 제가 얘기하는 걸 더 좋아하는 여자였다.

　"구현이 위해서 노력하자고 했지! 나도 뭐 내가 좋아서 이러는 줄 알아?"

　"……."

하진의 입에서 구현이 이름이 나올 때마다 눈썹이 꿈틀 치솟았지만 그래도 지혁은 꾹 참았다. 이 여자가 대체 뭐라고 하는지 끝까지 들어나 보자는 심정이었다.

"게다가 넌 대체 처신을 어떻게 하길래 상민이까지 제멋대로 끼어들게 해?"

"……."

"그 자식이 뭔데 우리 사이에 껴서 이래라저래라 하는 거냐고! 왜? 헤어져서 억울해? 그 여자랑 헤어진 게 내 탓이야? 애초에 애 아빠가 돼가지고 책임감도 없이! 겨우 그런 여자하고 결혼하려고!"

"……."

"네가 또 결혼한다고 해서 뭐가 달라질 것 같아? 너는 애초에 너밖에 모르는 애야. 너는 제멋대로고! 그 여자도 별 볼 일 없다고! 네가 변하지 않는데 같은 일만 반복해서 뭐 하니? 넌 네가 뭐 달라졌다고 생각해? 넌 그냥 똑같은 남자야. 예전하고 달라진 게 하나 없다고!"

어쩌면 하진의 말이 맞는 걸지도 모른다. 나는 하나도 달라진 게 없고 책임감도 없고 사랑에 빠져 판단을 흐리고 있는 것일지도 모른다. 하지만 이전에는 없었던 어떤 감정이 지혁의 마음 안에 들끓었다. 한 번도 하지 못했던 이야기. 그걸 이제껏 하지 않았다는 사실이 생각나 지혁이 눈을 흐렸다.

"미안. 선배 내가 미안해."

미안하다는 이야기. 돌아서는 하진을 붙잡기 위해 했던 말. 하지만 지금 지혁이 느끼는 미안함은 그런 종류의 것이 아니었다. 경악한 하진이 되받아쳤다.

"넌 그게 지금 할 소리니?"

"미안해. 내가 미안해 하진 선배."

미간이 흐트러진 하진이 지혁을 향해 고개를 흔들었다.

"대체 뭐가 미안하다는 거야? 웅!"

그녀는 불안한 아이처럼 소리치기 시작했다. 아무 이야기도 듣고 싶지 않다는 듯 거세게 고개를 저었다. 하지만 지혁은 하고 싶은 이야기가 있었다. 그녀의 이야기를 다 듣고 나니 정말로 해야 할 이야기가 있었다는 걸 깨달았다. 우습게도 그것을 알려 준 건 하진이 아닌 제가 간절히 바라는 또 다른 여자였다.

"선배 진심으로 사랑했었어. 그 사랑에 푹 빠져서 앞뒤 가릴 것도 없었어. 그런데 그때는 그 사랑 지킬 만큼 나 그렇게 성숙하지 못했던 거 같아."

"야! 너 지금 무슨 헛소리야! 무슨 소리 하는 거냐고!"

"남자 친구는 군의관 복무 중이지. 아이는 임신했지. 부모님들의 기대를 무너트리고 혼란스러운 상황에서 자의는 아니었지만 선배 혼자 두고 모든 걸 혼자 책임지게 만들었어. 힘들었을 거야. 미안해. 감정싸움을 해서 해결될 일이 아니었는데."

"야! 이지혁!"

하진의 눈에 눈물이 맺혔다. 아주 오래전 그가 군의관으로 훈련을 갈 때 보였던 그 눈물. 그 눈물은 조금이라도 지혁을 위했던 걸까? 아니면 혼자 남은 자신을 위한 거였을까?

"너! 너! 어떻게 나한테 이럴 수 있어!"

하진이 손을 들어 지혁을 마구잡이로 때렸다. 반쯤은 울면서 반쯤은 억울해서 소리 지르며. 그때도 하진은 이렇게 울었던 것 같다.

나를 어떻게 혼자 내버려 둘 수 있냐고. 나 혼자 어떻게 하라는 거냐고. 임신한 여자 친구를 혼자 두고 가야 하는 남자의 마음은 조금도 헤아리지 못하고. 그녀는 지혁을 저와 반대에 선 사람, 저를 괴롭힌 사람, 저에게 고통을 안겨 준 사람처럼 대했었다.

내가 아닌 남을 위해서는 한 번도 울어 본 적이 없던 여자. 남을 위해서는 한 번도 참지 않았던 여자. 저 역시 그런 사람이 될 순 없었다. 사랑이라는 이름 앞에 그녀처럼 이렇게 이기적인 사람이 될 수는 없는 일이었다.

그러니까 정말로 바뀌어야 했다. 아무것도 바뀌지 않았다고 예전과 같은 남자일 뿐이라고 매도하는 하진의 말은 틀렸다 알려 주고 싶었다.

"미안해. 선배와 있었던 일, 모두 내 책임이야. 내가 다 잘못했어."

"나쁜 놈!"

"그래. 그런데 나 이제 진짜 사랑을 어떻게 해야 하는지 알 거 같아. 순간의 감정을 영원히 지키기 위해서 어떻게 해야 하는지 이제 좀 알 거 같아."

자신은 달라졌다고. 저를 다른 사람으로 만들어 준 그런 사람이 있다고 하진에게 미안하다 용서를 빌어야 할 것 같았다. 그때 우리가 했던 건 진짜 사랑이 아니라고. 그래서 미안했다고.

"개소리 집어치워!"

"선배와 나는 이미 끝난 사이잖아. 아니, 시작도 하지 않았지. 나 구현이를 위해서, 구현이를 책임지기 위해서 이제 진짜 신중한 결정을 할 거야. 그러니까 그만 놔줘. 선배가 구현이 엄마인 건 절대 잊지 않아. 하지만 나는 이제 선배랑 직장 동료일 뿐, 남이야."

○ ◎ ●

만희의 그 말은 결코 허투루 나오는 것이 아니었다.

'빨리빨리 이뤄지는 거 말고 좀 천천히 흘러가는 거 말이야. 전화도 잘 안되고 만나자고 할 방법도 없어서 막 고민하고 애태우고. 고백도 편지 같은 걸로 하고 말이야.'

시간이 흐르면서 점점 흐려지는 마음이 있다. 그와 반대로 더욱 진해지는 마음도 있다.

그녀에게 기다린다 말하고 싶었다. 네가 기약한 그 시간. 아니 그보다 더 오랜 시간이라도 나는 기다릴 수 있다고 지혁은 말하고 싶었다. 하지만 기다린다 말하고 기다리는 건 진짜 기다림이 아니었다.

아무 말 없이 기다리는 것. 그녀가 어떤 선택을 하든 그것이 최선이라 믿어 주는 것. 그녀와 제가 같은 선택을 할 거라고 믿는 것 그것이 진짜 기다림이었다.

그녀의 오피스텔 앞에 차를 대 두고 지혁은 끊임없이 고민했다. 지금이라도 당장 계단을 뛰어 올라가 그녀의 집 문을 두드리고 싶은 충동과 몇 번이고 싸워야 했다.

퇴근할 시간이 한참 지난 것 같은데 아직 그녀의 방에 불이 들어와 있지 않으면 마음이 무거웠다. 일찍부터 불이 들어와 있다 늦게까지 불이 꺼지지 않으면 그것도 걱정스러웠다. 하루하루가 느리게 흘러갔다.

"야! 그런데 너 그때 왜 그런 거냐?"

멀리 만희가 준호와 함께 언덕을 오르는 것이 보였다.

'준호 저 자식!'

차 밖으로 뛰어 나가려던 지혁이 참고 또 참았다. 지금 뛰어 나가 버리면 그야말로 모양이 빠지는 상황이었다. 그녀를 멋지게 기다리던 그 시간은 모두 사라지고 그저 질투에 눈이 멀어 앞뒤 분간 못 하는 어린아이가 되고 마는 것이다.

"뭐, 언제?"

만희가 그를 향해 물었다. 서로의 거리는 몇십 센티미터. 앞서거니 뒤서거니 발걸음도 굳이 맞추지 않는 걸 보니, 두 사람 사이는 여전히 친구인 건가? 예의 주시하는 눈으로 지혁이 두 사람을 뚫어져라 바라보았다.

"그날 말이야. 고등학생 때 내가 놀이터에서 갑자기 너랑 마주쳐서 인사하려고 했는데 너 날 이상한 사람 본 것처럼 흘겨보면서 뛰어갔잖아."

"그런 일이 있었나?"

"아, 왜. 너 막 나 흘겨보면서 뛰어가고!"

"으응? 진짜?"

"야야, 얘가 그걸 기억 못 하네? 그때 너 왜 그랬어? 왜 그랬나? 안 그래도 내가 계속 물어보고 싶었던 걸 자꾸 잊어버렸는데. 그때 나 기분 진짜 상했거든."

"그래?"

"그래, 그렇다! 너 기억나지?"

준호가 소리치자 만희가 민망한 듯 웃고 있는 것이 보였다. 방만희, 그녀.

"실은 나 그때 말이야."

그렇게 말한 그녀가 순간 저를 쳐다본 것 같은 기분이 들었다. 아니, 아닌가? 정확하지 않았다.

"나 그때 누가 나한테 고백을 한다고 해서 조금 기대하고 나갔었거든."

"누가?"

"몰라. 그 누구더라. 이름도 잘 기억 안 나는데, 우리 초등학교 동창이었어. 걔가 그러더라고. 누가 나한테 고백하려고 한다고. 그러면서 거기 놀이터로 나가 보라고."

"나가 보라고 했다고? 그래서? 누가 너한테 고백했는데?"

다그치는 준호의 질문에 그녀가 다시 싱긋 웃었다.

"그래서 나갔더니. 거기, 지혁이가 있더라."

"지혁이?"

준호가 의심스러운 눈초리로 다시 되물었다.

"이지혁이?"

"응. 이지혁."

그녀가 왜 아니겠냐는 듯 확신에 찬 목소리로 말했다.

"걔가 나한테 고백할 상대가 아닌 건 알았지. 그런데도 그냥 설레는 거 있지. 지혁이가 나한테 고백한다면 어떨까? 혼자 김칫국 엄청 마셨다."

그녀의 얼굴에 잔잔한 미소가 그려졌다.

눈빛이 일그러진 채로 지혁은 웃음을 흘렸다. 생각도 못 했던 이야기에 그의 입이 벌어졌다.

열일곱 살 때 늦은 저녁 갑작스레 놀이터에 나타난 만희. 그때의 상황은 지혁 역시 기억하고 있었다. 남자를 만난다며 지혁에게는 관심도 없는 표정으로 딴청을 부리던 만희의 모습.

그 당시 지혁은 한창 만희에게 화가 나 있었다. 아니, 혼자 삐져 있었다. 친구들 사이에서 만희가 몇 번이나 회자되던 날. 혼란에 빠져 있던 지혁은 만희에게 남자 친구가 있는지 물어봤었다. 그 질문에 당황하여 놀란 만희를 보고 어찌나 실망을 했었던지. 어린 마음에 지혁은 저 혼자 상처받았다.

아. 방만희는 나만 알고 있는 소녀가 아니구나. 현실적으로 자각했던 그때, 그날 이후 지혁은 저 혼자 속으로 계속 싸워야 했다. 무엇과 싸우는지도 모르면서 그랬다. 그래서 만희를 일부러 무시하려고 했었다.

우연히 놀이터에서 마주친 그날은 전교 1등에서 2등으로 떨어져 고민하던 날이 분명했다. 난생처음 학원을 가지 않고 땡땡이를 치던 날. 한참을 여기저기 돌아다니다 결국 만화방도 들르지 못하고 향했던 곳이 바로 놀이터였다.

100점을 맞지 못하면 만화방에 가면 안 된다고 정해 놓은 원칙을 지켜야 할지 말아야 할지 고민하던 때였다. 다른 남자애와 사귀고 있을지도 모를 그 애를 차라리 보지 말아야겠다고 혼자 결심한 상태였다.

아니. 실은 내가 널 좋아한다고 말하고 싶었던 날이었다. 다른 아이들에게는 상냥하게 해 주지 말라고, 재미있는 대화는 나랑만 했으면 좋겠다고, 그렇게 말하고 싶었다. 그런데 농담처럼 그 애가 나타났다. 만화방에서나 만날 수 있을 거라 생각했던 방만희를 만났다. 얼마나 깜짝 놀랐던지! 만화방에 가서 책을 반납했어야 했는데 그러지 못한 걸 어떻게 알고? 아니! 내가 여기 있는 걸 어떻게 알고 찾아왔지? 이런 바보 같은 생각을 했던 날.

하지만 그날도 남자애를 만나러 왔다는 말에 만희가 미웠다. 다른 애랑 벌써 사귀기로 한 게 맞구나, 그런 생각이나 하는 제 스스로가 원망스러웠다. 그런데 그날 만희가 저를 보고 반가웠다니. 제 고백을 기대했었다니.

아하! 그게 이제야 기억나다니!

차 속에서 지혁이 혼자 손바닥을 맞부딪치며 소리 죽여 웃기 시작했다. 아니, 그게 왜 지금 생각난 걸까? 이렇게 재미있는 일을!

'오늘 반납 못 한 책은 연체료가 하루에 백 원씩인데 내일까지 가지고 오면 조금 깎아 줄게.'

그 순간이 눈에 잡힐 듯 그려졌다. 분명 다른 남자아이를 만난다고 농담하던 만희가 아니었던가? 그런데 그때 만희가 기대했던 건 다른 사람이 아닌 나였다고? 생각도 못 했던 어긋남이 우스워 지혁은 헛웃음이 나왔다.

어린 시절 저 혼자 달아나는 제 마음을 스스로 어찌할 수 없었던 상황에서 일어난 일이었다. 그 순수함이 아름답게 느껴졌다. 그 순간을 함께했던 만희가 소중했다.

"그때 나 혼자 기대했거든. 나한테 고백하려던 상대가 지혁이면 어떨까 하고."

"하이고. 꿈도 크시네요. 그때의 이지혁이면 온 동네 여자애들이 다 좋아하던 때 아니었냐?"

얼마나 큰 소리로 떠드는지 창문 밖에서 두 사람의 이야기 소리가 고스란히 들려왔다. 그런데 저 김준호가 웬일일까? 맞는 말을 할 때도 있다.

"그러니까. 아니라는 거 알고 너 보자마자 놀란 거지. 네가 나한테 고백하려나 하고!"

"뭐?"

준호가 얼굴이 벌게져 소리쳤다. 만희가 장난이라는 듯 손을 저었다. 지혁이 혼자 차 안에서 큭큭대며 웃기 시작했다. 아. 당장이라도 내려 그녀를 안아 주고 싶었다. 미칠 것 같았다.

"하여간 아무것도 아니었으면 되잖아! 왜 물어봐 놓고 화를 내고 그래!"

두 사람이 신나게 장난을 치며 이야기하다 멀어지는 것이 보였다. 그 모습을 지혁은 그저 지켜보고 있어야만 했다. 그러기로 했으니까. 그렇게 서로 약속했으니까 지금은 끼어들 수 없다.

몇 분 뒤 준호가 손을 흔들며 다시 언덕 아래로 내려가는 것이 보였다. 그 자리에 만희 혼자 남아 있었다. 만희 혼자 그곳에 있었다.

충동적인 기분을 이기지 못하고 지혁이 차에서 내렸다. 이미 알고 있었던 것처럼 그녀가 눈을 마주쳐 왔다. 너무도 당연한 일처럼 두 사람의 시선이 엉켜들었다.

하긴, 이 차라면 만희가 몇 번이고 탔던 차였다. 차 번호를 모를 리 없었다. 혼자 사는 여자가 거의 매일 제집 앞에 멈춰 있는 차를 주시 안 했을 리가 없다. 그걸 일부러 의도했던 것도 사실이었다.

"잘 지내지?"

그녀가 사라질까 말 한마디에도 지혁의 눈은 만희를 놓지 않으려 간절히 응시했다.

"응."

"오늘로 27일째야."

"응, 알고 있어."

하지만 그녀에게 가까이 다가가지는 않았다. 조금이라도 더 가까워진다면 그녀를 안고 제발 나 좀 다시 받아 달라고 징징대며 울지 모르니까. 그래도 조금 모양이 빠진다 해도 조금 룰에 어긋난다 해도 이 말은 꼭 해 주고 싶었다.

"기다리고 있어."

"……."

"한 달이면 되는 거지?"

"그냥은 소용없어. ……고민해야 해."

"치열하게 고민하고 있어. 일부러 천천히 돌아가는 것뿐이야."

"……."

"네가 그랬으니까. 전화도 잘 안되고 만나자고 할 방법은 없는데, 막 고민하고 애태우고. 고백도 편지 같은 걸로 하는 거. 그거 낭만적이라고 그랬으니까. 한 달이야. 나 그 이상은 못 기다려."

그녀의 눈은 별처럼 빛났다. 그녀의 입술은 꽃잎처럼 붉었다. 그녀는 지혁이 사랑하는 사람이었다. 한순간 타오르고 사라지는 감정이 아닌 길게 애태우고 아프고 그래서 애가 닳고 더욱 깊어지는 사랑.

"나 지금 무척 애태우고 있어. 그거 엄청 낭만적이야."

만희가 희미하게 미소 짓는 것이 보였다. 그 미소가 달처럼 은은하고 아름다웠다.

○ ◎ ●

"너는 지금 나보고 그걸 받아들이란 말이야?"

예상했다시피 언니는 처음부터 도전적인 자세로 나왔다. 오랜만에 만난 자리. 빙수 한 그릇을 사이에 두고 자매는 분위기와는 전혀 어울리지 않는 이야기로 신경전을 벌이고 있었다.

"애가 있다고? 너랑 동창인데 벌써 다섯 살짜리 애가 있다고?"

하긴 언니는 매사 그런 식으로 살아왔다. 언니의 사랑도, 인생도 그랬다. 언니는 모든 것을 도전하고 즐기는 타입이었다. 그에 비하면 만희는 소극적이고 조심스럽다.

"응. 아이는 다섯 살이고 우리 유치원 학생이었어. 지금은 아니지만."

절대 공격당하고 싶지 않았다. 내가 사랑하는 사람들이니까. 그리고 내가 사랑하는 언니니까.

"왜 그렇게 힘들게 살려고 해?"

그런데 지금은 왜 이렇게 바뀐 걸까? 말하는 자세는 여전히 도전적인 언니가 지금껏 살아온 본인의 인생과는 다르게 만희에게 고리타분한 충고를 하고 있었다.

미간을 잔뜩 찌푸린 채 양손으로 팔짱을 끼고 앉은 언니는 만희의 이야기를 들을 생각이 없어 보였다. 어차피 자기가 하고 싶은 이야기만 할 생각이겠지? 예전부터 이런 식으로 말리든 것이 한두 번이 아니었다. 그렇게 만희는 언니 대신 만화방 일을 도맡아 했고 제 아르바이트비를 언니의 여행비로 내주었고 엄마가 남긴 돈을, 거의 전액을 제 오피스텔 구하는 데에 쓰기도 했다. 언니는 엄마의 유품 말고는 한 푼도 가져가지 않았다.

"힘들게 살려는 거 아니야. 행복하려고 하는 거지."

하지만 이번만큼은 언니에게 지고 싶지 않았다. 언니의 의견에 따를 생각은 조금도 없었다. 이건 방만희가 살면서 최초로 확신에 찬 일이었다. 가장 도전적인 쟁취였다.

"행복이 뭔데?"

"행복? 웃을 일이 많아지는 거."

"그런데 그 결혼을 하겠다고? 네가 한 그 결정은 울 일이 많아지는 일이야."

"왜 우는데?"

"너 아이 키우는 게 얼마나 힘든지 알잖아? 네 아이도 아니고 더군다나 남자애를! 너 힘들게 키워 놨다가 나중에 걔한테 원망 들으면 어떻게 해?"

"그걸 언니가 어떻게 알아?"

"왜 몰라? 간단하게 생각해 봐도 딱 그렇잖아. 그리고 그 남자도! 그 남자 이지혁인지 뭔지. 그래! 걔 말이야. 앞으로 걔 인생에 여자가 두 명 있는 거거든. 너랑. 아이 친엄마."

"……"

"살다가 힘든 고비가 몇 번인데 그럴 때마다 후회할 수밖에 없어요. 이 여자 말고 저 여자랑 살걸. 저 여자가 훨씬 더 나은 선택이었을 텐데. 이게 아예 미지의 여성과 바람을 피우는 거랑은 또 다른 거거든. 눈앞에 보이잖아. 현실이라고. 연락할 방법도 많고 핑계도……."

"언니!"

꽥 소리를 지르고 만희는 제 언니를 노려보았다. 언니 역시 지지 않고 만희를 노려보았다. 언니는 이런 걸로 움찔할 만한 스타일이 아니었다.

"뭐? 내가 틀린 말 했어?"

"그거 누가 그렇다고 해? 내가 울기만 할 거라고?"

"그거야……."

"드라마에서 봤지? 소설 속에 나오지?"

"그럼 뭐, 주변에 그런 사람이 흔한 줄 알아? 그리고 왜 안 흔하겠어? 다 힘든 걸 아니까, 싫은 길이니까!"

"수학 공식도 아니고 법도 아니고. 어디 어떻게 딱 정해져 있는 게 아닌데 그걸 언니가 어떻게 알아? 구현이가 나를 엄청 좋아하고, 지혁이가 나라면 껌뻑 죽을지 어떻게 알아?"

"얘가, 얘가. 인생이 영화던? 하이라이트만 가득한 픽션이니? 살다 보면 이런 일 저런 일……."

"그러니까!"

이번에 언니의 말을 중간에 가로막은 것은 만희였다. 언니가 하는 말이 옳다고, 다른 사람들은 일반적으로 그렇다고 나까지 그러리란 거, 대체 누가 정해 놓은 거야!

"그러니까. 이런 일 저런 일이 가득하니까. 그러니까 나 지혁이랑 살래. 다른 사람하고 살면 이런 일 저런 일 하나도 제대로 해결 못 할 거 같은데, 지혁이가 있으면 할 거 같단 말이야. 지혁이랑 있으면 다 괜찮아져."

만희 눈가에 눈물이 맺혔다. 그러자 언니가 눈을 흘겼다.

"못난 기집애야!"

"못된 언니야!"

"이 나쁜 지지배야!"

"언니한테는 그냥 통보야. 언니가 엄마도 아니고. 엄마가 말려도 할 거야!"

"야! 너 고생하는 꼴을 어떻게 두고 보란 말이야!"

"고생을 왜 해? 언니 걱정했다며! 나 혼자 그 집에 있는 거 생각하면 걱정됐다며! 그 집 전세금 빼서 언니랑 딱 반으로 나눌 거니까 통장이나 비워 놔!"

만희가 큰소리쳤다.

"야! 그 딴 돈 내가 왜 필요하니? 너 그 집 가서 무시 안 당하게 혼수나 잔뜩 실어 가!"

"혼수는 뭔 혼수!"

"의사라며? 의사 집안이라며? 내가! 내가 그런 놈한테 시집보내면서 내 동생 군소리 듣게 하고 싶을 거 같아?"

"그런 거 필요 없어. 우린 그런 거 정말 필요 없어."

"야! 언니 말 들어. 결혼 선배야. 니 인생 선배고!"

만희는 자리에서 일어났다. 할 말은 이제 다 끝났으니까. 더 말하다간 여기서 둘 다 빙수 그릇 앞에 놓고 엉엉 울게 생겼으니까.

"야! 방만희. 너 걔가 너한테 와서 납작 엎드리고 제발 결혼해 달라고 공주님처럼 떠받들기 전까지는 절대 따라가지 마. 왕방울만 한 다이아 가지고 오지 않으면 쳐다보지도 말라고! 여자 기 사는 거 딱 거기까지다! 마차로 실어 간다고 할 때나 쳐다봐. 손에 물 한 방울 묻히지 않게 하라고 맹세시켜!"

"쳇."

또르르 흐르는 눈물을 만희는 제 옷깃으로 쓱쓱 문질렀다. 나쁜 언니! 동생 잘되라는 소리 한마디 안 하고 악담을 퍼부어라!

문손잡이를 잡고 속으로 씩씩대면서 만희는 홀로 남아 멍하니 눈물을 참고 있는 언니를 뒤돌아보았다. 언니는 입을 비죽이며 됐다, 일없다는 듯 손을 저었다.

"잘할 거야! 잘할 거라고!"

"그래 이 기집애야! 내가 쪽팔릴 만큼 잘해 봐라!"

핑. 잔뜩 고인 눈물을 삼키며 만희가 문밖으로 나왔다. 가게 안에 있을 때는 무릎까지 차갑더니, 밖으로 나오자마자 더위가 단번에 만희를 집어삼켰다. 갑자기 마음이 헛헛해져 버렸다.

언니한테 큰소리를 치긴 했지만 아무것도 정해진 것은 없었다. 그와 서로 떨어져 지내기로 한 지 28일째 서로 고민해 보자고 해 놓고 아직 결정한 건 아무것도 없었다.

내일 그가 나타나 나 구현이 엄마랑 합치기로 했다고 그렇게 말한다고 해도 만희는 할 말이 없었다. 하지만 언니한테는 말해야 할 것 같았

다. 그 사람 아니면 결혼 생각은 없다고. 그 사람이랑 살고 싶다고. 언니
한테만은 사실대로 솔직하게 이야기하고 싶었다. 적어도 누군가한테만
은 박박 우기며 제 결정이 맞을 거라고. 제 생각이 맞을 거라고 이야기
하고 싶었다.

○ ◎ ●

구현이 유치원을 옮기고 난 다음부터 지혁은 거의 매일 구현이를 데
리러 갔다. 제 일정에 무리가 있기는 했지만 새로 옮긴 영어 유치원에서
구현이 잘 적응하는지가 우선이었다. 물론 이런저런 일로 마음이 흔들
렸을 아들의 상태가 걱정되기도 했다.

그런 구현이에게 지혁은 일부러 만희에 대한 이야기는 하지 않았다.
구현이를 조급하게 만들면 안 된다는 건 이전의 경험을 통해 알고 있었
다. 그사이 지혁의 마음은 까맣게 타들어 갔지만 그건 제가 감당해야 할
몫이었다.

그런데. 그 시간이 쌓이자 지혁은 기대치 못했던 선물을 받게 되었다.
이제껏 아들과 별문제 없이 지내 왔다고 생각했는데 그건 착각이었던
것이다.

하루하루 두 사람만의 시간이 쌓이자 구현이는 지혁의 앞에서 부쩍
말이 많아지고 표정도 다양해졌다. 사소한 이야기를 나누며 장난을 치
기도 하고 둘만의 농담도 생겼다. 어린 아들과 친해졌다는 기분은 처음
이었다. 그러니까 이제야 비로소 구현이와 정말 친해진 것이었다.

이전까지 지혁에게 있어 구현이는 책임이 앞서는 자식이었다. 잘 키
워야 한다는 조급함. 약간의 부담스러움과 걱정. 그런 것들이 지혁의 눈
을 가려 구현이에게 마음으로 다가가기 어려웠다.

하지만 이번 일을 계기로 지혁은 제 눈에 보이는 것만이 다가 아니라

는 것을 알게 되었다. 아이와 친해지니 그 아이의 마음이 훨씬 더 잘 보였다.

다행히도 구현이는 새로운 유치원에 잘 적응하고 있었다. 교우 관계에서도 학습적인 면에서도 구현이는 제 능력을 십분 발휘하는 중이었다. 그런 구현이 더없이 기특하게 느껴졌다.

책상에 앉아 책을 읽고 있던 구현이 저를 데리러 온 아빠의 모습에 환하게 입을 벌렸다.

"아빠."

"응, 구현아! 잘 지냈어?"

구현이 당연한 것 아니겠냐는 듯 크게 고개를 끄덕였다. 그런 구현이의 머리를 쓰다듬은 지혁이 함께 엘리베이터를 타고 내려와 지하 주차장으로 갔다. 구현이는 늘 그렇듯 씩씩하게 차에 올라탔다. 이제는 카시트에 잘 앉고 엉킨 안전벨트도 잘 풀었다.

"우리 구현이 다 컸네?"

"응."

구현이 즐거워 발을 까딱거렸다. 앞좌석에 벨트를 매고 앉은 지혁이 곧바로 구현이 좋아하는 음악을 틀었다. 구현이 하나. 아빠 하나. 서로 좋아하는 음악을 번갈아 끼워 넣은 음악 리스트. 그런데.

"어? 이거 만희 선생님 노랜데?"

갑자기 구현이 크게 외쳤다.

"응?"

"이거. 우리 캠핑 갔을 때 만희 선생님이 좋다고 했던 노래야."

짧은 영어 동요. 그러고 보니 그날 밤 함께 드라이브를 하며 만희가 불렀던 노래가 생각났다. 유치원 선생님답게 구현이가 좋아하는 노래 모두를 빠짐없이 따라 부르던 만희. 지혁은 모르는 손가락 율동을 하기도 하고 신나게 추임새를 넣기도 했던 만희.

"그러네. 그때 생각 난다."

"재밌었어. 또 가고 싶다."

"응? 또 가고 싶어?"

생각도 못 한 반응에 지혁이 백미러로 슬쩍 구현의 표정을 살폈다. 제 아빠와 눈이 마주친 구현이 순간 머뭇거렸다.

"왜? 구현아. 무슨 생각 하는데?"

작은 입이 옆으로 길게 늘어졌다.

"만희 선생님 보고 싶다."

심장이 덜컹 내려앉았다.

"왜? 구현이 유치원에서 무슨 일 있었어?"

"아니."

"그런데 왜?"

아직 출발도 못 한 자동차의 시동을 끄고 지혁이 뒷좌석으로 갔다. 아이에게 눈을 맞추자 구현이 지혁을 빤히 쳐다봤다.

"구현이 예전에 다니던 유치원이 그리워?"

구현이 천천히 고개를 가로저었다. 그러다 다시 끄덕끄덕했다.

"그럼, 언제든 가 봐도 돼."

지혁이 제 마음속에서 무언가 크게 일렁이는 것을 느꼈다.

"이제 거기 안 다니는데도?"

구현이 머뭇거렸다. 동그란 눈이 간절함을 담고 있었다. 그동안 말은 하지 않았지만 구현이는 만희 선생님이 보고 싶었던 거였다. 만희가 구현이에게 보여 주었던 진심이 서로가 떨어져 시간을 갖고 나자 뒤늦게 아이에게 가닿은 것 같았다.

"그럼. 거기 안 다녀도 놀러 가 봐도 되지."

"선생님이 싫어해."

"아니야. 선생님은 싫어하지 않으셔. 만희 선생님은 구현이가 오면 언제든 반가워해 주실 거야."

"그래도 나는 이제 그 유치원 안 다니는데."

"안 다녀도 만날 수 있어."

지혁이 손을 뻗어 구현이의 머리를 쓰다듬었다. 괜찮아 구현아. 진심으로 대하면 언제든 통하게 되어 있어. 그 말을 전해 주고 싶었다. 제 아빠의 손길에 간지러워 키득거리던 구현이 조금 밝아진 목소리로 되물었다.

"정말?"

"응. 만희 선생님도 구현이 보고 싶어 하실 거야."

"아빠도?"

"응?"

"아빠도 만희 선생님 보고 싶어?"

순수한 눈동자에는 그 말 그대로일 뿐 그 외의 의미는 담겨 있지 않았다. 하지만 순간 지혁은 머뭇댔다. 그러나 결심했다. 이젠 구현이와 정말 친해졌으니까 지혁도 제 마음에 대해 아이에게 솔직해지고 싶었다.

"응. 아빠도 보고 싶어. 아빠도 만희 선생님 보고 싶어."

"그래? 나둔데."

구현이의 얼굴이 반짝 빛났다. 마치 저와 똑같은 마음을 가진 아빠를 위로하는 듯 아이가 손을 뻗어 지혁의 콧등을 간질여 보았다.

○ ◎ ●

담장 너머 흐드러지게 핀 장미가 얼마 안 가 숨이 콱 막히는 더위와 함께 사라질 예정이었다. 유치원 마당에 잔뜩 떨어져 있는 분홍, 빨강 장미꽃 이파리를 가만히 내려다보던 만희가 그중 하나를 집어 손가락 사이에 끼워 두고 여러 번 매만졌다. 매끄럽고 기분 좋은 촉감에 만희는 흐뭇하게 미소 지었다.

오늘로 한 달. 드디어 한 달을 채우고 나니 처음 죽을 것 같았던 그리움이 색을 달리하는 것이 느껴졌다.

세상 아름다운 일만 꽃처럼 화려하게 피는 줄 알았더니 그리움도 화려하게 꽃을 피웠다. 제가 벌여 놓은 일이 죽을 만큼 가슴속을 온통 헤집어 놓았다. 아픔이라는 것이 그렇게 지독한 향을 피운다는 걸 예전에는 미처 몰랐다. 그리움이. 이미, 살면서 두 번을 겪어 본 그리움이 이렇게 또 저를 무기력하게 만들 거라는 걸 예상하지 못했다는 것이 만희는 안타까웠다.

하지만 기어코 그 한 달을 버텨 냈다. 힘들게 흘러간 시간이었지만 그래도 결국에는 지나갔다. 내내 저를 괴롭히던 그 화려함은 떨어진 꽃잎처럼 조금씩 제 마음속에서 색이 변하고 마지막에는 흔적도 없이, 사라질 것이다.

툭.

그렇게 생각한 순간 손등 위로 눈물이 떨어졌다. 흔적도 없이 사라질 때까지 앞으로 더 많은 시간 아파야 한다는 것이 명백했다. 아니, 그럴 수 없을 것 같아서, 그렇게 하기 싫어서 만희는 불안했다. 그에게 자유를 주지 말았어야 했다고. 그에게 생각할 시간을 마련해 주지 말았어야 했다고 후회가 되었다.

며칠 전 금방이라도 다시 저를 안아 줄 것 같았던 그의 방문이 사라졌다. 이삼 일이 멀다 하고 제 오피스텔 앞에 차를 세워 둔 지혁은 더 이상 모습을 드러내지 않았다.

혹시 그사이에 생각이 변한 걸까? 어쩌면 그가 쉽게 포기하지 않을 거라 생각했던 게 제 오만이었을까? 엎드려 너를 받들게 하라는 언니의 말이 속물적이라고 생각했지만 실은 제가 그에게 그런 우월함을 보이고 싶었던 것은 아닐까?

그 벌로 그는 만희를 떠나간 것이다.

만희는 들고 있던 꽃잎을 제 앞치마 주머니에 넣은 채 뒤돌아섰다. 잔잔하지만 씁쓸한 미소가 만희의 얼굴에 떠올랐다. 이제 정리하고 퇴근해야겠다고. 거의 한 달 동안 일부러 자처했던 저녁 근무를 마치고 집으로 돌아가야겠다고 생각했다. 그가 자신이 아닌 구현의 엄마를 선택한다고 해도 잘된 거라고. 진즉 그랬어야 했다고 저를 다독이던 와중이었다.

"선생님!"

믿을 수 없던 얼굴이 유치원 문밖에서 아른거리는 것이 보였다. 작은 얼굴. 동그란 눈동자. 오물조물한 입술.

"어! 구현아!"

눈이 번쩍 뜨이고 반가워 지르는 소리에 유치원 문 앞에 서 있던 구현이 안으로 뛰어 들어와 만희에게 안겼다. 작은 몸이 만희의 마음을 들었다 내렸다. 가슴이 쿵쾅거려 상황을 판단할 수 없었다.

'이 아이가 대체 여기를 어떻게 온 거지?

그저 반가워 그 작은 몸집이 제 품으로 파고드는 것을 재차 끌어안으며 만희는 눈에 눈물이 맺히는 것을 느꼈다.

"아이고. 자꾸 놀러 가자고 하는 걸 내가 몇 번을 말렸는데 오늘은 하도 졸라서."

유치원 문안으로 한 발 들어온 이모님이 겸연쩍은 미소를 지으며 말했다.

"괜찮아요. 언제든 오셔도 괜찮았는데."

"아이, 그래도 그게. 구현이 적응하는 것도 그렇고. 또 만희 선생 볼 면목이."

"면목이 무슨 소용이에요? 저도 너무너무 보고 싶었는데."

약간은 원망이 담긴 목소리로 만희는 구현이를 다시 끌어다 안았다. 구현이 자그마한 손을 들어 만희의 목을 감쌌다.

"선생님도 나 보고 싶었어?"

"응. 당연하지."

"나도 선생님 많이 보고 싶었는데."

"응."

미련 없이 떠났을 거라 생각했던 구현이가 저를 보고 싶어 했다니. 그것이 감격스러웠다. 이 작은 아이의 머릿속에 제 생각이 떠올랐다니 그것이 고마웠다.

"들어가 볼래?"

만희가 구현이를 유치원 안으로 이끌며 말했다.

"응!"

천진난만한 표정으로 구현이 기운차게 말했다.

"이모님 들어오세요."

"아니, 뭐."

사양하던 이모님이 재차 권유하는 만희를 뒤따랐다. 만희가 이모님에게는 커피 한 잔을 내어 드리고 구현이에게는 요구르트 하나를 꺼내 주었다. 하지만 구현이는 요구르트를 마실 생각은 하지 않고 변한 것이 별로 없는 교실을 이리저리 다시 살펴보느라 여념이 없었다.

"은지 자리 여기네."

"그럼. 한 달 지나면 자리 바꾸잖아. 오늘 바꿨어."

"그림은 그대로 걸려 있네."

구현이는 '내 얼굴' 그림을 가리키며 말했다. 게시판에는 역시 한 달 전 구현이가 아직 유치원을 다닐 때 아이들과 함께 그렸던 자화상이 걸려 있었다. 동그라미, 세모, 네모, 길쭉한 선이 대단한 건 아니지만 아이는 그날 거울을 보며 제 얼굴을 관찰하던 아이들의 소란과 즐거움이 그대로 되살아난 모양이었다. 얼굴이 싱글벙글했다. 만희가 게시판에 달려 있는 구현이 그림을 떼어 내 구현이에게 내려 주며 말했다.

"이건 구현이가 가지고 가면 되겠다."

그림을 받아 든 구현의 눈이 동그래졌다.

"와. 나 진짜 잘했어."

"응. 정말 잘했지."

만희가 그런 구현이의 머리를 쓰다듬어 주었다. 그때였다.

"선생님. 나는 먼저 가 볼게요."

커피를 반도 비우지 않은 이모님이 자리에서 일어났다.

"벌써 가시게요?"

이모님이 가시면 구현이도 그만 가야겠지. 서운한 표정으로 나선 만희를 향해 가볍게 묵례한 이모님이 따라 나온 구현이에게 말했다.

"아빠 오신다니까 기다리고 있어."

역시 서운한 표정을 짓고 있던 구현의 얼굴이 단숨에 환해졌다.

"네!"

크게 고개를 끄덕인 구현이 다시 안으로 뛰어 들어갔다. 순간 심장이 쿵 떨어지는 것 같았다. 어떻게 해야 할지. 난감해서 그냥 이모님이 데리고 가셨으면 좋겠다. 아니면 내가 그냥 집에 데려다만 주겠다 말해야겠다. 그 짧은 순간 별별 생각이 다 나던 차였다.

이모님이 나간 자리의 문이 닫히기도 전에 밖에 서 있던 남자의 얼굴이 보였다. 익숙한 얼굴, 너무도 익숙해서 오히려 이질적인 얼굴. 무슨 생각이 떠오르기도 전에 만희의 눈에서 눈물이 왈칵 솟았다. 심장이 쿵쾅거려 한 발짝도 움직일 수 없었다.

'아니야. 별거 아니야.'

만희가 애써 제 마음을 다독였다. 구현이는 언제든 만희를 보러 올 수 있었다. 유치원을 졸업한 아이들도 가끔 동네를 돌아다니다 유치원 뜰 안을 힐끔거리며 들어왔던 때가 많았다. 음료수를 들고 만희를 보러 온 아이도 있었다.

게다가 그는 구현이의 아빠니 당연하게도 구현이를 데리러 와야 했다. 몇 달 전 그 당황스러웠던 재회처럼 오늘도 그런 별것 아닌 일상일 뿐인 것이다. 그런 일에 의미를 부여하는 것도 제 개인적인 감정을 드러내는 것도 결코 어른스럽지 않다.

"방만희."

그가 문안으로 들어와 만희를 불렀다.

"응. 구현이 여기 있어."

만희가 어느새 책을 한 권 꺼내 들고 제 예전 자리에 앉아 책을 읽고 있는 구현이를 그에게 보여 주려는 듯 한 걸음 뒤로 물러서며 말했다. 나는 아무것도 하지 않았다고. 나는 당신이 하는 결정에 아무런 방해도 되지 않겠다고. 그렇게 생각하고 있었다.

그는 희미하게 미소 지으며 구현이를 바라보았다. 얇은 셔츠에 팬츠. 단정한 머리. 한 달 전과는 다르게 깔끔한 모습의 그가 구현이를 쳐다보던 시선을 옮겨 만희를 바라보았다. 말없이. 만희를 바라보는 그 시선이 부드러운 미소를 지었다. 따뜻하게 모든 것을 감싸 안아 주는 눈빛. 가슴이 울렁거렸다.

"한 달, 맞지?"

그가 속삭이듯 말했다.

"응?"

맺혀 있는 눈물을 삼키듯 만희가 눈을 동그랗게 떴다.

"우리 시간 갖기로 한 거 한 달 맞잖아. 오늘 딱 한 달 되는 날인데."

만희가 말없이 고개를 끄덕였다.

"어때? 그 시간 지나고 나니까 생각이 바뀌었어?"

만희는 아무런 대답도 하지 않았다. 그저 말없이 그의 시선을 피하는 것만으로도 버거운 상황이었다. 자꾸만 눈물이 쏟아질 것 같아서 엉엉 울어 버릴 것 같아서. 제가 놓친 것이. 제가 놓은 것이 얼마나 큰 것인지. 한 달 고작 그런 시간을 가지고는 아니, 평생 아무리 노력을 한다고 해도 쉽게 지워질 것 같지 않아서.

바닥에 떨어져 바람에 날아간 꽃잎인 줄 알았더니 제 몸 어딘가에 붙어 떨어지지 않은. 제 책 어딘가에 책갈피처럼 끼워져 내내 짙은 향기를 풍기던 그런 사랑이라. 눈물을 참아 내는 것도 쉽지 않았다.

하지만 그는 이미 알고 있었다. 제가 애써 눈물을 참고 있다는 걸. 제 사랑이 전혀 변하지 않았다는 걸.

그의 손이 가볍게 만희의 어깨를 끌어안았다. 그의 시선이 만희에게 멈춰 있었다.

"나는 말이지. 더 커졌어."

"……."

"그 시간 동안 만희야. 내 사랑은 더 커졌어."

끝내 참았던 눈물이 뺨 위로 흘러내렸다. 책을 읽을 때는 건드리지 않으면 좀체 모른다는 구현이의 집중력이 고마울 만큼 만희는 흐르는 눈물을 주체할 수 없어 두 손으로 입을 틀어막고 속으로 울음을 삼키려 애쓰는 중이었다.

"나 이제 어떻게 해야 하는지 알 거 같아. 너를 위해서 구현이를 위해서 나 더 단단한 사람이 될 거야. 우리 세 사람의 행복 말고는 다른 일에 대해서 걱정하지 않기로 했어."

"……."

"그러니까 만희야 우리 다른 사람들의 시선에 얽매이지 말자. 옆에서 누가 흔들어도 우리 흔들리지 말자. 우리가 서로 사랑하는데. 우리가 서로 필요로 하는데 대체 다른 사람의 말들이 무슨 소용이야? 미리 걱정할 게 뭐 있어?"

"……."

"나 방만희 없으면 안 돼. 아무 의미가 없어. 아무것도 필요 없고."

그가 만희를 돌려세웠다. 자신을 바라볼 수 있도록. 다른 것은 아무것도 볼 수 없도록. 오직 만희의 시야에 이지혁만 가득하도록.

"너만 있으면 돼. 만희야. 나랑, 결혼해 줄래?"

그는 주머니 안에서 반지 하나를 꺼내 들었다. 작은 상자가 만희의 눈앞에서 열렸다. 동그란 링 안에 여러 개의 작은 보석이 반짝이는 반지.

"고민했어. 커다란 다이아가 한가운데 딱 박힌 그런 반지를 사 줘야 하는 건가."

"……."

"무릎을 꿇고 제발 나와 결혼해 달라고 해야 하는 건가?"

만희는 천천히 고개를 흔들었다. 그런 것 다 필요 없었다.

"그런데. 나는 그런 거 말고 방만희가 항상."

그가 만희의 손을 잡았다. 떨리는 그녀의 손이 거부하지 않고 그의 손길을 받아들였다.

"이 반지를 끼고 다니면서 네가 나를 생각해 줬으면 좋겠다고 생각했어. 내가 네 옆에 있다는 걸 절대 잊지 말았으면 좋겠다고 생각했어. 내가 너를 얼마나 사랑하는지 꼭 기억했으면 좋겠다고 생각했어."

"……."

"그래 줄 거지?"

눈물이 흐르는 것을 더 이상 숨기지 않고 만희는 그를 향해 가만히 고개를 끄덕였다. 그의 따뜻한 시선이 만희를 감싸 안았다. 만희의 따뜻한 시선이 그를 감싸 안았다. 이렇게 간절했던 사람을 왜 놓아 버린 걸까? 그 역시 저의 투정이었던 걸까?

"한 달 생각해 볼 시간을 가진 건 정말 잘한 일이야. 방만희한테 알려 줬으니까."

"응?"

아직 물기가 가득한 목소리로 만희가 그에게 물었다. 그가 피식하며 장난스러운 미소를 보였다.

"방만희는 이지혁 아니면 절대 안 된다는 거. 맞지? 아니야?"

만희가 눈물을 가득 담은 채 장난스러운 눈빛으로 그를 쏘아보았다. 그가 사랑스러워 참을 수 없다는 듯 만희를 가볍게 껴안았다. 따뜻한 체온이 전해졌다. 세상 가장 따뜻한 울타리가 만희를 둘러쌌다. 그 순간 이곳이 어디인지 잊어버리고 말았다. 정말 그랬었다. 그런데⋯⋯.

만희의 시야에 자리에서 벌떡 일어난 구현이 두 사람을 가만히 쳐다보는 것이 들어왔다. 순수한 눈동자가 동그래졌다.

"어!"

만희가 화들짝 놀라 지혁에게서 떨어졌다. 난감한 찰나, 가까이 다가온 동그란 눈이 또르르 구르더니 곧바로 히죽 웃어 보이고는 즐거워하며 말했다.

"나 오늘 여기 오길 정말 잘했어!"

"그래?"

만희가 어색하게 되물었다. 지혁이 구현의 머리를 쓰다듬었다. 그 손길에 간지러워 키득거린 구현이 자랑스러운 듯 크게 고개를 끄덕이며 큰 소리로 외쳤다.

"나, 이 책! 정말 재미있어! 여기 오길 정말 잘한 거 같아!"

제가 읽던 책을 흔들며 신이 난 구현이 방방 뛰었다.

○ ◎ ●

밤은 조용했다. 그리고 늘 적막했다. 텔레비전을 켜 놓고 커튼을 활짝 열어젖히고 오징어를 굽고 맥주를 꺼내고 혼자 부산을 떨어도 밤은 늘 적막했다. 외롭고 쓸쓸했다. 무서웠다.

그런데.

"구현이 자니까 진짜 조용하고 좋다."

짐 싸는 것을 도와주겠다고 와 놓고 세 사람은 저녁 내내 고기를 구워 먹었다. 마트에 갔는데 차마 특A+ 소고기를 그냥 두고 올 수 없었다는 지혁의 변이었다.

'이 좁은 집에서 스테이크를 하겠다고?'

'집이 좁은 거랑 스테이크랑 무슨 상관이야? 걱정 마. 내가 다 알아서 할 테니까.'

포장 이사를 할까 하다가 관두기로 했다. 대신 아낀 돈으로 화장대 하나를 샀다. 거울 양옆으로 화려한 조명이 달린 화장대인데 만희의 로망이었다. 그걸 안방 한쪽에 놓을 생각이었다. 그 생각만으로도 만희의 온몸이 간질거렸다. 그동안 아낀 돈으로는 구현이의 침대와 책상을 샀다. 셋이 함께 앉을 수 있는 소파도 하나 샀다. 셋이 함께 앉을 식탁도. 그리고 그와 함께 누울 침대도.

만희의 생애 이렇게 많은 돈을 쓴 것은 처음이었다. 그래서 차마 포장 이사를 부를 생각은 하지도 못했다. 지혁은 난리 난리를 쳤지만 그래도 그 돈을 아껴 화장대를 사겠다고 했더니 그럼 자기가 와서 도와주겠다고 했다.

'뭐 당연한 거 아니었나?'

그런데. 지금 와서 스테이크를 굽겠다고! 만희는 신경이 쓰였다. 집이 좁아서 냄새가 잔뜩 밸 텐데.

신이 난 지혁은 야채를 씻고 새로 사 온 커다란 원형 접시 세 개에 제법 멋을 부린 음식을 담아냈다. 스테이크와 구운 가지. 구운 버섯과 양파. 그리고 샐러드.

'와! 아빠 좋다!'

'대박! 이지혁 솜씨가 진짜 좋은데?'

감탄을 자아내는 솜씨였다. 방금 전 투덜거리면서 면박을 준 게 미안했을 정도.

'원래 의사들이 손재주 좋은 거 알지? 솜씨 없으면 이런 것도 못하는 거거든.'

그가 우쭐대면서 말했다. 하지만 이번만은 참아 줘야지. 입안에 사르르 녹는 소고기 맛이 제법이니까.

'역시 재료가 좋으니까 맛있네.'

'응! 맛있어.'

'내가 해서 맛있는 거지. 이거 잘못 구우면 질기기만 하고 못 먹어요.'

'그럼.'

만희가 지혁의 눈앞에 엄지를 대령했다. 그가 그제야 만족한 듯 크게 고개를 끄덕였다.

'이 접시는 앞으로 내내 쓸 거라서 셋이 세트로 산 거다.'

앞으로도 계속, 이라는 말이 참 마음에 들었다. 앞으로 계속은 영원히라는 뜻이었다. 절대 헤어지지 않는다는 약속이었다. 우리는 이제 무엇이든 함께해야 한다. 내 결정이 너에게 영향을 미치고 너의 결정으로 내가 달라진다. 달콤한 권리. 달콤한 의무.

만희가 소중히 그 접시를 어루만졌다. 세 사람만의 맛있는 저녁 식사
가 끝났다. 그리고 두어 시간 뒤 구현이가 잠이 들었다. 지혁이 설거지
를 마치고 만희가 상자에 자잘한 화장품들을 쓸어 담아 둔 그 시간이었
다. 만희의 방에 놓여 있던 인형을 만지작거리던 아이가 그 인형을 꼭
끌어안고 잠들어 있었다. 만희가 구현이를 안아 침대에 눕혔다. 동그랗
게 몸을 말아 누운 구현이에게 평화가 깃들어 있다.

대부분의 가구들은 중고 가구 센터에 넘길 생각이었다. 오피스텔에
빌트인되어 있는 세탁기와 냉장고는 어차피 만희의 물건이 아니다.

"이제 정말 결혼하는 게 맞나 보다."

자잘한 소품들을 늘어놨던 테이블이 텅 빈 것을 본 만희가 그렇게 속
삭였다. 책이 꽂혀 있던 책장도 텅 비었고 텔레비전 아래 장식해 둔 자
그마한 피규어들도 상자 안에 들어가 있다. 쿠션들은 이미 사흘 전 정리
해 둔 상황이었다. 혼자가 힘들어서. 혼자인 것이 쓸쓸해서 이것저것 늘
어놨던 소품들. 그것들이 모두 텅 비어 버렸는데, 밤이 따스하다. 밤이
포근하다. 밤이 더 이상 적막하지 않다.

"응. 이제 만희가 정말 지혁이 여자 되나 보다."

그가 속삭이면서 만희의 손가락에 끼워진 반지를 제 엄지와 검지로
매만졌다. 그의 어깨에 기대어 만희는 그의 손이 제 손을 어루만지는 것
을 가만히 바라보았다. 마음속에 보드라운 잔물결이 찰랑거렸다. 떠밀려
가고 떠밀려 오고 수만 번 파도쳐도 절대 마르지 않을 행복. 그와 헤어
질 것을 염려하지 않아도 되는. 서로가 서로를 온전히 소유하는 그런 안
정감.

어깨에 기대어 있는 만희를 지혁이 가만히 내려다보았다. 그의 눈동
자가 자신을 바라보는 느낌. 그 느낌은 간지럽다. '바라본다.', '지그시
응시한다.' 그 말들이 가지고 있는 감정을 만희는 이제야 느낀다. 코끝
이 찡해지고 마음이 울렁거리는 순간.

"왜? 울어?"

"아니."

만희가 고개를 저었다. 그의 입술이 만희의 입술 위로 내려앉았다. 가볍게 머금었다가 살짝 떨어졌다. 둘 사이에 스며든 공기가 짙어질 때쯤 다시 가볍게 머금었다가 살짝 떨어졌다. 그러고는 온전히 깊숙이 들어왔다. 혀가 엉켜들고 그의 팔이 만희를 제 무릎 위에 앉혔다. 그의 허리를 감싸 안은 채 만희는 조금 더 깊숙이 그의 입술을 탐했다. 그러다 살짝 떨어져 그의 눈을 바라보다 다시 참을 수 없다는 듯 그의 입술을 머금었다. 천천히 아주 오랫동안 이제는 조급할 것 없는 그런 키스. 그런 포옹.

그의 숨결 속에 만희의 숨결이 스며들었다. 둘은 서로를 배려하듯 한 번 또 한 번 숨소리를 엇갈려 내뱉었다. 들이마시고 다시 서로의 안으로 뛰어들었다.

두려워할 것이 없었다. 적막함은 이미 아주 오래전 일처럼 사라지고 없으니까. 사방이 깜깜한 이 순간 만희는 그와 함께 더 깊은 어둠으로 숨어들고 싶어졌으니까. 그곳에는 둘만의 세상이 있다. 다른 사람의 시선 따위는 중요하지 않은 곳. 그들의 편견은 중요하지 않은 곳.

그가 제 가슴에 키스하는 순간 만희는 그의 보드라운 머리카락을 쓰다듬었다. 그러고는 그의 머리 위에 속삭였다.

"지금 생각난 게 있는데 말이야."

"응?"

열에 들뜬 그의 눈동자가 만희를 바라보았다. 만희가 그의 입술에 가볍게 키스하며 빙긋 웃었다. 만희가 사랑하는 그의 미소.

"나 어릴 때 봤던 점이 있었는데. 그게 신기하게 들어맞은 거 있지."

"뭔데?"

그의 얼굴이 만희의 가슴 사이로 들어가 그녀의 체취를 깊게 들이마시고 있었다. 만희가 간지럽다는 듯 소리 내어 웃고는 다시 속삭였다.

"내가 어릴 때 봤던 점이 있는데. 내 결혼 상대는 ㅈ과 ㅎ이 들어간 이름을 가진 사람이라고 했어."

"하하. 말도 안 돼."

그의 자잘한 키스가 만희의 목과 가슴과 어깨에 내려앉았다.

"정말이야. 만화 점이었는데 그게 정말 신통하지 않아?"

만희가 두 손으로 그의 얼굴을 제 앞으로 가져와 그의 이마에 입 맞추며 말했다.

"훗 그러네. 그거 어디서 본 건데?"

그가 제 무릎 위에 앉아 있던 만희를 조금 더 당겨 왔다. 셔츠를 벗어 내리는 그를 가만히 응시하던 만희가 피식 웃으며 대답했다.

"친구가 가지고 온 싸구려 만화 카드!"

지혁이 장난스럽게 웃으며 만희를 끌어안았다. 그와 같은 미소를 그리고 있는 만희가 그에게 시선을 맞추었다. 그 눈이 말을 걸고 있었다. 무슨 말인지 알지만 그래도 입 밖으로 꺼내어 듣고 싶은 말.

"사랑해."

그가 속삭였다.

"나도 사랑해."

만희가 속삭였다. 그러고는 그의 가슴에 얼굴을 묻은 채로 만희는 그를 더욱 깊숙이 끌어안았다. 앞으로는 절대 헤어질 염려를 하지 않아도 되는, 서로가 서로를 사랑할수록 더없이 행복해지는 곳으로 만희가 깊숙이 들어갔다.

끝나지 않은 이야기

딱 그런 날이었다. 커다란 마당, 큰 통에 담아 둔 이불 빨래를 밟아 빨아 널기에 더할 나위 없는 날씨. 바람을 따라 이쪽저쪽으로 빨래 자락이 너울대는 것을 보며 기지개를 켜 하늘을 올려다보면 시원한 바람에 눈물이 날 것 같은 그런 날씨.

초등학생 시절. 다음 날 소풍 갈 때 날씨가 좋을까 걱정하며 두근대는 가슴으로 겨우 잠이 들었는데 아침에 일어나 보니 화창한 햇살, 부엌에서 풍기는 김밥 냄새, 재잘거리는 새소리에 더없이 흥분되는 그런 선물 같은 좋은 날씨.

구체적으로 생각해 본 적은 없지만 적어도 상상해 본 적은 있었던 것 같다. 나의 결혼식이 어떻게 되었으면 좋겠다. 그런 생각. 그래서 지금이 순간 모든 것이 제 상상과도 너무 꼭 닮아서 만희는 마치 꿈을 꾸고 있는 것처럼 느껴졌다.

하얀 셔츠에 제가 고른 넥타이를 하고 더없이 다정한 미소로 자신을 바라봐 주는 남자와 그를 닮은 귀여운 아이. 그리고 제가 직접 고른, 체형이 변하지 않는다면 언제고 꺼내 입을 수 있는 미색의 웨딩 원피스를 입은 만희가 꽃길 사이로 걸어 들어갔다. 색색이 다양한 종류의 꽃이 한데 어우러져 마치 하나의 화관처럼 보이는 들판.

그 사이로 쪼르르 달려가는 구현이를 향해 연신 셔터를 눌러 대는 만희를 위해 지혁은 몇 번이고 무릎을 구부려야 했다. 만희와 지혁, 두 사람은 하나의 이어폰으로 연결되어 있었기 때문이다.

너른 들판과 햇살 말고는 아무것도 없었다. 평일이었고 더위가 한창인 이 시간 사람들은 해수욕장에서 바다로 몸을 던지고 있을 것이다. 귀에 들리는 건 두 사람이 며칠 전부터 열과 성의를 다해 고른 음악뿐이었다.

버진 로드 대신 만희는 꽃길을 걸었다. 사람들의 박수 소리 대신 두 사람의 귀에는 제가 좋아하는 노래가 흐르고 있었다. 내가 고른 것보다 상대가 고른 곡에 더 귀를 기울이게 되는 플레이 리스트.

"사진 좀 적당히 찍으면 안 될까? 그에 맞춰서 허리 구부리는 것도 쉽지 않거든?"

"그래도 귀엽잖아. 역시 자연광하고 아이는 찰떡. 안성맞춤."

만희가 흐뭇하게 미소를 짓고 있는 사이 그가 만희의 귀에 매달려 있는 이어폰을 빼고 휴대 전화를 벤치 위에 올려놨다. 전방 50미터 이내로 그들을 제외한 관광객은 보이지 않았다. 볼륨을 최대로 높이고 두 사람이 서로를 마주 보고 섰다.

"내 로망이야. 이 노래를 들으면서 너와 춤을 춰야겠다고 생각했거든."

그가 만희를 향해 손을 내밀었다. 만희가 귀엽게 이맛살을 찌푸리며 작게 입을 벌렸다.

"이게 로망이라고? 이렇게 허허벌판에서 춤을 추는 게?"

"당연하지."

지혁이 가볍게 고개를 끄덕였다.

"명랑만화만 보던 사람이 이런 닭살 돋는 로망은 언제 가진 거야?"

만희가 여전히 민망해서 고개를 절레절레 흔들면서도 그가 내민 손을 잡았다. 부드러운 음악과 함께 손을 맞잡은 두 사람이 가볍게 서로에게 밀착하여 왼쪽으로 한 번 오른쪽으로 한 번 움직였다.

땀이 흐르고 있었지만 그래서 간간이 불어오는 바람이 더욱 달콤하게 느껴지는 날씨였다. 부끄러울 줄로만 알았던 춤은 오른쪽으로 한 바퀴 빙그르르 돌고 나니 저도 모르게 욕심이 생기고 말았다. 한쪽으로 손을 쭉 뻗은 만희가 이 장면, 어디선가 많이 본 것 같다 생각하며 제법 리듬을 타 움직여 그의 품에 포옥 안겼다.

하하하. 웃음이 저절로 터졌다. 그의 입술이 만희의 이마에 살짝 와 닿았다. 쑥스럽게도 눈가에 눈물이 맺히고 말았다.

"왜 우는 거야?"

걱정스러운 눈빛으로 그가 물었다. 아주 작은 제 행동에도 세심하게 반응하는 그의 배려가 고마웠다.

"당신의 로망을 이뤄 준 내가 너무 기특해서."

눈을 꾸욱 감아 제 눈물을 삼킨 만희가 일부러 장난스럽게 말했다. 그가 그런 만희의 속내를 알고 크게 소리 내어 웃어 보였다. 그 웃음소리가 만희의 귀에 너무도 달콤하게 울렸다.

이번 여행에서 두 사람은 약속했다.

'이게 내 로망이었어.'

그렇게 말하면 두말할 것 없이 무슨 일이든 소원을 들어주자는 이야기였다. 이미 혼인 신고를 마치고 탄 비행기. 하객 없이, 결혼식장이 아닌 이곳 제주에서 신혼여행 겸 결혼식을 한다. 그것이 만희의 로망이었다. 친구들과 가족들을 초대하는 결혼식도 물론 의미가 있지만, 만희는 제 가족석에 비어 있는 두 분의 자리를 보고 싶지 않았다. 그리고 세 사람만의 밀도 높은 시간도 필요했다. 지혁은 반대 의견 없이 만희의 생각에 동의해 주었다. 그러면서 약속했다.

'이번 여행에서 말이야. 이게 내 로망이야, 라고 말하면 무조건 들어주는 거 어때?'

'괜찮은 생각인데? 음, 알았어. 좋아.'

결혼식과 신혼여행 그 모든 것을 만희의 뜻에 따라 준 그에게 못 해 줄 것이 없었다. 그렇게 세 사람만의 결혼식과 애프터 파티가 제주에서 시작되었다. 아직 어린 구현이를 생각해도 그렇고 비행기에서 보내는 시간이 아깝다는 만희의 의견에 제주도를 목적지로 정함에 있어서도 지혁은 흔쾌하게 동의했다.

제주도 섬에 도착하자마자 그의 로망인 오픈카를 빌려 세 사람은 신나게 드라이브를 했다. 그리고 그들은 지금 꽃과 나무가 화려하게 어우러진 식물원에 와 있다. 만희는 그의 손을 잡고 남들에게는 절대 보여주고 싶지 않은 춤을 추고 있었다. 하지만 머릿속의 제 모습은 영화 '라라랜드'의 엠마 스톤을 능가하고 있었다. 지혁은 라이언 고슬링보다 멋있었다.

춤을 추는 것이 이렇게 즐거운 일이라니. 아이들과 함께하는 율동으로 다져진 만희가 열심히 춤 실력을 발휘하는 동안 지혁도 그에 못지않았다.

"선생님, 선생님!"

한참 뛰어다니던 구현이가 어디선가 꽃을 한 송이 들고 나타났다.

"이거 뭐야?"

만희가 깜짝 놀라 되물었다. 꽃봉오리가 제법 큰 꽃을 든 구현이라니. 설마 식물원의 꽃을 꺾은 것일까?

"이거, 저기 아저씨가 주래요."

아이의 말에 만희가 경악하며 구현이가 가리킨 쪽을 바라보았다. 커다란 밀짚모자를 쓰고 있는 관리인으로 보이는 아저씨가 만희와 지혁을 향해 손을 흔들었다.

"다 보였나 봐."

난감한 만희의 표정에 지혁이 장난스러운 미소로 바라보았다. 만희가 씁쓸한 표정으로 되받아쳤다.

"뭐라고 했어? 아저씨가 이거 주면서 뭐라고 하신 거야?"

고개를 돌린 만희가 구현이에게 물었다.

"우리 아빠 결혼하는 날이라고 했더니 아저씨가 그럼 축하한다고 이거 엄마한테 가져다주래요."

"엄마?"

"응. 엄마."

구현이는 그 말을 하고 곧바로 쪼르르 벤치로 달려가 음료수를 꺼내 가지고 와 지혁에게 내밀었다. 엄마라는 그 호칭에 감격한 만희는 한동안 말을 잇지 못하고 있었다.

"이거 열어 줘."

"그래."

지혁이 아이에게 음료수 뚜껑을 열어 주며 흐뭇하게 바라보았다. 그의 옆으로 다가간 만희가 속삭였다.

"엄마래."

"그래 나도 들었어."

지혁이 구현이가 눈치 못 채도록 작게 말했다. 그 순간 만희의 머릿속에 번쩍하고 뭔가 떠올랐다.

"이건 내 로망이야."

"뭔데?"

지혁이가 되묻자 이번에는 만희가 구현이에게 말했다.

"이건 세 사람이 같이해야 하는 거야."

"웅?"

구현이 기대에 가득 찬 얼굴로 만희를 돌아보았다.

"구현이 여기 누워 봐."

구현이가 가지고 온 꽃을 제 귀 뒤로 꽂은 만희가 구현이의 옆으로 와 먼저 시범을 보이듯 잔디 위에 누우며 지혁을 향해 손짓을 했다. 난감한 표정의 지혁이 다가왔다.

"여기 누우라고?"

만희가 제 옆자리를 가리키며 크게 고개를 끄덕였다.

"웅. 여기 누워 봐. 그렇게 말고 이렇게 셋이 조금 붙어서. 누가 오기 전에 빨리."

빨리라는 말에 흥분이 됐는지 구현이가 키득거리며 웃기 시작했다.

"웅. 웅. 얼굴 이렇게 좀 붙이고."

그렇게 프레임 안에 세 사람이 다 담겼다 싶자 만희가 팔을 쭉 뻗어 하나, 둘, 셋, 하고 사진을 찍었다. 어서 빨리 끝났으면 하고 바라던 지혁이의 씨익 웃는 미소, 신이 나 까르르거리고 있는 구현이의 모습이 잘 들어간 사진이 찍혔다. 세 가족의 사진. 구현이가 저를— 그래, 비록 직접적으로 부르진 않았지만 엄마라고 인정해 준 역사적인 순간.

"이제 얼른 일어나자. 누가 오면 창피하니까."

여유롭던 표정을 지운 만희가 얼른 자리에서 일어났다. 구현이가 여전히 까르르 웃으며 즐거워했다. 그런 구현이를 흐뭇하게 바라보다 방금 전 사진이 잘 찍혔는지 살피던 만희의 뺨에 지혁의 입술이 닿았다. 보드랍게 간질거리는 꽃잎이 떨어진 기분, 만희가 미소를 지으며 그를 돌아보았다.

"뭐야아?"

"뭐긴, 내 신부가 예뻐서 그러는 거지."

지혁이 더없이 사랑스러워 어쩔 수 없다는 듯 미소 지으며 만희를 제품에 안았다. 이건 꿈이었다. 이건 상상이었다. 어렸을 적부터 꿈꾸던 그 어떤 결혼보다 그 어떤 상대보다 더욱 완벽해서 그래서 꿈을 꾸고 있는 게 분명했다. 만희가 그의 가슴에 기댔다.

"고마워. 나 예뻐해 줘서."

속삭이는 그녀의 입술에 지혁의 입술이 살짝 닿았다 떼어졌다.

○ ◎ ●

식사를 마치고 한낮에는 해수욕장을 갔다. 길게 줄을 선 붉은 파라솔 중 한 자리를 차지하고 햇볕에 타지 않도록 미리 준비해 둔 래시 가드와 목, 이마, 볼까지 모두 완벽하게 방어 가능한 모자를 쓴 세 사람이 구현이 미리 골라 놓은 파인애플 모양의 튜브를 타고 바다에 두둥실 떠 있었다.

구현이의 튜브를 끌고 바다를 걸어 다니는 지혁, 그런 제 아빠에게 물보라를 일으키며 장난을 치는 구현이를 지켜보는 만희는 이 세상의 모든 평화가 바로 여기에 있다고 생각했다. 끝과 시작이 모호한 공간. 그래서 영원처럼 느껴지는 바다. 그곳에 제가 사랑하는 모든 것들이 이미 갖추어져 있다.

'아니, 이렇게나 색다른 기분이라니.'

유치원 일을 하면서 체력을 위해 1년간 배워 두었던 수영장에서의 수영과는 완전히 달랐다. 저절로 밀려났다 밀려 나갔다 하는 파도에 몸을 맡긴 채 할 일 없이 튜브에 떠 있는 건 그것과는 완전히 색다른 분위기였다. 구현이의 로망인 해수욕장에서 수영하기를 실천한 것이 정말 잘한 일이라는 생각이 들었다. 방에 배를 깔고 옹기종기 모여 수영복을 골랐을 때도 참 행복했었는데. 상상했던 걸 현실이 뛰어넘는 건 그리 흔치 않다.

"선생님!"

아빠와 신나게 물장구를 치던 구현이가 만희를 불렀다. 만희가 구현이를 향해 손을 흔들다 그쪽으로 발장구를 치며 헤엄쳐 갔다. 그와 동시에 제 쪽으로 다가오는 구현이의 두 볼이 발그레했다.

"나 엄청 빠르지?"

지혁이 배를 손으로 받쳐 주자 안심하여 앞으로 나가려고 발장구를 치는 구현이의 작은 발, 그 열심인 모습을 보며 만희가 웃음을 터트렸다.

"응. 정말 잘한다. 구현이 수영 선수 같아!"

엄지손가락을 치켜든 만희를 향해 구현이가 브이를 그려 보였다. 뿌듯함과 즐거움이 가득한 눈동자. 사진기가 당장 눈앞에 없다는 것이 아쉬울 만한 명장면. 대신 만희는 그것을 눈에 담아 두기로 했다. 언제든 추억으로 꺼내 볼 수 있도록 기억 속에 꼭꼭 저장해 두어야겠다고 다짐하면서.

잠시 후 파라솔 아래로 돌아온 세 사람이 커다란 수건 세 개를 걸치고 자리에 기대앉았다. 치킨 한 마리를 준비하고 얼린 음료수 세 개도 사 왔다.

"진짜 맛있어. 최고!"

엄지손가락을 치켜올린 구현이 옆에서 만희가 열심히 닭 다리를 뜯고 있었다. 오기 전에 점심을 먹고 왔는데 꿀떡꿀떡 치킨이 정말 구현이 말대로 꿀맛이었다. 한가로운 해수욕장의 파라솔 아래서 세 사람은 래시가드 위에 비치 타월을 걸치고 늘어졌다.

"더 해 보고 싶은 것 있어?"

따뜻한 햇살이 온몸을 데우는 나른한 기분을 느끼며 만희가 두 손을 가슴에 모으고 과장하며 말했다.

"무엇을 한들 어떻겠습니까? 이미 최고로 행복한데!"

"그래도 그런 거 말고. 진짜로 하고 싶은 거 말이야."

"글쎄."

만희의 모호한 대답에 지혁이 그럴 줄 알았다는 듯 자신 있는 표정을 지었다.

"오후에는 구현이 호텔에 있는 돌봄 서비스 신청했어."

"정말?"

언제 그런 걸 준비했냐는 듯 놀란 만희 옆에서 구현이가 끼어들었다.

"쿠키 만들기랑 비눗방울 놀이 할 거야."

한껏 기대에 부푼 구현이가 귀여워 만희가 아이의 머리를 쓰다듬으며 되물었다.

"그런 것도 있었어?"

지혁이 제 스스로를 칭찬하듯 한껏 뽐내 보였다.

"응. 좋지? 구현이도 재미있고 우리도 둘만의 시간을 가질 수 있잖아."

두 볼이 물든 채로 미소를 숨기지 못하고 만희가 고개를 끄덕거렸다.

그렇게 다시 바닷가로 가서 물놀이를 조금 더 즐긴 세 사람이 잠시 벤치에 누워 바닷바람과 함께 휴식을 취하다가 호텔로 돌아왔다. 샤워를 하고 보송보송하게 온몸을 말린 구현이 예쁘게 옷을 갈아입고 로비로 내려갔다. 미리 준비하고 있던 다른 아이들과 함께 교실로 들어가는 구현이가 유독 의젓하게 보였다.

"선생님 안녕!"

구현이 만희를 향해 손을 흔들었다. 선생님의 안내에 따라 아이들이 움직였다. 어린 구현이의 손이 낯선 선생님과 맞잡아 있다. 그게 조금 이상했다. 마치 내 학생을 다른 사람에게 빼앗기는 것 같은 느낌. 질투가 난다. 그런 기분을 채 몰아내기도 전에 지혁이 만희를 잡아끌었다.

"이제 제대로 데이트해야지."

"어?"

겨우 시선을 떼어 돌아본 만희의 눈초리에 지혁이 고개를 갸우뚱했다.

"뭘 보고 있는 건데?"

그래도 차마 이 기분을 자세히 설명할 수는 없었다.

"아니, 아니야. 어서 가자!"

만희가 지혁을 먼저 끌어당겼다. 그의 요구대로 원피스를 입은 만희는 오전에 드레스를 입었을 때보다 훨씬 더 경쾌해 보였다. 짙은 물색을 닮은 파란 드레스는 만희의 하얀 살결에 더없이 잘 어울렸다.

"무슨 계획이 있는데?"

"드라이브하려고. 좋아하는 음악 들으면서."

"그래? 좋아."

손을 맞잡고 그와 함께 차에 오른 만희가 에어컨을 켜지 않고 곧바로 창문을 열었다. 서울에서는 느낄 수 없었던 시원한 바닷바람이 만희의 얼굴을 간질였다.

"정말 좋다."

"요즘 그 말 자주 한다."

"정말 좋고 행복하니까 그렇지. 그런 건 아끼지 말고 말해야 해."

지혁과 결혼을 결심한 이후 생각한 일이었다. 좋고 행복한 것에 대해서 많이 표현하겠다고. 어릴 적 갑작스럽게 떠나 버린 아빠. 제 마음을 모두 보여 드리지 못하고 떠나 버린 엄마. 만약 함께 있을 때 더 많이 이야기해 드렸으면 어땠을까? 만희는 늘 아쉬웠다. 사랑의 감정. 좋아하는 기분. 그런 것은 많이 나눌수록 좋은 일이었다. 결코 아낄 만한 것이 아니다.

홀가분해 보이는 모습으로 운전대를 잡고 있는 지혁을 만희가 지그시 바라보았다. 이제 앞으로의 제 인생에 있어 가장 중요할 사람. 그가 마치 만희의 마음을 모두 알고 있는 듯 부드러운 미소를 지으며 말했다.

"행복하다."

"나도."

"나는 정말 엄청 많이 행복해."

"아니야. 내가 더 행복해. 당신이랑 같이 있으니까 내가 더 행복해."

"아니야. 내가 더 행복해. 만희가 내 색시라서 내가 세계 최고로 행복해."

우스꽝스러운 장난에 두 사람이 깔깔거리며 웃었다. 그 순간 왜 울컥했는지 저도 이해 못 할 일이었다. 만희는 일부러 시선을 피하고 고개를 돌려 눈을 깜빡였다.

"우는 거야? 울보 방만희?"

"아니. 울보라서가 아니라 행복해서야."

만희가 손등으로 눈물을 훔치며 고개를 저었다.

높은 곳에 차를 세워 두고 두 사람이 함께 내렸다. 시선 아래로 넓은 평지와 믿을 수 없을 만큼 가까운 곳에 있는 듯한 수평선이 그림처럼 보였다. 서로에게 기대어 그 바다가 조금씩 빛을 잃어 가고 있는 것을 바라보았다. 어쩐지 쓸쓸하게 보이던 풍경이 만희의 어깨에 맞닿은 그의 팔 덕분에 따스하게 느껴졌다.

"예쁘다. 그렇지?"

그가 만희를 뒤에서 껴안으며 속삭였다. 만희가 제 허리를 감싼 그의 팔을 제 팔로 끌어안았다. 그에게 포근하게 감싸인 만희의 몸이 따스하게 데워졌다. 제 머리에 꼭 붙인 그의 턱과 저를 끌어안은 단단한 팔과 제 허리와 힙에 닿은 그의 허벅지. 순간 눈앞으로 은은하게 퍼지는 노을처럼 만희는 제 마음속에 불이 이는 것이 느껴졌다. 그의 손이 조금 더 만희를 밀착시키고는 그녀의 머리에 키스하는 순간 온몸이 달아올랐다.

"사랑해."

만희가 고개를 숙이고 배시시 웃었다.

"왜 그러는 거야? 왜 웃는 건데?"

그녀를 제게 향하도록 돌려놓은 지혁이 눈을 동그랗게 뜬 채 물었다. 아무것도 모르는 듯 보이는 그의 얼굴. 만희는 차마 말을 할 수 없었다. 저 아름다운 풍경이 눈에 들어오지 않는다고. 지금 이 순간 몰두하고 싶은 또 다른 것이 생각나 도저히 저 풍경에 몰두할 수 없다고.

"왜 그러는 건데? 왜? 내가 뭐 잘못했어?"

만희가 재차 그의 시선을 피하며 미소를 흘리자 그제야 그 마음을 눈치챈 듯 그가 살짝 입꼬리를 올린 채 그대로 만희의 입술에 제 입술을 가져다 대었다. 시원한 바람이 느껴지지 않을 만큼 뜨거운 입술. 그 입술이 곧바로 혀를 가르고 안으로 들어와 만희를 빨아들였다. 순식간에 달아오른 키스에 머릿속이 빙그르르 도는 것 같았다. 이곳이 어디인지 지금 두 사람이 어디 서 있는지 잊어버릴 만큼 몰입한 키스였다. 자꾸만 처지는 그녀의 허리를 단단히 받쳐 안은 그는 조금도 쉴 틈을 주지 않고 그녀에게 키스를 퍼부었다. 물고 굴리고 빨아들이는 그의 키스에 만희의 시선이 흐릿해졌다.

하아. 결국에는 숨이 가빠 와 온전히 제 팔에 의지한 채 안겨 있는 만희의 얼굴을 지혁이 바라보았다. 열기를 머금은 시선이 지혁을 응시하고 있었다.

"그런 눈으로 자꾸 쳐다보지 마."

그가 만희를 깊숙이 끌어안으며 말했다. 만희는 뭐라 대꾸할 새가 없었다. 지금 제 마음을 가득 채우고 있는 그에 대한 감정과 방금 전 키스의 여운 때문에 입을 열기 힘들었다. 난감하다는 듯 미간을 찌푸린 그가 시선을 피하며 속삭였다.

"자꾸 그러면 여기서 너 안고 싶어지니까."

열을 억누른 그의 목소리에 마음속에서 꼿꼿하게 고개를 들고 있던 무언가가 힘없이 무너지는 기분이 들었다. 하지만 여기서 그럴 순 없었다. 만희가 힘주어 그를 끌어안았다.

"그럼 대신 내가 안아 줄게. 너는 안겨."

속삭이는 만희의 소리에 눈이 휘둥그레졌던 지혁이 쿡쿡거리며 웃었다. 그러다 곧바로 제 팔을 빼내어 이번에는 그가 만희를 깊게 안았다.

"안기는 것도 좋지만 역시 난 안아 주는 게 좋아."

서로의 팔과 팔이 엇갈려 가슴과 가슴이 닿고 뺨과 뺨이 얽힌 채로 그렇게 두 사람은 하나의 그림자를 이루었다.

○ ◎ ●

욕실 밖으로 나오며 만희는 벌써 몇 번이나 망설였다. 이미 단단히 준비를 하고 온 상황이기는 한데 아무래도 제정신으로는 도저히 준비해 온 것을 걸치고 나갈 자신이 생기지 않았다. 레이스가 촘촘히 박힌 브래지어와 팬티. 그리고 손끝으로 건드리면 후르르 날아갈 것 같은 짙은 남색 빛깔의 슬립이라니. 게다가 속이 훤히 비친다.

물론 오늘을 위해 준비한 것이기는 했다. 지난번과 같은 백화점 매장. 쭈뼛쭈뼛 들어갔던 예전과는 달랐다. 이번에는 당당하게 들어가 한참 고민을 하고 골랐다. 베이비핑크의 상하의. 물빛을 닮은 것과 짙은 장밋빛 속옷도.

오늘은 첫날이었으니까. 우리가 부부로 첫날밤을 지내는 역사적인 날. 그를 위해 준비한 이것을 착용하고 나가긴 나가야 하는데. 어쩐지 모두 벗고 나가는 것보다 부끄러운 기분이 들어 만희는 쉽게 욕실 밖으로 나가기 어려웠다. 그때였다. 똑똑똑 화장실 문을 두드리는 소리가 들렸다.

"왜? 왜애?"

패밀리 룸 한가운데도 화장실이 있건만 왜 여기까지 와서 문을 두드리는 거지?

"아직 안 끝났어?"

"응?"

뭘 묻는 건지 지칭이 확실하지 않아 만희는 얼굴이 확 붉어졌다.

"뭐? 머어?"

"아니. 들어간 지 꽤 오래된 거 같아서. 걱정돼서 말이야."

"아, 아니야. 됐어."

만희는 황급하게 몸의 남은 물기를 닦아 내고 한참 난감해하며 들고 있던 속옷을 입었다. 그리고 슬립까지 걸친 뒤 화장실 거울을 통해 저를 비쳐 보았다.

헉.

거울 속에 보이는 제 모습은 생각보다 훨씬 야했다. 아니, 이렇게까지 야한 거였어? 아니, 것보다 꽤나 예뻤다. 제가 봐도 아름답다고 느낄 만했다. 레이스 안으로 봉긋하게 솟아오른 가슴. 긴 팔과 다리. 아슬아슬한 라인을 가리는 팬티. 그리고 그것이 훤히 들여다보이는 아른아른한 슬립. 제 모습을 홀린 듯 바라본 만희의 얼굴이 달아올랐다. 그에게 보여 주고 싶었다. 아무리 부끄럽다고 해도 제 예쁜 모습을 지혁이가 봐 주었으면 했다.

"아직이야?"

밖에서 다시 재촉하는 소리가 들렸다.

"아니야. 이제 끝났어."

만희는 그 슬립 위에 가운을 걸치고 화장실 밖으로 나왔다.

"왜 이렇게 오래 걸린 거야? 보고 싶어 죽는 줄 알았어."

그가 욕실 밖으로 나오는 만희의 허리를 곧바로 껴안으며 말했다. 저를 딸려 오게 만드는 그의 팔목과 그 목소리에 벌써부터 몸에 힘이 쭈욱 빠졌다. 하지만 오늘 밤은 오래도록 길게 기억하고 싶었다. 벌써부터 제 모든 감정을 쏟아붓고 싶지 않았다.

"그냥."

만희가 아직은 물기가 남아 있는 머리를 손으로 흐트러트리며 말했다. 그런 그녀의 모습에 눈을 떼지 못하는 지혁 때문에 만희는 금세 또 다시 얼굴이 달아올랐다.

"예쁘다."

그가 만희를 제 팔 안에서 살짝 떼어 시선을 위아래로 두며 만희의 온몸을 훑어 내렸다. 그의 눈빛은 제 사랑스러운 아내에게 완벽하게 반한 사람처럼 보였다.

"고마워."

만희가 그에게서 살짝 벗어나 침대 옆에 있는 둥근 테이블로 향했다. 테이블 위에는 신혼부부를 위한 와인 한 병과 과일이 놓여 있었다. 오른쪽 의자에 앉은 만희가 제 앞으로 다가와 앉는 지혁을 가만히 바라보았다. 늘 바라보기에도 부끄럽고 민망하여 어쩐지 그의 얼굴이 제대로 기억나지 않는 것 같은 느낌. 오늘만큼은 그의 모습을 하나하나 세세히 담고 싶은 욕심이 났다.

넓은 어깨. 짙은 눈썹. 단단한 인중과 붉은 입술.

"왜애? 왜 그렇게 계속 쳐다보는 건데?"

"내 신랑 잘생겼으니까. 그래서 뿌듯해서 그러는 건데?"

장난스러운 만희의 말에 지혁이 기분 좋은 미소를 숨기지 않았다. 그가 만희에게 잔을 쥐여 주고 와인을 들어 그녀의 잔에 따랐다.

"자. 우리 색시 받으세요."

"네. 서방님."

두 사람이 가볍게 잔을 맞부딪쳤다. 은은한 조명이 떨어지는 실내와 창밖으로 보이는 어두운 밤바다가 환상적인 빛깔로 두 사람을 감싸고 있었다.

"나랑 결혼해 줘서 고마워."

그의 목소리가 음악처럼 느껴졌다. 천천히 삼키려 했던 와인이 만희의 입술 사이로 스며들었다.

"앞으로 너한테 정말 잘할게."

만희가 손을 뻗어 지혁의 손등 위에 겹쳤다.

"나도 잘할게. 우리 서로한테 잘해. 나도 나랑 결혼해 줘서 정말……."

말을 끝마치기도 전에 그의 손이 만희의 뺨을 감쌌다. 색이 짙어진 그의 눈이 만희를 뚫어져라 바라보았다. 그의 손바닥 안에 놓인 제 뺨이 부끄러워 시선을 떨어트리는 동시에 그의 상체가 살짝 기울어지며 말캉한 입술이 만희의 입술 위에 닿았다. 순식간에 온몸으로 퍼지는 열기로 인해 만희는 제 몸이 젖어 드는 것을 느꼈다.

"아까부터 궁금해서 미치는 줄 알았어. 이 안이 어떤 모습인지."

그의 손이 만희의 가운 끈을 풀어 내렸다. 그의 입술에 이미 사로잡혀 있는 만희는 제 몸을 감출 새가 없었다. 은은한 조명 아래 가운 안에 숨어 있던 만희의 보드라운 몸매가 드러났다.

속이 비치는 짙은 남색의 슬립. 그 안으로 레이스가 감싸고 있는 터질 듯한 상앗빛 가슴과 날씬한 허리, 납작한 배, 그 아래를 가리고 있는 아슬아슬한 라인의 팬티.

"하."

감탄일지 모를 그의 목소리가 들려왔다. 그는 홀린 눈으로 잠시 만희를 제 손에서 살짝 놓아주었다.

"뭐야?"

부끄러운 만희가 양손으로 제 몸을 감쌌다. 손가락 사이로 만희의 곡선이 은은한 조명에 비쳤다.

"왜? 왜 그러는 건데. 보게 해 줘. 볼 수 있게 해 줘. 이렇게 예쁘게 준비하고 그걸 감추는 거야?"

탁하게 변해 버린 지혁의 목소리가 만희에게 조르고 있었다.

"그렇다고 해도 그렇게 대놓고 보면 내가 부끄럽잖아."

저도 모르게 애교 섞인 목소리가 터져 나왔다. 사랑스러워 참을 수 없다는 듯 소리 내어 웃은 지혁이 의자에 앉아 제 무릎 위로 만희를 끌어당겼다.

"정말 예쁘다 내 신부."

만희가 부끄러워 제 얼굴을 차마 그에게 보이지 못하고 그의 어깨를 끌어안은 채 표정을 숨겼다.

"왜? 봐. 나 좀 봐. 내가 얼마나 감격했는지 얼마나 반해 버렸는지 봐야 할 거 아니야."

"아니야. 알아. 안다고."

"정말?"

"응. 알아."

그의 무릎 위에서 어린아이가 된 기분으로 만희가 어리광을 부리듯 말했다.

"그래도, 그래도 봐야지."

그가 만희를 제 어깨에서 떼어 내어 제 눈앞에 데려다 놓았다. 그의 눈이 만희에게 말을 걸고 있었다. 사랑한다고. 네가 사랑스러워 미쳐 버리겠다고. 이번에는 만희도 그를 피하지 않았다.

"정말 멋있다. 내 신랑."

그의 입술이 만희의 입술을 머금었다. 살짝 벌어진 만희의 입술 사이로 그의 혀가 밀고 들어왔다. 천천히 치열을 훑어 내린 그의 입술이 깊숙한 혀 안으로 들어오며 그녀의 숨을 모두 빨아들였다. 물고 핥고 그사이 잠깐 틈이 벌어진 기회를 놓치지 않은 만희가 하웃 숨을 내뱉는 순간 지혁의 손이 만희의 가슴을 살짝 쥐었다 놓았다.

흐읍.

만희가 두 팔을 들어 그의 목에 매달렸다. 그의 손이 만희의 슬립 사이로 스며들었다. 소중한 꽃송이를 쓰다듬듯 그가 만희의 곡선을 몇 번이고 쓸어내렸다. 그때마다 조금씩 달아오르는 만희의 몸이 그의 손길을 따라 움직였다.

하아하아.

입 밖으로 내뱉은 달뜬 숨소리에 지혁이 만희를 번쩍 안아 올려 침대 위로 그녀를 내려놓았다. 하얀 시트 위에 파묻힌 만희가 손을 뻗어 그를 제 품에 안으려 했다.

"잠깐만. 더 감상하고 싶어."

하지만 그는 쉽게 다가오지 않았다. 아주 느긋한 사람처럼 전혀 달아오르지 않은 사람처럼 침착하게 침대 끝에서 만희를 제 눈에 담고 있었다. 그녀의 모든 것. 겉으로 보이는 아름다움뿐 아니라 만희가 가진 내면까지 모두 들여다본 그의 눈빛이 점점 탁해졌다. 마치 이미 상상 속에서 만희를 한번 가진 사람처럼. 지혁이 천천히 제 가운을 벗어 내렸다.

혁. 만희가 숨을 멈췄다.

지금 남 이야기 할 때가 아니었다. 은은한 조명 아래 지혁은 완벽한 모습을 하고 있었다. 저렇게 멋진 몸을 가지고 있었던가? 그동안은 부끄러워서 한 번도 보지 못했던 게 분명했다. 넓은 어깨와 도드라진 쇄골. 강인한 목줄기. 만희는 부끄러움을 이기고 팔을 벌려 그에게 말했다.

"빨리 와 줘."

조르듯 말하는 만희를 향해 지혁이 만족한 미소를 흘렸다.

"한 번만 더 말해 주면 안 돼?"

"이 이상 어떻게 더 말해?"

만희가 애교 섞인 목소리로 소리치듯 내뱉었다. 천천히 침대 위로 올라온 지혁이 그녀의 발목을 혀로 훑으며 말했다.

"다시 한번만 말해 줘."

흐읍. 숨을 들이켠 만희가 속삭였다.

"제발. 제발 와 줘."

그의 입술이 천천히 만희의 다리를 타고 올랐다. 발목을 따라 오목하게 들어간 부분과 보드라운 부분을 거쳐 점점 더 위로 올랐다. 온몸의 자극에 만희의 두 손이 제 옆의 시트를 꼬옥 쥐어 비틀었다.

"아웃 지혁아."

슬립의 어깨끈을 벗겨 내린 지혁의 손이 그 아래 솟아오른 만희의 가슴을 브래지어 밖으로 꺼내 쥐었다. 도드라진 부분을 입술로 비비고 혀로 훑자 만희의 몸이 저절로 낭창거렸다. 아까부터 잔뜩 힘이 들어간 단단한 그것이 자꾸만 허벅지를 자극해 미칠 것 같은 기분이었다. 미끄러지듯 만희의 허벅지 사이로 들어간 지혁의 손이 슬립 밖으로 모습을 드러낸 팬티 위를 매만져 자극하다 젖어 든 곳으로 파고들며 속삭였다.

"오늘은 밤새 천천히 괴롭힐 거야."

뜨거운 숨을 내뱉은 만희가 그의 몸을 껴안았지만 그는 쉽사리 그녀의 몸짓에 굴복할 기세가 아니었다. 살짝 몸을 비킨 그가 만희를 다시 번쩍 안아 제 무릎 위에 앉혔다.

"지혁아."

흥분으로 떨리는 만희의 눈이 제 바로 앞에 있는 그를 바라보았다. 깊은 눈동자가 온통 저를 향해 있었다.

"으응, 만희야."

조금씩 제 몸을 만희에게 밀착시키는 그의 시선은 그녀에게서 떼어질 줄 몰랐다. 그의 눈동자 속에 마치 제가 들여다보일 것 같았다. 숨이 막

힐 듯 뜨겁게 솟아오른 열기에 만희는 거세게 그를 제 안으로 끌어들였다.

아, 흐흐흣.

이제껏 한 번도 느껴 본 적 없던 흥분이 온몸을 휘감았다. 가슴과 가슴. 배와 배가 서로 맞닿고 허벅지와 허벅지가 조여들고 서로의 다리가 얽힌 채로 두 사람이 몸을 더욱 밀착시키기 위해 자꾸만 서로를 끌어안았다. 치솟은 그가 제 안을 자극할 때마다 만희는 그에게서 떨어지지 않으려 그를 꼭 붙들었다.

하아하아.

내뱉는 숨소리가 서로의 몸 위로 떨어졌다. 아찔한 쾌감이 몇 번을 내달렸다. 신음 소리와 함께 스러질 듯 휘청거릴 때마다 그의 단단한 팔이 만희를 붙잡았다.

"네가 너무 예뻐서 돌아 버릴 것 같아."

그의 목소리가 귀를 울리자 만희가 마지막 힘을 짜내 그의 목에 팔을 둘렀다. 온통 그에게 쏠려 있는 신경이 온몸을 짜릿하게 휘감았다.

밤이 깊도록 두 사람은 서로에게서 떨어질 줄을 몰랐다. 수만의 흥분이 두 사람을 감싸고 그 안에서 둘은 내내 밤을 지새웠다.

○ ◎ ●

만희가 기억하는 그의 얼굴은 대부분 옆얼굴이었다. 신중해 보이는 시선. 그 어떤 자극에도 쉽게 반응할 것 같지 않은 고요한 분위기. 그는 늘 만희에게 다가가기 어려운 동급생이었다.

지금도 가끔 그럴 때가 있었다. 넓은 집은 만희와 그의 침실, 그리고 만희의 의견과 구현이의 의견이 합쳐져 만들어진 구현이의 방, 드레스 룸과 주방, 다이닝 룸으로 이루어져 있었다. 그중 딱 하나의 공간, 그의 의견이 전적으로 반영된 서재 앞으로 갈 때면 만희는 조금 조심스러워졌다.

반쯤 열린 문 안으로 책을 읽는 지혁이 보였다. 뭐라 쓰여 있는지 만희로서는 도저히 가늠할 수 없는 그런 책. 그는 아이의 탄생에 깊이 관여하고 있는 사람이었다. 사람의 생명을 위한 일을 하는 그의 직업이 만희는 존경스러웠다. 그래서 그가 일을 할 때 되도록 방해하고 싶지 않았다.

차 한 잔과 과일, 쿠키가 놓인 쟁반을 들고 서재 앞에서 만희는 가만히 그를 바라보았다.

결혼한 지 6개월. 여전히 그가 제 남자라는 사실이 믿기지 않았다. 넓은 어깨. 단단한 인중. 굳게 다문 입술. 신중한 눈빛으로 책을 보고 있는 그를 한없이 구경해도 된다는 이 사실이 마치 저만의 특혜처럼 느껴졌다. 만희는 다리가 아픈 것도 잊고 한동안 그를 바라보고 있었다. 그렇게 얼마나 지났을까?

"아직이야?"

고개를 아래로 떨어트리고 있는 그 때문에 지금 이 목소리가 그의 목소리인지 만희는 알지 못했다.

"어?"

그러다 만희가 깜짝 놀라 되물었다.

"아직이냐고. 나 감상하는 거 말이야."

그가 드디어 고개를 들어 올리고 만희를 향해 싱긋 웃었다.

"뭐야? 내가 와 있는 줄 이미 알고 있었어?"

"물론이지."

"아. 진짜 배신당한 기분이네."

만희가 그의 앞으로 가 책상 위에 차와 과일을 내려놓았다.

"드시면서 하세요."

얌전히 내려놓는 찻잔을 가만히 바라보던 지혁이 쿡쿡 웃음을 참지 못하며 말했다.

"감사하오. 부인."

"뭐야?"

만희가 키득거렸다.

"그냥. 아까 너 몰랐지?"

"뭘?"

"네가 나 보는 것 같아서 잔뜩 긴장하고 있었던 거."

"그랬어?"

"그럼. 네가 여기 앞에 나타났을 때부터 알고 있었지. 그런데 네가 나한테 반한 것 같은 눈빛으로 쳐다보는 것 같길래, 더 반해 버리라고 아예 헤어 나오지 말라고 계속 45도 각도 유지하면서 책에 집중하는 척했지. 힘들었다."

"정말?"

너무 어이가 없어 그저 웃고 있는 만희를 향해 지혁이 손을 뻗어 그녀를 제 무릎 위로 앉혔다. 그의 입술이 만희의 머리카락 위에 닿고 손은 만희의 가슴 위로 슬쩍 얹혀졌다.

"만지지 마."

"왜? 아무도 없고 우리뿐인데."

"그래도. 그래도 막 그렇게 만지면 안 되지."

앙큼한 표정의 만희가 입술을 삐죽이며 이야기하자 그가 자못 실망한 듯 말했다.

"아. 아직도 안 반한 거야?"

"뭐?"

"그렇게 몇 분이나 노력했는데도 아직도 안 넘어온 거냐고?"

그렇게 앓는 소리를 한 지혁이 다시 한번 가볍게 만희의 가슴을 살짝 건드렸다. 흐음. 낮은 신음이 만희의 입술 사이로 새어 나왔다.

"사랑해."

그가 만희의 머리카락 사이로 얼굴을 묻으면서 속삭였다. 그러고는 그녀의 등 뒤로 손을 가져가 원피스 지퍼를 내렸다. 옷 사이로 드러난 브래지어의 호크를 엇갈려 벗겨 낸 그가 파고든 손으로 만희의 가슴을 가볍게 쥐었다.

흐음 그의 숨소리가 만희의 목덜미 사이로 파고들었다.

"안 돼. 나 아직."

만희가 곤란한 듯 말했다. 사실 그와 막 잠자리를 끝낸 지 서너 시간도 지나지 않은 상태였다. 아직 몸 여기저기가 쑤셔 왔다. 하루에도 몇 번씩이나 저를 탐하느라 바쁜 그 덕분이었다.

"아직 힘들어?"

그가 만희의 목덜미에 살살 혀를 굴리며 말했다.

"으응."

신음인지 대답인지 모를 소리를 만희가 흘렸다.

"알았어. 그럼 그냥, 그냥 이렇게 안고 있을게."

그가 만희의 가슴을 양팔로 엇갈려 껴안으며 속삭였다.

"그럼 이렇게 말고."

그의 무릎에서 일어난 만희가 다시 옆으로 몸을 비틀어 그의 위에 앉았다. 만족스러운 그의 미소가 만희의 눈 안에 가득 들어왔다. 어릴 적 만희가 기억하는 그의 얼굴은 늘 옆얼굴이었다. 신중하고 고요해 보이는 그의 시선. 하지만 이제 정면으로 바라본 그의 얼굴. 그 시선은 오로지 자신을 바라보고 있었다. 더없이 다정하고 한없이 깊은 눈빛으로.

"사랑해."

만희의 코끝이 그의 코를 살짝 건드렸다. 색다른 감촉에 지혁이 살짝 눈을 찌푸렸다.

"뭐야? 안 된다면서 이렇게 자극하기야? 이렇게 예쁘게 웃으면 참을 수 없잖아."

손을 쓸 수 없도록 만희의 허리를 젖혀 제 팔 위에 올려 잡은 지혁이 그녀의 입술 사이를 깊게 파고들었다. 흐읍 온몸으로 열기가 퍼져 나가는 걸 느낀 그 순간이었다. 곧바로 그에게서 제 몸을 떼어 낸 만희가 장난스럽게 웃으며 지혁의 무릎에서 내려와 손을 저어 보이고는 방문 밖으로 물러섰다.

"그래도 지금은 절대 안 돼."

탁해진 눈동자가 당황한 빛으로 만희를 바라보고 있었다.

"아, 방만희! 정말 이래 놓고 나가기야!"

앙큼한 얼굴로 웃는 만희를 향해 어쩔 수 없다는 듯 항복의 뜻을 보이면서도 볼멘소리를 하는 그를 달래듯 만희가 손 키스를 날리며 말했다.

"이따 밤에 봐. 알지?"

○ ◎ ●

시간보다 더 좋은 해결책은 없었다. 적어도 만희에게는 그랬다. 지혁과 저의 사이. 서로의 차이를 사랑으로 둥글게 만드는 시간이 지남과 동시에 거의 비슷한 시기에 만희와 구현의 사이에도 변화가 생겼다.

아이의 호칭은 여전히 선생님이었고 아이의 머릿속 만희도 아직 그 정도였다. 하지만 만희는 그것을 굳이 정정하려 들지 않았다. 인내하고 기다리면 언젠가는 나아지리라 믿었다. 그리고 곧 그때가 다가왔다.

그날 구현이와 만희 사이에는 큰소리가 났다. 구현이의 식습관 때문이었다. 달고 짜고 맵고, 자극적인 음식만 먹으려는 구현이 때문에 만희가 훈계했던 날이었다.

"골고루 먹어야 해. 맛이 덜해도 천천히 씹다 보면 고소한 맛이 느껴질 거야."

"싫어. 이건 안 먹어! 이건 맛없어서 절대 안 먹을 거야!"

이른 시간이라 너무도 바빴다. 구현이를 유치원에 보내고 만희도 출근을 해야 했다. 좋은 말로 어르고 달래 먹이는 것에도 한계가 있었다. 하지만 그날만큼은 만희도 포기할 수 없었다.

양치질 잘하기. 먹고 남은 것은 제자리에 가져다 두기. 인사 잘하기. 손을 씻을 때는 사이사이 꼼꼼히 씻기 등등 사소한 생활 습관을 잡으려는 제 잔소리가 심하다는 생각이 들긴 했다. 그래도 때를 놓치면 나중에 더 긴 시간을 들여야 한다는 걸 알고 있었기 때문에 만희는 저도 모르게 구현이에게 하는 잔소리가 늘었다.

제 아이고 제 아들이라는 생각이 든 그 순간부터 만희는 여느 학부모들처럼 아이에게 엄격할 수밖에 없었다. 대학에서 배웠던 아이의 심리, 좋은 부모와 선생에 대한 논리는 모두 현실과 거리가 있었다.

결국 그날 아침 구현이의 울음이 터졌다. 눈을 부릅뜨고 고개를 푹 숙인 구현이 항변하듯 울음을 터트렸다.

"선생님 싫어! 선생님이랑 절대 같이 안 있을 거야. 싫어! 싫어!"

서러워 우는 구현이의 얼굴에 만희는 맥이 빠져 버렸다. 몇 개월간 노력하고 참고 눌렀던 것에 저 역시 폭발해 버렸다. 잘해 보고 싶었는데. 남들에게 재혼 가정의 아이라 그렇다는 편견을 주고 싶지 않아 욕심을 부렸는데 그게 과했던 모양이었다.

아이는 만희의 마음을 몰라주고 점점 더 멀어져 갔다. 만희의 잔소리가 모두 저를 혼내는 것이라고만 생각하는지 엇나가기만 했다. 욕심을 버려야 한다는 걸 알면서도 만희 역시 아이를 대하기가 쉽지 않았다.

그러면 안 되는데 이성보다 마음이 먼저 움직였고 만희는 결국 자리에 주저앉았다. 서러워 참을 수 없었다. 아이의 울음을 달래 주어야 하는 만희의 얼굴에도 눈물이 얼룩졌다. 저도 모르게 울음이 새어 나왔다.

엉엉 우는 소리에 힐끔 눈치를 본 구현이 지지 않으려는 듯 더 크게 울었다. 그러기를 한참. 제 소매로 눈물을 닦은 구현이 만희를 노려보았다.

"나 선생님 싫어."

"나도 구현이가 그래서 화나."

"잘됐네. 흥."

"이게 뭐가 잘된 거야?"

만희가 눈물을 소매로 닦으며 구현이 앞으로 다가갔다. 벌겋게 부어 버린 아이의 눈가에 만희는 슬쩍 웃음이 날 것 같았다. 아이의 앞에서 이런 행동이 옳은 것인지 판단은 서지 않았지만 속 시원히 울어 버리고 나니 만희의 마음도 누그러졌다. 저도 모르게 배시시 웃음이 배어 나오는 만희의 얼굴에 심통이 났는지 구현이 일부러 만희 속상하라는 듯 미운 말을 골랐다.

"우리 엄마라면 나 좋은 것만 먹으라고 했을 거야."

"그럴 리가?"

"아니야! 정말이야. 엄마는 지난번에 나 만났을 때 스파게티 사 주셨어."

"그러면서 분명히 옆에 같이 나온 샐러드도 먹으라고 하셨지?"

순간 구현이 꿀 먹은 벙어리가 되었다. 만희가 그제야 손을 뻗어 구현이의 눈물을 닦아 주었다. 구현이 만희를 향해 눈을 부라렸다. 만희도 지지 않고 구현이를 바라보았다.

제발 내 진심을 알아 달라는 듯 만희의 눈빛이 간절했다. 제게서 벗어나지 않게 하려 아이의 양손을 꼭 잡은 채 마주 보는 만희의 눈빛에 구현이 조금씩 아주 조금씩 제 시선을 달리했다.

"선생님은 왜 울었는데?"

"나는 구현이가 내 마음을 몰라줘서 울었지."

"치!"

아이가 양쪽 눈썹에 힘을 주었다. 만희도 구현에게 살짝 눈을 흘겼다.

"구현이 엄마도 선생님도 다 같은 마음인데 구현이는 선생님만 다르다고 하는 것 때문에 섭섭해서 울었어."

"왜 섭섭해 선생님이!"

구현이 마지막 항변을 하듯 소리쳤다.

"이제 나 구현이 선생님 아니야. 구현이 엄마이기도 해. 그러니까 구현이한테 섭섭할 수 있어."

"아니야! 우리 엄마는 따로 있어."

"맞아. 구현이 엄마는 따로 있어. 하지만 나도 이젠 구현이 엄마야. 그래서 구현이가 몸에 좋은 것 먹고, 좋은 습관 가지고, 다른 사람들 앞에서 예의범절 잘 지키는 멋진 아들이 되었으면 좋겠어."

"싫어!"

"싫다고 해도 엄마는 똑같아. 구현이가 몇 번이고 아니라고 해도 엄마는 똑같이 알려 줄 거야. 구현이가 잘못하면 혼내고. 구현이가 안 들으면 들을 때까지 몇 번이나 말할 거야."

"안 들어!"

만희의 눈이 일렁였다. 아이의 마음속에 들어 있는 아픔에 화가 나고 그것을 고집으로밖에 표현하지 못하는 것이 안타까웠다. 고작 다섯 살인 구현이는 지금 얼마나 복잡하고 혼란스러울까. 그 마음을 최대한 헤아리려 만희는 노력했다. 하지만 제 눈동자에 자꾸만 눈물이 고이는 것까지는 어찌할 도리가 없었다.

"그래 듣지 마. 엄마는 계속 말할 거니까. 왜냐하면 엄마는 이제 구현이랑 유치원에서만 만나는 선생님이 아니라 구현이랑 평생 같이할 사이니까. 그러니까 구현이가 어떻게 하든 엄마는 이제 구현이 잘할 수 있게 도와줄 거야. 건강해질 수 있도록 책임질 거야. 구현이가 좋아하는 거 있으면 같이해 주고, 구현이 이야기도 함께 들어 주고, 지금처럼 구현이가 말도 안 되는 말로 화내면 그거 아니라고 말해 줄 거야. 그러니까 구현아."

으아아앙 아이의 울음이 터졌다. 왕왕 소리 내어 우는 아이가 서럽다는 듯 점점 더 크게 소리쳤다. 하지만 아이는 그 눈물을 가리지 않았다. 보아 달라는 듯 위로해 달라는 듯 아이는 고개를 숙이지도, 숨지도 않고 만희 앞에 있었다.

"이리 와 구현아."

만희가 두 팔을 벌려 아이를 안았다. 끝내 한 번 눈을 흘긴 구현이 만희의 품으로 파고들었다. 아이의 눈물에 만희의 팔이 촉촉이 젖어 들었다. 만희의 뺨은 제 눈물로 젖어 들었다. 그렇게 두 사람이 한참을 울었다. 내내 껴안은 채였다.

그리고 그날 이후 만희는 선생님, 선생님 엄마, 그리고 가끔 기분 좋을 때는 그냥 엄마가 되기도 했다.

○ ◎ ●

구현이가 유치원에 다녀온 오후, 세 사람은 둥그런 카펫 위에 배를 깔고 누웠다.

"셋이란 숫자는 정말 완벽한 거 같아. 찬성, 반대. 그렇게 표가 갈리면 마지막 한 사람이 반드시 결정을 하게 만들거든."

만희가 중대한 말이라도 하는 듯 엄숙하게 말하자 옆에서 지혁이 장난스럽게 웃었다.

"네. 네. 그렇죠. 사모님 말씀이 전적으로 옳습니다."

칫. 만희가 믿지 않게 코웃음을 흘렸다. 웃는 얼굴로 마주 보는 그와 구현이는 제 시야에 더없이 부드러운 느낌이었다. 완벽한 숫자 3의 세계라고 해야 할까?

만희네 집에는 이제 모든 것이 세 개가 되었다. 세트를 싫어하는 만희의 의견에 따라 만희네 집 물건은 각자의 취향에 따라 고른 세 개의 물건이 한 세트였다. 새로운 쿠션과 새로운 장식품과 새로운 슬리퍼. 그 집착을 지혁은 재미있게 생각했다.

"왜? 왜 아빠?"

제 아빠의 미소에 담긴 의미가 궁금한 구현이 물었다. 만희가 지혁을 대신했다.

"구현이가 중요하다는 말이야. 구현이가 아니면 우리 이 카펫 못 샀을 거거든."

만희가 반 바퀴 돌아 천장을 올려다보았다. 그 찰나를 틈타 구현이가 만희의 겨드랑이 사이로 파고들었다.

"맞아. 이거 내가 골랐어."

"응. 아빠가 못 사게 했잖아. 아빠는 카펫 같은 거 필요 없다고 했으니까."

만희가 장난스럽게 지혁이를 흘겨보았다.

"응. 그런데 선생님이 좋다고 해서 나도 좋다고 했어."

구현이가 제 스스로를 칭찬하듯 말했다.

"맞아. 그래서 구현이는 칭찬받아야 해. 구현이는 정말 중요한 역할을 하고 있어."

만희가 구현이를 제 팔로 끌어안으며 제 편이라는 듯 지혁에게서 조금 떨어트렸다. 옆에 누운 지혁이 억울한지 군소리를 했다.

"쟤는 언제부터 저렇게 엄마 편이야?"

"선생님 편이 좋아. 선생님이 더 맞아."

구현이도 장난을 치듯 입을 비죽이며 제 아빠와는 멀어지려 더욱더 만희의 팔 안으로 파고들었다. 큭큭큭 만희가 웃으며 천천히 누워 있던 몸을 일으켰다. 편히 누워 있던 지혁이 만희가 대단한 일이라도 한다는 듯 벌떡 일어나 만희의 몸을 같이 일으켰다. 구현이도 제 아빠를 따라 만희를 거들었다.

만희는 두 사람의 극진한 대우를 받으며 이 집에서 유일하게 하나뿐인 일인용 의자에 앉아 몸을 쭈욱 펼쳤다. 구현이 그런 만희의 다리 쪽에 기대어 물었다.

"그런데 이제 투표 어떻게 해?"

"뭘?"

"선생님 한 표. 나 한 표. 아빠 한 표. 아기 한 표."

구현이 만희의 배를 가리켰다.

"아. 아기?"

임신 4개월 차가 된 만희의 배는 아직 부풀지 않았다. 하지만 만희의 배 속에 제 동생이, 두 사람의 아기가 자라고 있다는 걸 구현이는 잘 알고 있었다.

"아기는 아직 투표할 권리가 없어."

만희가 구현이의 머리를 쓰다듬었다.

"정말?"

"응. 아기가 의견을 낼 만큼 크려면 시간이 많이 지나야 해."

"그럼 아기가 크면?"

"그때는."

무어라 말해야 좋을지 궁리하던 만희가 구현이에게 속삭였다.

"그때는 아기에게도 투표권을 주자. 그 대신 아기가 투표권을 가져도 될지 안 될지는 모두 같이 의논해서 결정하는 걸로!"

만희의 대답에 구현이 흡족한 미소를 지었다. 그 표정을 확인한 만희가 곧바로 부엌으로 향했다. 이미 부엌에 있던 지혁이 그런 만희를 염려 섞인 눈으로 바라보았다.

"그냥 쉬지 그래?"

"괜찮아. 나도 돕고 싶어."

지혁은 얼마 전부터 요리에 취미를 붙였다. 만희가 입덧을 시작했을 때부터였다. 음식을 먹을 때도 속이 울렁거려 힘든 만희는 특히 부엌 찬장에서 나는 냄새를 힘들어했다. 하지만 그에게만 맡겨 두자니 만희는 미안한 마음이 들었다. 그래서 그 옆에서 일을 도왔다. 그러나 얼마 지나지 않아 만희의 얼굴은 슬쩍 일그러졌다. 또다시 속이 울렁거리기 시작한 것이다. 지혁이 그런 그녀를 보자마자 손을 잡아끌어 부엌 밖으로 나왔다.

"저 많은 걸 혼자 해서 어떻게 해?"

"걱정하지 마. 나도 재미있어서 하는 거니까."

"미안해. 나 때문에."

안타까워하는 만희의 귓가에 그가 속삭였다.

"그게 너 때문만은 아니잖아. 실은 내가 하루에도 몇 번이나 참지 못한 탓이지."

"당신을 못 참게 만든 건 내가 아니고?"

제 부담을 덜어 주려는 그의 농담에 상큼한 미소를 지으며 만희는 결국 의자에 앉았다. 구현이 그런 만희의 옆으로 와 그림을 그리기 시작했다. 얼마 전까지 책 읽기에만 몰두하던 구현이에게 새로 생긴 취미였다.

사실 그림 그리기를 먼저 시작한 것은 만희였다. 아기를 임신하고 난 뒤 만희는 종종 그림을 그렸다. 대학 시절부터 손재주가 좋았던 만희는 실습 시간에 늘 좋은 성적을 받았었다. 아이들을 위해 교구를 만들거나 그림을 그릴 일이 있으면 제 재주를 마음껏 뽐냈다.

대단히 훌륭한 그림이라 할 수는 없지만 만희는 그림을 그리며 제 자신을 표현하고 즐기는 것에 기쁨을 느꼈다. 그것을 유심히 바라보던 구현이 저도 할 수 있겠다고 생각했는지 그 뒤로 두 사람은 마주 보고 앉아 열심히 그림을 그렸다.

구현이는 관찰력이 좋아 사물을 보는 시각이 남달랐다. 그런 구현이를 칭찬해 준 것이 구현이의 취미 생활에 변화를 가지고 온 것 같았다. 그러나 무엇보다 더 큰 선물은 그림을 그리며 나누는 두 사람의 대화였다.

노래를 흥얼거리며 그림을 그리는 구현의 옆에 만희 역시 스케치북을 꺼내 와 아직 미완성이던 그림을 이어 그리기 시작했다. 우리 가족이란 제목의 그림. 그림 속에는 만희와 지혁, 구현이와 아직 태어나지 않은 막내까지, 가족 모두 손을 잡고 있다.

"이건 뭐야?"

만희의 그림을 들여다보던 구현이 물었다. 구현이의 옷에 달린 분홍색 브로치에 흥미가 생긴 모양이었다. 그것은 구현이의 엄마가 구현이에게 준 토끼 인형과 똑 닮아 있었다.

"이건 구현이 엄마."

만희가 말했다.

"엄마? 우리 엄마?"

"응. 엄마야."

"그런데 왜 여기다 그려?"

"그건 바로 구현이 엄마가 늘 구현이와 함께 있다는 걸 상징하기 위해서지."

무슨 뜻인지 알아들었는지, 그 마음이 무엇인지 이해했는지 구현이의 눈이 일렁이는 것이 보였다. 하지만 만희는 말을 멈추지 않았다.

"구현이 엄마는 늘 구현이를 걱정하셔. 구현이가 잘 먹고 있는지. 구현이가 예쁘게 잘 크고 있는지."

"정말?"

아이는 간절한 기대를 가지고 만희를 바라보았다. 그 기대가 순수해 아름다우면서도 만희는 어쩐지 슬픈 기분이 들었다. 하지만 제가 구현이의 친엄마 자리를 전부 대신할 수 없다는 건 만희도 알고 있었다. 그것을 인정하는 것이 저와 구현이의 관계를 더 돈독히 해 줄 거라고 믿고 싶었다.

"그럼. 그러니까 매일 저렇게 많은 책도 보내 주시잖아."

만희가 책장을 가득 메운 책을 가리켰다.

"응. 맞아. 엄마가 나 보라고 책도 많이 보내 주셨어."

구현이 실은 한 번도 꺼내 보지 않은 책을 자랑스러운 듯 뽐내며 말했다.

구현이와 하진은 만희와 지혁의 결혼 이후 한 달에 한 번 만날 것을 약속했다. 두 사람의 결혼에 오히려 하진의 아이에 대한 책임이 되살아난 것 같았다. 그 만남이 되풀이되면서 하진은 구현에게 이것저것 욕심을 가졌다. 엄마로서 당연한 관심이었다. 그녀는 구현이를 영어 유치원이며 수학 사고력 학원이며 여기저기 보내고 싶어 했다. 그것을 만희와 지혁이 나서서 중재한 결과 구현이는 영어 유치원 하나만 계속 다니기로 한 상태였다.

하지만 그 후로도 조바심이 나는 모양인지 수학 학원을 대신해 하진이 잔뜩 보내온 온갖 전집에 만희네 집 거실은 구현이의 책으로 가득했다. 하지만 그 책을 가져다 놓은 뒤 구현이는 갑자기 취미를 바꾸어 버렸다. 매일매일 수십 권 읽던 책을 대신해 구현이는 매일매일 수십 장의 그림을 그렸다.

때로는 놀랄 만큼 대단한 그림을. 때로는 전혀 알아볼 수 없는 자신만의 그림을 열심히 그렸다. 하지만 만희나 지혁은 그런 것에 조금도 당황하지 않았다. 구현이가 제 그림을 설명하고 싶어 하면 열심히 들어 줄뿐. 새로 사 온 책을 왜 읽지 않느냐고 한 번도 말한 적 없었다. 구현이는 자유롭게 자랄 자유가 있었다. 그리고 그런 구현이가 가장 많이 들어야 할 말은 사랑해라는 말뿐이었다.

"응, 맞아. 우리 엄마는 늘 내 걱정을 해서 책을 많이 보내 줘."

구현이 만희의 말이 맞는다는 듯 고개를 끄덕였다. 만희가 그런 구현이의 머리를 쓰다듬었다.

"하지만 나 지금은 그림 그릴래. 책은 나중에 볼래."

"그래. 그럼 그렇게 해."

"그래도 엄마가 걱정 안 하지?"

"그러실 거야. 왜냐하면 엄마는 구현이가 그림 열심히 그리는 것도 좋아하실 거거든."

"엄마 선생님이 그걸 어떻게 알아?"

"왜냐하면 엄마 선생님은 구현이 엄마처럼 구현이를 사랑하니까."

똘망한 눈이 만희를 바라보았다. 그 아이가 그런 만희의 말이 틀리지 않았다는 듯 안심하는 얼굴로 고개를 끄덕였다. 그때였다.

"자! 요리 다 준비되었습니다!"

부엌에서 들리는 소리에 구현이 엎드려 있다 벌떡 일어나 만희의 손을 잡았다. 작고 앙증맞은 손에 제 손을 끼워 넣은 만희가 부엌으로 다가갔다. 감자를 썰어 넣은 그라탱과 해산물을 넣은 스파게티가 오늘의 주메뉴였다. 동그랗고 넓은 접시 위에 예쁘게 담긴 스파게티를 앞에 두고 세 사람이 빙긋이 웃었다.

"잘 먹겠습니다."

구현이의 인사와 함께 세 사람이 포크를 들었다. 집 안에 흐르는 잔잔한 재즈 음악. 태교에 좋다며 사 모은 알록달록한 그릇. 얼마 전부터 만희가 부엌일을 할 때면 식탁에서 그림을 그리는 구현이를 위해 새로 단식탁 등. 세 사람의 식사가 그림처럼 펼쳐지고 있었다.

"근데 아기는 방이 어디야?"

입에 소스를 잔뜩 묻힌 구현이가 문득 물었다.

"아기방?"

지혁이 생각도 못 했다는 듯 되물었다.

"아마 아기방은 당분간 없을 거야."

만희가 대답해 줬다.

"왜?"

구현이가 입을 비죽 내밀었다.

"아가는 너무 어려서 엄마랑 같이 자야 하거든. 그래서 당분간은 엄마 방이 아기방이야."

"그럼 아가가 크면?"

"크면?"

되물은 만희가 지혁과 눈을 마주치고 싱긋 미소 지은 뒤 구현이에게 말했다.

"그럼 그때는 가족회의를 해야지."

"가족회의 뭐?"

"아기방을 어떻게 해야 할지."

"어떻게 할 건데?"

구현이가 자꾸 되물었다.

"엄마 생각에는 몇 가지가 있는데 우선 구현이한테 퍼뜩 생각난 좋은 방법이 있어?"

만희가 대화를 이끄는 동안 지혁이 만희의 앞으로 샐러드를 밀어 주었다. 소스가 버무려진 샐러드를 한 입 먹으며 만희는 구현이가 생각할 시간을 벌어 주었다. 지혁은 구현이가 스파게티 먹는 것을 돕기 위해 포크에 돌돌 말아 주었다.

"내 생각에는 방을 또 만들면 돼."

"와 그거 좋은 생각이다. 그런데 여기는 아파트라 따로 방을 또 만들진 못해. 주택이라면 가능했을지도 모르겠다."

"그럼 아빠 서재를 아기방으로 해."

구현의 말에 만희가 키득거렸다. 사실 맨 처음 생각한 방법이었기 때문이다. 지혁이 곤란한 표정으로 구현이를 쳐다보았다.

"그건 안 되지!"

"왜? 나는 방 하나. 엄마 아빠도 방 하나니까 아기도 하나 줘야 해!"

역시 똑똑한 내 아들!

만희가 흐뭇하게 구현이를 바라보았다.

"그것도 한 가지 방법인데, 그래서 고민 중이야. 서재를 아기방으로 만들면 아빠가 책 읽을 공간이 없어지기도 하고. 구현이도 그 서재에서 공부하는 거 좋아하니까."

"공부하는 거 좋아하지 않아."

"어쩌면 앞으로는 좋아할 수도 있다는 거지."

절대 공부는 좋아하지 않을 거라는 구현이의 말에 만희가 부드럽게 고쳐 말하며 구현이의 스파게티 접시 옆에 샐러드 접시를 밀어 주었다. 야채도 함께 먹으라는 무언의 압력이랄까.

만희의 뜻을 알았는지 토마토 하나를 콕 찍어 입에 넣은 구현이 말했다.

"좋은 생각 있다."

"뭔데?"

"이사 가. 아기방도 있는 곳으로 이사 가!"

"그것도 한 가지 방법이긴 해."

물론 생각 안 해 본 것은 아니었다. 다만 지금의 출혈이 만만치 않다는 게 고민이라면 고민일까.

"여러 가지를 다 생각해 보려고. 서재와 아기방을 바꾸는 방법. 어딘가로 새로 이사를 가거나 여기서 머무르는 것에 대해."

"알았어. 그럼 나도 생각해 볼게."

구현이가 아주 간단하게 대답하고 다시 스파게티를 한 입 집어넣었다. 여기저기 입 주변에 소스를 묻히면서 열심히 입을 오물거리는 구현이. 만희가 그 사랑스러운 얼굴을 지켜보았다. 작은 입과 포크질을 하는 작은 손과 바닥에 닿지 않고 까딱거리는 두 발. 이제 얼마 안 있으면 제 앞에는 두 명의 아이가 함께하게 될 것이다. 가을이 되면, 만희네 가족은 완벽한 세 명에서 더할 나위 없이 완벽한 네 명으로 한 팀이 되는 것이다.

○ ◎ ●

세상에서 사람을 가장 행복하게 하는 것 중 하나는 바로 아기 냄새라는 기사를 어디선가 읽은 기억이 있다. 말로 형용할 수 없는 그 보드라운 냄새에는 다른 곳에서는 절대 느낄 수 없는 그 독특한 향이 있다. 우유 냄새 같기도 하고 살결 냄새 같기도 한 그 냄새는 오직 아기한테서만 맡을 수 있다.

세상에서 사람을 가장 힘들 게 하는 것 중 하나는 바로 제 아이의 울음소리라고 한다. 이것도 역시 같은 기사에서 읽었다. 그 울음소리는 반드시 해결을 해 주어야 하지만 대체 무엇을 원하는지 알 수 없어 계속 반복되는 소리로 엄마에게 가장 커다란 스트레스를 안겨 준다고 그렇게 쓰여 있었다.

올해 크리스마스 때 만희네 집에는 그 모든 것이 혼재되어 있었다. 특별한 초대에 대한 기대와 부담. 그리고 둘째 이유나의 이유를 알 수 없는 울음소리와 유나의 보드라운 냄새로 가득한 네 사람의 집.

"엄마! 엄마!"

구현이가 아침부터 흥분해서 여기저기를 뛰어다녔다. 오랜만에 집에 손님이 찾아오니 얼마나 기분이 좋을까? 간만에 실내복이 아닌 제대로 갖춰진 옷을 입고 아이는 신이 났다.

"나 이거 자랑할 거야."

구현이는 얼마 전 유치원에서 받은 메달을 들이밀었다. 체육 시간 미니 올림픽 대회에서 받은 은메달은 요즘 구현이의 가장 큰 자랑거리였다. 책에서 그림, 이제는 태권도와 공차기에 푹 빠져 있는 구현이는 지혁과 함께 매일 동네 운동장에서 공을 찬다. 그 시간 만희는 유나에게 젖을 먹이고 잠시 누웠다가 다시 또 젖을 먹이고 기진맥진하는 시간을 보내고 있다.

아이의 냄새에 행복하고 아이의 울음소리에 스트레스를 받으면서.

"그래, 자랑하자! 구현이 최고!"

구현이에게 얼른 대답을 해 주고 만희는 한 손으로는 아이를 안은 채 이제 막 지혁이 사 온 음식들을 꺼내고 있었다.

"그만둬. 내가 할게."

손을 씻고 나온 지혁이 후다닥 달려와 음식들을 정리했다. 올해 처음 하는 제대로 된 손님 초대. 크리스마스이브에 가족들과 함께하는 첫 번째 가족 모임은 만희의 언니네와 지혁의 부모님이 함께하시기로 했다. 그동안 내내 두 사람의 행보와 결정에 불안한 마음과 못마땅한 기분을 가지고 지켜보셨을 가족들을 위한 자리.

유나의 백일이 내일모레라는 것도 한 가지 이유이기는 했다. 한겨울에 밖에서 모임을 하기에는 아무래도 힘들 것 같으니, 집에서 모이되 음식은 남이 해 준 것으로 차리자는 것이 만희의 의견이었다.

그런데 막상 그날이 오자 만희는 오랜만에 만나는 시부모님 때문에 긴장이 되었다. 물론 지혁의 부모님은 담백한 분들이셨다. 두 분은 아직까지 현역에서 일하고 계셔서 바쁘시기도 했고 지혁에 대해서는 이미 —두 분의 말씀을 그대로 빌리자면 여러 번 실망을 한 터라— 손을 놓아 버렸다고 하셨다. 하지만 그 말이 더 긴장되는 건 왜일까? 어떻게든 좋은 모습을 보여 드리고 싶다는 생각은 며느리로서 영원한 숙제인 듯싶었다.

그렇게 오후 5시.

딩동, 딩동. 벨 소리가 들렸다. 화면에 보이는 사람들은 언니와 형부, 그리고 조카 영원이였다. 올해 두 살인 영원이는 애먼 나이를 먹었다고 원통해하는 언니의 말처럼 재작년 12월 30일에 태어났다.

"영원아!"

문이 열리자마자 언니가 안고 있는 영원이를 받아 안은 만희가 언니는 안중에도 없이 아이를 어르느라 바빴다. 귀엽고 앙증맞은 얼굴의 영원이는 언니의 눈과 형부의 입술을 똑 닮았다.

"얘가, 얘가! 너는 나는 안 보이지?"

그 사이에 또 임신을 한 언니는 허리를 짚고 임산부 특유의 느릿한 걸음으로 들어와 섰다. 방에서 텔레비전을 보고 있었던 구현이가 벨 소리를 듣고 다다다 뛰어나와 언니에게 안겼다.

"이모!"

"오야, 오야 우리 구현이구나!"

언니의 애교 섞인 목소리에 영원이를 어르던 만희가 혀를 내둘렀다. 제 언니의 완벽한 변신이라니! 사실 언니가 아이를 가지게 된 것은 구현이 덕분이었다. 그렇게 반대하던, 그렇게 아파하던 내 동생, 재혼남의 아들 구현이를 처음 본 날 언니는 깜짝 놀랐다고 했다.

'신기하다.'

'뭐가?'

'어떻게 이렇지?'

'뭐가?'

'아이는 원래 되게 귀찮고 불편한 존재 아니었나?'

'그렇지. 그건 언니 논리지.'

'그런데 내 가족이라고 생각하니까 진짜 귀엽네.'

폴짝폴짝 열심히 뛰어노는 구현이를 본 언니의 첫 감상은 그것이었다. 구현이를 보고 나니 아이를 갖고 싶다는 생각이 든다고. 그때부터 열심히 노력한 언니는 다음 해 영원이를 낳고 신기하게도 바로 둘째를 임신했다. 물론 얼마 지나지 않아 후회된다며 앓는 소리를 하긴 했지만 언니는 그 어느 때보다 훨씬 더 행복해 보였다.

"이모 이거 봐!"

"응, 이거구나. 은메달."

이미 영상 통화로 여러 번 자랑을 한 은메달을 구현이는 다시 자랑스럽게 꺼내 보였다.

"이거 봐. 이거 봐, 영원아 이거 봐!"

그러고는 곧바로 아이에게 다가가 제 은메달을 보였다. 영원이는 제 아빠의 손을 잡고 아장아장 다가와 그 메달을 잡으려고 손을 내밀었다. 구현이가 익살스러운 표정으로 영원이를 웃게 만들었다. 그 모습을 지켜보던 지혁도 형부에게 다가가 여자들은 알 수 없는 자기들만의 대화를 나누며 웃고 있었다. 유나를 안은 만희가 그 모습을 흐뭇하게 바라보았다. 감히 꿈꾸지 못했던 것이 현실이 되어 버린 장면을.

그때 다시 또 벨이 울렸다.

"할아버지 할머니다!"

이내 잔뜩 흥분한 구현이가 비행기처럼 두 팔을 활짝 벌려 뛰어갔다. 문이 열리고 70대 부부가 모습을 드러냈다. 지혁과 눈매가 닮은 아버님과 단단한 인중이 풍기는 분위기가 영락없이 꼭 닮은 어머님.

"오셨어요?"

만희가 살짝 긴장한 상태로 인사를 했다. 그 뒤로 모두가 우르르 몰려

나와 인사를 나누었지만 두 분의 눈에 제일 먼저 보이는 건 아무래도 태어난 날 한 번 보고 이후 영 볼 기회가 없었던 유나였던 모양이다.

"아이고 우리 유나!"

"얘가, 얘가 벌써 쌍꺼풀이 이렇게 진하네!"

아버님이 당장이라도 받아 안을 듯 손을 뻗은 순간이었다. 어머님이 타박을 하셨다.

"손도 안 씻고 뭐 하는 거예요? 의사라는 양반이!"

쯧쯧쯧 혀를 차는 어머님의 옆에는 은메달을 흔드는 구현이가 왔다 갔다 뛰어다니느라 정신이 없었다. 거실에는 영원이가 반짝거리는 구현이의 은메달을 만져 보지 못해서 울음보가 터졌고 안방에서는 이제 막 손을 씻고 나온 아버님이 아이를 안고 어르는 소리가 들렸다.

"정신이 하나도 없네."

형부가 허탈하게 웃으며 말했다.

"완전 장난 아니네요. 병원도 이보단 조용할 겁니다."

지혁이 장난스럽게 웃으며 그에게 때 이른 맥주 한 캔을 따다 주었다.

그 이후 이어진 식사는 반쯤 성공이고 반쯤 실패였다. 지혁이 며칠 전부터 신경 써서 준비한 각종 맛집의 음식들은 거의 먹지 못하고 다시 냉장고 안으로 들어갔다. 아이들은 울고 먹고 돌아가면서 낮잠을 자고 서로를 깨우느라 난리였고, 어른들은 그런 아이들을 말리느라 그 아이들의 재롱을 보느라 정신이 없는 상태. 그사이 산타를 자처한 할아버지 할머니의 선물을 풀고 꺼내느라 한바탕 소란을 일으킨 구현이도 한몫했다.

만희와 지혁이 준비한 부모님의 부부 찻잔. 언니네를 위해 준비한 즉석카메라는 좋은 반응을 얻었다. 아기들을 위한 내복과 장난감도 귀여운 선물이었다. 그중 가장 재미있는 것은 아버님이 구현이를 위해 큰맘 먹고 사 오셨다는 금두꺼비였다. 묵직하고 커다란 위용으로 반짝이고 있는 그 두꺼비의 모습이라니!

고가의 선물에 만희는 눈이 휘둥그레져서 이런 건 괜찮다고 말씀드렸지만 아버님께서 구현이에게 꼭 주고 싶었던 거라 하시는 바람에 어쩔 수 없이 받아 두었다. 하지만 정작 그 선물의 주인은 제 아빠가 로봇을 사고 받은 사은품, 미니카에 정신이 팔려 있었다. 그 미니카가 쒸잉 하고 앞으로 나가는 것을 잡아 보겠다고 바쁜 영원이와 둘이서 한참을 어울려 놀아 준 덕에 그 미니카는 오늘 최고의 효자 상품이 되었다.

그렇게 몇 시간이 지나고 기진맥진한 만희와 지혁이 소파에 늘어지게 앉았다. 샤워를 도와주자 곧바로 잠이 든 구현이는 오늘 이미 한가득 받은 선물은 잊어버린 듯 밤에는 산타가 또 올 거라고 잔뜩 기대한 상태였다.

"못 움직이겠어."

만희가 겨우 설거지만 끝내고 남은 일거리를 심란한 표정으로 바라보다 이내 제 기억에서 완전히 잊어버리겠다는 듯 고개를 저었다.

"움직이지 마. 나머지는 내가 다 할 테니까."

그가 여전히 바닥이며 집 곳곳에 널려 있는 것들을 치우며 말했다.

"아니야. 당신도 여기 와서 좀 앉아."

"이거 마저 하고."

"왜애? 같이 있자."

만희가 애교 섞인 목소리로 제 옆을 가리키며 말했다. 지혁이 만희가 사랑하는 그 특유의 입술 끝이 예쁘게 올라가는 미소를 지으며 잠시 기다리라는 듯 눈짓을 보내고 주방으로 들어갔다. 잠시 후 주방에서 달그락거리는 소리가 들리고 머지않아 그가 나왔다.

"뭔데? 뭐 하는 건데?"

"파티."

"무슨 파티? 파티는 이제 지겨워."

만희가 우는소리를 했다.

"우리끼리 하는 파티. 사모님은 가만히 계세요. 지금은 우리끼리만 하는 파티 중이니까."

지혁이 쟁반 위에 남은 음식을 꽤 보기 좋게 담아 왔다. 언니가 선물한 와인도 있었다. 두 개의 와인 잔과 예쁜 접시에 담긴 음식. 만희는 단숨에 기분이 좋아졌다.

"마시고 먹기만 해. 내가 다 해 줄 테니까."

그가 와인을 따라 아이에게 물을 먹이듯 만희의 입 앞에 바쳤다.

"뭐야, 이게! 그러지 말고 당신도 옆에 앉아. 같이 마시게."

만희가 키득거리며 잔을 받아 들었다. 두 사람이 한 소파에 함께 앉았다. 테이블에 올려놓은 와인과 음식들. 부딪친 잔에서 맑은 소리가 울렸다.

"메리 크리스마스."

"메리 크리스마스."

서로를 향해 이제 진심으로 메리 크리스마스를 기원한 두 사람이 와인을 비우고 음식을 먹기 시작했다. 한참 말없이 음식을 먹던 만희가 그제야 무언가 깨달았다는 듯 손가락을 맞부딪쳤다.

"나, 알겠어. 내가 기분 나쁜 이유를!"

"뭔데?"

"배고팠던 거 같아. 그게 이유야."

만희가 장난스러운 한숨을 내쉬며 말했다.

"그럼. 그랬겠지. 아까는 음식을 먹은 게 아니라 구경만 한 거나 마찬가지니까."

"그래도 좋은 시간이었어."

그녀의 말에 그가 만희의 머리를 쓰다듬었다. 아기를 다루듯 하는 그의 손길에 만희는 가만히 방금 전 일들을 회상하듯 눈을 굴렸다.

"구현이랑 영원이가 노는 거 말이야. 꽤나 흥미진진하지 않았어? 그 거 보니까 나중에 구현이 유나랑도 잘 놀아 줄 거 같더라."

"응. 유나 잘 돌보는 거 보니까 듬직한 오빠 될 거 같아서 기대 중이 야."

"아버님 어머님도 좋아 보이셨고."

"두 분이 유나 그렇게 예뻐해 주실 줄은 몰랐어."

"응!"

만희가 방금 전 이 집 안을 가득 채웠던 가족들의 모습을 떠올리며 괜히 울컥해지는 기분을 만끽했다.

이렇게 가족이 되다니. 외롭기만 했던 시간은 지나고 이렇게 정신을 쏘옥 빼놓을 만큼 소리가 왁자지껄한 가족이 되다니, 꿈만 같았다. 이 모든 것이 지혁이 덕분이었다. 그가 자신을 잡아 주었기에, 용기 없던 저에게 계속해서 듬직한 모습을 보였기에 가능한 일이었다.

그런 의미에서 그에게 궁금한 것이 있었다.

"그런데 내 선물은?"

물론 장난이었다. 새삼스레 크리스마스 선물은 무슨!

"선물은. 이미 마련해 놨지."

그런데 그의 대답은 의외였다.

"어디?"

생각도 못 한 반응에 만희가 기대가 가득한 얼굴로 물었다.

"저어기."

그가 침실을 가리켰다.

"뭐야? 저기 뭐가 있어?"

만희가 당장이라도 달려갈듯 자리에서 일어났다. 그 순간 지혁이 다가와 만희를 번쩍 안아 올렸다.

"뭐야? 갑자기 왜 이래?"

그에게 안겨 만희가 괜히 앙탈을 부렸다.

"그 전에 나한테도 선물을 줘야지."

"무슨 선물? 나는 선물 준비 못 했는데?"

"만희 네가 선물이잖아. 나만의 선물."

두 사람만의 방으로 들어온 지혁이 침대 위에 만희를 눕히고는 그녀의 입술에 제 입술을 가져다 대었다. 온몸이 흠씬 두들겨 맞은 것처럼 힘들었는데 그 키스 한 번으로 만희는 제 몸이 스르르 녹는 것이 느껴졌다.

으음.

내내 아이의 엄마로 누군가의 가족으로 있었던 만희가 그의 그윽한 시선에 여자가 되었다. 키스 한 번으로 침실 안에 색다른 열기가 휘감아 돌았다. 목까지 감싸고 있었던 만희의 스웨터를 조심스럽게 벗겨 낸 지혁이 눈앞에 드러난 만희의 가슴을 살짝 쥐어 어루만졌다. 흐음, 기분 좋은 신음을 뱉어 낸 만희의 입술을 머금은 지혁이 그녀의 숨을 모두 빨아들였다.

스커트 자락을 들쳐 그녀의 발목을 가볍게 쥐고 눈동자를 똑바로 응시한 그의 눈빛은 이미 짙은 빛깔로 변해 있었다. 어쩐지 부끄러운 기분에 만희가 살짝 눈을 내리깐 때였다. 그녀의 허벅지를 제 입술로 자분자분 핥아 올리다 리드미컬한 손놀림으로 치마를 벗겨 내린 지혁이 만희와 시선을 맞췄다. 사랑스러운 얼굴. 부드럽고 따스한 눈빛.

흐읍.

미소를 지으며 그의 얼굴을 껴안은 만희에게 그가 가볍게 입을 맞추며 힘을 주어 그녀를 제 앞으로 당겨 왔다. 차가운 감촉이 스치듯 지나가는 것도 잠시, 그의 혀가 만희의 목덜미를 핥아 올렸다.

하아하아.

뜨거운 입김이 그의 목덜미에 내려앉았다. 두 팔을 엇갈려 지혁의 허리를 끌어안고 그의 무릎 위로 올라간 만희가 그에게 조금 더 가까이 다가가려 몸을 움직인 순간이었다. 제 가슴골 사이로 반짝이는 무언가가 보였다.

"응?"

반짝이는 목걸이가 만희의 가슴 사이에서 눈의 결정처럼 반짝거리고 있었다. 지혁이 만희의 가슴골 사이에 깊게 키스하며 그녀의 살갗을 빨아들였다. 만희의 몸이 들썩였다. 참을 수 없는 신음 사이 지혁의 목소리가 들렸다.

"메리 크리스마스."

만희의 허벅지를 거칠게 쓰다듬은 그가 더 나아가 엉덩이를 움켜쥐고 제 쪽으로 당겨 왔다. 언제 걸어 놨는지 모를 목걸이가 그의 움직임과 함께 눈처럼 반짝이며 흔들렸다.

"이건 언제 준비한 거야?"

속삭이는 소리에 신음이 섞여 탁하게 들려왔다.

"준비하고 있었던 거지. 늘. 언제나. 내 머릿속에는 네가 가득하니까."

강하게 몰아붙이는 그의 움직임과 함께 만희의 시선이 멀리 눈이 내리기 시작하는 크리스마스이브의 창을 향했다. 짙은 숨소리 사이로 사랑해, 속삭이는 그의 목소리에 만희는 앞으로도 영원히 함께할 날들, 손으로는 다 꼽을 수 없는 길고 긴 영원을 꿈꾸며 그를 제 안으로 깊게 끌어안았다.

— *Fin*

작가 후기

이제는 모두 훌륭한 어른이 되었을 그 시절의 열일곱들에게 그리고 어쩌면 아직은 그 언저리쯤에서 꿈을 꾸고 있을 모든 분들에게.

명랑하고 밝은 소녀 방만희. 그리고 모두의 우상이었던 소년 이지혁. 그 두 사람의 15년 뒤는 어떤 모습일까?

만화방. 야간 자율 학습. 놀이터에서의 만남. 소박하지만 다정했고 실수투성이였지만 그 실수도 용납되었던 열일곱. 다시는 되돌아갈 수 없는 그 시절을 추억하며 쓴 『결혼, 해 줄래요?』가 이렇게 한 권의 책으로 나오게 되었네요.

주인공 두 사람 모두 완벽하지 않은, 인간미를 풍기는 사람으로 그려 내고 싶었고 그러다 보니 중요한 고비 때마다 어떤 결정을 해야 할지 고민이 많았는데 그때마다 저를 좋은 방향으로 이끌어 준 극 중 만희와 지혁이에게 고맙다는 말을 하고 싶습니다.

결국 글쓴이란 등장인물이 가고자 하는 방향대로 끌려가며 열심히 자판이나 두드려 대는 사람이라고나 해야 할까요? ^^

무엇보다 이 글을 한 권의 책으로 만들어 주신 다향 출판사 관계자 여러분들께 진심으로 감사드립니다. 그리고 제가 글을 쓰고 싶은 마음을 계속 간직할 수 있게 도와준 가족들에게 사랑의 마음을 전합니다.

이 글처럼 따뜻한 사랑과 넘치는 행복이 늘 함께하시길 바랍니다. 감사합니다.

― 하지연 드림

www.b-books.co.kr

www.b-books.co.kr